Los peones son
el alma del juego

Homero Aridjis

Los peones son
el alma del juego

ALFAGUARA

El papel utilizado para la impresión de este libro ha sido fabricado a partir de madera procedente de bosques y plantaciones gestionadas con los más altos estándares ambientales, garantizando una explotación de los recursos sostenible con el medio ambiente y beneficiosa para las personas.

Los peones son el alma del juego

Primera edición: febrero, 2021

D. R. © 2020, Homero Aridjis

D. R. © 2021, derechos de edición mundiales en lengua castellana:
Penguin Random House Grupo Editorial, S. A. de C. V.
Blvd. Miguel de Cervantes Saavedra núm. 301, 1er piso,
colonia Granada, alcaldía Miguel Hidalgo, C. P. 11520,
Ciudad de México

penguinlibros.com

Fotografía de portada de Lola Alvarez Bravo.
Collection Center for Creative Photography
© Center for Creative Photography, The University of Arizona Foundation

ISBN: 978-607-380-039-6

Impreso en México – *Printed in Mexico*

A Betty, Chloe, Eva Sofía y Josefina

*…mientras dura el juego [del ajedrez], cada pieza
tiene su particular oficio; y en acabándose el juego,
todas se mezclan, juntan y barajan, y dan con ellas
en una bolsa, que es como dar con la vida en la
sepultura.*

MIGUEL DE CERVANTES, *Don Quijote*,
segunda parte, capítulo XII

*Ese hombre me atrae como el que más de los árboles
del bosque, es otro árbol más, un árbol humano,
silencioso, vegetativo. Porque juega al ajedrez como
los árboles dan hojas.*

MIGUEL DE UNAMUNO, *La novela
de don Sandalio*

Los peones son el alma del juego.

A. D. PHILIDOR

*Todo pasa a la velocidad del olvido. El día de nuestra
muerte las cosas vividas y las imaginadas serán como
lágrimas lavadas por la lluvia.*

ALEX DEL RÍO, *Qué pronto llegó el ayer*

Niños viejos ahora, el tiempo de dormir
nos apremia y agita.

LEWIS CARROLL, *Through the Looking Glass*
and What Alice Found There

Los dioses desterrados, hermanos de Saturno,
a veces en el crepúsculo vienen a espiar la vida.

FERNANDO PESSOA (RICARDO REIS)

¿Por qué a toda locura se le llama Afrodita?

EURÍPIDES, *Las troyanas*

Aclaración

Las anécdotas de personajes famosos o infames fueron oídas o vistas por el autor o contadas a él por gentes contemporáneas que las presenciaron, escucharon o vieron. También se basaron en conversaciones personales, episodios rescatados del olvido y relatos biográficos y autobiográficos referentes a los años sesenta del siglo xx. Toda irreverencia es pura coincidencia.

HA.

Cinco movimientos

La tumba de Filidor

La Siempreviva

Peón cuatro rey. Ese movimiento en el ajedrez es semejante al momento en que aventamos una piedra al agua y se produce una forma que se expande en círculos concéntricos hasta alcanzar el límite del pensamiento lúdico. Ésta es la acción del pensamiento sobre la materialidad de las piezas. El deslumbramiento es mayor si jugamos bajo la lluvia. Más aún, si creemos que el destino de un hombre consta de un solo momento, el momento en que se da jaque mate a sí mismo.

Rodeado de piezas inanimadas, Alex tenía la capacidad de animarse y animarlas con un movimiento de mano. Se sentía vivir en los tiempos oscuros cuando a la luz de las antorchas cuatro jugadores simbolizaban la lucha de las Estaciones, los Elementos, los Colores y los Humores en el *Acedrex de los quatros tiempos*.

Alex sabía que, al frente de las piezas blancas, Adolfo Anderssen jugó contra Jean Dufresne, en Berlín, en 1852. La partida fue llamada la Siempreviva. En términos musicales se calificó como una partitura, como una metáfora lúdica, equivalente en belleza al Trono Ludovisi, esa escultura en mármol blanco que representa el nacimiento de Afrodita.

Lloviera o nevara o corriera el viento, la mente del jugador se oía como el gluglú de una pileta que se vacía y cada movimiento igual que una gota que se desliza en el tablero. Alex, inmerso en su juego, clavado en la eternidad del momento, no apartaba los ojos de las piezas transfiguradas por el sol del poniente.

En el Kiko's, esa cafetería con piso de mosaicos blancos y negros como un tablero de ajedrez, Alex había hallado mesa junto a una pared con espejos y cada vez que hacía una jugada era como si abriera una ventana por la cual su otro yo, con cara similar a la suya, le contestaba. Y así hasta el fin de la partida. El problema era que cada vez que él trataba de mirarse a sí mismo el otro yo le daba la espalda, como en un espejo giratorio.

Hasta que de repente, haciendo suyo el espacio del juego, se puso a oír el sonido de las piezas cayendo en el tablero, mientras clavaba la vista en la azucarera como en una reina de vidrio.

Alex tenía dieciocho años. En 1958 había llegado de la provincia a la ciudad con el pretexto de estudiar periodismo, pero con la intención secreta de escribir poesía. Se instaló en una casa de huéspedes en Mazatlán 70. La dueña se llamaba Rodolfa, una vieja chihuahuense de cuerpo seco y cara de loro que pasaba las tardes frente a la televisión viendo con ojos entrecerrados películas de la Época de Oro del cine mexicano. Por la ventana se veía un árbol y a veces se oía gorjear a un pájaro. Cada mañana, antes de ponerse a escribir, Alex paseaba por el parque México. Después de la comida jugaba ajedrez por dinero con dos agentes de los laboratorios Atlantis, amigos de su hermano. Para hacerlo jugar ellos apostaban dinero, que él aceptaba para comprar libros. Leía autores hispanos, franceses, anglosajones, alemanes, rusos, grecolatinos y todo libro que caía en sus manos. Por la tarde, cogía el autobús Mariscal Sucre rumbo a la colonia Roma entre chicas primaverales que tomaban clases vespertinas. Juan Carbajal, un empleado de la Librería Juárez, al notar su pasión por los libros, y sabiendo que escribía, una noche le contó que Juan José Arreola impartía un taller literario donde poetas y cuentistas compartían experiencias.

Cuando la librería cerró, Alex se fue con el gerente Antonio Tirado y el escritor José de la Colina por avenida Juárez.

"Franco es asesino, pero no es corrupto", dijo De la Colina.

"Franco es corrupto y asesino", contradijo Tirado.

Uno decía que sí, otro que no. Hasta que De la Colina citó un verso de Luis Cernuda: "España ha muerto", y el verso fue como un disparo en la cabeza de Tirado.

"Pepe, eres un miserable, un traidor, por lo que has dicho te voy a matar", el librero se detuvo como si le hubiesen pisoteado la patria, se quitó las gafas, peló los dientes y esgrimió los puños.

"No lo dije yo, lo dijo Cernuda", de la Colina, con el cuerpo encogido, se puso los brazos sobre el pecho como escudo.

"Tú lo repites, infeliz." Tirado lo colocó contra la pared y le apretó el cuello.

"Lo dijo Cernuda."

"Me asombra el poder de la poesía, que un verso pueda provocar un asesinato", Alex, con un movimiento de adiós, siguió su camino.

El miércoles por la tarde, Alex se dirigió a Río Volga. El taller que impartía Arreola se llevaba a cabo en la cochera del Centro Mexicano de Escritores. Tocó a la puerta verde y, como nadie abría, la empujó. Al entrar en el salón todos se le quedaron viendo. Les llamaba la atención ese muchacho de ojos claros, melena alborotada y zapatos sin lustrar que nadie conocía. Estaban en sesión. No había una silla desocupada. De pie, él no sabía dónde meterse.

Arreola, flaco y desgarbado, con manos que hablaban solas, leía "Tristuso piensa en Tristusa", poema de Juan Martínez, un joven jalisciense de mirar intenso, barba partida, cejas pobladas y pelo rizado. Llevaba abrigo negro y camisa blanca. Parecía exaltado al oír su poema en boca del maestro. Alex no se atrevía a moverse de su sitio, junto a la puerta fijaba la vista en los pantalones negros con rayas rojas del maestro. Bebía sus palabras como de un gurú letrado.

En la primera fila, maquilladas y enjoyadas, con las piernas cruzadas, se sentaban tres bellezas judías: Fanny, Germaine y Niki, esta última, una poeta húngara refugiada en México a causa de la invasión soviética de Budapest. Sentados atrás estaban Carlos Payán, Fernando del Paso y Eduardo Lizalde.

Cuando acabó la sesión, Alex se acercó a Arreola para decirle que escribía y le gustaría asistir a su taller. El maestro lo miró dubitativo y José Antonio Camargo, su chaperón, aclaró que las sesiones eran de paga y se cubrían por semestre.

"A los que saben ajedrez, los invito a casa", dijo Arreola.

"¿Juega?", preguntó Alex.

"No sólo juego, me desvelo jugando, ¿y usted?"

"En Morelia jugué en el Club Carlos Torre."

"Venga con nosotros."

Arreola, envuelto en su capa negra, pisando charcos, precedía al grupo por las calles con nombres de ríos: Guadalquivir, Nilo, Ganges, Mississippi. Camargo disertaba sobre Ortega y Gasset y la rebelión de las masas.

"Aquí es." Escritores y jugadores se detuvieron en Río de la Plata, donde vivía Arreola en un edificio sin elevador. Su departamento pequeño en el cuarto piso no tenía cortinas en las ventanas ni más muebles que las mesas de ajedrez, pero él recibía generosamente la visita de ajedrecistas y jóvenes escritores. Adentro, lo primero que Alex vio fue a Claudia y Fuensanta, sus hijas adolescentes de ojos brillantes y sonrisas prontas. Las piezas en los tableros esperaban a los jugadores.

Arreola sentó a Alex a jugar contra Eduardo Lizalde.

"¿Quién ganó?", preguntó el maestro al final de la partida, cuyo desarrollo había seguido desde la mesa contigua.

"Él", contestó Lizalde.

"¿Quién ganó?", volvió a preguntar Arreola.

"Él."

Después de siete partidas, Arreola se dignó jugar contra Alex, perdiendo cuatro juegos seguidos.

"¿Siempre juega la apertura Ruy López con las piezas blancas?", preguntó Arreola. "Ya me di cuenta de que quiere aplicarme la tumba de Filidor."

"La tumba de Filidor no es un jaque mate más, es la culminación de una serie de jugadas que conducen al oponente a una muerte por asfixia, encerrado el rey por sus propias piezas", replicó Alex.

"Se parece a la vida sobreprotegida."

"Es medianoche, tengo que irme, Juan José, nos vemos la semana próxima," Alex se levantó de la mesa.

"La semana próxima está muy lejos para la revancha, véngase mañana", protestó Arreola.

Alex volvió al día siguiente, y de revancha en revancha se hicieron amigos. Hasta que Arreola dijo:

"México tiene demasiados poetas, pero ni un solo maestro de ajedrez: dedíquese al arte de los alfiles."

"Quiero escribir." Alex no podía renunciar a la poesía, pensó que ponerse bajo la tutela de Arreola no lo haría más sabio sino haría su sombra más pálida.

Cuando el miércoles Alex volvió al Centro Mexicano de Escritores Arreola leía en voz alta "El Aleph": "La candente mañana de febrero en que Beatriz Viterbo murió…". Pero cuando Juan Martínez estaba a punto de leer su propio poema, "En las palabras del viento", Arreola dio por terminada la sesión. Y como Juan Martínez no le había quitado la vista de encima a Alex, a la salida Juan lo invitó a tomar un café en el Sanborns del Ángel. Alex aceptó, y hablando de Dylan Thomas caminaron hasta Río Tíber.

"Lupita, no traigo dinero, ¿me invitas un café?", al llegar Juan murmuró al oído de la mesera.

Sin responder, ella trajo una jarra y dos tazas.

"Tengo hambre, ¿me fías unos chilaquiles?", fue la siguiente demanda de Juan, y minutos después la mesera trajo el plato.

"Ya tenemos amiga en Sanborns", Juan miró con afecto a esa mujer que parecía llevar en su cuerpo bolsudo tortas, cafés y chilaquiles.

"Me gustó tu poema que leyó Arreola la semana pasada", dijo Alex.

"Los que vienen al taller y pagan no escriben y los que escriben no pagan. La mayor parte de los asistentes talleristas salen a la calle y se olvidan de lo que oyeron. Eso sí, recuerdan que Fanny sonreía mucho, Niki llevaba una falda corta y Germaine una chaqueta verde."

Después de los cafés y los chilaquiles, Alex y Juan volvieron a Reforma.

"Las calles mismas te llevan por donde quieres ir. Hay genios que guían tus pasos cuando andas perdido. Hallo dinero huérfano en el suelo. Mientras a las parejas cachondean pegadas a una pared se les caen los pesos." Y como si su deseo hubiese sido escuchado, Juan exclamó: "Ey, una moneda de plata".

"No es una moneda, es el papel de aluminio de una cajetilla de cigarros."

"Mira a ese hombre buscando en el pasto. Pero si es Juanito Rulfo."

"Muchachos, se me perdió la dentadura, ayúdenme a encontrarla."

Juan y Alex se pusieron a tantear la oscuridad.

"Gracias, muchachos, ahora llévenme a casa, no me queda otra cosa que rastrear mis colmillos de leche", Rulfo recibió el conjunto de dientes de manos de Martínez. "Ahora me falta el dentífrico para limpiarlos."

Entre los dos levantaron del suelo a ese hombre flaco y nervioso, con pelo negro rizado. Una vez que estuvo en pie, encendió un cigarrillo. Y con él cogido de los brazos se fueron rumbo a Río Nazas.

"¿Qué pasó, muchachos? ¿Me venían siguiendo desde La Mundial? ¿Se me pegaron en La Única? Espero que no, esas cantinas no están en el camino."

Rulfo es un hombre reservado, un hombre bueno, poco hablador, tímido pero cuando toma se pone locuaz. Martínez le contó luego a Alex que cuando se hizo borracho ya había publicado *Pedro Páramo*. La muerte de Efrén Hernández, su ídolo, le afectó mucho. El día de su muerte, en la mañana, con una cerveza se puso ebrio. Pasó el mediodía, se sintió bien, y volvió a emborracharse. En la noche, lo mismo. Lo recogieron tirado en la calle. El día del sepelio, a la puerta de su casa apareció como un vago. No tenía el don de la compañía. Nunca se le había visto con su mujer, Clara Aparicio, de Guadalajara, ni con sus hijos, tres varones, Juan Francisco, Juan Pablo y Juan Gabriel. La hija se llamaba Claudia con un Juana.

Hicieron una pausa para hurgar en la banqueta. Por la calle de Nazas, Alex y Martínez, con Rulfo en medio, entraron en un edificio. Subieron escaleras. Una mujer abrió bruscamente la puerta, como si hubiera estado esperando a su hombre detrás de la pared. Era Clara, a quien Rulfo había dedicado *El llano en llamas*. "Muchachos, no den de beber a Juan, ¿no ven que le hace daño?", ella metió a su marido dando un portazo.

"En este edificio vive también Eunice Odio, una poetisa que acostumbra tomar en el patio baños de sol desnuda. Las vecinas se enojan porque los maridos y los hijos la espían desde las ventanas. Ya que estamos cerca, quiero mostrarte donde vivo", Juan condujo a Alex a un edificio en Bucareli. "Aquí rento un cuarto del tamaño de un clóset debajo de una escalera casi de juguete; de noche oigo los pasos de los que suben y bajan, vagos, viejos y copulacheros. Al amanecer, el tráfico humano disminuye, las parejas desaparecen como sombras. Yo me acuesto al alba, me levanto al atardecer."

Un foco de cuarenta vatios alumbraba el cuartucho. Ni una mesa ni un mueble tapaban el excusado. Juan escribía sentado en el camastro.

Viéndolo hambreado y sin quinto Alex reflexionó sobre lo precario de la profesión que había escogido, la borrachera, la pobreza y otras características poco atractivas de la vida literaria. Pero la miseria económica es peor y Martínez es uno entre muchos, se dijo. El destino es más generoso con otros escritores.

Después de unos minutos de sentir una claustrofobia extrema por lo deprimente del cuarto, con una ventana cubierta con un periódico que tenía que cambiar a menudo a causa de la lluvia (las letras de los encabezados y los retratos mojados), Alex se despidió de su amigo.

"Salgo contigo", dijo Juan y juntos se fueron caminando hacia la Alameda. Llegaron a la calle 2 de abril. Afuera de una cantina estaban agrupados secretarias y sirvientas despedidas, madres solteras, viejos gays y jóvenes novatos. En un espejo de pared una chica del barrio se enchinaba las pestañas.

En una esquina, en un cuartucho, estaba la redacción de la revista *Metáfora*. Una patrulla con la luz apagada por dentro alumbró a Juan y Alex. A la ventana de un cuarto oscuro Alex tocó en el vidrio.

"¿Quién es?", preguntó una voz de hombre.

"¿Está Kafka?", preguntó Alex.

"¿Quién chingaos es Kafka?"

"Tu vecino del 20."

"Pinches locos, váyanse a joder a otro lado."

"¿Sabes qué le pasó a García Lorca?"

"Dejen de chingar, tengo que levantarme temprano. Si no se van, salgo y los hago picadillo." Una silueta crispada se figuró en la ventana, cuchillo de carnicero en mano. Juan y Alex partieron seguidos por maldiciones.

"¿Qué cuentan?" Se toparon con Juan Carbajal, empleado de la Librería Juárez. Totalmente ebrio.

"Andamos de paseo."

"¿Adónde van, pendejos?" Un policía judicial les cerró el paso. Estaba borracho. Tenía la camisa de fuera, la pistola visible.

Carbajal se replegó. Con sonrisa fija le clavó la vista.

"¿Qué me ves, buey? No seas payaso, cabrón. Quítate de mi camino o te parto la madre." El judicial al verlo inmóvil no sabía qué hacer.

"¡Príncipe de Aquitania de la torre abolida!" Carbajal saltó hacia él, luego de unos minutos de tensión en los que ninguno de los dos se atrevía a dar un paso.

El judicial cayó al suelo.

¡Maricones, méndigos, marihuanos", gesticuló furioso, humillado, mientras ellos se alejaban riendo.

Los peones son el alma del juego

El sábado en la mañana, caminando por la colonia Santa María, Alex pensaba en la afición de Arreola de ponderar el talento ajedrecístico de François-André Danican Philidor. Considerado el más grande teórico y el jugador más fuerte del siglo XVIII, su *Analyse du jeu des Échecs*, publicado en 1749, había tenido más ediciones que cualquier otro libro. No fue campeón mundial porque no existía el título. Cuando se hablaba de "el juego de los reyes", ni Juan José ni Alex podían dejar de mencionar su nombre. "Los peones son el alma del juego", sostenía el jugador que Voltaire admiraba. Mentalmente, Alex volvía a menudo a ese enunciado, pero algunas veces se decía que era mentira, pues los peones históricos aparecían como carne de cañón, eran el pueblo menudo menesteroso sacrificado socialmente por todo tipo de manipuladores de izquierda y de derecha, de comerciantes transas y de vendedores de fayuca; los presentaban como piezas prescindibles, tamemes de carga de Moctezuma y sus congéneres, cambiando de dueño a cada rato en la historia de México.

Alex estaba desvelado. Se había quedado leyendo hasta las cinco de la mañana y levantado antes de las nueve. A esa hora tomó un café negro y mordió un pedazo de pan. Iba con retraso para impartir su clase. Los faroles de la Alameda de Santa María estaban prendidos y la orquesta de la Marina tocaba la sinfonía *Patética* de Tchaikovsky. A una mesa se sentaba una niña de unos doce años esperando jugar. Pero mientras Alex se dirigía al quiosco morisco para dar una demostración de ajedrez, reflexionaba sobre los primeros compases de la apertura Ruy López. En otra parte del parque una pareja de ancianos con un nieto entre ellos bailaba el danzón "Nereidas". Arriba de ellos, lucecitas de colores colgadas de un cable se prendían y se apagaban como queriendo hablar. El sol radiante del sábado en la mañana alumbraba los árboles, los perros echados en un prado y una nube blanca que atravesaba el azul como una carabela.

En esa Alameda lo esperaban las pulcras y gárrulas alumnas de la escuela secundaria Sor Juana Inés de la Cruz. Desde un prado miraron acercarse a ese joven maestro de ajedrez. Nadie recordaba su nombre, sólo sabían que parecía retrato porque cada semana se presentaba con el mismo saco de pana, los mismos pantalones caquis y camisa azul cobalto y su cara de despistado.

Al dar su clase, Alex se dio cuenta de que las chicas no ponían atención, incluso se estaban yendo. Solamente una niña le hacía caso cuando él trazó con gis un tablero en el piso y colocó las piezas gigantes en los escaques. Un vendedor de helados lo observó a distancia sin saber qué estaba haciendo cuando él se cubrió los ojos con la venda negra y cuando jugó una partida contra sí mismo moviendo alternadamente las piezas blancas y negras. Alex replicaba la demostración histórica de Filidor en París, 1744, y en Berlín, 1750, cuando jugó vendado. El juego a ciegas, si bien era una práctica penosa, también era un desafío, pues requería del jugador una memoria fotográfica y poder de visualización instantánea. Esas facultades solían impresionar al público, excepto al escaso que él tenía delante.

"Les pido que se me permita tocar las piezas y que no coman mientras juego", Alex se dirigió a la niña y al vendedor de helados. "Seguiré la técnica que el maestro Filidor desarrolló en Londres para contrarrestar el ataque del estoniano Eugen von Schmidt, apartándose de su tendencia a organizar la ofensiva de peones; los cuales, él consideraba el alma del juego. El sacrificio posicional de la reina blanca impedirá el movimiento del rey negro por su propia torre: provocará la muerte por exceso de defensa. Esta combinación la apliqué una vez contra el escritor Juan José Arreola, ajedrecista entusiasta, pero perdedor empedernido. La tumba de Filidor se presenta rara vez en la vida."

"Profesor, ¿qué me recomienda cuando juegue?", preguntó la niña.

"El consejo que dio Ruy López a los jugadores de su tiempo fue colocar al oponente con el sol en los ojos si jugaba de día, y si jugaba de noche con la candela en la mano."

Las luminarias de la Alameda se prendían y se apagaban como si el campanero de la iluminación no se hubiera decidido si era de noche o de día. Viendo que algunas chicas habían partido, Alex les contó a las pocas que quedaban del gran cubano José Raúl Capablanca, quien durante un cuarto de siglo fue el más renombrado maestro vivo de ajedrez, llegando a ser campeón mundial en 1921. Encontrándose en la ciudad de Kiev con el guitarrista español Andrés Segovia (éste, aficionado al ajedrez y el ajedrecista apasionado a la música), se percataron de que sus presentaciones tendrían lugar en la gran sala de conciertos. Capablanca jugaría simultáneas contra treinta escolares de entre diez y dieciséis años. A la hora señalada el balcón de la sala resplandecía de niñas. En treinta mesas en la planta baja estaban treinta chiquillos dispuestos a disputarle el triunfo al maestro. En cada esquina del rectángulo se sentaban los jugadores más fuertes. Detrás de ellos había filas de infantes con sus profesores, y detrás de éstos, los invitados. Había en la sala no menos de tres mil caras, casi todas infantiles. Capablanca luego contaría que en una mesa, en una esquina, se sentaba una niña de doce años. Tenaz en su juego contra la destreza del jugador veterano, en su defensa adoptó una estrategia débil y entró insensiblemente en una situación perdida. Pensó que la partida sería breve. Ante su asombro, la chica se defendió como leona. Terminada la exhibición, Segovia le preguntó qué partida fue la mejor, y Capablanca contestó sin vacilar: "La que jugó la niña".

Alex enmudeció. Bebió un vaso de agua y buscó al público delante de él. Sabía lo que iba a decir. Pero sólo vio a dos personas. Cosa que no le molestó, estaba acostumbrado a los desaires del público, y si algo lo contrariaba era que nadie diera de comer a los gatos. Compró pellejos en una taquería. Se soltó un aguacero con rayos. Él metió en un saco las piezas gigantes de ajedrez y se marchó hacia Buenavista, la vieja estación de trenes que fue el punto de llegada a la ciudad de su padre griego cuando vino de Veracruz. Renovada en años recientes, la estación parecía una ruina contemporánea. El recuerdo de su padre perdido en la estación no tenía lugar en el presente. Tapándose con un periódico, se fue bajo la lluvia.

Gambito del Gordo Ortiz

"Alex, de hoy en adelante irás a dar clases de ajedrez a los patos de Chapultepec." Con escrupulosa mezquindad, el obeso director del Programa de Ajedrez para Escuelas Secundarias, conocido como el Gordo Ortiz, lo recibió a la puerta de la oficina decidido a despedirlo.

"¿Qué quiere decir?"

"Que fuiste una joven promesa durante el Campeonato Nacional Juvenil de Ajedrez, pero ahora, como instructor, eres un desastre. Tu periodo de prueba para impartir las *Lecciones elementales de ajedrez* de Capablanca ha terminado."

"¿Qué hay del ajedrez viviente que traté de implementar en el Zócalo?"

"No funcionó."

Alex miró la persiana destartalada por la que entraba el sol de la mañana.

"No olvides llevarte el ajedrez gigante, no lo necesitamos más." Del otro lado del escritorio, Ortiz, rodeado de materiales para las demostraciones, disfrutaba el fracaso de Alex. El hombre estaba en su territorio, rodeado de muebles huérfanos: una silla sin asiento, un librero sin estantes, un marco sin pintura, un archivero cerrado por descuido con la llave adentro. Era una oficina tan estólida que daba la impresión de que los muebles cambiaban de posición de noche, y hasta el portero tenía problemas de discapacidad y de destreza. Pero se reía solo, en silencio, volteado hacia la pared.

"Lo recogeré mañana."

"Hoy." El director era tan gordo que al agacharse no podía alcanzar las agujetas de los zapatos. "Dirimiremos nuestro desacuerdo con una tercera persona, un abogado."

Ese *dirimiremos* le sonó a Alex como un pistoletazo verbal. Se dirigió al clóset donde se guardaban las máquinas de escribir y los fólders viejos. Al abrir la puerta, piezas de ajedrez, huérfanas de tablero, le cayeron encima. Los plumeros en el piso eran de edad. Toda la madera era de pino.

"El reloj analógico lo dejas aquí."

La sonrisa en los labios de Ortiz comenzaba a hacerse amarga.

"No pensaba llevármelo."

"Por las dudas."

"Mi plan es ir el sábado a ver el crepúsculo desde el Popo."

"Buena ocupación para un desempleado." Ortiz, como obedeciendo un hábito, avanzó un peón en el tablero.

"Esa máquina de escribir es mi mejor amiga, trátala con cuidado." La secretaria de mirar cansado se llamaba Brenda. La región descremada entre el escote y el mentón parecía otra cara. Parada era más alta que él. Ella tenía a su cargo responder las solicitudes para organizar exhibiciones ajedrecísticas en colegios y centros deportivos. Solía enumerar por teléfono los requisitos para las exhibiciones. Flaca e indigesta, era como un archivo vivo entre muebles viejos.

"Jaque", dijo Alex, apuntando un alfil a la cara de Ortiz.

"Me diste mate del pastor", reconoció él frente a los empleados. Después de un silencio, contraatacó: "Te pagaré los días que trabajaste; los que no, te los descuento". Sacó unos billetes. Escogió dos. "No los vayas a gastar en burdeles ni en tragos."

"No bebo." Alex recogió las piezas como si fueran parte de su persona, guardó el dinero. Le parecía increíble haber pasado meses viviendo entre esa gente, como en un cuarto contiguo fuera de sí mismo. Ahora comenzaba la terapia del olvido.

"Cierra la puerta", gritó Ortiz, con la camisa de fuera, cuando Alex se dirigió a la salida.

Alex, desocupado de sí mismo, bajó la escalera de piedra. Las hojas de los árboles en la calle de Donceles parecían ser movidas por la luz del sol. La librería donde había comprado el *Manual de ajedrez* de Emanuel Lasker estaba abierta. Ese recuerdo poco lo entusiasmó.

El cielo parecía un mar elevado rodeado de nubes doradas. A unas calles de la oficina, Alex se preguntó adónde iría a esa hora, despedido y con poco dinero. La existencia de Ortiz era una burbuja en la nada, y le hubiera gustado soplarla. Por lo pronto, quería perderse de vista en la calle. En la palma de su mano emergía un ojo-sol enfurecido. Con los dedos índice y pulgar lo aplastó. Camino de la Alameda se imaginó convertido en un campeón mundial de ajedrez jugando simultáneas en el Estadio Azteca frente a mil contrincantes distribuidos en igual número de mesas. Algunos tenían los ojos vendados. "No puse bastante empeño en ser un gran maestro. Ni siquiera un jugador mediano. Hubiese podido ser un Carlos Torre", se reprochó.

Por avenida Madero, Alex se sintió más solo que nunca, disuelta la muchedumbre en una esquina. La boca seca, se metió en un centro comercial, lo cruzó y subió una escalera automática. En un camión de pasajeros halló espacio para su cuerpo. Un hombre de mediana edad se sentó a su lado mirándolo con ojos sumisos, como de animal bañado con jabón del perro agradecido. Dos chicas hablaban tzotzil, esa lengua que se oye como gorjeo de pájaros. Oyéndolas, se pasó varias paradas y descendió en San Cosme.

"Me corrieron." En el primer teléfono público que halló dio la noticia a su hermano Juan. El sonido de su propia voz lo asombró.

"El despido te viene como anillo al dedo. Necesitan un proyeccionista en el Cine Apolo. El titular fue atropellado y quieren un sustituto para esta noche. Ve al cine y diles que vienes de mi parte", su hermano colgó.

"¿Qué desea?", en el Café Kiko's preguntó la mesera.

Muchas cosas, Alex quiso decir, pero contestó: "Un café americano."

Miró las fotos de estrellas del fútbol en la pared y en su mente las cambió por retratos de Ruy López, Filidor, Capablanca.

"Aquí falta música", dijo alguien. Momentos después, como si fueran convocados por esas palabras, tres músicos ciegos cogidos de la mano entraron al café. Chocaban con las sillas y las mesas. Las caras ladeadas, como loros que miran de perfil.

"Invidentes a la vista. Guarde su distancia" decía el cartón que portaba una muchacha con sandalias rojas. Instrumento en mano, se detuvo dudando dónde sentarse. Tanteaba la oscuridad. El que venía adelante llevaba pistola bajo la camisa. Sus gafas de sol, estrelladas. El segundo en la fila traía una talega con monedas. El tercero apoyó la mano sobre el hombro de la chica. La mesera les indicó una mesa junto a los sanitarios. No la aceptaron por el olor.

"Nos vamos a la catedral, donde los albañiles y los plomeros esperan delante de las rejas que les den chamba."

Al salir del Kiko's Alex se encontró con otro tipo de ceguera, el azar de lo desconocido. Una vendedora de lotería le mostró la lista de billetes. Él echó un vistazo a las terminaciones premiadas: 49, 32, 13.

"Todo número es el de la suerte, si lo escoge bien", masculló la mujer.

El día que murió Frida Kahlo

Alex y Arreola llegaron en taxi a la Casa Azul. Se habían citado con Carlos Pellicer para visitar juntos el museo. Pellicer había sido buen amigo de Frida Kahlo hasta el día de su muerte, ocurrida en 1954, y mucho podía hablar de su vida y de su obra. Lo raro fue que, al llegar a la puerta, el policía que les pidió identificación y nombre les dijo que no podían entrar porque ya habían entrado. Exactamente los dos, y con la misma ropa. Para demostrarlo revisó su lista de visitantes y encontró sus nombres registrados. "Imposible que seamos los mismos, porque acabamos de llegar", dijo Alex. Y aclarado el error, los dejaron pasar.

"El día que murió Frida Kahlo fue el final del México de la primera mitad del siglo xx. Murió con ella un tiempo de revoluciones, nacionalizaciones y reformas", dijo Pellicer de entrada. "Al enterarme de la noticia de su muerte, me pedí a mí mismo un año de silencio. Recuerdo que vine a la Casa Azul permaneciendo en el umbral como un heraldo medieval, y hasta el día de hoy todavía no sé si su muerte fue natural o un suicidio." Pellicer se distrajo viendo a una mujer vestida como la artista fallecida.

"Es ella", pensó Alex. Pero no era Frida, era otra persona con rasgos húngaros y mexicanos.

"No es ella", dijo Pellicer como si hubiera leído la duda en la mente de Alex.

Dijo Arreola: "Es raro que hayamos comenzado nuestro recorrido por el fin, pero así es la vida".

"Frida estaba muy abatida. Apenas se levantaba, dolores tremendos la desgarraban física y mentalmente."

Pellicer cogió de la mesa un vaso de agua, bebió, y les contó sobre su última visita a la casa. "Acomodé sus libros en los estantes y en un rincón puse la ropa que ya no iba a necesitar. Caballete, paleta, pinceles, los dispuse a su gusto. Sus lindos collares prehispánicos se los guardé en un mueblecito. En el pasillo donde estaba la cama, en la que descansó durante unos días antes de que se fuera, todo, absolutamente todo, lo dejé como ella quería. Una semana antes de su partida, recuerdo, Frida hablaba sólo con los ojos. Desde una silla le leí los sonetos que le escribí y que le gustaban mucho. La enfermera la inyectó. Eran como las diez. Empezaba a dormirse cuando me hizo señas de acercarme. La besé. Cogí su mano derecha entre las mías. Apagué la luz."

"La noticia de la muerte de Frida Kahlo todavía me envejece", reveló un Arreola trastornado y pálido.

Después de un silencio Pellicer echó a andar, lentamente, como si estuviera muy cansado. "Enterado de su deceso, me vine volando a la Casa Azul en Coyoacán, donde había estado más de una vez. A la entrada relucían bajo el sol las paredes azul cobalto, las que supuestamente la protegían de los malos espíritus. Atravesé el jardín. Miré los árboles tropicales, las fuentes centrales y las plantas con las flores que Frida recogía para ponérselas en el pelo. En el estanque nadaban los peces que ella alimentaba. El salón, que durante muchos años ella ocupó como estudio y en el que pintó tantas cosas maravillosas, estaba arreglado con cuadros suyos, como el *Autorretrato* de 1945, en el que ella aparece con su mono y su perro xolo atados a su cuello con el listón del sufrimiento. Los animales seguían mis movimientos con ojos de ultratumba. Su teatrito de títeres, una Danza de la Muerte, quedó junto a la escalera. Sobre el muro floreaban las bugambilias inclinadas hacia dentro de la casa."

"Tengo entendido que cuando Frida tuvo su primera exposición individual en la Galería de Arte Contemporáneo, su cuerpo estaba muy deteriorado y los médicos le prohibieron asistir a la inauguración. Llegó en ambulancia. Colocaron su camilla en el centro del salón. Recostada, bromeó con nosotros. La multitud que desfiló delante de ella comparaba a la artista con sus autorretratos, reconocible ella por el bigotito, los labios rojos, las cejas abiertas como alas de cuervo, y por esos ojos dolientes que interrogaban el porqué de tanto dolor", expresó Arreola.

Al oír su relato, Alex sintió la presencia de las dos Fridas. Esas mujeres que parecen gemelas idénticas. Sentadas juntas, cogidas de la mano, una doble de la otra, ambas con el corazón de fuera latiendo como un pájaro despavorido que quiere escapar. El corazón de Frida palpitaba en ambas, batía salvaje millares de alas. Recuerdo que en una entrada de su diario ella reveló: "Yo nunca pinté sueños, pinté mi propia realidad".

Dijo Pellicer: "En la Galería de Arte Contemporáneo mostraron su autorretrato con el mono, el cual siempre me intrigó, pues la larga mano negra del animal la abrazaba por el cuello. Me pareció extraño que la pintura al pie de su cama permaneciera en el mismo lugar. No aquella cama, que se tuvo que sacar a la terraza, al aire libre, porque la muchedumbre la asfixiaba, sino la cama pintada en la que Frida doliente y rebelde se rodeaba de cuadros para sentirse viva. La última entrada en el diario de esta mujer que amó tanto la vida fue: 'Espero alegre la salida y espero no volver jamás'".

Dijo Alex: "Leí que a las doce horas, el féretro fue sacado de Bellas Artes para ser conducido al Panteón Civil. Andrés Iduarte, director de Bellas Artes, fue cesado por permitir que lo cubrieran con la bandera roja de la URSS con el emblema de la hoz y el martillo. El vestíbulo estaba lleno de coronas, ofrendas florales y rosas rojas".

Dijo Pellicer: "Muerta, con su traje favorito de tehuana, la mano derecha sobre el pecho, por una ventanilla del ataúd vi por última vez el rostro de Frida Kahlo. En el panteón se cumplió su última voluntad: la incineración. Dos horas después, introducido el cuerpo en la hoguera, las cadenas de la parrilla chirriando, las llamas encendiendo sus cabellos, su rostro se desvaneció sonriente como dentro de un girasol. El cremador ordenó que los presentes se retiraran, pues mientras su cadáver estaba en el horno crematorio la gente cantaba canciones revolucionarias, incluso 'La Internacional'. El cuerpo incinerado, las cenizas calientes fueron recogidas en una vasija de barro oaxaqueña en forma de sapo y trasladadas a la Casa Azul. Allá, en el patio, tal vez salieron a recibirla los xolos espectrales, esos perros de ultratumba que ven en la oscuridad, para llevar el espíritu de Frida en su hocico y pasarlo por el río de la muerte".

A diez metros de la oscuridad

El sueño de Alex era tan ligero que dormido oía los telefonazos de los vecinos y escuchaba despertadores a través de las paredes delgadas. Desvelado gracias a los ruidos de los otros, se levantó a las diez y se vistió. Ese mediodía estaba programado un encuentro con los becarios nuevos en el Centro Mexicano de Escritores, incluido él. Atravesó la ciudad y los largos desfiles de escombros dejados por un terremoto.

Al llegar al pequeño edificio, Alex se encontró a Juan Rulfo, quien subía los escalones como si el cansancio de ser le pesara en los pies. Incómodo en su cuerpo, parecía estallar como una granada de nervios. Un cigarrillo humeaba en su mano temblorosa. Con la colilla encendió otra colilla. Tocó a la puerta de la oficina de la directora Margaret Shedd. Nacida en 1900, en 1952 había fundado el Centro Mexicano de Escritores. Como no queriendo la cosa, Rulfo le entregó los dictámenes sobre los aspirantes a becas: novelistas, cuentistas y poetas.

"Buenas tardes, Juan", ella lo saludó con fuerte acento norteamericano. Traía un vestido confeccionado en lana fina, los botones forrados de la misma tela.

"Quería decirle, señora Shedd...", Rulfo, bajando los ojos, se fijó en la edad escrita en sus manos. Cada línea, cada mancha era una señal de tiempo como los anillos en los troncos de un árbol.

Esperando otra frase que no venía, ella se quedó mirándolo.

Y él se quedó indeciso entre partir o quedarse, entre reanimar la colilla o pisotearla.

"¿Conoce Polonia, señor?", Martha Domínguez, la secretaria de la también autora, vino a su rescate.

"No, y no me interesa. Leí una descripción del clima de ese país, y me dije: 'A esa parte del mundo no quiero ir, se hiela el alma'." La mirada de Rulfo pareció saltar por la ventana hacia la calle vacía de coches.

"¿Qué espera ver en Río Volga?", preguntó la Shedd.

"Nada, señora."

"¿Nada?"

"Bueno, veo doble, veo pasar a una señora obesa."

"Ponga esa frase en un cuento, Juanito, es muy graciosa."

Alex, parado entre la directora y Rulfo, recordó la noche cuando anunciaron la beca de poesía. Precedido por un ruido como de cadenas arrastrándose apareció un joven iracundo en una silla de ruedas. Venía hacia él a toda velocidad y se enfrenó a punto de atropellarlo.

"Infeliz, desgraciado, te dieron la beca que yo consideraba mía, seguro por influencias de tu familia con el jurado", lo insultó.

"No conozco al jurado. Ramón Xirau anduvo preguntando quién era yo, nadie me conocía", replicó Alex.

"Te voy a hacer picadillo", el joven lo miró con ojos matadores. "No sabes quién soy, soy Francesco, hijo de Donatello Agustinelli, sobrino de los escultores Pietro y Paolo del mismo apellido. Nacidos en Carrara, Italia, mis ancestros fundaron en 1906 la mejor marmolería en México. ¿Has visto los relieves de los tímpanos del Templo del Sagrado Corazón de Jesús? Es obra de ellos. ¿Has visto los revestimientos de las estatuas de Paseo de la Reforma? Los hicieron ellos. ¿Conoces los bustos y los retratos escultóricos y las piezas sepulcrales que adornan los senderos del Panteón de Tacubaya? Los esculpieron ellos." Agustinelli lo seguía de cuarto en cuarto echándole encima la silla de ruedas.

"Sin detrimento de la importancia de tu familia, lo único que hice fue presentar unos poemas a la convocatoria de becas. El resultado me fue favorable." Alex esquivó sus asaltos, hasta que llegó al borde de la escalera.

"¿Te parece poca cosa? Te mato." Al verlo encolerizado, Alex se alejó de él lo más rápido que pudo.

Francesco Donatello, ayudado por un mozo que alzó la silla con él sentado, lo siguió hasta la calle con la intención de atropellarlo.

En el Centro apareció José Emilio. Con hambre rezagada, empezó a comer cacahuates, aceitunas y pedazos de queso. Los tragaba a puñados o los cogía con un palillo de dientes. De soslayo miró a Cecilia, la artista argentina de la que estaba enamorado. Ella tendría veinte años. Tomaba clases de grabado en la Ciudadela. Nieta por el lado paterno de rusos y por el materno de rumanos, vivía en la colonia Florida y había hecho una exposición en la galería Proteo. José Emilio estaba molesto con Juan Martínez porque éste le había dedicado *En las palabras del viento* con su foto desnudo en un campo de florecitas. Juan había sido modelo de Diego Rivera y de Frida Kahlo y gustaba presumir su cuerpo apolíneo con las talleristas. Cuando la inspiración lo asaltaba escribía como en trance. Cuando no, los ojos exaltados se le salían de las órbitas. Chumacero decía de él que si lo que tenía de loco lo tuviera de talento sería otro Rimbaud y hubiese escrito otro "Barco ebrio". Ante sus discípulos se presentaba como un poeta occidental (de la Perla de Occidente), preguntándoles si querían ser una constelación y recorrer con él las noches espaciales del valle de México o ser en el cielo meteoritos.

José Emilio observaba a Cecilia mientras que Arreola lo observaba a él.

"Nada más con verte sudar me cansas. Juega ajedrez", le recomendó.

"No sé mover las fichas."

"Llámalas piezas."

"No se me acerquen, ando tan tenso que quiero saltar fuera de mi cuerpo", interrumpió Rulfo.

"Vamos a la calle de Dolores a un restaurante chino", propuso José Emilio.

"No se me antoja", lo rechazó Cecilia.

"Yo sí voy", Alex se dirigió a la puerta.

Se fueron en un taxi. Se bajaron en avenida Juárez. En el restaurante cada uno ordenó un plato. Pero Alex, luego de pasar al baño y regresar, se encontró con la cara culpable de José Emilio.

"Me comí tu chop suey. Me moría de hambre."

"No hay problema, pedimos otro, y tú pagas."

"Es que sólo traje dinero para el mío."

"Me quedaré sin cenar."

"La próxima vez te invito."

"¿Dónde está mi cerveza?"

"Me la bebí."

"Me bebo la tuya."

"Me la acabé también."

"Pide otra."

"No traigo dinero."

Yendo por la calle de Río Rhin atravesaron el jardín de Sullivan. Las prostitutas con faldas de plástico, botas lustrosas y bolsos pequeños les hicieron señas. Las que estaban recargadas en el Hotel Gallego los vieron venir por Alfonso Caso. Entre dos postes, un chico adolescente les coqueteó. Al llegar a San Cosme perdieron el último tranvía.

Los gatos de la plaza

Aquella madrugada tembló. Sin levantarse de la cama, Alex vio por la ventana ondular la calle de Mazatlán bajo un cielo electrificado. Entre el crujir de puertas y paredes, el espejo de la cómoda cayó. Un pequeño abismo se abrió debajo del tapete. El horizonte se cimbraba como en un *show* sicodélico.

"Vieja Tecolota, ¿qué haces allí sentada en la *pader* como tragando *aigre*?", del otro lado de la puerta oyó a la recamarera reclamar a la portera. La aludida no contestó, seguramente aplastada por un tonelada de concreto. Afuera el gentío iba y venía. Noventa y dos segundos duró el sismo de ocho grados en la escala de Mercalli y siete y medio en la de Richter. Los movimientos telúricos echaban a las calles a mujeres y hombres en ropa interior.

"Se cayó el Ángel", dijo la radio.

Alex no necesitaba explicaciones. Él mismo había visto danzar los edificios y vibrar las sombras, el alumbrado público colapsarse, las paredes balancearse y los pisos caracolear. Platos y tazas saltar de una alacena. Lo mismo el salero y la azucarera de vidrio. Del cine salió el público desbocado. Chicas y turistas bajaron de los pisos superiores de un hotel. Algunos cayeron de las escaleras con las piernas abiertas o deambularon por las calles apenas vestidos.

En pijama, Alex anduvo las calles de la ciudad. Una cosa lo intrigaba: ¿cuántos heridos y fallecidos serían contabilizados mañana bajo el cascajo, las cañerías rotas y los cristales? El lumpen insepulto poco le importaba por desconocido. Ese mes había sido pródigo en mujeres muertas que se encontraban en los arenales de Santa Fe. Una tristeza indefinible, una orfandad extraña, como de fin de mundo, lo afligía.

Esa noche de julio, 2:40 del sábado-domingo, Bárbara, micrófono en mano, cantaba, y el Neptuno estaba a reventar. Como una Neptuna se desnudaba, las trenzas pelirrojas cubriéndole el ombligo. Parada en una falsa playa sobre una roca de cartón morado y un cielo azul simulando olas, escuchaba los gritos de las gaviotas que salían de una grabadora. De repente, las paredes y las mesas comenzaron a crujir. Y Bárbara se precipitó en el mar burdo.

Alex sabría luego que el movimiento telúrico, que tuvo su epicentro cerca del puerto de Acapulco, afectó el centro del país, especialmente la capital, y causó 700 muertos y 2 500 heridos. La torre Latinoamericana, el edificio más alto de la ciudad, se balanceó, pero no cayó, gracias a su estructura de acero y sus cimientos flotando sobre el manto freático y también por la composición lodosa del suelo.

En su cuarto en la calle de Mazatlán, Alex se soñaba en los brazos de la diosa Bastet cuando empezó a temblar. La diosa egipcia de cabeza gatuna le entregaba en una cubeta una camada de gatos recién paridos, premonición de que la plaza sería refugio de gatos ferales, un tablero de movidas espontáneas y sorprendentes. El primer gato, nacido de un siamés y una minina corriente, apareció encogido en una bolsa de agua. Su cara color café con leche, su panza y sus patas blancas. Sus párpados pegajosos encerraban ojos azules. La madre innominada lamió la bolsa hasta romperla y dejó al gatito libre, pendiente del cordón umbilical, que la madre acabó por cortar con los dientes. Torpe al andar, la criatura húmeda gateó como arañando vida. Alex le puso Félix.

La gata gris parecía hecha de cenizas apagadas y de polvo volcánico. Sus ojos tenían un brillo agónico como de chispas sofocadas. Esa medianoche la vislumbró cerca de la ventana. Temeroso de que fuera a precipitarse en el vacío corrió a rescatarla. Pero al acercarse, ella saltó a la calle. Sobrevivió al brinco y la caída, y al próximo momento se restregaba contra sus pantalones. Él quería seguir durmiendo, pero entre réplicas y paredes sacudidas amaneció. Se vistió entre los focos y los pisos oscilantes. La calle estaba llena de gatos. A la gata gris llamó Frida. El apagón duró horas. De regreso a su cuarto, Alex intentó dormir. O se mantuvo en duermevela.

"¿Cómo te fue de temblor?", preguntó por teléfono un hermano.

"¿Cuántos vidrios te cayeron encima?", preguntó el otro.

Al mediodía, Alex vio por la ventana que se desplomaba el edificio de enfrente. Una terraza caía bajo el peso de un tinaco y una maceta con geranios. Félix huyó.

Alex recorrió las calles de la ciudad. Enterado por radio que la Catedral, el edificio del Monte de Piedad y el Palacio Nacional habían sobrevivido al sismo, pero no la nave central del mercado de La Merced, ni la Victoria Alada del Ángel de la Independencia, cuya cabeza estaba destrozada. Quiso verificar los daños que habían sufrido los edificios, hacerse una idea propia de la magnitud del desastre. Varios cines se habían colapsado: el Encanto, el Ópera y el Roble. Ningún gato aplastado, a la primera sacudida se echaron a correr.

Después del temblor del domingo, cerrados los cafés y los bares, y ocupados los vecinos en recoger escombros, salvar pertenencias y apuntalar muros, los animales desalojados de las casas y los edificios, buscaron comida y abrigo. Algunos hurgaron en los botes de basura y vagaron por los camellones. Otros, refugiados en ventanales y azoteas, habían encontrado asilo entre las ruinas. Eran negros, grises, blancos, bicolores, amarillos y hasta azules. A las puertas de una tienda de abarrotes divisó a Félix, el don Juan de los jardines, cubriendo a una Frida complaciente. Sus cuerpos cubiertos por tallos y frondas de un enorme helecho. La planta no tenía flores, tenía patas y ojos.

Esa mañana de julio no fue la lluvia la recién llegada, fue el gato.

CINE
A
P
O
L
O

La decoración exterior del Cine Apolo era *art déco*. Su estado actual revelaba falta de mantenimiento, abandono general. En el barrio algunas instalaciones habían sido derruidas, otras reparadas, pero la zona misma estaba decaída. En el interior sobrevivían pasamanos de bronce y candiles de cristal, pero un espejo de pared estaba estrellado. La sala misma parecía la indumentaria de una dama vieja venida a menos. En la marquesina un hombre septuagenario quitaba los foquillos fundidos y ponía nuevos. El programa de la semana era *Festival de Monstruas. La pirámide de Ella*. El anuncio mostraba un polígono limitado por caras triangulares con tres personajes principales: Coatlicue, la de la falda de serpientes; Kali, con su cuerpo azul como una sombra en llamas, y, en el centro, Freya, la diosa nórdica del amor y la magia, con su carruaje tirado por gatos.

"El programa pasado, *Los ojos de Borges*, tuvimos que cancelarlo, los aparatos de 35 milímetros se descompusieron. Conservamos los cartelones." El hombre bajó de la escalera. Pasó junto a la taquilla vacía. "Soy Sebastián, el proyeccionista."

"¿Hay otros empleados?"

"La acomodadora murió la semana pasada. Los otros empleados se tomaron el día. Más bien, se fueron de huelga selectiva: un día hay función; otro día, no..." El hombre se abismó: "Once años han pasado desde que ocupé la cabina de proyección del Cine Teresa. Me despidieron cuando se volvió porno. Me contrataron en el Apolo. Aquí he visto cientos de películas descoloridas, cacofónicas y anodinas. Si bien me he distraído con los bailes de Rita Hayworth y Silvana Mangano, y de rumberas cubanas que llevan el trópico en el trasero, han sido once años de soledad y de ensoñaciones en la cabina de proyección. Fuera de ella no existo, a nadie le importa que sea experto en los tambores dentados para el enrollamiento y desenrrollamiento de películas, en carretes y lámparas. He visionado balaceras entre gángsters de Chicago y Nueva York, he presenciado saltos inverosímiles de tarzanes y supermanes por selvas y edificios falsos. Sentado en la sala como un espectador espectral ajeno al sol de la calle, oliendo la corrupción de mi cuerpo y la nada del prójimo, mis ojos se adaptaron a la penumbra de la sala y a las mediocridades que exhibo. No tengo prisa desde el día en que me enteré que la salida de urgencia está bloqueada y el letrero en el muro y la puerta pintada son falsos. O sea, no hay salida en la vida ni en el cine".

"Intentaré no aburrirme", dijo Alex.

"¿Tienes experiencia?"

"En el cine de mi padre proyecté películas."

"¿Cómo se llamaba?"

"Apolo. Desde entonces todos los cines se llaman Apolo."

Alex entró en la sala. Deseaba tener un idea de su tamaño y le molestaban las luces del vestíbulo prendidas de día. Cuando abrió las cortinas de terciopelo negro cayó un polvo antiguo, como de memoria seca, como de retrato decolorado. "Mi padre, que era griego, le puso Olimpo a su fábrica de pantalones. Y Penélope a su taller de vestidos. Los miércoles en la tarde él y yo paseábamos por la huerta cortando higos."

"¿Qué hacías entre funciones?"

"Leía en la tienda de mi padre, entre costales de trigo y rollos de telas y gatos tomando la siesta en el mostrador. En los intermedios vendía dulces. Con el dinero compraba libros a la editorial Divulgación. Le mandaba giros postales cubriendo el costo de los títulos pedidos, pero nunca enviaba los libros."

"¿Manejaste aparatos?"

"De 35 milímetros, había que golpearlos para que funcionaran."

"¿Qué te atrae de este trabajo solitario?"

"Volver a ver algunas películas que gocé de chico."

"A las películas mudas hay que animarlas con música de piano. Si no hay presupuesto para el pianista se alquila a un organillero." Sebastián sacó de su chaqueta de cuero un foco fundido y apretándolo con la mano lo rompió en pedazos. "A menudo el cine está vacío, no hay ni moscas en la sala, pero hay que dar la función. Si las copias de las películas están cortadas o han perdido color y calidad de sonido, ni modo, hazte guaje y proyéctalas." Él prendió un aparato y los rayos granulosos atravesaron la noche de la sala. Vertiginosamente, Alex se sintió volver al viejo cine, al galerón de adobe construido por su padre. Por detrás de la pantalla, se accedía al corral, que servía de mingitorio durante las funciones.

"¿Qué pasó con los empleados anteriores?", Alex buscó a una persona viva en la taquilla.

"Todos muertos: Paco, Pancho y Pepe. Quedó uno, yo, con manchas plateadas en los ojos como un muerto. Pedro a veces viene, pero con frecuencia se toma el día. Si falla te jodiste, serás vendedor, recogedor de billetes y hasta dulcero."

Entre las butacas del cine corrían iguanas. Un gato descomunal las perseguía. Pero como en un sueño, iguanas y gato se perdieron en la oscuridad. Alex se sentía solo, no tanto por soledad física, sino por la desolación que le causaba la sala vacía, el telón caído, las butacas rotas. Era una desolación semejante a la de la muerte en vida. Sintió las tardes grises de los que trabajaban allí y el desgaste de las salas. Quemaduras de cigarrillo, alfombras cepilladas con rastrillo, desgarraduras en las cortinas que parecían colgajos, tapetes otrora verdes fangosos como joyas en el barro.

"Si el deterioro material de los cines deprime tu ánimo, defiéndete, mantente vivo, lee libros, asómate a la ventana y ve los atardeceres", dijo Sebastián. "Sé puntual, porque si el proyeccionista se retrasa la función se retrasa y la imaginación se detiene." Movió la cortina. En ese momento una gata feral se recargó en sus pantalones y ronroneó. "Es María Félix, hasta los perros la desean. Pertenecía al gerente, que murió aplastado por un camión cervecero. Me la quedaré yo."

"Y esa jaula de pájaro, ¿qué hace allí?"

"Pertenecía a un loro que me regaló el proyeccionista anterior. Se lo había regalado el operador original. Tenía las alas tan descoloridas que tuve que pintárselas. No sabía si tirar la jaula a la basura o meter dentro fotos de rumberas." Sebastián levantó la jaula vacía y la depositó en el piso. Sacó de una bolsa de plástico un fajo de billetes de los tiempos de la Revolución mexicana. No tenían valor. "Son mis ahorros de toda la vida. Un dinero que sólo existe en el Banco de la Ilusión, porque el dinero que vale se lo llevan los políticos y los empresarios, sus socios. Más que a la jaula y al dinero, los voy a tirar a ellos al basurero de la historia. ¿Los quieres?"

"Y esas quemaduras en la cara, ¿a qué se deben?"

"Son mis hojas de servicio. Soy un sobreviviente del incendio de la Cineteca."

"¿Qué pasó allí?"

"Nada, según el gobierno."

"¿Y los muertos?"

"Fueron imaginarios. Yo también soy imaginario. Un fantasma con la cara quemada." Después de una breve pausa, Sebastián evocó: "El día del incendio llegué temprano al trabajo y me dirigí a la cabina. Paciente esperé el baile de Silvana Mangano en *Arroz amargo*. Aguanté la historia del collar robado y el cacareo de las jornaleras en los campos de arroz. De repente, un fuerte olor a quemado se propagó en la sala. El fuego alcanzó la pantalla. Las llamas envolvieron el cuerpo de Silvana Mangano. Los alaridos del público se mezclaron con los gritos de las trabajadoras. Con el ritmo sensual de la música que continuaba sonando en el cuerpo de la bailarina. Fue como un delirio ver su cuerpo enrojecido por el fuego. Pasó tiempo para que se apagaran los rescoldos. Parecían vivos, animados. Aun incendiada la deseaba, deseaba sus cenizas. Espectadores se doblaban como figuras de cera. Miles de rollos de películas a base de nitrato de celulosa se consumían. Tanques de gas explotaban. Entre el ulular de las ambulancias y los carros de bomberos el fuego acabó con las cintas, los acetatos, los negativos, las butacas, las cortinas y la concurrencia. Los gritos de '¡Se incendia el cine, se incendia el cine!' bien hubieran podido ser '¡Se quema el útero, se quema el útero!'".

Alex recordó que a veces él había visto la sala de espectáculos como una imagen del útero, el órgano interno hueco que, según las descripciones, forma parte del órgano reproductor y se comunica con el exterior a través de la vagina. Así, como en una instantánea, se vio a sí mismo niño la noche en que entró por primera vez a un cine como si entrara por útero a un túnel oscuro que desemboca al canal del nacimiento. Quizá por eso, se dijo, a muchos espectadores les gustaría *nacer* en una película, *envejecer* en ella como un material perecedero. Siendo el cine mismo una metáfora de la vida.

Continuó Sebastián: "Las parejas de las primeras filas fueron abrasadas; las de las últimas también. La Mangano en llamas siguió bailando en la pantalla". Hubo un pausa de oscuridad. El proyeccionista tosió. Sus toses eran pausas.

"El cine siempre me pareció una cámara de imágenes donde espectadores y actores viven en un sueño doblemente ilusorio, el de su propia vida y el de la vida de personajes que siempre existirán sólo en el mundo de ninguna parte", afirmó Alex.

Sin decir sí o no, el proyeccionista sacudió el polvo de una butaca para acomodar su cuerpo en ese presente ilusorio que parecía salido de una película muda que pasaba a la velocidad del olvido. En la mente de Alex actrices y actores se precipitaban en el vacío como saturnos hambrientos que se devoran a sí mismos.

Alex siguió con los ojos a Sebastián recogiendo sus cosas del cajón de un mueble barato. Tan vacío como su vida de proyeccionista. Lo vio dirigirse renqueando a la salida, con una lámpara de ocho brazos sin alumbrar nada. Alex sintió una desolación terrible, un vacío opresivo, no sólo por el cine, sino por algo interno que lo desgarraba. Y como humeaba en la boca del proyeccionista un cigarrillo, haciendo caso omiso del letrero de "Prohibido Fumar", el acto le pareció de desatino. Más cuando vio a la puerta del cine a un hombre con los ojos bolsudos, con el rostro arrugado como una maleta vieja. Se parecía a Jorge Luis Borges. Alex le regaló una piedra negra de obsidiana para que llevara la tiniebla en la mano. Pero el ciego la tiró en la calle.

Alex, para no sentirse tragado por un silencio como de soles apagados, quiso salir corriendo del cine. Temía a su propia oscuridad. Y, pisando sombras, apartó cortinas, atravesó pasillos. Fotos de rumberas de los años cincuenta danzaban en los muros en tráileres sin sonido. Entonces, parado en el vestíbulo, se dio cuenta de que en las butacas rotas, además de unos cuantos fantasmas interiores, sólo quedaban las pulgas. Y que el único espectador era él.

Costumbres amorosas de los gatos

El polvo de los edificios derrumbados se asentaba bajo el sol como un reguero de granos de oro, mientras los gatos se reproducían y propagaban en el vecindario. Gatos maulladores aparecieron en la jardinera delante de la puerta del edificio de Alex. Una gata adolescente, preñada por gatos invisibles que vivían en cuartos en construcción, amaneció con crías. La recién parida hizo acto de presencia con Alex para que le diera abrigo y alimento. En la cocina se le apareció moviendo los labios como diciendo tengo hambre. Al paso de los días, sus pequeños anduvieron por sí mismos y atravesaron la reja de la entrada siguiendo a la madre. Hasta que la gata los cogió del cuello con el hocico y los devolvió a la cobija que le servía de lecho. Los negros eran muy solicitados por los hechiceros del mercado de Sonora, porque los vendían para rituales de santería, y Alex decidió protegerlos.

Alex paseaba por el Parque México, el cual, a comienzos del siglo XX, se había diseñado en los terrenos de la colonia Hipódromo Condesa en lo que había sido la pista de carreras de caballos del Jockey Club, el más exclusivo de los clubes, construido en el siglo XVIII como una residencia privada y con azulejos de porcelana importados de China. El parque, con su diseño elíptico, era propicio para pasear perros. Pero a causa del temblor sólo había gatos. Pues luego del temblor del domingo, cerrados los cafés y los bares, y ocupados los vecinos en recoger escombros, salvar pertenencias y apuntalar muros, los animales desalojados de las casas y los edificios buscaron comida y abrigo en las calles. Algunos hurgaron en los botes de basura, otros vagaron por los camellones. Zorros, coyotes y hasta monos araña pasaron al lado de Alex.

Los más conocidos fueron Félix y Frida. El primero solía saciar su sed en los charcos. Frida era gris, como si le hubiesen echado encima un manto de cenizas apagadas. Daba maullidos breves, maullidos largos. El domingo Alex la vio justo en el momento en que, los carrillos inflados, comenzaba a silbar una tonada y ella se acercó a restregarse contra sus pantalones. Desde entonces, ella apareció de noche en su cuarto. Él despertaba mirado por ella, como si la gata lo hubiera estado espiando dentro del sueño. Él se espantaba recordando los versos de un poeta argentino que decía que brujos enseñaron que los gatos podían albergar almas humanas y arañar el corazón del huésped. La echó por la ventana. Pero como la gata regresó y se acostó en la cama, él concluyó que si bien el perro lo protegía de los enemigos exteriores, los gatos lo cuidarían de los enemigos interiores.

A través de los días, la colonia se había convertido en un maulladero y un copuladero de gatos ferales. Si bien las calles se curvaban alrededor del parque, era frecuente ver a los gatos de una acera a otra entre los coches y los peatones. Se dirigían a Insurgentes, a dos cuadras de allí. Alex escuchó el reloj de la torre estilo *art déco* marcar la hora a campanazos. Pero los gatos escaparon. Fuera de horario cruzaron prados con palmeras y fuentes, entre chicos en bicicleta y comedores de tacos en las bancas. De noche los mayores se perseguían por los tejados; se ayuntaban en un sendero o reñían ferozmente al pie de una pared. Atrapaban arañas, lagartijas o pájaros, con los que jugaban hasta causarles la muerte. Alex nunca había imaginado que de los cuartos cerrados, de las bodegas de granos y de las tiendas de abarrotes pudiera surgir tan grande población gatuna. Era como si los animales hubieran recobrado el paisaje que alguna vez habitaron.

La rival de Alex en adopciones fue su vecina Magnolia Gómez, quien quería abrir una tienda de gatos en la calle de Mazatlán. Cubana de origen, viuda y sin hijos, sentía pasión por un gato negro, al que hacía dormir en su regazo. Hasta una noche que lo quiso alzar y le dio un arañazo. Lo reemplazó por un blanquinegro, al que llamó Rubirosa. La Señora de las Bolsas, como era conocida en el vecindario, solía adoptar felinos, ya que no podía contenerse al ver a uno "muy chulo", y a otro "genial". Pero los gatos huían de su encierro y Alex los encontraba dormidos en un camellón u ovillados debajo de un coche. Listos para el arañazo. Defendiendo su libertad y saltando sobre las sombras.

Los más tranquilos tomaban el sol en la azotea como si fueran parte del crepúsculo. Alex los veía en la tarde cuando recorría la plaza en busca de gatos. Aunque los felinos estaban más interesados en lamerse y atravesar paredes que en sus brazos. Además, cuando él perseguía a uno, el animal ya estaba a cuadras de distancia. Cuando uno perseguía a otra no había poder que lo detuviera. A Alex le perturbaba la violencia de Ligeia, una gata blanca que desgarraba a su presa como si la amara. La Conchita tenía un ronroneo que hacía desvariar a los machos. Tita, cuyos ojos brillaban horriblemente mientras despedazaba a un insecto, no se separaba del artero Ramsés, el que andaba hacia atrás y se arrastraba antes de dar el zarpazo. Bernini era blanco como el mármol.

Magnolia Gómez trataba de llevarse a los pequeños, pero, alzando a uno, tuvo que soltarlo porque mordía. Para identificarlos, Alex les puso nombres: Frida, Nerval, Rilke, Dante. Magnolia rivalizaba con él, les ponía otros nombres: Adelita, Borges, Villa y Zapata. Su apetito voraz por los gatos no respondía a sus recursos económicos, pues sin tener donde ponerlos los dejaba en el patio de la escuela sin agua y sin cobijo.

Los gatos ferales tenían hambre crónica. Mujeres voluntarias les daban pellejos, natas y hasta ratones; pero careciendo de recursos para mantenerlos pidieron ayuda al ayuntamiento. Recibieron nada. No había presupuesto para fauna nociva. Y acabaron echándose en el sombrero charro de la estatua de Emiliano Zapata.

Camino a casa, Alex sorprendió a Frida en la tienda La Parisina. ¿Qué hacía ella entre los maniquíes?, se preguntó cuando la vio en el aparador. Separada por el vidrio la gata se acercó. Sus ojos subterráneamente inalcanzables lo miraron. Él golpeó el cristal para hacerla salir, pero ella corrió hacia los maniquíes de otro aparador. Por una puerta abierta se lanzó a la plaza. En su vuelo, más que carrera, Alex recordó a una condiscípula que siempre andaba de prisa, pero siempre llegaba tarde a todo.

Entre floreros y macetas los gatos se perseguían día y noche. Pasaban de un muro a otro como saltando sombras. Envueltos en la oscuridad, agazapados en las bugambilias, eran impenetrables como tinieblas. Las paredes tenían ojos de piedra y arena, de tezontle, grava y olvido. Y de gato. Cuando una patrulla se acercaba, sombras felinas huían por las calles como si los persiguiera un diablo líquido. Frida corría por la plaza igual que un bólido, salpicando cenizas. Pisoteaba hojas secas que crujían como papitas fritas. Nada ni nadie la perseguía, excepto su propio miedo. Entretanto, Félix, con su pelaje color café con leche, haciéndose el dormido acechaba pájaros, o daba el manotazo a una lagartija que se camuflaba con una rama de bugambilia. O con uñas feroces descuartizaba a un alacrán que parecía violín. O sobre una barda, en los ojos del gato fulguraban los rojos del poniente.

El autobús iba por Paseo de la Reforma salpicando charcos. En la esquina de Río de la Plata Alex vio brillar la luna como un collar del que pendía Venus como una perla. Sentía extraña la colonia Cuauhtémoc, como si de repente se le hubieran vuelto desconocidas las calles. Las señoras que se cruzaban con él le provocaban una timidez enfermiza, su sensualidad desafiante lo intimidaba. Ante la vasta noche, se sentía un forastero en la Tierra.

Esa noche la novedad en casa de Arreola era Pita Amor. La poetisa de las décimas a Dios se encueraba a la menor provocación. Pero a Alex esas exhibiciones corporales lo inhibían. Arreola, al verla con un puñal encerrado en un bastón, se lo quitó y lo guardó. Juzgó prudente aislarla en un cuarto. Como medida cautelar llevó a Alex, no para hacerle compañía, sino para tranquilizarla.

"Te presento al poeta cuyo talento ha sido la alegría de mi vida." Arreola cerró la puerta y retornó a su partida de ajedrez, abandonándolo con un "Ahorita vengo".

"¿Tú aquí? Hace un siglo que no te veo", la familiaridad de Pita intimidó a Alex, pues apenas la conocía. Los rojos de su lápiz labial habían rebasado los límites de la boca y alcanzado las mejillas polveadas a tientas y a locas. Desgarbada, parecía una paloma herida.

"Me acabo de enterar del fallecimiento de tu padre, mi más sincero pésame", expresó Pita.

"No sé a qué te refieres, Pita, mi padre goza de plena salud."

"Ah, ¿no trabajaba en una florería en Mixcoac?", la poetisa se arregló el pelo.

"No, Pita."

"Come, debes tener hambre." Pita sacó con mano de camión un pan envuelto en papel de estraza.

"No, gracias."

"Come, los poetas siempre tienen hambre, y tú seguro no has comido desde ayer", ella puso el mendrugo en su boca.

"No me gusta el pan dulce."

"No seas orgulloso, el pan da fuerzas. Si no lo quieres, se lo doy al suelo, que es el mejor poeta del mundo." Pita lo desmenuzó, y sin quitarle la vista de encima estrujó la bolsa de pan donde llevaba escrita una décima. La soltó con voz dramática: "No, no es después de la muerte / cuando eres, Dios, necesario; / es en el infierno diario, cuando es milagro tenerte". Después de recitar los versos, se plantó delante de Alex mirándolo con ojos desbordados, labios sensuales y el bastón de los desagravios en la mano.

Alex trató de evitar puentes visuales, que él consideró peligrosos. Pues adondequiera él se topaba con su mirada. Temía que se le lanzara a besarlo. Sabía que era clienta asidua del Cabaret Leda. Allí solía bailar descalza, paseándose luego semidesnuda por Paseo de la Reforma, abría su abrigo de *mink* enseñando a los peatones sus pezones sombreados con bilé.

"Pita, ¿qué haces? Deja a Alex en paz", Arreola entró al rescate. "Venga, maestro, Lizalde lo espera para jugar."

"Juan José, llegó el camión de carga para recoger el refri descompuesto", vino a decir Sara, su mujer.

"Lo bajo solo." Con el aparato a cuestas, Arreola comenzó a descender las escaleras del tercer piso a la planta baja.

"Cuidado", Sara vio con terror cómo su marido lo llevaba sobre los hombros y la espalda abrazándolo con las manos atrás mientras colocaba los pies en los peldaños. Flaco y correoso, Arreola tenía maña para cargar cosas pesadas que un hombre más corpulento no hubiese podido levantar. Viéndolo sudoroso y descolorido por el esfuerzo, esposa e hijas seguían con ansias sus movimientos en la escalera, temiendo que fuera a ser aplastado o se le rompieran las costillas.

"Parece endeble, pero el flaco es fuerte", aseguró alguien, pues en los descansos de la escalera Arreola abría las piernas balanceando el refrigerador. Alex, mirándolo contra el techo que parecía un infinito sólido hecho de focos y yeso, esperaba en cualquier momento la desastrosa caída.

"Uy, a papá le cruje todo." Claudia se tapó los ojos para no verlo caer.

En eso tocaron a la puerta.

"Antes de abrir, fíjate quién es", Arreola dijo a Sara.

"Será el abarrotero de la esquina que viene a cobrar los *spams* que nos fiaron el viernes."

"¿No puede esperar hasta el fin de mes para traer la cuenta?", gritó Arreola.

"No es el abarrotero, es el dueño del edificio, dejó el recibo de la renta debajo de la puerta."

"Qué desconfianza." Arreola, asediado por acreedores, cada vez que tocaban a la puerta se escondía. Las cuentas de vinos y alimentos con el tendero de la esquina eran impagables y más largas cada día. Lo peor, cuando disponía de efectivo no cubría los adeudos, compraba ajedreces soviéticos de porcelana representando de un lado a los comunistas y del otro a los zaristas. Maravillado por el caballo, su pieza favorita, soñaba con llenar de tableros el Zócalo: sin reyes, reinas, torres ni alfiles, sólo con caballos. Por el juego Arreola dejaba todo, se le olvidaban hijos y penurias, ninguneos literarios y amores de pánico, y por esa razón, más que por cualquier otra, Alex sentía una profunda afinidad con él.

En su grave rincón, los jugadores
rigen las lentas piezas. El tablero

los demora hasta el alba en su severo
ámbito en que se odian dos colores.

Arreola recitaba a Borges delante de Alex cuando tocaron a la puerta. Llegaba la notificación de su nombramiento como director de la Casa del Lago, recinto construido en la primera década del siglo XX para albergar el Club del Automóvil.

Cuando Arreola recibió las instalaciones hizo un recorrido que fue pura desolación. En los sótanos los inquilinos anteriores dejaron abandonados restos de un antiguo laboratorio de biología. Aquel lugar olía a formol y grandes frascos de vidrio guardaban criaturas de formas extrañas, conservadas en sustancias de colores verdes y azules. Esos seres monstruosos tenían lustros de estar allí entre fierros enmohecidos y telarañas. Parecía un museo del horror.

Arreola convirtió el jardín en un espacio de juego. Desmontó el club de ajedrez de la calle de Varsovia y trajo mesas, sillas y tableros a la casa. Estableció un grupo de poesía coral que recitó poemas de García Lorca, Neruda y Vallejo, el soneto de Quevedo sobre Roma, y hasta los versos de Diego Sánchez de Badajoz.

El día en que la UNAM le mandó a dieciocho licenciados para ocuparlos en la Casa del Lago, el maestro se angustió. Hasta que se le ocurrió preguntarles si sabían jugar ajedrez. A los que respondieron que sí, los citó al día siguiente. A los que dijeron que no, los despidió. Una semana después sentó bajo el mismo techo a poetas y licenciados en torneos que empezaban, terminaban y volvían a empezar como si el mundo girara en torno del ajedrez. Para él, un ludópata, la primera frase del Génesis hubiera sido "Peón cuatro rey".

Cuando el miércoles llegaron los leguleyos bajo la lluvia, unos con paraguas, otros a pelo, unos con zapatos boleados, otros con trajes Robert's, Arreola los acomodó según su estatura en las mesas del jardín. Pero antes de comenzar el torneo, parodiando los consejos de don Quijote a Sancho Panza, los sermoneó: "En lo que toca en cómo han de gobernar su persona y juego, lo primero que les encargo es que sean limpios, y que se corten las uñas, sin dejarlas crecer, como algunos hacen, a quienes su ignorancia les ha dado a entender que las uñas largas les hermosean las manos, como si aquel excremento y añadidura que se dejan de cortar fuese uña, siendo antes garra de cernícalo lagartijero: puerco y extraordinario abuso".

A Alex lo sentó contra Miguel Molina, el licenciado gordo con barba de siete días que olía a alcohol. Arreola lo aconsejó: "Evalúe la calidad de juego de los licenciados pensando en Filidor cuando lo sentaron a ochenta músicos de la corte en un larga mesa sembrada de tableros. De allí el autor de las estratagemas del ajedrez se fue al Café Procope y al Café de la Régence, donde derrotó a Voltaire y a Rousseau, y partió a Berlín, donde jugó vendado tres juegos simultáneamente. Piense que mientras el campeón se batía a muerte con sus contrincantes su mujer andaba en líos con oficiales alemanes, así que llegó a soñarse como un *fou* montado al revés en un cuadrúpedo. Alarmado por este sueño revelatorio, Filidor regresó a Francia después de nueve años de ausencia y se entregó a la composición musical. Casado en 1760 con la cantante Angélique-Henriette-Elisabeth Richer, procreó siete hijos".

No fueron necesarios los consejos de Arreola. La partida con Molina fue breve. Después de unos minutos, Alex le dio el mate del pastor. Arreola decidió que el licenciado no era digno de enfrentarse a él; mucho menos de jugar contra el campeón nacional la próxima semana. Se enteró de que hacía trampas, movía el caballo como alfil, como torre, como dama o como le apetecía. Sus piezas daban saltos extraños y lejanos, y en momentos críticos, por la magia de un codo, caía un caballo al suelo. Debajo de la mesa lo desdoblaba en dos caballos, en dos alfiles.

Sus piezas eran inmortales: seguían apareciendo después de ser comidas; los peones se reproducían en el tablero en los descuidos del adversario. Molina se comía las piezas sospechosamente, y debajo del saco llevaba una bolsa con una buena dotación de reinas, torres y peones de repuesto. La reina aparecía en posiciones estratégicas cuando el oponente estaba distraído. Arreola convocó a los licenciados y procedió a la degradación pública del tramposo: "Esta jugada es una mala jugada, Molina (le digo Molina, porque ni a señor ni a licenciado llega), y es un diplomado en trampas. Desde este momento queda degradado al rango más bajo del código ajedrecístico". Arreola cogió un caballo de cartón y como a una espada militar lo partió en dos sobre las rodillas. A Molina le bajó el saco y lo dejó en mangas cortas. Le quitó el cinturón y le descendió los pantalones hasta los tobillos.

La siguiente vez que Alex vio a Arreola fue en condiciones distintas.

Una lluvia pertinaz encharcaba la acera. Alex dirigía sus pasos al hospital donde estaba internado. Desde el barandal Claudia y Fuensanta lo vieron emerger de la escalera imitación mármol.

"Papá está descansando", Claudia señaló a la puerta.

"El diablo juega ahora las piezas blancas", el maestro desde su lecho de enfermo había comenzado un texto. Jugando contra las piezas blancas se lanzó en un ataque imprudente. Sacrificó un caballo, un alfil, y empeoró su situación. El mate fue rápido.

"Juan José, se equivocó de casilla", Alex lo consoló.

"No sólo en los finales, desde las aperturas pierdo." Arreola guardó entre las sábanas una bolsa con caballos, alfiles, torres y reinas. Oprimió el reloj analógico como para medir el tiempo contra un supuesto adversario. Exploró el espacio. "Mosquitos del demonio, pican hasta a la reina. No sé de dónde salen tantos, tal vez del agua del florero o de las macetas. Si pudiera con un zapatazo los dejo embarrados." Arreola no quería soltar el rey que tenía en la mano.

"Calma, maestro, la próxima partida es suya." Alex temía que un hipo fuera su último suspiro.

"Me siento como un hipogrifo que puede convertirse en un hipocentauro y hasta en un hipopótamo por la frecuencia de los hipos", Juan José, incorporándose, dijo a sus hijas.

"¿Cuál es el origen de los hipos?", Alex le dio agua.

"Mi nacimiento", afirmó Arreola.

"Y los hipos actuales, a qué se deben?"

"A la aparición de una tarántula", contestó Claudia. "Anoche, hacia las cuatro de la mañana, mi papá vio una tarántula al borde de su cobija. Se levantó hipando de miedo. Primero dijo que era como un estambre de hebras largas, luego como una bola de billar más grande que un puño. Cada vez que la mencionaba la tarántula crecía de tamaño. Y como había escapado no sabía si se hallaba en una maceta, debajo de la cama o en un ropero. Su desaparición convirtió a mi papá en una ametralladora de hipos."

Arreola explicó que sus hipos fueron provocados por una curandera del mercado de Sonora que le dio de beber hipómanes, la destilación que le sale a la yegua de su natura cuando está en celo y las hechiceras la dan al hombre para ponerlo en tanta rabia que pierde el juicio. A causa de los hipos sudaba.

Llegó el doctor Mario Morones, un poeta que practicaba partos y abortos a las sirvientas violadas por sus amigos literatos. Ricardo Salazar le había tomado una foto practicando una autopsia en el anfiteatro de la Facultad de Medicina a una prostituta asesinada por Goyo Cárdenas. Alex conocía al doctor por las veladas literarias de los jueves en casa de los hermanos Gironella en la calle de Liverpool. Era un apasionado lector de Proust, cuya obra había leído en francés y conocía hasta los más mínimos detalles.

Nombraba al barón de Charlus, Albertina y los Guermantes como si fuesen sus conocidos. Llegaba a tal mimetismo con el autor de *A la búsqueda del tiempo perdido* que intercalaba frases con tics nerviosos.

El doctor Morones, después de auscultar al paciente, recomendó a la familia que lo internaran en su clínica porque tenía una úlcera reventada. "No le cobraré nada, soy gratuito para los escritores."

Claudia iba a decir algo, pero se le olvidó cuando vio en el cuarto a monseñor Iván Illich, que vino esa tarde a dar la extremaunción a su padre.

"¿A qué se debe ese gesto de ansiedad en tu rostro? ¿Estás indigesto?", preguntó el sacerdote.

"Pesadilla al mediodía. Sentado al borde de mi cama vi al ajedrecista autómata que apareció en Viena en 1770. Creí que se había quemado en el Museo Chino de Filadelfia en 1854, pero por lo visto salió ileso del incendio. Un charlatán oculto en su cuerpo le dictaba las jugadas."

"Napoleón fue un pésimo jugador de ajedrez. Perdió en Santa Helena con un tal Bertrand, y con Madame de Rémusat, y en Viena con el autómata Wellington", Arreola, con ojos entrecerrados, creyó que le había dicho Illich. Pero Illich estaba pensativo. Después de una pausa en la que ambos parecían haberse quedado dormidos, Arreola se soltó hablando:

"Padre, confiésome que durante la preñez y el parto de Elenita me escondí y la dejé sola. Confiésome que a causa de que la plebe literaria me agarró a pedradas mentales, quise ocultarme en Zapotlán el Grande. Confiésome de haber metido a José Antonio Camargo debajo de la cama de Pita Amor, quien la embarazó de Manuelito."

Arreola desgañitaba sus pecados hasta que Illich lo paró en seco: "Juan José, el único pecado que puede cometer un hombre es el de hacer daño a los demás; si lo has hecho, arrepiéntete. Si no, tómate una siesta, nos vemos otro día para hablar de literatura".

"Padre, tengo miedo a la oscuridad, duermo con la luz prendida."

"La oscuridad la llevas dentro."

Alex vio por la ventana un resplandor sanguinolento, como si el día agonizara en los vidrios. El rostro de Arreola estaba más lleno de remordimientos por los deseos no realizados que por los cumplidos. Sus frustraciones se convertían en ahogos.

"Pedí una botella de coñac pa' la soledad y nadie me la trae."

"En tu estado, te mata", dijo Alex.

"Peón cuatro rey", murmuró Arreola, quien consideró el comentario una invitación al juego.

Claudia, a espaldas de Illich, comenzó a recoger las piezas de la cama. Fuensanta miró a su padre como si con ojos refulgentes no sólo penetrara al hombre que le había dado la vida, sino también al escritor desamparado y neurótico. A medida que lo observaba sus ojos se hacían más luminosos, más maternales, como si por efecto del amor la hija se volviera madre de su padre.

Antes de marcharse, Alex, considerando su vulnerabilidad, pensó que si Arreola hubiese sido un boxeador sería un peso mosca, pues entre las sábanas su cuerpo parecía un túmulo vivo con apenas fuerzas para levantar una pieza de ajedrez.

A la semana de operado, su amigo Archibaldo Burns vino a recogerlo al hospital. Alex lo vio entrar por la puerta encristalada del vestíbulo decidido a llevárselo. Cruzó miradas con Alex, ambos estaban asombrados por la flacura del maestro, quien ante el pasmo de los presentes se incorporó:

"*La metamorfosis* de Kafka." Alex observó en la cama un ejemplar del libro. Sobre la mesa un girasol en un florero parecía un ojo abierto. Había anotado en un papel: "Carlos Torre Repetto. Nacido el 29 de noviembre de 1904 en Mérida, Yucatán, temprano en su vida se mudó a Nueva Orleans. En Nueva York se convirtió en un joven maestro. Hizo una gira de torneos por Europa, jugó en Baden-Baden, Berlín, Marienbad y Moscú. Sufrió un colapso nervioso, regresó a México y renunció al ajedrez por melancolía. Murió joven jugando un solitario."

"JJA apenas cursó el cuarto año de primaria y es el primer director de la Casa del Lago, qué chiste", decía un anónimo, tal vez enviado por el licenciado Molina.

"Vengo por ti", Archibaldo lo sacó de la cama. Lo ayudó a vestirse. Lo llevó del brazo a su Mercedes. En el asiento de atrás lo sentó entre Claudia y Fuensanta. En marcha el auto, el maestro se puso pálido y ansioso por el tráfico. Al llegar a Río de la Plata, salió disparado hacia su departamento y hurgó en su escritorio en busca de papeles de carácter autobiográfico redactados en los años cincuenta. Así comenzó *La feria*.

"En el fondo no sé quién soy. Me escondo tras un muro de palabras. Nací entre pollos, puercos, chivos, vacas y burros que en sueños me persiguen", confesó Arreola en voz alta.

Échecs féeriques

Sentado en la última fila del autobús que atravesaba Paseo de la Reforma, Alex se quedó pasmado mirando una nube roja. El sol no se metía, como demorado, pero el horizonte parecía encapotado, ensombrecido, aborrascado. Alex, cortado del exterior por el vidrio de la ventana, ora miraba hacia fuera, ora se entretenía en la reproducción de una pintura de Piero della Francesca en una caja de cerillos Clásicos. Hallar inspiración en las cosas menos idóneas, en los lugares más inapropiados le gustaba. Era como un desafío al orden establecido, un acto de libertad visual. Viajar al fondo de un transporte de segunda clase entre trabajadoras domésticas dominicales le placía. Sobre todo cuando el camión iba medio vacío y él tenía la impresión de viajar a solas en el espacio.

Alex sacó los palillos encerados, con sus puntas de fósforo, como si lo condujeran al jardín secreto del pintor. La cajita cabía en la palma de su mano. Contemplar la pintura en la penumbra del transporte público le daba la ilusión de ver a sus personajes bañados por una luz intemporal, casi extraterrestre. Prendió los cerillos unos tras otros y los tiró apagados por la ventana. Quedaron en sus ojos las imágenes de esas pastoras vestidas de azul etéreo en su juventud edénica, gracias a esa *Natividad* sin tiempo.

En la yuxtaposición de la luz y la sombra no había conflicto, los colores convergían a un paisaje de casta desnudez, como si todo, luz pretérita, luz presente y penumbra interna, palabra inaudita y silencio dentro del ruido, condujeran a la naturaleza original de la obra. Un aura misteriosa envolvía a las sombras de la noche naciente, incluso a la suya, y se metía por la ventana del vehículo atravesando las delgadas fronteras del vidrio que separaban de sus ojos los árboles de Reforma.

Oprimió el timbre, y ese acto en el vehículo fue como un apagón de la conciencia, la aparición posterior de la nube roja, pero ahora en la ilustración de la caja de cerillos. Mas al bajarse del transporte, lo primero que notó fue que en la noche abigarrada de nubes había desaparecido la roja.

Alex se fue por Río de la Plata. Al entrar al edificio de Arreola se topó con un Juan Rulfo con cara de acidez. Cafés cargados y tequilas le habían hecho efecto. Cigarrillo en mano, no se dejó impresionar por el aspecto de Arreola salido del hospital. Sara, al columbrarlo, adivinó que no venía a consolar a su marido, sino a cenar sus frijoles caldudos. Sólo faltaban las albóndigas, los chiles en nogada, los huevos rancheros como aquellos que ella con tanto ahínco le cocinaba en la época "en la que él bebía y era muy ocurrente", y el menú estaría completo.

"¿Dónde está Sara?", Rulfo la buscó en torno suyo. Fue directo a la cocina. Jaló una silla y se sentó a platicar con ella. En la mano derecha un Pall Mall. En la izquierda una jarra. Bebió una taza de café tras otra. Le gustaba beberlo a sorbos y caliente.

La costumbre le venía desde el tiempo en que vivían los Arreola en Río Duero. A la salida del trabajo, echaba un grito desde la banqueta y Sara se asomaba desde el cuarto piso. Se quedaban horas plática y plática. Incluso al anochecer, cuando retomaba la conversación. Era un diálogo desde la media calle hasta la azotea, donde los geranios crecidos en macetas parecían desgreñados. Con el tiempo a Juan le dio por visitarlos cada atardecer. Arreola regresaba de su trabajo en la editorial, y se lo encontraba sentado en la cocina, ella planchando. Cerca del burro, cigarrillo en boca. Por eso cuando ella recogía los trastes el plato estaba lleno de cenizas.

Ajeno a las situaciones del ajedrez y a la mirada melancólica de la reina medieval, copia de aquella hallada en Escocia a comienzos del siglo xix, Rulfo, apoltronado en sus orígenes rurales, entreveraba con Sara historias de hombres y mujeres de una región ahora imaginaria. Cuando hablaba de su procedencia, su estilo era rulfiano: ambiguo, entrecortado, repetitivo, como si emergiera no sólo de su memoria, sino de sus entrañas campesinas. Ella, como en duermevela, se figuraba la cara de la gente mencionada igual que si estuviera esculpida en el polvo. "Nací en un pueblo pequeño, una congregación que pertenece a Sayula… Nunca viví en ese lugar. No podría decir cómo era. Era el tiempo de la Revolución. De las revoluciones, porque hubo varias. Viví en San Gabriel, donde pasé los años de mi infancia."

Rulfo prendió un cigarrillo, al que dio una chupada y desechó. Pidió un café negro, que sólo sorbió, pues el líquido ardía. Por la frecuencia de las bocanadas parecía tren. El ceño fruncido, como quien sufre de insomnio. "Tuve una pesadilla sin grito, de esas que los párpados registran y la angustia se escucha como varillas raspando un parabrisas. Uno siente el cuerpo en otra parte, no en el cuarto, como si un espíritu maligno te transportara a un cementerio de coches."

Rulfo gustaba contar historias a Sara. Ambos eran de la misma región de Jalisco y disfrutaban acordándose de sucesos ocurridos a gentes conocidas de ellos. De la época de los cristeros cuando vivían en Sayula. Vivos y muertos parecían contemporáneos. Por su nostalgia, familiares y personajes de su infancia revivían en su mundo espectral igual que si hubiera sido ayer. Las fechas y los hechos eran intercambiables. Los bautizos, las bodas y los sepelios daban la impresión de simultáneos. Al oírlos Alex sentía que parafraseaban el cuento de Rulfo "Acuérdate". "¿Te acuerdas del tío Celerino? Apenas se ponía borracho contaba historias. Era un mentiroso y las inventaba."

Rulfo se quitaba y se ponía los dientes postizos como una calavera parlante. Lo lastimaban y renegaba de ellos, se dejaba solo los de arriba. "De eso ya llovió. ¿Te acuerdas de Alicia, la de San Gabriel? Se fue de piruja." Los ojos negros de Sara fulguraban con los recuerdos.

"Era hija de un cristero, dizque conocido de mi padre Juan Nepomuceno, antes que lo mataran. Se metió de cuzca con Fulano y se fue a Guadalajara. Sus padres no la reconocieron ni cuando parió."

"¿Te acuerdas de Perengano? Va de mal en peor. Un día del año cuarenta y seis vino a verme, cuando yo andaba de agente viajero de la Goodrich Euzkadi. Se fue por esos rumbos del Señor, dicen que de asaltante de caminos."

"¿Conociste a los hijos de Luis el Gato? Les hicieron a las Ineses de don Paco el hacendado gatitos de ojos castaños."

Inmersos en los panteones de la memoria, no les importaba saber de lugares ni de nombres que no fuesen los suyos, aquellos con que habían crecido. Rulfo insistía: "Conocí a don Paco en el orfanato de las monjas josefinas francesas, donde fui internado cuando mataron a mi padre y mi madre falleció. Entonces me llamaba Juan Nepomuceno Carlos Pérez Rulfo Vizcaíno. Para lo que sirve tanto nombre." Sacudió con la mano el humo del cigarrillo que le llegaba a los ojos. "Hay apellidos que no existen. Por ejemplo, Vizcaíno. Yo me apellido Vizcaíno por el lado materno. El apellido Vizcaíno no existe en España. Existe la provincia de Vizcaya. Aquí han convertido ese nombre en apellido. Los Vizcaínos eran delincuentes. De piratas, de bandoleros, de expresidiarios es mi segundo apellido. El Rulfo es otra cosa. Juan Rulfo fue un monje que se fugó del convento. Vivió en Querétaro. Todavía hay descendientes regados por ahí. Luego se casó con mi bisabuela y se estableció en Zapotlán el Grande. Mi padre fue administrador de una hacienda. Tuve tres hermanos. Yo soy contador privado. Mi abuelo quería que yo fuera abogado y me mandó a la universidad, pero estalló una huelga y me vine a México. Vivía en una casa de huéspedes en la calle de Berlín y trabajaba como agente de migración en la Secretaría de Gobernación. Quise entrar a Filosofía, pero no me revalidaron los estudios, me pasé de oyente años... La ciudad no me dice nada. Vuelvo siempre al pueblo, a las visiones y emociones de mi niñez."

Sara sirvió más café. Rulfo sopló antes de beber: "Ah, esos mentados cuentos debí haberlos llamado *Los cuentos del tío Celerino*. 'No oyes ladrar los perros' nació porque siempre me ha llamado la atención la luna, la salida de la luna en las tierras bajas del trópico. Una luna grande, roja, que siempre está en las planicies. Como la luna es una especie de horizonte, pensé que este hombre recogía a su hijo herido para llevarlo a otro pueblo y se topaba con la luna de frente".

"Juan viene de una familia campesina donde los hombres fueron asesinados por la espalda, sólo quedaron mujeres."

"A mi padre lo mataron cuando huía... y a mi tío lo asesinaron cuando se escondía, y a otros y a otros por una u otra cosa, a los asesinos nunca les faltan pretextos... Al abuelo lo colgaron de los pies gordos, los perdió... Todos morían temprano, no rebasaban la edad de treinta y tres años." En las palabras del fabulador de Comala su padre era un muerto más, sin nombre y sin rostro en la enumeración de los difuntos. Tal vez porque el crimen ocurrió cuando tenía seis años. El personaje de la vida real Juan Nepomuceno Pérez Rulfo, baleado por la espalda por un borracho traicionero llamado Guadalupe Nava, hijo del presidente municipal de Tolimán, parecía desprendido de su cuento "¡Diles que no me maten!". El motivo del asesinato, el reclamo del padre de Rulfo porque sus animales se habían metido en su potrero, era tan banal que no necesitaba ser examinado, lo que necesitaba análisis era la aceptación de la violencia y la desgracia de sus personajes. Él mismo un sobreviviente de matanzas en un mundo de vivos muertos. O simplemente de muertos vivos que van arreando burros flacos por tierras pedregosas. La búsqueda del padre espectral de este Kafka de los campos mexicanos era como una obligación impuesta al hijo fantasmal por una madre fantasmal en un territorio dominado más por la fantasmagoría que por los sueños. Este viaje escabroso a través del terreno minado de las relaciones humanas, ultimadamente, era una jornada a través de un páramo de mujeres y hombres encostalados como las almas muertas de Nicolás Gógol.

No por nada, Rulfo era conocido por ser un visitante morboso de los cementerios, no sólo los de los pueblos, sino también de los interiores. Alex lo imaginaba en un panteón ruinoso, cigarrillo en mano, leyendo las fechas de los difuntos enterrados en tumbas sencillas, o escudriñando los cadáveres fuera de su sepultura como si no perteneciesen a ningún hombre ni a ningún nombre. Sólo muertos sin fechas.

Su padre había fallecido una mañana oscura, sin esplendor, entre tinieblas. Amortajado como cualquier desconocido, y echado a la tierra como se hace con los nadies. Le dijeron: "Tu padre ha muerto", en esa hora del despertar cuando no duelen las cosas, cuando nacen los niños, cuando matan a los condenados a muerte. En esa hora cuando uno está a mitad del sueño dentro de sueños inútiles, pero llevaderos, fatales. "Tu padre ha muerto como un perro", le dijeron.

A su padre, que creía en la vida, lo mataron sin saber por qué. Muerto, para él se acabó la vida. Aunque poco a poco el mundo se tranquilizó, renovándose tanto que el agua de la lluvia le pareció distinta, distrajo a los hombres y les devolvió la esperanza. Hasta los diez años Juan siguió viviendo con una abuela. Él y sus hermanos pasaron a un orfanatorio de monjas josefinas francesas. Estuvo allí hasta los catorce, después pasó dos años en un internado en Guadalajara. Dijo Arreola: "Por eso no es extraño que ya adulto tuviera siempre ese complejo de huérfano o medio huérfano, esa falta de entusiasmo y semblante sombrío. Severiano, su hermano mayor, contaba que en el internado, los que tenían dinero comían mejor, y los que no, no. El desayuno era un jarro con atole, piloncillo y un plato de frijoles llenos de gorgojos y dos tortillas: Juanito era muy ceremonioso al partir el pan; hasta debió ser sacerdote. 'Al mediodía comíamos la misma sopa, carne echada a perder y cuatro tortillas. En la noche se repetía la ración. Nos levantábamos a las cinco para hacer nuestras oraciones; rezábamos el rosario, hacíamos el aseo y desayunábamos. Cuando llegaban los externos estaba todo en orden'."

En 1933, Juan partió a la ciudad de México para estudiar abogacía. Residió con un tío, el coronel Pérez Rulfo, en Molino del Rey, escenario de una batalla durante la invasión norteamericana de 1847 y cuartel de guardias presidenciales. Él decía: "Mi jardín es todo el bosque de Chapultepec. En él puedes caminar a solas y leer…. No conocía a nadie. Convivía con la soledad, hablaba con ella, pasaba la noche con su angustia. Hallé empleo en la oficina de migración y me puse a escribir una novela para librarme de ese tedio".

Arreola dio su versión: "Antes de aterrizar en la ciudad de México, Rulfo trabajó en la oficina de Migración en Guadalajara. El único en el despacho. Parecía una persona intermedia entre José K de Kafka y Bartleby de Melville. Tenía algo de personaje de cuentista ruso. Los dos adoptábamos actitudes de caracteres de libros. Dada la cercanía de su oficina, yo iba todos los días a darle una vuelta, y nunca le conocí ningún cliente. Se supone que en ese despacho arreglaba los papeles de extranjeros inmigrantes. En particular, de norteamericanos que vivían en Jalisco".

"Bueno, dieron las doce y las ánimas del camposanto andan sueltas, es tiempo de irme", Rulfo clavó la mirada en el piso, apagó su Delicados en el cenicero y con gesto huraño se dirigió a la puerta.

Alex y él salieron la calle, y en sendos taxis se dirigieron a sus domicilios.

Insomnis sommus, somos sueño

Alex tenía problemas para conciliar el sueño y cuando escribía de noche el foco se le quedaba prendido, su mente convertida en un baúl de sombras.

En duermevela, él daba vueltas en la cama. Su insomnio en forma de tos seca parecía resonar en un tiempo de su adolescencia cuando escuchó la palabra *infierno* en labios de un misionero español que iba de pueblo en pueblo aterrorizando a los chicos que se masturbaban. Alex había leído el *Inferno* de Dante, pero los sufrimientos atroces de los réprobos anunciados por el predicador eran peores. No sólo eso, para él la noche del hombre no tenía orillas, y pisando el vacío sólido del piso se iba de bruces sobre su inmaterialidad. En la oscuridad aérea del cuarto, entre atisbos de luz, Alex percibía presencias extrañas, las cuales le hacían creer que nunca estamos realmente solos, pues siempre hay ojos visibles o invisibles observándonos.

Los gatos de la plaza desaparecieron como por arte de magia

La víspera habían aparecido carteles pegados en las paredes de casas ruinosas y corrido rumores de que comandos de Limpieza Social y Animal, con el apoyo de los escuadrones del Control de Plagas con la colaboración del Cuerpo de Bomberos habían iniciado una campaña de exterminio de fauna nociva.

A minutos de comenzada la cacería de felinos, los integrantes de la Orquesta de Músicos Invidentes Toda una Vida, con sus trajes negros, sus pañuelos colorados y sus botas con esquiroles, ocuparon la plaza. Pero envueltos en los violentos forcejeos entre residentes y miembros del operativo, el director de la orquesta Rommel Romero, declaró: "No toleraremos agresiones que perjudiquen nuestra carrera artística". Y para demostrarlo, su baterista, también ciego, sacó una pistola y disparó la carga al aire.

Los otros músicos lo imitaron y sacaron sus armas. Hasta que los agentes del desorden los embistieron con macanas y escudos, y, al tratar de huir de la trifulca, Rommel Romero, perdió el equilibrio al tropezar con una banqueta desigual.

Esa misma mañana, Alex había salido a buscar a los gatos. Sin encontrar ninguno. Como si se los hubiera tragado la tierra. El cordón verde que llevaba Frida en el cuello con su nombre estaba tirado en un callejón, donde niños en edad escolar jugaban en un espacio libre de gatos. Magnolia Gómez dijo haber visto a una cuadrilla de trabajadores de Iztapalapa recogerlos en un camión de carga con el fin de venderlos a los taqueros del mercado de Sonora. Otra vecina aseguró haber oído que una brigada del

Antirrábico los había dejado caer desde un helicóptero en el cráter del Popocatépetl. Grupos de animaleros revelaron que una secta de esotéricos los soltó en el Centro Histórico para que volvieran al inframundo, el cual iba de las calles de República de Argentina y Mesones hasta Tlalpan, donde había estado el templo de la diosa Toci, bajo cuyo altar respiraba el corazón de la Tierra. Se vaticinaba que los gatos reaparecerían durante el terremoto del Quinto Sol, cuando las *tzitzimime*, monstruos del crepúsculo, bajarían a devorar a los hombres.

Para su alivio, Alex, después de buscar en calles y parques, detrás de la puerta de su casa oyó maullidos. Al abrirla, descubrió a un gato de ojos azules y pelaje café con leche, y a una gata gris que parecía llevar sobre la espalda un manto de cenizas. Eran Félix y Frida, que se habían quedado a vivir con él.

Miércoles de Ceniza

En el calendario romano la feria cuarta la llamaban del Cuervo, Alex se topó con Rulfo en Paseo de la Reforma, porque el hombre taciturno por sus faltas se humillaba. Lo siguió a distancia viéndolo hablar solo como no pudiendo explicarse algo. No quería ser indiscreto, pero llegó tras él hasta Melchor Ocampo con Río de la Plata, donde vivía Arreola. La puerta estaba abierta. Y Rulfo subió las escaleras con prisa para llegar a ningún lado, como si ya estuviese cansado de la gente antes de encontrarla.

Alex subió pausadamente. Detrás de la puerta no había nadie. Sin anfitrión a la vista, preguntó: "¿Hay alguien aquí?". Pasó delante de las mesas de ajedrez, saludando con un leve movimiento de cabeza a los jugadores enfrascados en unas simultáneas que ofrecía Carlos Sansón, campeón del estado de Michoacán con quien un día Alex jugó en Morelia.

Sentado en la mesa de la cocina, Rulfo contó a Alex: "Ignoro de donde salieron las intuiciones a las que debo *Pedro Páramo*. Fue como si alguien me lo dictara. A media calle se me ocurría una idea y la anotaba en papelitos verdes y azules. Al llegar a casa, después de mi trabajo en el departamento de publicidad de la Goodrich, pasaba mis apuntes al cuaderno. Escribía a mano, con pluma fuente Sheaffer y en tinta verde. Dejaba párrafos a la mitad, de modo que pudiera dejar un rescoldo o encontrar el hilo pendiente del pensamiento al día siguiente. En cuatro meses, de abril a agosto de 1954, reuní trescientas páginas. Conforme pasaba a máquina el original destruía las hojas manuscritas. Así no me hacía bolas. Hice tres versiones que consistieron en reducir a la mitad aquellas trescientas páginas. Eliminé toda divagación y borré las intromisiones de autor. Arreola y Chumacero me decían: 'Vas bien'. El manuscrito se llamó sucesivamente *Una sonrisa para los desolados, Los murmullos, Una estrella junto a la luna* y *Pedro Páramo*. Rulfo no cesaba de recordar aquel mes de mayo de 1954 cuando compró un cuaderno escolar y apuntó el primer capítulo de una novela que durante muchos años había tomado fuerza en su cabeza. "Sentí haber encontrado el tono y la atmósfera tan buscada para el libro que pensé durante tanto tiempo. En septiembre de 1954 la titulé *Pedro Páramo*. En marzo de 1955 apareció en una edición de dos mil ejemplares. Archibaldo Burns escribió la primera reseña, negativa, con el título de '*Pedro Páramo* o la unción y la gallina', jamás supe qué diantres significaba."

La tarde siguiente, Chumacero se acordó de sus años de becario con Rulfo: "Durante la sesión de un miércoles, cuando leyó '¿Te acuerdas de?', le hice algunas observaciones. Nunca decía que no. Todo lo apuntaba el cabrón. Madres. El chingao cuento aparecía tal como él lo había escrito. Era terco. Nada más se hacía pendejo. Cuando le quitó las cosas a *Pedro Páramo*, eso fue normal. Todos acortan un capítulo, o lo amplían. Dijo: 'Es la tercera redacción que tiene la novela, ya me cansó. Ai va'. Bueno, esa novela que está hecha en tres planos, ni siquiera en dos, la armaron él y Arreola la noche anterior. No me acuerdo de ella, eso fue hace cien años, pero la manejaron así: 'No, esta parte no aquí, ésta primero'. Salía un pinche caballo para acá, y un señor por aquí. Yo tenía presente *Las palmeras salvajes* de Faulkner. Esa novela fluye en dos ríos, en dos corrientes. Al final, Faulkner usa una frase de San Agustín: 'Entre la pena y la nada, escojo la pena'. Claro, son dos novelas diferentes. Yo fui el editor, yo la hice. Se ha dicho que la reescribí para chingar a Juan. No, yo no reescribí nada. Cuando un personaje dice: 'Se la llevó cuando era virgen'. Se me enchinó el cuerpo. 'Se la llevó cuando era nueva.' En lenguaje jalisciense quiere decir virgen. Pero virgen es indigno de un buen escritor, que no sea del siglo XVII o XVIII. Otra decía: 'El papá la corrió de su casa'. Yo puse: 'La echó de su casa'. Primero no dijo nada. Luego me dice: 'Mira, Alí, yo aquí puse: «la corrió» y me lo cambiaron'. 'Sí', dije, 'son unos hijos de puta'. Desde luego, los guiones bien puestos, el punto y aparte son míos. Por eso me pagaban".

"*El llano en llamas* yo lo armé. Empecé por 'Macario' y terminé con el jocoso 'Anacleto Morones'. Juanito lo reacomodó a su antojo. Era su libro. Allá él. Yo pensé que había hecho una obra maestra. No, me chingó. Era terco. Sin grosería, muy callada la boca."

Habla la sombra

Yo que soy una sombra no me siento. Aburrida de los suelos, subo por la pared. Cansada del peldaño, cuelgo de la ventana. Yo que dependo de los cuerpos, abrazo sombras semejantes. Yo que recorro las praderas de la tarde, me planto a los pies de cualquier muladar. Como un cuerpo en negativo, voy calle abajo buscando sustancia y consistencia. No ando sola, los cuartos vacíos están llenos de sombras compañeras, de manecillas que apuntan a números caídos, a puertas desvencijadas y sacos viejos que ya no vienen al fantasma que fuimos. Pues de manchas en el techo, de pecas en la cara y de tapetes raídos está hecho el surrealismo cotidiano. No me eres extraña, sombra pensante, sombra sangrante, que andas conmigo desde el día que nací. Cuando mi cuerpo gritaba al borde de la cuna, tú te ataste a mis pies y me diste contrapeso, volando siempre hacia el azul altísimo, siempre escapando del poema final, el de la muerte. Regresa a mí, voz silenciosa: Aun sin cuerpo, la palabra es tuya.

Cuando Alex se levantó de la cama, parado delante del espejo, escribió el texto en el único papel que halló a su alcance. Pasadas las cinco de la tarde, se dirigió a la calle de Balderas. En las oficinas del periódico conservador *Novedades* estaba el progresista *México en la Cultura*. En la recepción, un policía le pidió identificación. Un ascensor lo subió al piso del suplemento. Una secretaria le indicó que el director estaba ocupado, aunque lo vio dar vueltas por el pasillo. El poema que Alex llevaba en el bolsillo a cada momento le parecía más anodino. Arrepentido de haberlo traído al periódico, en su mente seguía trabajándolo. Agregaba frases. Suprimía redundancias. En su imaginación la *sombra* estaba viva. Se movía, se transformaba, como animada. La latina *umbra* se convertía en solombra, en sombrero, en sombrerera, en alter ego de poeta etéreo. Su sombra, como el rey del proverbio, dijo: "Mu".

En las oficinas de *México en la Cultura* nadie recibía a Alex. El director, Fernando Benítez, entrevisto por la puerta abierta, se hacía más furtivo.

"¿Cuál es su problema?", vino a preguntarle la secretaria.

"Hace dos meses traje un poema para ver si lo publicaban."

"No sabemos dónde está. Es más fácil que traiga otro que buscarlo."

"Los poemas no se dan en maceta."

"¿Qué se le ofrece al joven?" Apareció un individuo pequeño de gesto berrinchudo y ojillos mezquinos. Aventó unos papeles al aire, y a medida que se encolerizaba crecía de tamaño. Sus bracitos rompían la camisa apretada, sus pies se salían de los zapatos, tan grande era su cólera que su cólera lo encolerizaba más. Alex no sabía si pegarse a la pared y poner las manos como escudo ante ese hombre teatralmente iracundo que cuando trabajaba en la secretaría de Gobernación insultó a Malcolm Lowry cuando vino a pedirle ayuda porque querían echarlo de México por el caso de las dos esposas. Le gritó que los gringos trataban a los mexicanos como a perros. Malcolm aclaró que él no era norteamericano sino inglés. "Es lo mismo, depórtenlo", ordenó él, y desinflando su cólera volvió a su tamaño.

Con esa anécdota en la cabeza, Alex se alejó. Y como si el poema que llevaba en el bolsillo del saco le quemara el pecho, ya en la calle lo dobló y lo guardó.

Con riñas y locuras juega a los dados Eros

Morían los años cincuenta. En el sueño de la vida sucumbían amigos y parientes, mas los enemigos detestables sobrevivían como si fuesen inmunes al virus de la muerte. Había docenas de madres solteras y cosechas de bebés, pero los seres queridos eran los más vulnerables. Los políticos aferrados al poder pasaban de un puesto a otro y de un partido a otro, no obstante su récord criminal. Misticismo, magia, inseguridad económica ocupaban la mente de los jóvenes de la generación de Alex, quienes temían perder sus pingües privilegios en burocracias corruptas. La colonia Cuauhtémoc, próxima a Paseo de la Reforma, parecía un oasis social por sus librerías y sus cafés. Rulfo vivía en una calle con nombre de río donde por la noche pasaban campesinos flacos arreando burros más flacos que ellos. Prostitutas ocasionales y travestidos de último momento le decían adiós con la mano. Pero él, ensimismado, ni siquiera los veía. De su Luvina no se hablaba en los medios literarios, sólo en las cantinas. Entre Melchor Ocampo, Mississippi y Tíber, donde pasaban carcachas viejas, coches último modelo y patrullas espantando el sueño, se escuchaban de madrugada las escobas de los barrenderos, las lluvias pertinaces y el grito de alguna mujer pidiendo ayuda en las calles desoladas. A unas cuantas cuadras estaba El Gato Rojo, frecuentado por poetas que leían poesía a ritmo de jazz.

Ese mediodía bochornoso, Alex había dejado a Arreola recreando la partida de Carlos Torre con Emanuel Lasker, Moscú, 1925. Inmerso en el análisis no lo perturbaba el paso de las ambulancias que iban a recoger heridos en la carretera México-Toluca. Ajenas al ajedrez, Claudia y Fuensanta acompañaban a Alex con sonrisas a la puerta.

De un tiempo para acá el autor de *Confabulario total* era un manual de gestos. Para comunicarse con sus acreedores usaba un lenguaje gestual rico en claves secretas. Sus movimientos reemplazaban a la palabra hablada. Sus silencios eran objeciones, pausas. El insomnio lo llevaba inscrito en la cara y sólo bastaba un bostezo sonoro para mostrar que no había pegado los ojos en toda la noche. Su estado económico se manifestaba en su gesto preocupado. Sus manos dudaban en el aire. De cada parte de su cuerpo salían señales. Mover la cabeza de arriba abajo significaba nervios. Bostezar en una aspiración lenta y profunda abriendo la boca quería decir adiós. Si el bostezo era ruidoso, abatimiento. Si se levantaba de la silla estirándose frente al visitante o la interlocutora, era señal de que quería que la visita se marchara. Alex comprendía su mundo regido por hipos, ademanes, muecas, acciones en clave y silencios elocuentes. Sobre todo, por el lenguaje de los bostezos.

Al mediodía, con perfecta imprudencia, Juan Martínez llamó a Alex desde la calle.

"¿Quién es?", gritó Arreola desde la ventana abierta.

"¿Está Alex?", Martínez estaba abajo.

"Aquí no vive Alex", respondió un Arreola exaltado.

Alex sabía que Arreola le tenía prohibido subir a su departamento desde la noche en que lo sorprendió en el bosque de Chapultepec con su hermana Bertha en los brazos.

"Voy." Alex se asomó a la ventana. No quería que otra persona contestara por él.

"Vete al carajo", Arreola lo hizo a un lado para echarle una jarra de agua helada a Martínez, en la acera con los brazos abiertos.

"Esto no quedará impune", amenazó Martínez cuando Alex bajó a saludarlo. "Vamos a tomar un café. A su hermana ni los perros quieren hacerle el favor, debería ser piadoso conmigo porque la cortejé. La hallé sola en un banco de Reforma pretendiendo leer, pero en realidad me estaba viendo por el rabillo del ojo. La falda le llegaba a los tobillos. Tan sola la vi que me le acerqué para hacerle justicia."

Juan y Alex echaron a andar. En Paseo de la Reforma, Alex se detuvo a recoger un pájaro caído de una rama. Parecía una joya viva temblando de miedo. Delante de un árbol, Alex lo aventó al follaje. Una bandada de pichones pasó sobre la estatua de Cuauhtémoc.

"Busco cuarto", dijo Martínez. "Respondo a anuncios, pero cuando saben qué hago me cuelgan. Prometo ser buen inquilino, ofrezco anticipos y dejar mi maleta en prenda de que voy a pagar la renta, pero creyéndome insolvente me dicen que ya rentaron el cuarto."

"¿Y?"

"Me corrieron de donde vivía por la intriga de una vecina que subía y bajaba con clientes cada noche. Se paraba delante de mi puerta con una lámpara en la mano mostrándole al gandalla en turno mi puerta. Se enojó porque me quejé. Ella era más puntual que yo en los pagos mensuales de renta. Dondequiera que voy miro sus ojos. Ojos tan amargados no has visto tú, su agresión se te mete dentro y tienes que lavarte la cara para quitártela de encima."

"¿Qué vas a hacer?"

"No sabes, cada rincón es un nido de ratas. Te sientas en la cama y apagas la luz y te miran los cabrones desde adentro. Las sirenas en la madrugada te ponen la carne de gallina, las escuchas en la almohada. Oyes pisadas, voces de mujeres que traen hombres a la cama. Ella empujaba mi puerta como si tuviera derecho de picaporte y aparecía con el puño en alto delante de mi rostro. Parecía garra mal parada. Me hacía el dormido para que se fuera. Vigilé su sombra, su resuello, acompañada o sola. Desnuda o vestida tenía aspecto de vampira. Por las escaleras tiraba mis poemas, los aventaba a la calle."

86

"Parada técnica." Juan y él entraron en el Sanborns de avenida Madero.

En el patio-comedor estaba un viejo del bigotito ralo con ojos irritables. Fernando Benítez, sentado entre jóvenes admiradores, en su tamaño pequeño no cabía en sí mismo. Juan y Alex lo saludaron. Y el escritor los invitó a sentarse. Todo iba bien, hasta que Juan preguntó: "¿Qué está escribiendo ahora, Fernando?".

"Una cosilla mediocre."

"Entonces, ¿por qué la escribe?"

Siguió un silencio incómodo. Vino una mesera vestida con su uniforme típico para tomar la orden.

"Chilaquiles, Lupita." Juan llamaba Lupita a todas las meseras de los Sanborns.

El viejo escritor no recibió bien su comentario. Descruzó las piernas, se revolvió en la silla, con el dedo índice apuntó a su pecho como si su mano fuese una pistola. Tratando de sonreír reprimió la sonrisa. A falta de apoyo se acodó en el aire. Levantado de golpe, siendo más corto de estatura que Juan, se estiró para confrontarlo. Simultáneos en movimientos, quedaron los dos nariz contra nariz.

"Estás borracho", lo insultó Benítez.

"Discúlpame, Fernando, no bebo."

"Entonces, andas moto."

"Fernando, un cigarro de mota una vez al año no hace daño." Juan, descendiendo a su tamaño, intentó emparejársele en estatura. Inútilmente, el enojo hacía crecer a Benítez, como si quisiera saltarle encima para golpearlo con una servilleta de plomo.

"Vámonos", Alex condujo a su amigo del brazo por el patio-comedor, luminoso a esa hora.

Luego, caminando por avenida Juárez, a las puertas del Kiko's los dos se toparon con José Cárdenas Peña, el poeta de Guanajuato que a causa de un accidente de caballo cuando era niño dejó de crecer y se quedó jorobado. Parecía villano de una película de horror, pero vivía temeroso de los demás. Cliente frecuente de un hotelucho de la calle de Salto del Agua, pasaba la noche en una perrera de plástico bebiendo agua de una taza encadenada. Alex solía encontrarlo en el Café de las Américas o en la Librería Zaplana en San Juan de Letrán. Puro despiste, porque se pasaba el tiempo acechando adolescentes entre los árboles y las fuentes de la Alameda. Comía con manos sucias cacahuetes enchilados. Lo obsesionaba el asesinato de Xavier Villaurrutia allá por la Navidad de 1950. Como no estaba seguro de qué había pasado, acababa pidiendo al oyente detalles sobre las circunstancias no dilucidadas del fin del autor de *Nostalgia de la muerte*.

Al ver a Juan y Alex, Cárdenas Peña vino hacia ellos como un escarabajo con las alas abiertas. Llevaba con él su poemario *La retama del olvido*, ninguneado por la crítica. Él, habiendo pasado décadas de soledad y pobreza, esperaba un solo elogio: ser llamado "nuestro Leopardi".

"Me despido de ustedes, regreso a Guanajuato a morirme. Un médico me dijo que estoy en las últimas", su voz doliente. Su timbre sonaba al poema "La despedida del bufón". Como su figura contrahecha no correspondía al dramatismo aun cuando anunciaba su muerte no se le podía tomar en serio.

"¿De qué te vas a morir?", Juan Martínez lo examinó. Su conmiseración era retórica y la manifestaba desde la distancia higiénica y de superioridad de alguien que se sentía Saint-John Perse o T. S. Eliot. La desgracia ajena es un mal que se pega por contagio, había dicho alguien.

"De todo." Cárdenas Peña se echó a llorar. "Abrácenme, muchachos." Se alzó para alcanzarlos, y ellos se abajaron para igualarse a su tamaño y abarcar su cuerpo espaldudo. Lo vieron alejarse cojeando por avenida Juárez y perderse en la multitud como un pájaro herido.

Un fantasma, *un'ombra della necessità che vaga*

La noche del viernes fue bochornosa. Alex, desnudo hasta la cintura, cogió un libro y se metió en la cama. Apagó la luz y se quedó con los ojos prendidos mirando una raya de luz que entraba por debajo de la puerta.

"Alex, ¿me oyes?" Juan Martínez clamó del otro lado de la ventana. Por el tono de voz doliente, Alex pensó que era Juan Rulfo vagando por la madrugada. "No tengo dónde dormir, van dos noches que paso las horas lóbregas en un Sanborns. Hasta que me echan, pues me quedo dormido en la mesa. Dame hospedaje. Ábreme la puerta."

"Alex no está, y no puedes quedarte aquí, tenemos una recámara donde dormimos mis hijas y yo", respondió la tía Carmen antes de que Alex pudiera contestar envuelto en la oscuridad.

Por el terremoto, él había tenido que cambiarse de domicilio. La casa de huéspedes de la Condesa estaba en ruinas y la vieja propietaria enyesada en un hospital.

"Alex, por favor ábreme." Volvió a sonar la voz de Juan en la calle desde hacía unos minutos muda.

"Ya te dije, Alex no está. Yo tengo que levantarme temprano para llevar a mi hija menor a la escuela", Alex vio a dos tías al mismo tiempo: la parada en la penumbra y la del espejo. Imelda, su hija quinceañera, en ropa interior, acechaba detrás de la cortina. Quería atisbar a Juan.

"Alex, porfis, tengo frío." El toquido de Juan en los vidrios se hizo más insistente, hasta que se volvió esporádico y débil.

La tía vigilaba que él no abriera. Si abría, tendría problemas con ella. Lo gritaban sus ojos.

Alex se sentó en un sillón pensando de dónde podía venir Juan a esa hora, si del último Sanborns abierto o de vagar por las calles. Sabía que se acostaba al alba y se levantaba al anochecer, se arreglaba y se iba con los amigos al café o a quién sabe dónde. Mientras el resto de los mortales pasaba el día confinado en escuelas, oficinas y fábricas, él no tenía horario. Cuando la calle se vaciaba de tráfico, entonces él se dirigía a un café de la calle de Bolívar donde los viejos republicanos se reunían para discutir sobre la salud de Franco, el dictador que gracias a la reliquia de la mano de Santa Teresa parecía inmortal. Luego, siguiendo un itinerario social, recorría la ciudad; quizás las entrañas del D. F. Respecto a "Prendas de la palabra inaudita", no hacía falta que lo llevara en el bolsillo. Lo llevaba en la mente, y en cualquier parte, a cualquier hora, le añadía o le quitaba versos. Sin más posesión que su abrigo negro, un frac huérfano, que agitaba y revoloteaba la cola atrás, Juan parecía salido de una fiesta de disfraces.

Perturbaba a Alex su desaliento. Hambreado, recorriendo la calle de Instituto Técnico, que tenía por esquinas Amado Nervo y Sor Juana Inés de la Cruz. No lejos de la Normal para maestros, plantel a menudo ocupado por huelguistas y granaderos. Su hermano José Luis no sólo no lo ayudaba, se negaba a recibirlo. Hacía una semana que, al toparse con él en el Cine Paseo, cuando Juan vino a saludarlo, lo dejó con la mano extendida.

"¿Qué te pasa?" Aquella vez Alex lo vio como noqueado.

"Es la segunda vez que el cabrón me desaira. Ayer fui a buscarlo a su casa y la sirvienta me dijo: 'Voy a decirle al señor que está aquí', y al poco rato regresó con un billete de cincuenta pesos en la mano. 'El señor se lo manda pa' cigarros. Pide que no lo moleste'".

"No quiero entrar al cine", Juan estaba desanimado. "Quisiera encerrarme en mi cuarto, pero cambiaron la cerradura por falta de pago."

"El hombre que trajiste de Guadalajara para darle clases de pintura, ¿dónde está?"

"¿El panadero? Lo eché, cuando yo volvía de madrugada lo hallaba en mi cama roncando."

"Tu hermano Manuel, ¿no te ayuda?"

"Es un genio del autorrobo. Hace una semana José Luis le consiguió un empleo en los ferrocarriles nacionales y cuando le dieron el uniforme de fogonero se peló con la ropa. Antes de Navidad mi padre le puso un puesto de dulces afuera de la estación de Buenavista, remató la mercancía y se escapó con la lana. Anda en Zapopan escondido de todos, fugitivo de sí mismo."

"¿Por qué no insistes con José Luis?"

"Es el guapo del grupo de los divinos que comen en el Bellinghausen cada jueves. Nunca invita. La noche pasada se cayó en su biblioteca y como escarabajo patas arriba no se podía levantar del suelo. Pasó horas en esa posición, hasta que la sirvienta lo halló al mediodía revisando una bibliografía."

Cuando Juan desapareció, detrás de la ventana se hizo el silencio. Brevemente, porque un coche pasó a toda velocidad. Alex oyó chillar a un perro, y al coche enfrenarse en la distancia.

Alex salió a buscar a Juan. Pero en las calles y los prados había perros ferales, no gente. Perros tan sucios y negros que se confundían con la noche. Otros tan hambrientos que parecían perros-calaveras dibujados por Posada. Silbó a algunos, pero ninguno vino. Una perra pasó seguida por perros crapulosos, pero ni siquiera lo vieron. Alex recordó que alguien le había dicho que nadie sabe de dónde vienen ni adónde van los perros de la calle, siempre en movimiento. Después de un rato halló al atropellado en el pavimento. Lo llamó, pero no pudo levantarse, tenía la cadera y las patas quebradas, descoyuntado no por un vehículo, sino por un chorizo de carros. En la soledad de la muerte, desde su charco de sangre, el animal lo miró con ojos desamparados. Huérfano de dios, era un montón de pelos y pellejos. Alex no supo qué hacer ni a quién llamar, pues para los perros atropellados no había hospital.

Como una sombra que camina, Juan se había ido por la calzada de Melchor Ocampo. Las suelas de sus zapatos estaban tan gastadas que parecía andar sobre las plantas de sus pies. Fumaba un cigarrillo de marihuana tras otro. Pasado el mercado de las flores, entró en el Panteón de Dolores por una barda derrumbada. Anduvo entre tumbas adornadas con ángeles decapitados. Algunas estaban vacías, otras eran lechos de perras paridas. Un pitbull le mostró los colmillos y él se parapetó detrás de una lápida. Lo asaltaron negros pensamientos y se puso a mirar el cono blanco del Popocatépetl bajo el titilar de las estrellas. En un bolsillo palpó una moneda de diez pesos, tan poca cosa que no valía el metal en que estaba acuñada. Con ella podría comprar un pan para los perros.

Extrajo el borrador de "Prendas de la palabra inaudita", poema que revisaba una y otra vez. Lo había dedicado a María Guerra, hermana de un profesor de Marxismo de la Facultad de Filosofía y Letras. Cuando un caballo pasó entre las sepulturas se le ocurrió poner en el poema un caballo galopando entre tumbas blancas. La pluma no tenía tinta y se prometió añadir el detalle más tarde, porque le recordó al caballo viejo que tenía su padre viejo en Zapopan. El arriero con sombrero de paja estaba desdentado y tenía pinta de fantasma, así que lo descartó. No se había dado cuenta, pero el guardia cerró la puerta del cementerio y se sintió preso entre las ánimas del purgatorio (Juan creía en ellas).

Hambriento y tiritando de frío, se imaginó a Lupita, la mesera del Sanborns, trayéndole un plato de chilaquiles. Elevó la vista al cielo y creyó ver un cometa. No era un cometa, era una columna de humo que salía del crematorio. Oyó la tos seca de un borracho caído en un agujero. Pero no lo ayudó. Los borrachos le desagradaban, y su desagrado era mayor que su piedad. Echó a andar. Pero, asaltado por el temor de haber perdido el poema en su bolsillo, columbró las hojas a la luz de la luna y las palabras le parecieron fosforescentes. Vio su sombra proyectada en una lápida. Sobre la lápida pasaron sombras blancas en forma de aves-mujeres y formas negras con alas-brazos puntiagudos. Eran amantes enterrados que a la medianoche salían de sus fosas para hacer por milésima vez la segunda muerte detrás de los rosales. Entre el follaje de un árbol se figuró a una monja desnuda con las manos sobre las ancas como si se dirigiera hacia un aquelarre en el bosque. No se dirigía a un aquelarre, regresaba a su lecho, una tumba antigua.

Bolero

Cada vez que Juan Martínez abría la cortina de su cuarto, se veía a sí mismo mirarse desde el otro lado de la calle. No sólo eso, también se observaba en el espejo del comedor como si se acechara clandestinamente. "Insoportable no poder asomarse a uno mismo sin ser espiado por otra gente. En realidad el miedo a la muerte, como decía Proust, no es simplemente dejar de ser, sino ser otro", Alex pensaba sobre ese asunto. Con razón, porque el otro día al andar rápidamente por su cuarto y volver la cara de repente, se vio a sí mismo en un espejo lleno de sonidos. En su luna, junto a él, también aparecían Arreola y Amparo Dávila, sus vecinos.

Día tras día Juan continuaba la caza de sí mismo. Desde la ventana acechaba al horizonte. "Una enorme nube roja está cubriendo los volcanes. Desde aquí lo veo", escribió en una hoja suelta. "¿A quién echarle la culpa? Las piedras volaron, los pájaros cayeron de una rama quebrada, los guijarros salieron de los bolsillos de mis pantalones colgados en la barra del baño, una jarra de agua se desparramó sobre el tapete", preguntó a su imagen en el espejo. "El poema está vacío. De un tiempo para acá todo parece inacabado."

A finales de febrero, Juan y Lily se habían conocido en una recepción diplomática en la embajada de Austria en honor del coro de niños cantores de Viena que interpretando a Mozart y Schubert andaban de gira por México reclutando voces infantiles. El marido de ella, segundo secretario, provocando al destino, los presentó. Los dejó solos, ocupado en investigar sobre la introducción del vals en México durante el imperio de Maximiliano de Habsburgo. Durante su ausencia, practicaron el amor platónico. Pasaron un fin de semana en los jardines de José Borda, el rey de la plata, y se citaron en el castillo de Chapultepec, desde cuyos balcones vieron la sombra de Carlota alimentando gorriones en un balcón que daba al antiguo Paseo de la Emperatriz. Tomaron capuchino juntos en el Café Tirol.

En el México paranoico de los años sesenta y de las manos politizadas (izquierda o derecha), todo intelectual extranjero podía ser un agente al servicio de la KGB o de la CIA, y un poeta desempleado amante de la esposa de un diplomático austriaco sin duda despertaba sospechas en los servicios de inteligencia. De manera que la primera pregunta que surgía al verlos juntos era si Juan Martínez y Lily Smith eran seudónimos o nombres propios, agentes dobles de las potencias paranoicas de la Guerra Fría y sus pequeños dictadores sanguinarios de Centroamérica y de Europa del Este. Ellos podían ser pantallas para ocultar organizaciones subversivas o células guerrilleras. Tanto Juan como Lily pretendían ignorar las actividades del otro, y entre conversaciones de sobremesa o de sobrecama, preparando cena o recogiendo platos, se interrogaban sobre los intelectuales y los líderes sociales a sueldo de los comunistas o los imperialistas. Creyéndose espiados, tuvieron en Chapultepec este diálogo:

"Cuidado con lo que preguntas en los espacios públicos, el aire tiene oídos."

"Y el silencio orejas."

En realidad, las intrigas del mundo político nacional e internacional los tenían sin cuidado. La seducción y la repulsión mutua eran su narrativa, la infidelidad de Lily, tolerada por su marido, ocupaba sus pensamientos. Aunque el marido diplomático engañaba a Lily con la secretaria, ellos seguían encontrándose platónicamente. Se hacían la promesa de no casarse nunca, de no tener hijos y de no irse a vivir a ningún pueblo pintoresco en el estado de Oaxaca o Morelos. De mutuo acuerdo, una medianoche Juan se mudó al departamento de Lily en Río Elba.

Su hermano José Luis le daba a Juan trajes usados, más bien desusados, y su *domingo*, un poco de dinero que no le alcanzaba ni para el lunes. Y lo calzaba, le *donaba* calcetines desahuciados. Con el entendido de que cuando las camisas, los calzones y los pantalones fueran irreparables o se rompieran no lo molestara con remiendos, reparaciones o demandas de reemplazos. Simplemente se los diera a alguien más jodido que él. Le decía: "Considera que el dueño de este vestuario se murió y te lo dejó de herencia para que no vayas desnudo o descalzo por el mundo dando lástimas. Si eres un poco más alto o fornido o exigente que yo, confórmate, no importa, olvida tu ego, ajusta los botones o acorta las mangas. Si el saco negro tiene un agujero a la altura del pecho, ponle una flor y te verás muy coqueto".

Ella, diminuta, pelo corto y ojos saltones a lo Bette Davis, proclamaba que Juan era el poeta más grande del mundo, solamente comparable a T. S. Eliot y Saint-John Perse. Aseguraba que él era su *descubrimiento*. Por eso Juan, para realizarse, tenía que gozar de plena libertad creativa. Y ella dejarlo cada noche salir hasta la madrugada. De manera que Lily cogía un taxi al azar, con destino a Buenavista o al Zócalo, y a medio camino se declaraba insolvente, confesando al chofer que no traía dinero y que pagaría con cuerpo.

A veces en la madrugada Alex contestaba el teléfono. "¿Está Lily?", preguntaba Juan. "No, ¿por qué?" Él colgaba. Pero a la media hora el aparato volvía a sonar: "¿Ya llegó Lily?". "Por qué preguntas?" "Por nada." A los minutos llamaba de nuevo: "¿Ya llegó Lily?". "No, ¿iba a venir?" "Se fue de compras y no ha regresado." Se hacía el silencio. Colgaba. Volvía a llamar, se oía otra vez la misma voz lejana preguntando a la noche: "¿Dónde está

Lily? ¿Está contigo?". "No." Colgaba. El golpe resonaba en los oídos de Alex. "¿Seguro que Lily no fue a verte?", volvía a llamar. "Seguro." "¿Dónde andará a estas horas? No conoce a nadie en la ciudad." "Realmente no sé." El auricular se llenaba de música. La "Pavana para una infanta difunta" repercutía en el espacio. El teléfono sonaba de nuevo. La misma pregunta con otra voz: "¿Está Lily?". "No, ¿quién llama?" "Juan", decía él, y colgaba.

Con argucias, Lily alimentaba su paranoia. Los rivales de Juan, plomeros, carniceros y leguleyos eran expertos en cañerías, sebo vacuno y trámites burocráticos. Entre más celoso Juan se hallaba, Lily más le contaba anécdotas sobre los hombres que la seguían por la calle y los jóvenes barrosos que en los elevadores le tocaban el trasero. Hasta que uno de esos gañanes la preñó. El niño nació en una casa sin número de una calle sin nombre a manos de una partera sin rostro. Desconocido por Juan, que no quiso verlo, y abandonado por ella, que se tapó los ojos, murió.

A la muerte del vástago, el poeta desapareció semanas. Algunos dijeron que andaba tomando peyote con los huicholes para entrar en éxtasis. Otros, que vendía y fumaba marihuana en Garibaldi, donde tenía amigos que se la daban gratis. Se murmuraba que vivía con Ramón, su medio hermano, a quien José Luis consiguió un trabajo de velador. Pero como era autocleptómano, la primera noche se escapó con el uniforme y se llevó la puerta del negocio que protegía. Cuando su anciano padre le puso una papelería, Ramón malbarató los cuadernos y los lápices, y se peló con el dinero. Le vendía al limpiabotas los zapatos que le boleaba y de una dulcería se robó los chicles de su propiedad. Su madre era muy joven (justificaba Juan) cuando concibió al cleptómano y su padre tan viejo que escondía la falta de dientes con una barba tolstoiana cuando se reía.

Amparo Dávila, autora de *Tiempo destrozado*, habiendo estado casada con el pintor Pedro Coronel, vivía a tiro de piedra de Arreola en Río Elba. De facciones menudas, bajita de estatura, voz suave, por la ventana veía a Juan en el edificio de enfrente trazando con tinta china y ojos cerrados su serie *Delirios*, el mapa gráfico de su paranoia. Y de sus insomnios, pues indiferente a los horarios él dormía de día y despertaba de noche, el cigarrillo de mota humeando en la boca.

De madrugada, Juan, con los ojos cerrados, guiado por una mano pensante, trazaba en una cartulina su obra mágica: una telaraña de rayas, unos símbolos esotéricos, unos animales sobrenaturales, y caras monstruosas, triángulos y círculos que emergían de sus dedos. "Es dramático el cruce de dos líneas, un punto es más trágico que un hombre", citaba a Kandinsky tratando de justificar su propia geometría. Lograba su creación escuchando obsesivamente la *"Pavane pour une infante défunte"*, la obra que Maurice Ravel había compuesto en 1899 mezclando las aliteraciones musicales con las aliteraciones visuales. El cuadro sonoro que el músico francés había imaginado de España en la mente de Juan era un planeta de Quijotes alucinados.

En el periodo navideño de 1960, el *"Bolero"* atravesó paredes y salió al exterior convirtiéndose en la música de una obsesión. Juan dejó de salir a la calle, de ir al café, de comer y beber, insomne de día, activo de noche. La simetría audible del *"Bolero"* repercutía en un espacio de humo con ventanas cerradas, se revolvía en un tema recurrente que se transformaba en la monomanía de un poeta.

A la sombra de una lámpara, con ojos desorbitados por la excitación creativa y vidriosos por la marihuana, Juan pintaba y trazaba lo que a su mano se le ocurría, como si la mano pensara. Interiorizada la música, indiferente a las protestas de los vecinos que le pedían que bajara el volumen, llamaba a sus dibujos *Revelando a Ravel*, y se designaba a sí mismo el bolero (el limpiabotas) del genio. Se sentía el bólido musical que se arroja al espacio a gran velocidad como un búmerang que se vuelve contra la persona que lo lanza al aire.

Juan llegó a obsesionarse tanto con Ravel que la imagen del músico francés, que había sufrido una afasia progresiva, se interiorizó tanto en su persona que, en su máximo desdoblamiento, escuchaba una y otra vez el "*Bolero*". A base de oírlo repetidamente no sólo lo reinventaba, se lo apropiaba, como quien a fuerza de ver los sonidos de *El grito* de Munch siente su aullido adentro sacudiendo su mente, su cuerpo y su día.

Martínez tocaba el acetato con agujas que rasgaban el disco y crujían afectando la música, y los movimientos sonoros se repetían una y otra vez, exaltándose él al escuchar y repetir los mismos ruidos. Así, en gozosa sensualidad la música retumbaba en el espacio del cuarto hasta que el brazo del tocadiscos, surcando y rayando el acetato, se quedaba inerte.

Noche tras noche Juan pasaba las horas dibujando con tinta china las formas que su mano, libre de control mental, le dictaba. Así, él rayaba, marcaba, delineaba, rasgaba, imaginaba replicaba figuras humanas y siluetas animales, triángulos y rectángulos en una geometría de la mente que convertía a Euclides en música.

Con los párpados apretados y los ojos vidriosos, envuelta la cabeza en el humo de la marihuana, esbozaba una sonrisa igual que si las tintas de color que delineaban círculos y puntos suspensivos sobre cartulinas y servilletas (estas últimas rescatadas de los cafés) estuviesen vivas. Tréboles, trenes, trigales, troncos, túmulos, tubérculos, tormentas de arena y truculencias que se hacían y deshacían espontáneamente, se cruzaban en una geometría de la mente, en un laberinto sicodélico.

Una energía extravagante vibraba en los círculos de plata de esa (des)creación en movimiento. Al abrir los párpados él veía lo que su mano había hecho y las figuras truculentas que su impaciencia borraba.

Cuando Ravel estaba loco confundía a Lily, la inspiración detrás del *"Bolero"*, con la bailarina Ida Rubinstein, amante de Juan. Los silencios musicados, los delirios pintados, a fuerza de ser repetidos *ad infinitum* rayaban y chillaban en el acetato.

En una autodefinición de su estado anímico, Juan escribió: "Ahíto de delirio, el cerebro de Ravel es como un barco que pasa... Colapsado sobre los dibujos audiovisuales y los crepúsculos musicales a medio hacer, una madrugada de 1937 el compositor sucumbió a las complicaciones de un tratamiento *neurosurgical* (sic). Sus manos se quedaron inmovilizadas sobre las teclas, sus dedos fijos en los marfiles, su rostro distorsionado en una mueca musical. Su boca tiesa. Su muerte, como la *"Pavane pour une infante défunte"*, fue una pieza escrita para piano solo".

A la luz de una lámpara, con ojos desorbitados por la excitación y vidriosos por la marihuana, Juan pintaba y trazaba lo que a su mano se le ocurría, como si su mano pudiera dejar de pensar. Perturbado por la música, indiferente a las protestas de los vecinos que le pedían que bajara el ruido, insistiendo en seguir llamando sus dibujos *Revelando a Ravel*, con el bolero se sentía volar. Él mismo convertido en un bólido musical que se arroja al abismo de sí mismo, y transformado en búmerang se volvía contra la mano que lo lanzaba al espacio. Juan no imaginaba que tanto Ravel como él se velaban a sí mismos en los síntomas (o ritmo frenéticos) causados por una enfermedad neurológica o afasia progresiva o desfiguración desinhibida o desfase desfibrilador, como cuando los sonidos y las imágenes de una película se encuentran desfasados y se oyen las palabras antes o después de que los actores abren o cierran los labios. Estos desacuerdos eran fallas o indicios de una enfermedad degenerativa del lenguaje que convierte la música en un problema mental, manifestado en una especie de ecolalia.

Gloria in Excelsis Deo

Alex no veía a Juan desde hacía tiempo y ese domingo de abril decidió visitarlo.

"Sube", gritó él desde el tercer piso del edificio de Río Elba donde vivía con Lily.

Pasada la puerta de vidrio, indeciso en el monótono pasillo, Alex subió la escalera, escuchando una débil música que salía de un radio portátil, seguramente propiedad del portero o de una sirvienta. La luz alta del vestíbulo estaba prendida.

En silencio, como si acabara de levantarse, Juan lo recibió en una bata de Lily que le llegaba hasta las rodillas. Pasaron a la sala.

"¿Está tu mujer?", preguntó Alex.

"Anda de viaje", Juan se sentó con las piernas cruzadas.

"¿Por el país?"

"Por la ciudad." Desnudo bajo la bata, Juan se puso las medias negras de su mujer.

"¿Volverá pronto?"

"Mañana." Juan lo miró con ojos turbios como si hubiera fumado marihuana toda la noche.

Alex notó que afuera de la cocina, en una mesa de centro, brillaba un cuchillo. "¿Para qué es eso?"

"Para pelar pollos. ¿Qué te trae por aquí?", preguntó Juan en tono resentido.

"Desde hace tiempo quería visitarte."

"¿Así, de repente?"

"Así, de espontáneo."

Juan se levantó de la silla para hacer fuego en la chimenea. Puso en el tocadiscos *Gloria* de Vivaldi a todo volumen. "Soy un ángel de fuego, soy un ángel de fuego", exclamó exaltado mientras los coros vibraban y los leños ardían en la chimenea.

Gloria in excelsas Deus cantaba el coro exultante de alegría. *Et in terra pax hominibus bonae voluntatis.*

Juan se sentó mirando con fijeza las llamas y abriéndose la bata, que era más pequeña y delgada que él, y comenzó a bajarse y subirse las medias negras, las cuales entraban con dificultad en sus gruesas piernas. De pronto, con ojos vidriosos y las manos ocultando un cuchillo, Juan se acercó por detrás: "Exorciza tus demonios".

Alex se levantó pretextando ver crepitar el fuego.

"Tranquilízate, piensa en algo puro."

"Pienso en lo que quiero."

"Limpia tu conciencia, exorciza tus demonios, despójate de tus malos pensamientos, vacíate de impurezas." Delante de Alex, Juan mantenía las manos atrás.

"¿Cuáles demonios?"

"Escucha lo que te digo." Juan se volvía a cada momento más iracundo, como si algo que Alex hubiese hecho lo enfureciera.

Domine Deus. El soprano y el oboe se alternaban.

Alex recordó que tal vez estaba enojado porque habiendo pedido la beca del Centro Mexicano de Escritores para escribir poesía durante el periodo 1959-1960, seguro de obtenerla por las recomendaciones de su hermano José Luis, él la había ganado sin la recomendación de nadie. O porque una noche durante una velada literaria Juan habiendo leído el poema "Muertes y entradas" de Dylan Thomas como si fuese suyo, Alex se había atrevido a decirle que la traducción del poema al español había aparecido en la revista *Sur*.

"¡Es mío!", gritó Juan fuera de sí. La revelación no había tenido efecto porque noches después en El Gato Rojo, volvió a recitarlo como si fuese propio.

"Haz lo que te digo, exorciza tus demonios." Juan estaba peligrosamente cerca, con las manos atrás, como en trance.

Laudamus te, benedicimus te, adoramus te, glorificamus te, cantaban los sopranos.

En eso, alguien tocó el timbre.

"Voy a ver quién es", dijo Alex.

"No estoy para nadie."

"Tengo que irme." Alex buscó en la repisa de la chimenea la llave de la puerta que daba al balcón. La encontró. Abrió.

Gloria in excelsis Deus, cantaba el coro exultante de alegría. *Et in terra pax hominibus bonae voluntatis.*

Laudamus te, benedicimus te, adoramus te, glorificamus te, replicaban los sopranos.

"¿Está Juan?" Preguntó desde la calle Sergio Mondragón, editor de *El Corno Emplumado*.

"Sí está."

"No quiero que entre."

"Es Sergio."

"Que se vaya."

"Yo le abro, voy a salir."

"No quiero verlo."

"La llave."

Gratias agimus tibi, el coro retumbó en la sala. *Propter magnam gloriam tuam.*

Juan aventó la llave al piso.

Domine Deus. Se oía el solo de la soprano.

Alex bajó las escaleras. En la puerta, Sergio preguntó: "¿Te vas?".

"Sí, sube tú, Juan te está esperando."

Alex desde abajo miró a Juan mirándolo desde arriba. Los ojos parecían salírsele de la cara. De repente, el vidrio de la ventana cayó a sus pies sin pegarle.

Alex partió.

Juan lo miró desde el balcón alejarse por la calle vacía.

Semanas después una foto suya apareció en *La Prensa*:

LOCO ATRAPADO

"¿Arrestarme a mí que soy el poeta más grande del mundo?", Juan increpaba a los policías chaparros que lo sujetaban de los brazos. "Estúpidos, soy el poeta más grande del mundo."

"Una vecina, oyendo ruidos extraños, llamó a la policía", decía la nota. "En el interior del departamento los agentes de la ley se encontraron con una mujer secuestrada de nacionalidad austriaca. Su amante, un sujeto llamado Juan Martínez, que dijo ser de oficio poeta, desde hacía semanas la tenía amordazada y atada de pies y manos a una cama, sin darle de comer ni de beber. Cada noche, Martínez se vestía, se arreglaba y se iba a la calle. Regresaba en la madrugada sin decirle dónde había estado. En el momento de su arresto, se le halló a dicho individuo una bolsa de marihuana y poemas en el saco. Traía traje negro, camisa blanca y zapatos Florsheim, regalos que dijo se los había dado Lily."

"Denme pastillas para suicidarme, no quiero vivir", dijo ella a los agentes cuando la desataron. "La misión de mi vida fracasó: ser la compañera del poeta más grande del mundo."

Un mediodía, cuando Alex fue a buscar a Juan al centro de detención en que estaba recluido, llegó en el momento en que los policías lo sacaban y lo subían a un vehículo blindado con una reja en la ventanilla por la que entraba un rayo de sol. Desde fuera no se podía ver nada.

"No podrás ver la luz del día, pero todo el aire que hay aquí es tuyo", un comandante se burló de Juan.

"Una tal Lily te busca", días después, la tía Carmen vino a decirle a Alex cuando aún estaba acostado.

"Pásala a la sala."

Ojerosa y desencajada, Lily parecía no haber dormido en días. "Sólo pienso en Juan, dame barbitúricos para morirme", dijo a bocajarro.

"Lily, viniste con la persona equivocada. Vuelve a Austria con tus hijos."

"Dame pastillas."

"No tengo."

"Pronto sabrás de mí." Amenazante, con pasos arrastrados, Lily se marchó. Semanas después, Alex se enteró por un periódico de que la habían hallado muerta en el Hotel Gloria de la calle de Pino.

Cuando Juan salió de la cárcel, su hermano José Luis hizo aprisa arreglos para desaparecerlo de la ciudad de México. Su asistente lo citó en la Terminal de Autobuses del Norte para entregarle un sobre cerrado que contenía un boleto de autobús a la frontera (sólo de ida), mil pesos en efectivo para gastos varios y una maleta con ropa limpia.

Días después, Paola con un mal catarro estaba lavando la calle con una manguera cuando Alex llegó al café.

"Qué gente cochina la que tira botellas de cerveza en la jardinera. ¿Qué hacen esas latas de sardinas en la banqueta? ¿Y esas cajetillas vacías de Delicados por qué están a la puerta del Tirol? Aquí la basura se ha hecho piedra y junto a las raíces del árbol crecerán lianas de grasa", rezongó ella.

"Buenos mediodías", saludó Alex.

"Ah, qué bueno que vino, esta mañana Juan Martínez vino a despedirse de usted, pero como no lo encontró me dejó una carta. Dijo que usted era su discípulo y como se marchaba al norte quería decirle adiós." Paola entró en el café, y a los pocos minutos le entregó una carta.

He vuelto de mis "vacaciones" (en la cárcel). Espero que sigas interesado en las prendas de la palabra inaudita, que ambos buscamos en la vida. Residiré en Tijuana, ciudad a la que mi hermano José Luis ha decidido enviarme para impartir una cátedra en la Universidad de la Calle. En realidad con el propósito de librarse de mí o para mantenerme a mil kilómetros de distancia. Enseñaré poesía a marihuanos, braceros y putas. Cuando quieras visitarme, búscame en la terminal de camiones. Lamento no haberte encontrado en el Sanborns de Niza, pero la Lupita en turno no quiso fiarme comida. Sin ánimo de ofenderla, la nueva, tiene buenos platos, pero no se los pedí prestados, no por falta de ganas, sino por falta de dientes, muy dañados como mis genitales durante mis "vacaciones". Una noche mi compañero de celda me atacó y vi la muerte en sus ojos. Peón 4 Rey.

"Raro que se despida con un peón cuatro rey, si no sabe jugar ajedrez", pensó Alex.

Desde entonces Alex no supo de su paradero, hasta que un discípulo suyo se topó con él en el centro de Tijuana con una cubeta de agua y un trapo con detergente. Limpiaba coches a cambio de unas monedas que a veces no recibía, pues la luz del semáforo cambiaba y el automóvil partía. Juan se quedaba parado entre los niños de la calle, con los pantalones atados con cordones. Él como ellos tragaba fuego en las esquinas, dormía en las terminales de autobuses. Sucio, pero chido, pedía monedas a turistas y a braceros que andaban por avenida Revolución buscando drogas, alcohol y prostitutas.

Juan Martínez, con el cabello largo amarrado con un listón rojo como cola de caballo, metido en un ancho abrigo negro y pantalones cuyas piernas encajaba en unas botas que le llegaban a las rodillas, salía al paso de los automovilistas y los transeúntes con la mano extendida. Con expresión quebrada miraba con ojos ausentes "como si le faltara algo".

En el hospital siquiátrico lo habían tratado con electrochoques.

La tribu iracunda de los poetas

He visto tus palacios palpitar en mil llamas apagadas, oh, ciudad de México, he tocado en tus tezontles la sangre seca de tus pobladores sacrificados

A la calle de Seminario le habían cortado los pies para que cupiera en una cuadra. Escaleras, muros y patios habían sido mutilados a través de los siglos hasta darle su apariencia actual. Era la calle más corta del Centro y de historia más larga. La ciudad colonial, construida con las piedras del Mexico antiguo, había sobrevivido a las destrucciones de los conquistadores, pero no a las obras de los desarrolladores. Así que Seminario no sólo era una ruina histórica, sino también moral. Para Alex, el tezontle, la piedra volcánica porosa color sangre coagulada, guardaba reminiscencias no sólo de pasados sacrificios humanos, sino también futuros. Entre el basalto y el cascajo se oían los gritos mudos de épocas terroríficas, de las actuales y las por venir.

En ese paisaje de serpientes de piedra y de víboras de cascabel con pies humanos, sólo faltaba que apareciera Moctezuma con sus caballeros águila y tigre, sus sacerdotes emplumados y sus mercaderes enjoyados, todos con los tamemes atrás como sombras vivas. Alex podía imaginárselos atravesando plazas y acequias rumbo al tzompantli para colocar una cabeza más en la empalizada de cráneos descarnándose bajo el sol. En ese árbol macabro, las calaveras con los dientes pelados parecían estar riéndose de los mexicanos presentes y de los conquistadores sucesivos, acompañados ambos por frailes y diputados con las manos en alto camino del palacio inquisitorial y de la bolsa de valores. Animaban la cuadra danzantes disfrazados de aztecas y devoradores de tacos de sesos, testículos y jetas con pelos, de tortas de jamón con frijoles y chiles jalapeños.

En Seminario 10, a espaldas de la Catedral, el tío Salvador tenía su taller de Vírgenes de Guadalupe. Junto a la dulcería estaba el teléfono de paga. Siempre desocupado, porque solía estar descompuesto. Inútil para empleados y empleadas con trajes grises marca Robert's y trajes sastre comprados en Correo Mayor y el puerto de Veracruz.

Alex subió una escalera que parecía tiempo petrificado, confundidos sus escalones con el peso de los recuerdos de su infancia. En la primera planta, el tío Salvador atendía a los clientes que venían de lejos y de cerca a comprar imágenes de la Virgen de Guadalupe para la fiesta del 12 de diciembre. Cofradías de choferes, policías, bomberos y vendedores de reliquias buscaban estandartes para altares y procesiones. María Flores, su menuda esposa, con facciones de ciruela pasa y gafas redondas, sobreviviente de una añeja familia porfirista venida a menos, recibía pedidos, cobraba adelantos, mientras sus dos primas solteronas, bellezas decrépitas de la tercera edad, más parecidas a tzitzimime, las feroces criaturas sobrenaturales, escrutaban a los visitantes con ojos aguados y cara cerosa. A esas féminas el tío llamaba las Lavamanos, porque maniáticamente se lavaban las manos y se planchaban las ropas negras sobre el cuerpo por fobia a los microbios. Por esta manía el baño debía estar disponible siempre, pues en cualquier momento les entraría la urgencia de lavarse.

Para las Lavamanos los visitantes eran fuentes de contagio. En particular los hombres bigotudos podían transportar bacterias en los pelos de la nariz y de las orejas, y en los vellos de los brazos. No obstante su educación religiosa, bajo las ropas negras andaban desnudas, pues en su ropero no había pantaletas ni calcetas que no estuviesen resecas de tanto plancharse. Sus tetillas bajo las blusas negras también estaban planchadas, y sus pechos igualados por el uso de electrodomésticos. El espectáculo más impactante lo daban cuando se les sorprendía en la bañera en cueros: una con los ojos cerrados, otra con los ojos abiertos. Pero la reliquia más notable era María Antonieta, el Santo Empolvado, la niña adoptada a la que el tío empolvaba las mejillas para atenuar su piel morena. Su cuarto estaba repleto de muñecas que el tío compraba en la Lagunilla, "el mercado de los ladrones". En su camita de juguete, la niña miraba por los barrotes como una muñeca pálida con ojos de canica.

"El otro día encontré a las Lavamanos bañando a María Antonieta. La tenían sentada al borde de la tina restregándola con Fab y zacate. Luego la desplegaron en el tapete como a pulpo mojado", reveló el tío. Mientras Alex examinaba a esas mujeres gorgónicas con sus suéteres brillosos pegados a los brazos y al pecho, recordó que cuando era niño sus padres lo traían a la ciudad, quedándose en ese departamento de paredes anchas y techos tan altos que matar a un mosquito era un trabajo digno de Hércules. En las noches heladas, no sólo yacía aterido en la cama, sino como atenazado a la nada, pues las casas coloniales de Seminario eran como tumbas paradas. Según el tío estaban habitadas por *cosas*, almas en pena de ahorcados y quemados, de sacerdotes sacrificadores y conquistadores fanáticos religiosos, cuyas bocas de noche decían plegarias en lenguas desconocidas.

"Salvador, Pancho está furioso porque no le has pagado. Parece el espectro de Pedro de Alvarado", susurró María Flores mientras el tío miraba en la bodega un lienzo de la Virgen morena rodeada por el sol, imagen de la Virgen del Apocalipsis.

"Parece loco." María Flores trató de proteger con su cuerpo las pinturas recargadas en la pared en diferentes estados de composición, esbozadas o a medio hacer, derivadas del pintor indígena Marcos Cipac de Aquino, imaginero de la Escuela de Artes y Oficios del Convento de San Francisco fundado por fray Pedro de Gante en el siglo XVI.

"Pancho trae un cuchillo en la mano y está echando fuego por la boca."

"Dile que no estoy."

"Ya te vio."

"Habla a la policía."

"Arrancó el teléfono."

El tío Salvador desde la escalera columbró a su ayudante. Medio borracho venía a exigirle adeudos y sueldos atrasados amenazando con destruir las pinturas comisionadas.

"Pancho, Salvador se fue a la Villa a pagar una manda, me dejó estos pesos." María Flores le dio unos billetes apañuscados. Quería calmarlo, no perderlo, Pancho era el que trazaba la silueta de la Virgen y Salvador el que pintaba sus ojos.

A la salida, Alex se paró delante de la Librería Cesarman. En el aparador vio su propio reflejo. Dos chicas, una rubia y una oaxaqueña, estaban arreglando los libros en la vitrina. Él no traía dinero. Dudó si entrar o seguir caminando. Entró. Sentados en las mesas como gatos bodegueros estaban los hermanos Teodoro, Fernando y Eduardo Cesarman, los hijos del dueño. Protegían las Annas Kareninas, las Ilíadas, los Quijotes y las Cumbres borrascosas de los ladrones de libros. Rapados, con pinta de estudiantes de Medicina, pasaban el día vigilando las manos y los portafolios de los clientes. Su hermano Juan, cuando trabajaba en los almacenes El Siglo, y vivía con el tío Salvador, solía comprar libros en la librería; al bajar del autobús en Contepec se los entregaba a Alex, quien temblaba de emoción: los cuentos de Gógol, *Crimen y castigo* de Dostoievski, y las *Historias* de Heródoto. No faltaba una *Odisea*.

Alex se fue por Cinco de Mayo. Entró en una tienda de discos de música clásica. Escuchó en la cabina un concierto de Mozart, la *Sinfonía pastoral* de Beethoven y "Capricho italiano" de Tchaikovsky. Los compró. Pero sin saber qué hacer con ellos. No tenía tocadiscos. Con los acetatos bajo el brazo, la promesa de la música sonaba en su interior. Se prometió viajar a Contepec donde su familia tenía un Philco. "Ahora sólo imagino la música de lo que pasa, de lo que puede ser y de lo que está dentro de mí", se dijo.

Frente al Palacio de Bellas Artes se cruzó con una colegiala con falda corta que salía de una clase de ballet. Aspirante a bailarina, abochornada por el calor, buscaba sombra entre los árboles. Alex entró al Chufas, un café frecuentado por viejos republicanos. Se detuvo un momento, como espectro en el umbral, y después dirigió sus pasos hacia la Ciudadela. Una señora vendía tacos de chorizo desde la cajuela de un Volkswagen. Solo y sin hambre, siguió caminando.

Era un lago oscurísimo. En sus extremos, la noche no tenía orillas, y apenas se distinguía el Lago Mayor del Menor, ambos artificiales, construidos durante el porfiriato con fondo de concreto transportado desde el Reino Unido. Buscaba el gobierno, que inició el proyecto entre 1895 y 1906, que el bosque de Chapultepec fuese el parque urbano más hermoso de las Américas, pues ya desde los tiempos prehispánicos los manantiales de la zona transportaban agua a la ciudad mediante los acueductos. Las lanchas al golpe del agua marcaban el paso del tiempo. Los ahuehuetes, los viejos del agua, parecían inmóviles al borde de los senderos. Los otros árboles, el fresno, el cedro y el colorín apenas se distinguían uno de otro. La silueta del castillo, no el castillo mismo, se venía abajo entre bugambilias moradas, y entre las ruinas de los templos antiguos daba la impresión de hundirse en el reflejo de una luna errática. Según la leyenda, el palacio de Moctezuma estaba sobre el Cerro del Chapulín, llamado Chapultepec, y aquí el virrey español don Matías de Gálvez lo comenzó en 1783, y su hijo don Bernardo lo terminó en 1785. Rodeado por una masa arbórea, el lugar se convirtió en la residencia del presidente de México, aunque la belleza de sus decoraciones interiores se debió a la lúcida enloquecida emperatriz Carlota.

Alex respiró hondo por los miles de árboles del parque urbano más antiguo del mundo. Estaba paseando con sus amigos Horacio Escudero y el pintor Carlos Coffeen Serpas, un salvadoreño indocumentado que tenía pavor de la policía mexicana.

"Tengo miedo, no tengo papeles, si la policía me detiene, adiós." Coffeen hablaba desde lejos, como si hubiese dos Coffeenes, uno a punto de poner pies en polvorosa y otro deseoso de socializar.

"Te sacamos del bote o te dejamos morir en una celda sin luz, sin agua y sin alimento. Yo te defiendo." Horacio abrió el paraguas, aunque el cielo estaba despejado.

"Tengo miedo", desconfiado, Coffeen escrutó los matorrales. "No quiero pasar por el castillo, allí llevan a los centroamericanos para deportarlos y a parejas haciendo el amor en las cuevas."

"¿Para qué la cinta?", Alex preguntó a Horacio.

"Para medir el viento."

"Hay un agente migratorio en mi camino, viene hacia acá con sus tenazas", Coffeen se alejó por la Calzada de los Poetas.

Horacio sacó de sus ropas un envoltorio. Alex creyó que era una basura que él tiraría en un seto o en un puesto de tortas o detrás de un muro del Auditorio. No, era la mano descarnada de una prostituta muerta que sustrajo del anfiteatro de Medicina durante una clase.

Metió la mano descarnada en su bolsillo. "La garra vuelve a su reposo. Está viva, y de noche me despierta abriendo y cerrando unos dedos tan crujientes que parece que necesitan ser aceitados. Le gusta rasguñarme y acariciarme. Pertenecía a una loca."

"A mí sólo me falta que la policía me agarre con una mano de muerta", dijo Coffeen, volviendo a caminar con ellos.

Un tecolote color arena se emperchó en la oscuridad. Desprendiendo un polvo fino sacudió las alas. La cabeza emplumada, el cuello arrugado, el pico curvo, las garras filosas, las orejas como viendo a la gente, se quedó quieto en el aire. Sus ojos parecían otear el horizonte en busca de seres invisibles al ojo. Colgado de las ramas, despedía un silencio extraño. Se echó a volar de rama en rama.

Del corazón de la noche brotaban luces, volaban ojos sobre la superficie del agua atravesando follajes. Luciérnagas se propagaban por los aires, las aguas y las tierras de Chapultepec. Su abdomen alargado, formado por anillos negruzcos con verde amarillo emitía intermitentemente una luz verde fosforescente como hecha de instantes vivos. E igual que si formaran un solo organismo, se desprendían y se encendían unas a otras hasta iluminar la noche.

Fugaces y bioluminiscentes, las luciérnagas volaban al ras del agua, duplicaban su imagen, proyectaban un doble luminoso como si el instante lumínico fuera a quedarse para siempre en el ojo. Unas y otras se fundían en una activa, onírica apacible fusión de luces que eran cuerpos, que eran pupilas que eran sueños. Esos ojos voladores no proyectaban sombra. Alex, mirando a los insectos, sentía su propia existencia aleatoria, circunstancial y efímera. Rodeado por ellos, trató de separar por su luz a las hembras de los machos, todos apagados de pronto, como si los brillos de la noche desaparecieran en una oscuridad ajena, o como si se las hubiese tragado una oscuridad tan inmensa, tan cabrona que no sólo estaba en el lago, sino inmersa en otra oscuridad, en el interior de cada uno de nosotros. Tan grande, tan total, tan ubicua era la luciernagada que envolvía todo: el bosque, las casas, los cuerpos y el espacio mismo. Y como si todo —palabras, luciérnagas y ahuehuetes, y los paseantes mismos— fuese tragado por el hoyo negro del presente.

Se hizo el silencio. El grupo se fue por un sendero. Un niño muerto de hambre los siguió entre los árboles. Si ellos volteaban hacia atrás, él volteaba, se detenía. Si una lechuza de campanario pasaba sin hacer ruido, él movía los brazos para ahuyentarla. Alex lo vio: cara blanca, ojos negros, un zopilote rey. Al pararse en el aire, alcanzó a ver sus plumas verde azul antes de que desapareciera no sólo en el tiempo, sino en el espacio. La última imagen que tuvo de él fue su pico curvo. En círculos lentos cazaba a las luciérnagas que se iban apagando. No lejos, a la luz de la luna, las flores de cempasúchil plantadas para el Día de Muertos daban al llano una apariencia de ofrenda fúnebre.

"El bosque está lleno de rumores. Si la policía me detiene me deporta", Coffeen oyó pasos.

"No es la policía, es el niño huyendo", dijo Horacio.

"Maestro, ven", Alex llamó al niño que se le había quedado mirando con ojos tristes y cara descolorida.

"¿Me llamó maestro?, preguntó el niño.

"De ti aprendo."

"Una coperacha." Alex extendió su gorra.

"Aquí va lo mío", Horacio sacó de su bolsillo unos papeles. "Cuatro boletos de camión. Diez pesos devaluados. Un retrato en miniatura del presidente de la República. Un boleto usado del Teatro Blanquita."

"Maestro, acércate", Alex le hizo señas.

El niño, temeroso de una trampa, rechazó el llamado.

"Yo también tengo un hijo que vive con mi madre Lilián. Abuela y nieto se la pasan hambreados y soñando en un cuarto de sirvienta de la calle de Humboldt. Los sostiene la ilusión de pensar en poesía, de hacer dibujos goyescos. Viven al margen. No sólo atropellados por los políticos gordos, sino hasta orinados por los perros falderos de sus señoras esposas." Coffeen, con medio rostro envuelto en la oscuridad del bosque se soltó hablando. Pocas veces se abría de esa manera, pero esa noche lo hizo con cara de ratón asustado.

"Tengo dos impresiones: Una, en cualquier momento el chico será atropellado por un policía o un coche. Dos, no es un niño, es el fantasma de un niño y los automóviles no podrán hacerle daño, pues ya está muerto, y lo que vemos es una sombra que anda." Alex lo vio alejarse, pensando en su existencia precaria, en sus lechos de piedra y en sus noches de hambre. "Los árboles centenarios son testigos pasivos de todo tipo de desatino humano."

El poeta de la calle de Gelati

Covita Cortés había llegado de Veracruz a la ciudad de México el mismo día que cientos de republicanos españoles exiliados desembarcaron en el puerto del barco Sinaia, acogidos por el gobierno de Lázaro Cárdenas. No sabía quién había sido su padre, ni cuándo ni por qué su madre le había heredado un rebozo color púrpura, sobre el cual caían como un chubasco sus largos cabellos negros. La muchacha, una mulata de dieciocho años, de carnes duras y ojos almendrados, había sido rifada en un burdel de la colonia Roma y traspasada a una casa de citas en la calle de Pino, propiedad de la Bandida. Alí Chumacero presumía que había sido uno de sus primeros clientes cuando era nuevecita. Y que un sábado, buscando la oferta de la noche, se la habían presentado como una aspirante a maestra de la Escuela Normal para Maestros. Sus atractivos principales: formas huidizas y cara complaciente. Inclinado por Covita, el poeta de *Palabras en reposo*, durante el acto con ella, o a causa de las emociones que le provocaron sus caricias, cayó en brazos de Morfeo. "No fue un problema pagarle, soy generoso conmigo mismo y le di un buen anticipo. A mi edad no se puede ser mezquino, cada lance amoroso puede ser el último, un canto del cisne. No importa que a veces, al tenderme en el lecho, caiga en brazos no de la mulata, sino en un sopor semejante al de la muerte. Y al despertar uno se halle en un lecho vacío. 'Joven, se acabó su tiempo', Carlota la madrota me tocó la espalda con tiento para no asustarme. Pero yo sentí sus dedos como un calambre. Pregunté: '¿Dónde estoy? ¿Quién es ese tipo al lado de esa chica?' '¿No me recuerda? Es usté.'

118

'¿Yo?' 'En el lecho se pierden los egos, recibimos a menores de cien años y a viejos de quince', aseguró Carlota. 'A todos les decimos joven por cortesía.'" Después de un largo silencio, Alí recobró el aliento, y con el aliento el ánimo: "Volveré la semana próxima veinte años más joven, espero encontrarla a ella dos semanas más vieja para comparar edades", prometió él. "Ahora, entre los poetas ancianos de mi tiempo brindó el chamaco que fui yo mismo."

Pasado el día de su cumpleaños, Alí Chumacero estaba empecinado en seguir festejándose, por la simple creencia de que cada día del año precedía o procedía al 9 de julio. La siguiente celebración de su aniversario fue el 9 de octubre, no en su casa de Gelati, sino en el burdel de Pino. Rodeado de jóvenes, abrió una botella de vino Rioja y una de tequila cien por ciento agave de Jalisco. Como corrector de pruebas y editor de libros en el Fondo de Cultura, y por su trato con escritores veteranos y primerizos, en cafés, cantinas y prostíbulos, disponía de un inagotable repertorio de anécdotas, tanto de Salvador Novo, Octavio Paz y Juan Rulfo, como de las tres furias: Elena Garro, Pita Amor y Eunice Odio.

"Conozco a las tres: la Gorgona mayor es Elena Garro, la de en medio, la Décima Musa, y la menor solamente Eunice, porque agotó su Odio."

"¿Desde cuándo conoce a la señora Garro?", Coffeen preguntó con una vocecita, dando un bocado a su pan seco.

"Desde la pubertad, cuando aún practicaba la caridad sexual sin garras."

"Maestro, ¿ha visto a Octavio Paz?", preguntó Betancourt, un escultor colombiano de pequeña estatura que se dedicaba a hacer esculturas gigantes de Simón Bolívar para vender a los diputados del PRI para instalarlas en sus jardines revolucionarios.

"Practica la contemplación del ombligo."

"Mi madre Lilián quiere mostrarle sus últimos sonetos", dijo Coffeen. "Aquí está su retrato."

"Parece cabra asustada."

"Vive en un cuarto de sirvienta en la calle Pobreza, esquina con Tristeza. En el Kiko's no bebe café, sólo agua cafeinada."

"Llévale veinte pesos, pero que no venga a darme las gracias, la desolación se pega por contagio."

"Bebe café americano."

"Borges decía que hay palabras que no tienen traducción: café y coffee son bebidas distintas."

"Les traigo los Nescafés que manda la señora Lourdes", una sirvienta aportó tazas, platos y cucharas.

"¿Cuántos años cumple?", preguntó Horacio.

"Hasta los cuarenta cuentas los años; luego, los descuentas." Sentenció Alí: "El niño cuenta su edad por días, por meses, el adulto por lustros, por décadas, por siglos. Yo, nacido en Acaponeta, Nayarit, en 1918, al ver mi padre en una revista el nombre de Mohamed Alí me lo puso. El pueblo fue mi ubre, Guadalajara mi orbe. Al emigrar al D. F., viví en la calle de Costa Rica número 118, interior 11, cerca de Tepito. Era un rumbo *ad hoc* para pasearse por las calles del Centro localizando cantinas y burdeles".

"La mujeres de Acaponeta son orquídeas, los domingos dan vueltas en la plaza alrededor del quiosco esperando encontrar novio. Desde el mostrador de la Ferretería Chumacero, la tienda de mi padre, yo las veía pasar pensando en cuál me gustaba más, si la de piernas flacas o la de boca chiquita." Alí se acomodó las gafas de pasta y se sirvió un trago. "El whisky alarga la vida, las anécdotas alegran la nostalgia."

Alex lo vio desenfadado: no usaba corbata, el cuello de la camisa abierto. Las gafas le caían sobre la nariz como un puente de vidrio. Disfrutaba de su humor negro más seguro de sí mismo que Arreola y Rulfo, a quienes los críticos llamaban la yunta de Jalisco porque llevaban su terruño en la espalda como una carga de prejuicios.

"Escriban, muchachos, no se dejen devorar por el medio caníbal, los escritores mexicanos no son malos, sólo son resentidos, deshonestos y malignos. Comiéndose las uñas, viven en la caverna platónica de la envidia de la obra ajena."

En eso se abrió la puerta de la biblioteca de par en par. La señora Chumacero entró gritando:

"Alí, Alí, nuestro hijo se va de putas."

"Agárrenlo, agárrenlo, yo también voy."

El Gato Rojo

Camino de Río Rhin, Alex andaba bajo la lluvia. En el silencio de la calle, el ruido de un claxon lo sacó de su ensimismamiento. Por la ventana de un taxi de hotel un turista norteamericano agitaba un plano de la ciudad. Ebrio, sin bajarse del auto, le gritó: "Hey, my friend, come here. Where is the girl?".

Como Alex no era informador callejero, siguió andando. Pero la bocina eléctrica de gran sonoridad lo siguió.

"Hey, boy, where is Río Tíber?", preguntó el ebrio con voz arrastrada. "Where are the Mexican whores?"

Alex no contestó, con el libro que llevaba bajo el brazo, se tapó la llovizna que caía sobre su cabeza.

"We asked you where are the girls."

Alex señaló a una calle a la derecha a oscuras y sin nombre que conducía al Ángel de la Independencia.

"Thank you", una mano asomada a la ventana le tendió un billete de cinco dólares de propina por la información.

Alex dejó caer el billete en el pavimento mojado y siguió su camino.

La calle olía a humedad. El agua fría se había quedado emparedada en su cuarto. El jabón deshaciéndose en el lavabo como un recuerdo de la impermanencia de las cosas. En el piso de la ducha, sin tapete, quedó su chaqueta como un charco de recuerdos que ningún baño lavaba. Los pequeños sucesos de la vida cotidiana que a nadie importaban parecían estar en remojo allí. Y con ellos las anécdotas de las muchachas de la oficina de promoción de ajedrez en las escuelas públicas y las chicas que atendían sus clases pensando en la fiesta a la que iban a ir después. A su vez ellas ignoraban a los poetas, tanto a los sumisos como a los rebeldes, a los talentosos como a los mediocres. En lo único que eran unánimes era en su desdén por el viejo *teacher* que les daba un curso de inglés y todas las mañanas se paraba delante del buzón de Correos para preguntar si le había llegado una carta de Arizona con un giro que nunca le llegaba porque nunca había sido enviada. A Alex su empleo apenas le daba para pagarse el viaje de camión que hacía la ruta de Reforma Lomas a Chapultepec.

La entrada al Gato Rojo era por Río Pánuco. Dos pisos arriba estaba la azotea donde vivía Philip Lamantia con su amante francesa. Entre tanques de gas y macetas con geranios rojos no había tentaciones de suicidio sino alegrías por estar vivo y poder saborear una cerveza o un capuchino con sus amigos. El camino a la cocina era el camino de la penumbra, todos los focos fundidos y una total falta de interés por reemplazarlos.

Música de jazz de Duke Ellington salía de las bocinas ocultas de ese lugar de entretenimiento tan modesto y poca cosa que no llegaba a refugio, guarida, cuchitril, mucho menos a antro. Las mesas al fondo estaban casi siempre desocupadas. Las velas medio consumidas, apagadas a medio arder, nadie las extrañaba. Normalmente Alex llegaba al atardecer sin atreverse a pedir un trago por falta de dinero. Pensativo, jugaba con el cenicero de vidrio.

El Gato Rojo no sólo parecía fuera de la colonia, sino de la ciudad y de la época. Alex tenía la sensación de haber estado allí antes. No recordaba cuándo. Pero su oscuridad parecía interna, antigua, pegada a su cuerpo y a su ropa desde otra vida. En un tiempo pretérito creía haber pasado numerosas noches sentado a una mesa, siempre solo: "Focos mezquinos, no dan luz suficiente ni para mirar las manos de la chica de enfrente", había escrito como una premonición o una remembranza. Al mesero con chaqueta blanca que se le acercó para preguntarle si se le ofrecía algo lo despidió con un "No, gracias, al rato. Tal vez, en otra vida". Eso le dijo Alex, aunque era la primera vez que lo veía.

En una mesa sin candela y sin florero, Horacio, vestido de negro, criticaba la marca del agua mineral en el vaso abandonado por el cliente anterior. Aunque no la bebía, desconfiado de sus babas. Monologaba sueños, impertinencias, deseos. Sobre cualquier cosa hablaba, delante de cualquier gente, a cualquier hora, sin importarle si era escuchado o no: la cosa era hablar. Hablaba con desconocidos y consigo mismo a la menor provocación. Carlos Coffeen, en otra mesa, estaba callado, hasta que no aguantó más su propio silencio y en presencia de nadie balbuceó: "Digan lo que digan, no estoy de acuerdo". Recargado en una silla tenía *Tauromaquia*, su último dibujo en tinta china. El toro con una espada clavada en el lomo era un esqueleto en sus entrañas. Arriba un músico con cara de sapo y guitarra en las manos cantaba sentado sobre el culo huesoso de una Manola con peineta negra y zapatos de tacón alto. Al torero lívido, muy católico, una cruz le surcaba la cara.

"¿Quieres un mezcal?", Sergio se sentó a su lado.

"Nada", Coffeen vigilaba la puerta temeroso de la policía migratoria. Su voz era tan baja como si hablara desde una distancia interna o revelara un secreto a alguien interior. No le importaba el interlocutor, era la misma voz quedita, el mismo miedo a la horrible policía mexica. Si hubiese podido transmitir sus palabras por telepatía lo habría hecho y luego se hubiese marchado como una sombra. O intentando desaparecer delante de todos, hubiera intentado hacerse invisible. Sus ropas, lavadas en los lavaderos de la pobreza por su madre Lilián Serpas, daban la impresión de haberse secado a la luz de la luna.

"Me la robé de la vinatería", Horacio mostró una botella de whisky.

"Se la llevo a Lilián, le gusta echarse una copa antes de dormir", dijo Coffeen. "Así mañana cuando se despierte podrá escribir sonetos de amor."

Alex y amigos no traían un centavo, pero pidieron tequilas y cafés. Eufóricos hablaban de poesía. Alex sentía su espíritu elevarse sobre las sombras de las velas chorreando cera.

Coffeen rememoró a Poe. "Su cuento 'Lady Ligeia', entre más terrible y morboso, mejor. La muerte de una bella mujer es para mí un himno a la necrofilia, piensen en Virginia, su amor adolescente."

Horacio mencionó a los ayudantes de Kafka en *El castillo*. "Yo quiero ser más que una persona, aspiro a ser dos", dijo.

Envuelto en una nube de humo, el grupo insolvente sintiéndose generoso y dueño del lugar, invitó a chicas de otras mesas a venir a la suya. La polaca, la empleada del Palacio de Hierro y la verdulera de La Merced que venía a entregar lechugas, fueron bienvenidas.

Por el East River y el Bronx, los muchachos cantaban enseñando sus cinturas... Pero ninguno se dormía, ninguno quería ser río, ninguno amaba las hojas grandes, ninguno la lengua azul de la playa.

Alex declamaba con música de jazz cuando un hombre sentado a una mesa vecina a la suya, que oyó la "Oda a Walt Whitman" de García Lorca, dijo en *spanglish*:

I am standing in the empty ruined courtyard hundreds of years away de mí mismo, soy un visitante fantasmal de la ciudad extraña.

"Bienvenido al club de los poetas rebeldes", saludó Horacio. "Si te gusta la poesía siéntate con nosotros."

"Soy Peter, yo gustar poetas", el norteamericano inspeccionó a las chicas como si quisiera ligárselas. Cuando vino el mesero a cobrar la cuenta, Horacio mostró los bolsillos vacíos.

"No preocuparse, yo dueño de Gato Rojo, yo invito", Peter quemó la cuenta en el cenicero.

"Soy Coffeen." "Soy Horacio." "Soy Alex." Se presentaron ellos sucesivamente.

"Yo venir de San Francisco, yo escribir poesía, yo escapar de la sociedad de los *painkillers*. Yo sentirme libre en este país de artistas jodidos."

"Buena suerte", brindó Horacio.

"Yo partir a aeropuerto. Esta noche llegar Susan de San Francisco. Es mi novia. Viene a escribir sobre Día de Muertos. Ya pasó la fiesta, pero guardo recortes de periódicos. Ella dormirá en cuarto de arriba. Vivirá de noche, escribirá de día."

Lloviznaba. El niño de la calle que Alex había visto caminando por Reforma estaba parado entre dos coches. Buscaba a alguien con los ojos. Llevaba una maleta vieja y ropas prestadas. Alex lo vio en la esquina, fantasma de la madrugada.

La manifestación

"¡Abajo la corrupción! ¡Muerte a la Caverna! ¡Abajo la República de la Ignorancia! ¡Viva el Reventón!" Toni pasó gritando con una pancarta en la mano. Lo seguía de cerca su esposa Pilar en pantalones. Pero los pechos la delataban como mujer y tenía que tener cuidado de no ser atacada.

"¿Adónde vas?", preguntó Alex.

"Después te cuento", apenas respondió ella, y arrastrada por la multitud intentó refugiarse en el asiento trasero de un coche, cuyo chofer le abrió la puerta. "Nos vemos", alcanzó a decir, y desapareció en la multitud.

En la Alameda los manifestantes aventaban papeles incendiados que brillaban en la naciente oscuridad como hogueras aéreas y plumajes incandescentes. Bajo la mirada de Alex dos periodistas extranjeros fueron empujados por los judiciales contra una joven estudiante delgada, despeinada y de baja estatura que venía detrás de ellos. Con una bofetada le tiraron las gafas y con manos aleves le quitaron los pantalones, le desgarraron la blusa dejándola semidesnuda a media calle. Ahogada su voz por los gritos de otros estudiantes se perdió en el ruido de las magnetófonos y el vocerío de la ola humana, que intentaba reagruparse y retornar a la acera. A través del humo oscuro Alex vio los álamos arder. Como musicados por las brasas, arrojaban chispas por doquier, inflamando de paso los escalones blancos del Palacio de Bellas Artes. Un helicóptero militar sobrevolaba los edificios y su sola presencia causó pánico alrededor.

Los líderes sociales retratados en las pancartas no eran los verdaderos líderes, tampoco sus nombres eran genuinos. Los hombres vestidos de campesinos no eran campesinos, sino residentes de Azcapotzalco, Tláhuac y Ciudad Nezahualcóyotl. Había paracaidistas de ciudades perdidas agitados por provocadores. Sus rostros habían aparecido en otras manifestaciones como ferrocarrileros o maestros y declararlos responsables de la gran manifestación de ese jueves era una magna mentira, y abría las puertas a la represión.

Los organizadores del conflicto en acción eran otros, los auténticos habían sido obligados a tomarse unas vacaciones forzadas fuera de la ciudad o incomunicados en una celda o en un hotel perdido del sureste del país. Sus colaboradores y sus familias habían sido invitados a tomarse unos días de descanso en el Pacífico o en el Campo Marte por el Estado Mayor Presidencial y la Policía Federal. Los coordinadores de la concentración eran funcionarios de segundo y tercer nivel, maquiavelos de escritorio, agentes judiciales camuflados como aspirantes a diputados y senadores. Éstos, desde una terraza, disfrutaban de la vista del Zócalo en compañía de modelos de la agencia de Amberes.

Los retratados por los medios no eran los agitadores ni los provocadores habituales, tampoco los culpables del zafarrancho fenomenal que se estaba armando. Quizá ni estaban informados y mucho menos se habían acercado al Hemiciclo a Juárez, epicentro de la marcha y punto neurálgico del alboroto. Tampoco habían alcanzado el Zócalo. En su refugio incidental se hallaban pasmados no sólo por no recibir el crédito debido por su activismo político sino también por la manifestación controlada por el secretario de Gobernación y las autoridades embozadas del gobierno de la ciudad. Los coordinadores del desorden y manipuladores del conflicto en marcha se escondían en alguna calle del Centro Histórico o tomaban copas en un club social, observando desde un balcón o una ventana el desarrollo del movimiento. Algunos, informados minuto a minuto de los disturbios en curso, no se molestaban siquiera en asomarse a la ventana, les bastaba la información recibida. En la Alameda Central, Alex y Horacio se encontraron y juntos deambularon entre la multitud, más por curiosidad que por protesta, a sabiendas que provocación y represión iban juntas y las controlaban las autoridades.

Jefes antimotines, de policía y de granaderos, así como líderes sociales de poca monta platicaban y observaban. Protegidos por el anonimato seguían el desarrollo que ellos llamaban *evento*. La crónica de la protesta estudiantil, antes de que aconteciera ya era difundida en los noticieros de la noche: *Provocadores y agitadores profesionales infiltrados entre los manifestantes agredieron a las fuerzas del orden y a su paso saquearon comercios y agredieron transeúntes.* El número de víctimas variaba o era minimizado. Los nombres y los números cambiaban según los reporteros y eran difundidos con errores intencionales para crear confusión. Unos medios daban la cifra de veinte heridos, otros de doce, algunos de dos.

En la conjunción de Paseo de la Reforma con avenida Juárez se mezclaban voces, pancartas y llamados a la revancha antes de conocer el resultado final. Al contraataque y a los gritos de "Esto no se va a quedar así", exaltaban al ciudadano casual. Como materia orgánica en movimiento, con camisas, zapatos y pantalones animados, la muchedumbre fluía con pancartas, consignas, se juntaba y se disolvía, o avanzaba a ritmo de rumbera con música de fondo.

Se desató la violencia rumbo al sombrío monumento a la Revolución, y bajo las hélices del helicóptero cundió el pánico. El gentío atrapado, rodeado por carros blindados y granaderos, como la corriente de un río bloqueada por peñascos, chocó contra sí mismo y perdió el control de sus movimientos. Esto pasó mientras los responsables de la agitación azuzaban, estallaban petardos o se mezclaban con los empleados que salían del trabajo, pretendiendo forcejear entre sí.

"Avance, avance", gritaba una mujer policía por un megáfono, pues como suele ocurrir en las muchedumbres, el cojo iba adelante.

Explosiones, gritos, balazos, lo que sucedía del otro lado de la Alameda no sucedía aquí, y lo que se oía aquí no se veía en otras calles. Hasta la decapitación de un gallo, un chivo y una paloma era dudosa. La sangre con que los agresores se cubrían las manos, las caras y los cuellos podía ser mera tinta roja. No se admitían fotógrafos ni reporteros más que los autorizados, los oficiales con credencial o gafete. En alguna parte hubo pitazos, tambores, cohetones, ropa desgarrada y gritos. Las víboras degolladas parecían flechas antiguas. Los alaridos invadían la zona centro.

"No oigo lo que dicen los agentes del desorden por esos aparatos que amplifican el ruido", Alex siguió andando.

"Ninguna multitud es fiable, mucho menos estable. La traición es tan mexicana como la enchilada", Horacio lo siguió.

"El paisaje urbano tiene muchas caras, pero la cara que vimos hace un momento es un espejo vacío."

"La nada está viva. El ruido de la gente para no caer de la altura de un edificio al suelo no es tan grave como caerse uno de cabeza a sus propios pies."

"Aunque la caída suceda en un espacio cerrado, el golpe es interno y solitario, sorprende a la víctima en la soledad o en la multitud."

"Somos hijos de la muerte, nacemos con ella, morimos con ella. La mujer está encinta de muerte."

Las divagaciones de Alex y Horacio fueron interrumpidas en avenida Juárez por cientos de estudiantes recibiendo golpes y garrotazos de granaderos, agentes secretos, falsos estudiantes, falsos maestros y falsos obreros armados con varas de bambú y palos de kendo. Al borde de un prado una estudiante preñada y miope, a la que le habían arrancado el vestido y las gafas, estiraba las manos hacia falsas ayudas que le ofrecían judiciales disfrazados de estudiantes.

Regresaron los granaderos con macanas y escudos golpeando a todo estudiante o persona que estorbaba su camino. Las columnas móviles de los manifestantes que habían salido del Casco de Santo Tomás con la intención de llegar al Zócalo fueron reprimidas. Irónicamente protestaban contra el gobierno por haber reprimido la semana pasada una manifestación que protestaba por la represión que habían sufrido otros estudiantes en otras manifestaciones reprimidas por grupos de choque en Morelia, Veracruz y Oaxaca. Como se sabía que la manifestación actual iba a ser reprimida, ya se preparaba otra manifestación para condenar la agresión sufrida. Una más en la cadena de protestas y represiones.

"No me explico por qué el gobierno nos dio seguridades de que no reprimirían esta protesta", un indignado Carlos Fuentes, en traje blanco a lo Hemingway, despotricaba en la calle de Madero. "Mañana voy a desayunar con el secretario particular del secretario del presidente, a ver qué me dice."

"No entiendo, el director de la Federal de Seguridad me aseguró que la relación entre los intelectuales de izquierda y los funcionarios de derecha iba a ser respetuosa." Fernando Benítez salía de una junta con funcionarios de la secretaría de Gobernación encargada de permitir o reprimir dicha protesta.

"Yo no fui a la manifestación, preferí presenciar desde lejos qué daría la policía a los estudiantes", dijo un periodista del *Excélsior*.

"Algunos suertudos pasarán unas buenas vacaciones en Lecumberri; los que no, serán llevados al Campo Militar número 1", dijo Fuentes.

"Estamos cerca de Sanborns, vamos a echarnos unos chilaquiles verdes para que se nos baje la muina", sugirió Benítez.

Inmersos en sí mismos, los intelectuales ignoraban a los jóvenes que caían bajo los garrotazos de los cuerpos de seguridad o corrían hacia el Palacio de Bellas Artes tratando de mezclarse con el público que salía de una representación de *La Traviata*.

"Ey, abran paso", vino a decir un judicial armado hasta los dientes. "La esposa del señor secretario de Educación se quedó atrapada en una tienda de pieles de la calle de López." La dama, acompañada por dos tamemes que le cargaban las compras, descendía de un tanque y abordaba un Cadillac cuando llegaron los motineros.

"Avance, avance." La mujer policía, con su pecho aplastado por el uniforme, se desgañitaba mientras los granaderos correteaban por los prados de la Alameda a estudiantes del Politécnico Nacional y la Normal de Maestros.

La huelga de hambre

Horacio y Alex se salieron del Cine Roble. En la pantalla Kirk Douglas, caído en el mar, era arrastrado por un intenso oleaje. Cada vez que los marineros estiraban la mano para rescatarlo, las olas se lo llevaban, lo sumergían, lo alzaban, lo aplastaban y estaban a punto de ahogarlo. Cansado de la escena, Horacio se levantó de la butaca, se paró en medio de la sala, aventó un periódico a la pantalla y sobre las cabezas de los espectadores gritó: "Ya agárrate de algo, cretino".

Fuera del cine, caminaron por Reforma rumbo al Museo de San Carlos. Pidió Horacio que lo acompañara a buscar a su novia Carolina, quien estaba haciendo la huelga de hambre de los intelectuales para protestar por el encarcelamiento de Siqueiros. López Mateos lo mandó arrestar por la conferencia de prensa que dio en su casa denunciando que la gira por Sudámerica del Ejecutivo era con el propósito de desbrozar el camino del presidente norteamericano. Por sus declaraciones inoportunas, López Mateos fue recibido hostilmente en Venezuela y a su regreso a México metió al pintor a la cárcel.

Alex y Horacio traspusieron el portón del antiguo palacio del conde de Buenavista, y en la segunda planta, en un cuarto sin luz, con la puerta abierta, vieron a varios huelguistas tumbados en colchones viejos. Eran escritores y estudiantes de la Facultad de Filosofía y Letras que en huelga de hambre demandaban la libertad del pintor, sentenciado a cuatro años de prisión en el Palacio Negro de Lecumberri por sus declaraciones contra el presidente. No por haber atentado contra la vida de Trotski por órdenes de Stalin veinte años antes. El 24 de marzo de 1940, Siqueiros había comandado a veinte hombres para matar a Trotski en su casa en Coyoacán; y aunque dispararon más de cien tiros contra paredes, camas y ventanas, fallaron. Trotski, exiliado en México, se salvó del asalto.

Parados en el primer piso de San Carlos estaban Carlos Monsiváis, José Emilio Pacheco, los hermanos Luis y Eduardo Lizalde, Juan de la Cabada y otros. En un cuarto, en la penumbra, echado en un camastro descansaba Fernando Benítez. Como al artista del hambre de Kafka, la cabeza le caía suelta sobre el pecho. El cuerpo fláccido; las piernas buscando apoyo para mantenerse en pie apretaban sus rodillas una con otra. Los pies descalzos plantados en el piso parecían colas de pescado. Alfredo González, hijo del ministro de Hacienda, ocupaba un sitio discreto en la oscuridad. No por modestia, sino para no ser identificado y para que no le pidieran favores los huelguistas. En ese tiempo, hacía reuniones los fines de semana para estudiar *El capital* en su mansión del Pedregal de San Ángel. Seriamente él y sus amigos, hijos de políticos, leían a Marx mientras meseros uniformados servían salmón ahumado, paté francés y champán a sus invitados. En un viaje privado a La Habana, Alfredo había saludado a Fidel Castro, quien impresionado por su fervor revolucionario lo llamó "el joven Bolívar". No se quedaría a la huelga, en cualquier momento su escolta vendría por él para llevarlo a Tepoztlán, donde pasaría el *weekend* con su novia canadiense.

"Qué tal", Alex saludó a Luis Lizalde, gran lector de Bertolt Brecht y de Máximo Gorki, y jugador de ajedrez en el club de Arreola.

Éste, mirándolo con sorpresa, guardó en su saco una edición de bolsillo de *La ópera de tres centavos*. "Quédense a la huelga en apoyo a Siqueiros", Luis llevó a Alex del brazo por el corredor. Desde allá, bajo el gris dosel de una lona, Alex vio en el patio las estatuas como fantasmas blancos. Sólo faltaba que se echaran a andar hacia el corazón de la noche.

"¿Qué debemos hacer?", Alex lo siguió hasta los macetones.

"Simple, se sientan en el patio hasta que liberen al artista. Dense una vuelta por el museo sin salir a la calle. Y si salen tengan cuidado, porque el barrio es peligroso de noche", Luis tenía en la boca el aliento del whisky y en las manos el olor del cigarro.

"Traje un libro conmigo", dijo Alex, mientras Horacio hurgaba los cuartos en busca de Carolina, temeroso de que un seductor revolucionario se ocupara de ella.

"No leas a Poe ni a Dostoievski, son reaccionarios." Luis se paró a la puerta de un cuarto oscuro. En colchones en el piso descansaban dos huelguistas. "Shhh, todavía Fernando se está echando una siesta. Como sufre de cólicos se despierta de noche y todo el día anda desvelado." Luis señaló el cuerpo del hombre chaparro con el saco arrugado.

"¿A qué mano perteneces? ¿Izquierda o derecha?", preguntó Juan de la Cabada a Alex.

"A ninguna, las manos no tienen partido", el rostro de Horacio pareció un Modigliani en la escalera: los ojos rasgados, el cutis pálido. Empezaba a estar impaciente por la ausencia de Carolina.

"Según Stalin, los poemas de amor no interesan a nadie excepto a la amante en turno. Sólo deben publicarse dos ejemplares, uno para ella y otro para él", dijo Eduardo Lizalde.

"No seas extremo, dale uno al impresor…, si le gusta la poesía."

"¿Cómo sacamos provecho de la huelga?", preguntó Monsiváis.

"Vamos a proponer al gordo Cossío, secretario del secretario de la Presidencia, un proyecto cultural para los tarahumaras, que están muriéndose de hambre en la sierra de Chihuahua." Del cuarto sin muebles ni ventanas salió la voz de un Benítez bostezando. "¿O le proponemos hacer un libro sobre los veinte mil kilómetros en campaña del candidato a la presidencia?"

"Buena idea, pensé que estabas dormido."

"Estaba oyendo."

Alex paseó por el palacio observando las estatuas de yeso. Luis lo detuvo entre estatua y estatua: "Ahora váyanse a dormir, que vienen los periodistas en la mañana".

Todo bien. Hasta que en la madrugada, Horacio, oyendo ruido a dos cuartos de distancia, se levantó al baño. En el camino sorprendió a dos huelguistas comiendo tortas. Tenían bolsas escondidas debajo de los macetones. Al verlo trataron de escabullirse en una bodega de materiales de construcción.

"Teníamos hambre", justificó Pacheco.

"Allí hay tortas para ustedes, cómanlas a escondidas", sugirió Monsiváis.

"Pretenden hacer una huelga de hambre y están comiendo", Horacio dio un paso hacia la escalera. "Nos vamos, además Carolina no está."

"Esquiroles", les gritó Luis Lizalde.

"La razón de la huelga es dudosa, Siqueiros fue un estalinista que atacó la casa de Trotski en Coyoacán, y tuvo relaciones con Mercader, el agente de Stalin que lo mató después", acusó Horacio.

"Si rompen la huelga, los boicoteamos de por vida", amenazó Monsiváis.

"Vengan a discutir conmigo de marxismo", un estudiante se quitó las gafas como si quisiera golpearlos. "Si cruzan esa puerta están muertos."

"Si llego al poder los fusilo como Franco a Lorca", dijo otro.

"Nunca vas a tomar el poder", replicó Alex.

"Anoté sus nombres en una lista."

"Si son tan valientes, por qué no van a pararse delante de los soldados de Palacio Nacional y se ponen a gritar 'Muera el presidente'", provocó Lizalde.

"¿Nos crees tontos? Si vamos a Palacio Nacional los soldados nos disparan."

"Esquiroles, los condenamos a la muerte civil."

Al observarlos y escucharlos Alex pensó en el panel del infierno de Hieronymus Bosch, donde el monstruo sentado sobre un huevo roto mira a los espectros que lo rodean con profunda melancolía. Aquí en el museo había rostros que eran imagen de un alma muerta.

La loca del Sol

El lunes en la Alameda, Alex se encontró con una mujer que miraba al sol con ojos irritados. Llevaba pelo corto color paja. Movía la cabeza en círculos.

"Ver al sol de frente le va a dañar la vista", le dijo Alex.

"Al amanecer lo saco, durante el día lo conduzco por el cielo y al anochecer lo meto", ella contestó.

Alex, fascinado por los poetas románticos alemanes y por el Nerval de *Aurelia*, pensó que esa mujer excéntrica era una hija del fuego.

"Soy Nahui Olin, la loca del Sol", se presentó la extraña.

"¿Qué vende?" Alex la vio ofrecer cartulinas de su cuerpo desnudo a los peatones de San Juan de Letrán.

"Fotos para alimentar a mis gatos. Lo invito a caminar a mi lado, luego le explico." Ella, con un movimiento de mano, echó a andar.

Mirados por gente curiosa se fueron por Paseo de la Reforma. Los rayos de un sol agónico atravesaban las ramas de los árboles. Ella a cada momento se detenía para mirar hacia atrás, como si alguien la estuviese siguiendo. O se abría paso entre un enjambre de luces, que él creyó eran abejas. Sus ojos eran brasas.

Juntos llegaron a calzada de Tacubaya, a las calles de Gelati y General Cano, Nahui Olin se detuvo delante de una casa vieja. Al empujar la puerta cogió la manija como si empuñara una serpiente de fuego. Desde la penumbra, Alex miró en el espejo su rostro surcado por arrugas. Apagó la luz recién prendida; trató de saber adónde se había metido ella. Protegió su corazón con el brazo como un escudo. Oyó su respiración próxima a su cabeza.

"No te asustes, estoy guardando el sol. Si no te concentras, no podré meterlo", dijo Nahui.

"No me gusta estar a oscuras."

"Estás en la cueva de los recuerdos que nunca mueren." Volvió la luz. Alex se dio cuenta de que ella estaba más cerca de lo que había pensado.

"Ven", Nahui lo cogió de la mano y lo llevó a un cuarto que olía a pobreza y soledad. Sin decir nada empezó a mostrarle sus pinturas. Autorretratos. Dibujos. Ojos verdes de mirar rasgado. Uno como un Van Gogh alucinado por soles. Otro de ella en cueros, con fleco y trenzas cuando era chica de liceo. "Entonces era Carmen Mondragón. Mi nombre antes que el Dr. Atl me bautizara Nahui Olin. Cuatro Movimiento en Náhuatl."

Siguiendo con su exhibición privada, ella le mostró sus fotos, la mayoría tomadas por Edward Weston. En una, desnuda, con urgencia felina desafiaba al fotógrafo.

El 30 de julio, Weston, de veintitrés años, con bigotito, ojos ansiosos y algo calvo, se había embarcado en el S. S. Colima hacia Mazatlán. Dejaba atrás a su esposa Flora con tres hijos. En ese barco estaba Tina Modotti, la italiana radicada en San Francisco, que sería su alumna, su modelo, su querida, y Chandler, su hijo adolescente. "Hay despedidas que hieren como la hoja de un cuchillo." "Dadme México, revolución, viruelas, pobreza, cualquier cosa excepto la plaga de América, Los Ángeles", declaró Weston.

En tierras mexicanas el fotógrafo se sentía libre. En los barrios bajos que circundaban la urbe, convivió y trabajó con la Modotti. Juntos recogieron gatos ferales. Fue entonces cuando él empezó a percibir que detrás de ese México festivo había un México sangriento. Lo anotó en sus cartas: "Mezclado al amor siento una creciente amargura, un odio que he tratado de resistir. He visto caras, las más sensibles caras que posiblemente los dioses pudieron haber creado, y caras que a uno le hielan la sangre, tan crueles, tan salvajes, tan capaces de cualquier crimen... Creo que nada puede ocultarse bajo este cielo sin nubes pero cruel".

Tina llevó a Weston a visitar a Diego Rivera. Pero el pintor quería usar a Tina como modelo (y para otros fines), y Weston, celoso, en lugar de cederla, le dio fotos de ella desnuda. Según el fotógrafo "la cámara debía ser usada para registrar la vida, para extraer la quintaesencia de la *cosa misma*, sea acero pulido o carne palpitante".

Antonio Garduño también tomó fotografías de Nahui desnuda. En sus autorretratos, ella se pintó a sí misma como una muñeca en los jardines de Versalles, y como una niña paseando con su padre, el general Mondragón, experto en artillería.

En una pared estaba el dibujo *Nahui Olin leyendo en la azotea*, que hizo el Dr. Atl cuando vivían juntos en el ex Convento de la Merced en 1922, y la foto de ella en el patio del mismo convento mirando al fotógrafo con cara de muñeca loca. Nahui hablaba de sí misma en tercera persona: "Por sus corredores iba Carmen Mondragón, recién bautizada Nahui Olin, iba por la azotea desnuda explorando 'los cielos nocturnos' de la ciudad, y se dejaba amar contra los muros y sobre los escalones por el sátiro de los volcanes. El Dr. Atl se apasionaba, mientras ella divagaba con los ojos por el claustro y sus columnas de capiteles dóricos, sus bloques de cantera y sus rosetones vegetales".

Artistas como Diego Rivera habían pintado sus enormes ojos, independientes del rostro, pero nunca los habían captado por dentro.

Alex no imaginaba el porqué de esa exhibición privada, quizás ella estaba tratando de seducirlo con su pasado, con su cuerpo. Y con sus ojos verdes de felina ensombrecidos por la soledad. Su belleza pretérita la volvía patética. Las fotos en sus manos no activaban, amortecían el deseo:

"Mira mi rostro, qué bello era; mira mi pelo, qué sedoso". Esos autoelogios no convencían a Alex. Al describirse ligaba la historia con sus amantes. Algunos muertos, otros fantasmas de sí mismos. Las horas pasaban como fuera de la realidad, en un espacio habitado por el recuerdo y la locura, donde lo pretérito estaba vivo y los difuntos eran espíritus concupiscentes.

Para percatarse de que no estaba soñando, Alex tocaba las paredes. Allí estaban las fotografías de Garduño. El autorretrato en la azotea, donde ella se pinta la boca en forma de corazón, tiene el pelo amarillo, las pestañas enchinadas y los ojos sombreados. Pero los mejores retratos de Nahui fueron de Weston. Y el fresco sobre madera que le hizo el Dr. Atl en 1921. Allí aparece ella en el eje central, los ojos verdes desbordados sobre su cara, la boquita pintada, el gesto vago y el pelo corto pajizo.

En la plática de Nahui había algo de desajustado, abundaban los hombres afeminados y las mujeres desaforadas. El pasado fluía como una soledad acompañada. El tema obsesivo era su padre, el general Mondragón, experto en cañones y en incesto, que hacía que ella se volviera hacia atrás para encontrar a ese personaje presente-ausente en las fotos.

Había otras cosas, cuando su padre mostró preferencia por ella, la quinta de ocho hijos, su madre, Mercedes Valseca, se enceló. Resbaló sus dedos por sus cabellos clavándole las uñas. Dijo que estaba loca cuando la sorprendió desnuda en su cuarto mirando sobre sus piernas los rayos de sol. La castigó, la encerró en una habitación oscura para que no viera a nadie y no se deleitara en fantasías eróticas. Pero una noche Nahui inventó al sol, ese sol que traspasaba las paredes y ella podía tocar con los dedos. Sus ojos verdes veían sus rayos morados y en las puertas estrellas arañadas. Sobre todo, "las armonías en violeta, que tienen algo de rosa, de azul y de gris plata, englobando la suave entonación de lo imposible".

Nahui pensó en suicidarse. No lo hizo, porque el sol necesitaba de sus ojos para recorrer el cielo, y porque halló otras maneras de matarse, amando hasta la extinción, borrándose ella bajo cuerpos indistintos. En su vida adulta, enredada en la de la niña que fue, oyó su voz infantil como en ese poema dirigido a su padre titulado À *dix ans sur mon pupitre*:

Si tú me hubieras conocido
con mis calcetines y vestidos
muy cortos habrías visto debajo.
Y Mamá me habría enviado
a buscar los pantalones
que no me gustaban
y me habría sentado
sobre tus rodillas para decirte
que Mamá era muy mala conmigo.
Quiere que me ponga gruesos pantalones
que me lastiman allí abajo.
Tú habrías VISTO
que soy una niña
que te GUSTA.

"Buenas noches", dijo Nahui.
"Buenos días", dijo Alex, y partió.
Ya en la calle, él dudó de que la casa existiera. Más aún, que después de esa noche los días tuvieran sucesión. Buscando a la artista fantasma, los vecinos dijeron no saber quién era. "Aquí no vive." "No la conocemos." Sin embargo, Alex obsesivamente pensó en ella al ver los soles reflejados en las ventanas; esos soles momentáneos pintados con los colores del olvido cósmico. Mas como en los ecos visuales de su rostro había vislumbres de otros embarrados en los árboles y en las banquetas, la recordó vendiendo fotos de ella y de sus gatos en la Alameda como si su persona fuese un acertijo existencial.

Los crepúsculos de la ciudad estaban llenos de ojos. ¿Los egos de Nahui Olin? No por nada, la pintora solitaria que comía en los parques pan envuelto en un periódico y bebía agua en una taza encadenada a una banca había propagado su imagen en otros rostros extraviados, como esos que Alex había vislumbrado diariamente en el delirio activo de la ciudad de México. Pues sin duda ella era como un espejo vivo en cuyos ojos alucinados se entreveraban los paisajes volcánicos del valle con las supervivencias de un mundo mágico aplastado por la historia.

Todas esas calles y plazas convergían a la delirante y sangrienta cosmología del México prehispánico y al palpitante México actual. De manera que cuando Alex fue mirado por Nahui, se sintió mirado por generaciones de personajes extraviados como ella, que vagaban desamparados por las calles de esa ciudad construida sobre las ruinas de la fantasmagórica México Tenochtitlan.

"Hay otros paseos en la ciudad, paseos que se prolongan por un tiempo que avanza hacia atrás, el Paseo de la Reforma es ese *paseo*", dijo Octavio Paz aquella tarde de junio de 1962.

Alex miró de arriba abajo a ese hombre con el traje arrugado por el largo viaje en avión y que aún parecía llevar encima el olor de los aeropuertos y las maletas. Hablaron de Mallarmé y Apollinaire durante su largo *promenade* bajo los árboles entre los bancos y las glorietas, las estatuas de Colón y de Cuauhtémoc, y de los próceres pétreos desconocidos, cuyas sombras inmóviles parecían alejarse como la de esos fantasmas de piedra camino del olvido.

Ese día en que el joven poeta encontró a Paz por primera vez éste le contó: "Me voy a la India con el sentimiento de no ser apreciado en mi país. No tengo una alternativa de trabajo en México; en la UNAM no me aceptarían como profesor, siendo los intelectuales mexicanos tan mezquinos: el resentimiento es el rostro auténtico detrás de su máscara de amabilidad. Poco me interesa ir a la India, procediendo yo de otro país exótico. Además, al viajar solo, en Delhi me espera más soledad, las turistas europeas que viajan a esa ciudad buscan brahmanes, no mexicanos, llamados indios por error. Hubiese preferido quedarme en Europa". Esas revelaciones sorprendieron a Alex, porque revelaban el sentimiento de Paz de no ser apreciado en México. Un sentimiento que lo acompañaría hasta el final de su vida. En 1943 había escrito: "los escritores mexicanos [...] prefieren el ejercicio de la mentira, de la verdad prudente o de la media verdad, de la verdad partida o partidista. Verdades de partido. ¿Mozas de partido?". Su opinión no difería en espíritu de la de Pablo Neruda, quien luego de una estancia de tres años en México partiría diciendo: "Cuando decidí regresar a mi país comprendía menos la vida mexicana que cuando llegué. Las artes y las letras se producían en círculos rivales, pero ay de aquel que desde afuera tomara partido en pro o en contra de alguno o de algún grupo: unos y otros le caían encima".

Al ir juntos por Paseo de la Reforma, Alex pensó en lo que se murmuraba sobre Paz en los corrillos literarios: que su relación con la pintora italiana Bona Tibertelli de Pisis, esposa del escritor francés André Pieyre de Mandiargues, se había convertido en un escándalo.

"Llegamos", Paz se detuvo delante del edificio del periódico *Excélsior*, donde un reportero le iba a hacer una entrevista.

"Suba conmigo a la redacción", dijo Paz cuando Alex quiso despedirse. "Quédese, no hay problema." Mas cuando él afirmó delante de los periodistas: "A mi lado está el mejor poeta joven de México", Alex reclamó: "Octavio, me ha echado en contra a todos los poetas jóvenes del país".

En efecto, unas semanas después, al encontrarse Alex en una recepción en el Centro Mexicano de Escritores, Marco Antonio Montes de Oca, quien se consideraba a sí mismo el sucesor de Paz, lo llamó aparte: "Te voy a matar, desde este instante te considero mi enemigo y te voy a perseguir sin tregua. Después de Paz a mí me tocaba el cetro de gran poeta de México y no hay lugar para dos".

"Te dejo el honor", Alex se excusó.

"No te hagas guaje, te voy a matar porque existes." Montes de Oca lo siguió por el salón.

Sin responder ni defenderse, Alex se dio cuenta de que la envidia y la agresión no tenían respuesta más que con obra, y que por un poema mal pagado empezaban los rencores y los resentimientos que podían durar toda una vida.

Alex se marchó, diciéndose que el mundo del poeta era un abismo radiante de sol.

Gambito del Precioso Calvo

Ese jueves Alex se topó dos veces con Archibaldo Burns. No por cita, sino por encuentros fortuitos. Alex lo había conocido en casa del flaco Arreola jugando *ping-pong*. Dueño de vastos campos de algodón, se codeaba con la élite social de México. Había sido educado con los privilegios de la más alta burguesía porfirista. Tenía relaciones con gente como el arquitecto Luis Barragán, el maestro de las paredes pintadas de amarillo y azul cobalto, y con un Orson Welles enamorado de Dolores del Río, que salía con Archibaldo. Trataba con José Revueltas, el comunista que siempre tenía cara de acabar de salir de la cárcel. En una galería de la calle de Amberes, delante de Alex y de Nadine, con barba hirsuta y traje arrugado, miraba a la calle temeroso de los agentes de la Federal de Seguridad. Contemporáneo de Octavio Paz, Archibaldo tenía como tema de conversación la vida del bardo, quien tenía el hábito de meterse en la cama para hacer listas de amigos y enemigos. Su lista de lealtades y rencores variaba con las horas. Palomeaba, tachaba o ponía una X al lado de un nombre. Algunos enojos duraban cinco minutos o se olvidaban al día siguiente. Otros duraban más allá de la tumba del ofensor.

Alex tenía la impresión de que Archi estaba tan fascinado por la personalidad de Paz que acostumbraba seguirlo por la ciudad y el extranjero. No por celos, sino por curiosidad malsana. Alex, culto e inteligente, pero tímido y reservado, no entendía por qué Archi le confiaba secretos íntimos, aunque él mismo llegó a ser testigo de hechos cuyo secreto prefirió reservarse.

Para Alex el Café Tirol era el lugar estratégico para enterarse de las obsesiones de Archi, pues al andar con la mujer de Paz sentía que andaba con él. Y hasta que se acostaba con él. Aparte de que la misma Elena Garro, vía Archibaldo, solía hacer confidencias no sólo sobre la vida privada de Octavio, sino también sobre Adolfo Bioy Casares, el amante argentino de la Garro. Elena era imprevisible, y le gustaba provocar celos y desconfianza en ellos. Continuamente los hacía barajar hipótesis acerca de su paradero. Les decía que estaba en París cuando en realidad se hallaba en Cuernavaca. Y le encantaba hacerlos partícipes de sus infidelidades. Especialmente a Paz, a quien no le era fiel sólo para molestarlo. A la hora del crepúsculo escuchaba Alex sus revelaciones, sin saber si la penumbra marcaba el paso de la tarde a la noche, o la inversa, indicaba el amanecer en otra parte. Alex estaba convencido de que Archibaldo disfrutaba las ansiedades del marido engañado. Lo mismo sucedía con la esposa adúltera y el amante argentino, enterados de las relaciones extramaritales hasta los menores detalles. Todo bien, hasta que Octavio y Elena se separaron, y ella comenzó a declararse públicamente su víctima. Pues según Archi ella era la paranoia encarnada y su delirio de persecución, que había comenzado en la cuna, seguiría hasta la sepultura. No por nada ella había escrito que todo le había ocurrido "al revés", y que "pasaba muchas horas examinando los resortes de las camas, el fondo de los sillones, la vuelta de las cortinas y de los trajes y desarmando juguetes. El hecho de que hubiera un revés y un derecho me preocupaba y cuando por fin aprendí a leer lo hice aprendiendo a leer 'al revés', logrando hablar un idioma que sólo entendía mi hermana".

Como en el teatro, Archibaldo solía llamar aparte a Alex para decirle que su nacimiento podía definirse como "negrura, chillido y nieve" (por las sábanas ensangrentadas). Alex interpretaba eso como la manifestación de que Archibaldo era un baúl de ambigüedades.

"La última vez que vi a Elena en París, la vi de lejos. Fue como si su cuerpo estuviera dividido de la cintura para arriba a causa de la lluvia, y, por lo delgado de la tela de su vestido, desnuda. Cuando la tuve entre mis brazos lo que me llamó la atención fue el rojo intenso del esmalte de sus uñas. Parecían bañadas en sangre. Y sus dientes daban la impresión de que acababa de comer carne cruda." Le contó Archibaldo a Alex, sin que viniera al caso.

Nadine, la joven marsellesa, era la novia de Archibaldo desde los dieciocho años, pues según él la juventud se pegaba por contagio. Sin embargo, ella le dijo una vez a Alex, haciéndolo su confidente: "La tragedia personal de Archi es su admiración por Paz. Meterse con Elena fue como meterse con él, casi como acostarse con él. Enamorar a su esposa fue como enamorarse de él. Archi se queja de ella, pero lo primero que hace al levantarse es hablar de ella. Cuando los ambientes de Elena cambian, también cambian los de Archibaldo y los de Bioy. Cuando Elena viaja a París, el escritor argentino, casado con Silvina Ocampo, parte a París. Y Archibaldo sigue. Y si ella se va ese día, él toma el vuelo siguiente".

Nadine le contó: "Archi presume de haber nacido en el corazón repugnante de la colonia Roma, en un cuarto gris, a hora incómoda: tres de la tarde, entre la dulce siesta y la digestión, en la antigua meseta de Tenochtitlan". Una invención suya, porque a los doce años fue enviado a estudiar a Inglaterra, donde jugando polo sufrió una caída de caballo que lo dejó cojo de una pierna. Después de diez años de ausencia regresó a México, donde los medios sociales lo llamaron el Dandy dorado. Su madre era dueña de la mansión de Paseo de la Reforma. Cuando se le preguntaba si los Luján eran de Torreón, él contestaba: "Torreón es de los Luján". Heredero de la fortuna familiar, Archi aceptaba su suerte con pereza. Y hasta con desdén, declarando que Torreón, descongraciado lugar de la historia regional, dio para bien comer y mejor vivir a infinidad de nacionales y de extranjeros. "Pero nadie, ni por gratitud, se ocupó en mencionar a la ingrata ciudad."

El mismo año que Archi nació, Octavio vio la luz en Mixcoac, un pueblo con casas con anchos muros y jardines sombríos. Crecido en la casona de su madre, cerca de un colegio de monjas teresianas, él veía excitado salir a las alumnas con uniformes blancos.

Archibaldo conoció a Paz en París a finales de los años cincuenta. A su regreso a México, a la primera persona que Octavio visitó fue a él. "Cuando llegó a mi departamento en San Ángel", contaba Archibaldo, "me hizo una pregunta muy octaviana: '¿Quiénes hay?'. 'Bueno, están los amigos Renato Leduc y Juan de la Cabada', respondí. 'No, ésos no, ¿qué jóvenes hay?' Para presentárselos, organicé fiestas los sábados. Elena llegó una semana después, cortejada por cuatro argentinos. Vestía muy europea, con capa, sombrero y toda la cosa. Hubo un relajo que no creas, porque en la reunión le llevaba la contra a Octavio, y lo opacaba totalmente. Claro, todo el mundo muerto a carcajadas. A mí me impresionó más que otra cosa. Comenzaba a aburrirme de mi matrimonio y me pareció una tipa impresionante. Elena se portaba como extranjera, hablaba de los mexicanos como si ella no lo fuera. Decía: 'En París, los mexicanos querían participar en una cena y estoy arrepentida, porque los mexicanos hicieron daño y medio en mi departamento. Juro no volver a hacer una fiesta a mexicanos'. En las reuniones en San Ángel ninguno de los hiperiones contradecía al poeta, sólo Elena. Yo la apoyaba. Empezaron a odiarme, porque apoyar a la loca esta contra el bardo no se podía. Así fue como me fui acercando a Elena, apoyándola en contra de los hiperiones y demás. Ella se apoyaba en mí. Pasaron dramones terribles. Sería difícil hablar en serio de todo eso. Realmente hay una fuerte dosis de infantilismo en la pareja Paz, una pareja de egos combatientes. Se peleaban muy duro sobre cuál de los dos tendría el monumento más grande, la avenida más importante, como niños. Había una rivalidad muy infantil, broncas muy ridículas. Cuando se peleaban, Octavio se iba a vivir con su mamá. Elena también se peleaba con ella con palabrotas y al día siguiente las dos estaban muy unidas, riéndose como si no hubiese pasado nada el día anterior. En ese tiempo yo estaba casado con la pintora Lucinda Urrusti. Mi *affaire* fue un escandalazo por tratarse del bardo. Yo ayudé a Elena a sacar sus velices del departamento de la calle de Nuevo León, donde vivían. También a Octavio. Fue muy civilizada la cosa".

Escuchándolo atentamente, Alex prendió un cigarrillo. "Elena y yo nos fuimos a Europa. Fue una triste aventura. No hubo entendimiento. Era una mujer muy difícil, muy revoltosa, muy liosa. Me apasionó al principio. Vivimos en París y en Suecia. Vino con nosotros su hija Helenita. Muy intrigantes juntas. Fue una experiencia amarga. Octavio se quedó en México, ya estaban separados. Seguían una especie de juego raro, de unión-separación, pero la bronca venía de muy atrás. Dos egos feroces. Rivalidades. Me metí en un lío del que me costó mucho trabajo salir. Incluso dejé a Elena instalada, le compré un departamento en la Rue de l'Ancienne-Comédie. Paz pagó la hipoteca y se quedó con las escrituras. Al final, Elena botaba el dinero de una manera escandalosa; dinero que le caía, en cinco minutos no existía. Todo era lío con ella. Se paseaba por las calles de París sola con su sombra: elegante, vestida de negro, con zapatos, abrigo y guantes negros, y adornada con aretes y collares de perlas." Archibaldo continuó: "Regresé a México y me enteré de que yo era el hombre más odiado en la ciudad por haberle birlado la esposa al bardo. Esa infidelidad me dio satisfacción social, pero la historia de mi amorío con la Garro se desparramó por tres ciudades: D. F., París y Nueva York. Bioy simplemente consignó en una 'Autocronología' que 1949 era el año en que había conocido a la pareja Paz-Garro. En 'Lealtades incompatibles' confesó que el amor corrompe, y que para ser leales con una persona somos desleales con todas. Bioy Casares sí se enamoró de Elena, aunque estaba casado con Silvina Ocampo, la autora de 'La casa de azúcar' y otros cuentos fantásticos".

Alex recordó esa plática cuando Archibaldo salía de la Estética Florencia, propiedad de la madre de Nadine, y adonde iban a cortarse el pelo las modelos de la calle de Amberes. En el salón le hacían manicure y masajes, mientras Nadine preparaba una exposición de sus pinturas en una galería de la Zona Rosa con el tema de Leda y el cisne.

Más tarde Alex volvió a ver a Archibaldo a través de la vidriera del Tirol. Calvo y medio cojo, y vestido a la inglesa, miraba los aparadores de las tiendas de ropa más como haciendo tiempo que por interés de comprar algo. Cruzaba la calle de Hamburgo cuando por accidente tronchó el tallo de un rosal, el único en la jardinera que adornaba la entrada del café. Paola salió a reclamarle, pero Archibaldo sacó la cartera y le ofreció un billete de cincuenta pesos para reparar el daño. Paola alegó que la planta le preocupaba, no el dinero. Luego Archibaldo, pasándose la mano por la calvicie, se sentó en un rincón del acuario social que era el café. Como desafío a los habituales, declaró en voz alta: "Odio los camiones de basura, los magnavoces anunciando venta de muebles y de tamales en Parque Hundido". Pero viendo a Alex sentado solo se cambió a su mesa, pidió dos cafés y siguió con sus chismes:

"Había una reunión de diplomáticos y Bioy estaba acompañando a su padre (llamado también Adolfo Bioy). Yo fui a Nueva York para vacacionar un rato. En ese tiempo la llevaba bien con Octavio, recuerdo que salíamos juntos él, una argentina y yo. De repente el bardo preguntó, un poco ingenuamente: 'Misterio, ¿dónde andará Elena?' Yo pensé: 'Misterio, cogiendo con Bioy', porque me había dicho que iba a verlo. La Garro quería vengarse de los tres, era una mujer que hacía responsables de todo a los hombres. De lo que le pasaba a ella de malo la culpa la teníamos nosotros. Hay cosas que no se pueden contar. De Nueva York, Bioy regresó en avión con su papá a Argentina; Octavio regresó con Elena y Helenita por tren a México. Elena le tenía pavor a los aviones. Hubo una gran indiscreción. El resultado fue que Elena se embarazó. Elena tuvo una serie de embarazos. La ruptura de Elena y Bioy está basada en el embarazo de Elena en París. Ella se había ido a abortar a un hospital de barrio. La única persona que la fue a ver en esa ocasión, que se enteró de que estaba embarazada, fue una amiga mexicana, y Bioy, claro. En medio del embarazo él recibe carta de la Argentina, que está muy grave su madre, Marta Casares. Él tiene que escoger entre asistir a Elena o regresarse a Buenos Aires. Opta por volver. Eso no se lo perdonó Elena.

"El amor de Elena fue Bioy, más que Octavio, porque Bioy era justamente lo opuesto a él, le tenía toda la paciencia del mundo. Paz tenía exigencias con ella de todo tipo, Bioy era blandito. Él sí que estaba enamorado, incluso planearon tener un hijo, le iban a poner el Charrito. Una cosa de verdadero folklore. Todas esas cosas hacían gracia a Bioy. Por su parte, Bioy declaró en Buenos Aires que la Garro era la mujer que más había amado en su vida, aparte de la escritora Silvina Ocampo".

"En la vida de Paz ella se transformó en monstruo conyugal: 'Me injuriaba. Maldecía y reía; llenaba la casa de carcajadas y fantasmas. Llamaba a los monstruos de las profundidades [...]. Cargada de electricidad, carbonizaba lo que tocaba; corrompía lo que rozaba. Sus brazos se volvieron cuerdas ásperas que me estrangulaban. Por su lado, la Ola, como le decía Paz, confesó en un texto: 'empecé a tener miedo cuando me casé, sufrí persecuciones con mi hija Helena: Me roban, me atacan, no reconocen mis méritos, me odian, me quieren eliminar, me atosigan'."

A comienzos de los años sesenta la Ola regresó a México. Vino con Marcel Camus, el realizador de *Orfeo negro*.

Cenando con Archibaldo y Alex en el restaurante del María Isabel, en la conversación sobresalía la paranoia de Elena. Los políticos y los intelectuales la perseguían, la espiaban, le hacían cosas horribles, querían matarla. Un mesero que le preguntó si era mexicana la hizo llorar. "Me toman por extranjera en mi tierra. Si aquí no saben de dónde soy, no tengo país."

Días después de esa cena, Alex, tomando café en el Tirol, vio a las dos Elenas pasar por la calle de Hamburgo. Cuando entraron a saludarlo, Elena grande dijo que se iban a París y si no se le ofrecía algo de por allá. Alex respondió: "Nada, sólo conozco el París de los poetas y el del cine". Pero un joven francés llamado Etienne, sentado a su mesa, dijo: "A mí sí, señora, por la guerra de Argelia me vine a México. Soy un desertor y no le puedo escribir ni hablar por teléfono a mi madre, el gobierno francés sabría dónde estoy. Le pido un favor, háblele a mi madre y dígale que me vio en México, que estoy bien. Es todo".

La Garro apuntó el número y partió. A la semana siguiente Alex halló a Etienne furioso. "Cuando ella llegó a París le habló por teléfono a mi madre y le contó que me habían matado en México: 'Señora, su hijo Etienne estaba en una cantina y entró un macho mexicano, vino a su mesa y le preguntó: '¿Quién te gusta para muerto esta noche?'. Su hijo bromeó: 'Yo'. Entonces el hombre le vació la pistola y salió de la cantina'. Mi madre se desmayó, la llevaron a un hospital y habló por teléfono para buscarme. Ahora la policía francesa sabe dónde estoy."

Dijo Alí Chumacero en otra ocasión: "No por nada, la Garro es la autora de esta definición: 'El encanto es una manera de engañar al prójimo y un artificio maléfico'. Elena era una muchacha muy ocurrente, muy inteligente, muy buena escritora, muy neurótica, muy enferma, muy enloquecida. Muy buena amiga, por lo menos en lo inmediato. Tenía todas las cualidades para ser simpática, pero no para ser la esposa de Octavio Paz". Después de una pausa, Chumacero afirmó en tono de broma: "Si Octavio la hubiera matado hace veinte años, se hubiera librado de ella para siempre y ya hubiera salido de la cárcel. No que así la ha soportado veinte años y un día tendrá que matarla. Ha perdido veinte años de tiempo".

El poeta beatífico

Esa tarde llegaron los *beats*. Cuando Alex entró en el Café de las Américas se encontró con ellos en la terraza. Cuerpos y mochilas ocupaban mesas y sillas. Habían llegado de San Francisco en coche, en autobús o de aventón. Otros, hospedándose en el Hotel Cortés, habían atravesado la Alameda a pie para llegar a la avenida Juárez.

"¿Qué están fumando, muchachos?" El propietario olfateó el aire.

"Mota, Moshe, ¿quieres?", Horacio le pasó una colilla.

"No lo hagan, si viene la policía me cierra el negocio."

"Ábrete a la humildad", una muchacha trigueña sacó un seno. Puso un letrero sobre la mesa:

Mis tetas no son talismán de tontos.

Su amiga, una chicana con pechos picudos envueltos en un pañuelo rojo, pero con expresión triste de virgen morena, solamente la miró. Acababa de llegar de la estación de Buenavista con una pequeña maleta de viaje y se veía cansada.

"Yo estoy abierto a la humildad, los cerrados son los cuicos", afirmó Sergio, el editor de *El Corno Emplumado*.

"¿Cuándo llegaron?", preguntó Alex.

"Mañana de San Francisco, ayer de Nueva York y hoy del futuro."

"¿Cómo te llamas?"

"Me llamo barro aunque Miguel me llame", Sergio parodió el poema de Miguel Hernández.

La sonrisa de Howard Frank fue captada por una cámara. "Buscamos lo beatífico, la semana pasada me encontré a la Virgen en un prado de Chapultepec. Eso fue todo, pero me ha arruinado."

"Desde la pirámide del ser yo navego en la nube del no saber", Philip Lamantia leyó de su libro *Ekstasis*. Recordó a Jack Kerouac cuando dijo en "Soledad mexicana" que era un extraño sin felicidad caminando las calles de México.

"Nosotros comer en mercado de Merced tacos de hongos alucinantes, venir hongados a café y tener visiones en calle", dijo su acompañante, una mujer de San Diego.

"Váyanse por favor", suplicó Moshe.

"Pasar nada, Moshe, sólo cantar Cucaracha", dijo Howard con una amplia sonrisa. Parecía el hermano cordial de Charlton Heston en *Ben-Hur*.

"Muchachos, *please*, no fumen mota."

"¿Oyeron?" Elizabeth, su esposa, que atendía la caja, estaba molesta porque ocupaban la terraza sin pedir nada y los clientes al verlos no querían entrar.

"Look." La muchacha trigueña abrió el pañuelo para mostrar el otro seno.

"Señorita, nos van a multar", Moshe se alarmó.

"Moshe, relax", Howard se le quedó viendo con una sonrisa fija. Fumaba tanta marihuana que se veía a sí mismo en el espejo como dentro de una nube de mota. No sólo él, también su sombra, sus zapatos parecían una noche apagada.

"Muchachos, váyanse a pasear por los prados de la Alameda, *please*."

"Brujos enseñaron que los gatos pueden albergar almas humanas y arañar si quieren el corazón del huésped", recitó Horacio.

"Hijos de la Tierra, cada quien su visión", Alex brindó con una taza de café.

"¿Dónde estar Juan Martínez? Yo quiero hablar con el príncipe de la palabra inaudita", dijo Jerome Rothenberg.

"Va a ser difícil", dijo Alex. "Está en Tijuana."

"Es tiempo de irnos, vienen los cuicos azules, peores que los grises y más atroces que los verdes", Sergio aplastó el cigarro de marihuana en un cenicero.

"Let's go", Howard echó a andar con Philip. Los otros *beats* adelante. Jerome se quedó atrás con su mujer Diane.

"Goodbye, boys", los despidió Moshe en la puerta. "¿Quién paga la cuenta?"

"Nadie gana nada." Horacio iba atrasado. "Pásenle la cuenta a la Malinche, vive en el Tenampa."

"Vamos a Televicentro", sugirió Sergio.

Todos se fueron hacia avenida Chapultepec. Escalaron la torre. Desde arriba orinaron sobre la televisión mexicana. Hubo gran movilización policiaca. Los extranjeros fueron llevados a la prisión migratoria de Miguel Schultz para ser deportados.

Otro día, Alex los buscó en la cárcel. Los había interrogado la Federal de Seguridad sobre nexos políticos entre el Che Guevara, Fidel Castro y los *beats*. Ellos no confesaron nada porque no sabían nada. Pero después del papeleo, las fotos y las huellas digitales, fueron conducidos al aeropuerto y deportados en un avión lechero, de esos que hacen tantas paradas que no se sabe si van o vienen.

Agentes judiciales se entregaron a la búsqueda de Philip Nunzio Lamantia, el poeta beatífico, amigo de Alex, y quien había llevado a los *beats* al café de Moshe Rosenberg. Su perfil de ítalo-sanfranciscano, elaborado por los servicios de inteligencia mexicanos, hablaba de un individuo de treinta y un años de edad, tipo siciliano, oriundo de San Francisco, que había participado en el lanzamiento de la *Beat Generation* en la Six Gallery cuando Allen Ginsberg leyó su poema "Howl".

Los policías buscaron al italoamericano en la calle de Río Hudson. Pero no estaba. Tampoco su mujer francesa. En la farmacia de la calle de Lerma preguntaron si conocían a un extranjero adicto a los sicotrópicos. La empleada negó conocerlo. Al día siguiente fue capturado un hombre de sus características por la policía judicial en avenida Juárez a la salida de Wells Fargo. Lo acompañaba un hombre de color adicto a las drogas.

Alex leyó el oficio 6484/186 del Departamento Jurídico de Averiguaciones Previas y Consignaciones que los agentes de la Policía Federal de Narcóticos elaboraron y firmaron: Fernando Pérez Álvarez, originario de Villahermosa, Tabasco, y Moisés Maslin Leal, oriundo de Torreón, Coahuila. Ambos informaron que: "estando en funciones del servicio a ellos encomendadas, al transitar por la avenida Juárez a la altura del número ocho, como a las doce horas treinta minutos del veintinueve del mes de junio de mil novecientos sesenta, vieron a dos individuos de apariencia extranjera que estaban parados fumando y al pasar junto a ellos percibieron el olor peculiar de la marihuana, motivo por el cual procedieron a interrogarlos, momentos que aprovecharon dichos individuos para arrojar a una coladera los cigarrillos que estaban fumando. Al registrarlos por su actitud sospechosa le encontraron al que dijo llamarse Philip Lamantia una cajita de metal color roja, en la que envasan los cigarrillos Virginia marca Graven 'A' ingleses, en cuyo interior había un papel de color tamaño carta que contenía marihuana preparada para fumar. Presentaron al citado Philip Lamantia y a su acompañante Manuel Azevedo ante el jefe de la Policía Federal de Narcóticos".

Alex con el libro de Philip *Ekstasis* en la mano, sentado con Horacio en la banqueta afuera de la cárcel para extranjeros indeseables de Miguel Schultz, tuvo el impulso de romper a patadas la puerta y rescatar a su amigo de las garras de la policía. Pero las miradas torvas de los guardias armados con metralletas lo disuadieron. Además por su aspecto siniestro y arbitrario temió ser detenido también.

God is everywhere... If youth dies the immortals are born.

Como despedida a Philip, Alex dijo en sus adentros esos versos del poeta beatífico.

Ése fue su momento de reflexión, para volver a él, y partió.

Enroques

Los *beats* no fueron los únicos extranjeros paseándose por las calles y los pueblos de México. Poco después de su expulsión llegaron Bona y Mandiargues, formando con Toledo y Paz, no un triángulo amoroso, sino en momentos un cuadrilátero. Archibaldo, un archivo vivo de chismes y anécdotas, le contó a Alex la historia de la pasión por México de André Pieyre de Mandiargues y de su esposa Bona Giuseppina Piera Maria Tibertelli de Pisis, sobrina del pintor metafísico Filippo de Pisis.

André Paul Edouard Mandiargues había nacido en París el 14 de marzo de 1909, y Bona el 12 de septiembre de 1926 en Roma. En una novela que tenía lugar en la Barcelona canalla y prostibularia se autodescribía: "Aunque parezca castaño, soy en realidad pelirrojo, como mi padre. Tengo los ojos de color gris rosado propios de un pelirrojo. La piel de mi rostro, que enrojece o se mancha sin broncearse, y la de mi torso, completamente blanca, son atributos del pelirrojo [...]. Sergine me ha comparado a veces con un zorro, por más que en los rasgos de su rostro haya menos picardía que ingenuidad".

En marzo de 1958, la pareja a bordo del barco italiano Andrea Gritti partió de Génova hacia Veracruz vía La Habana. Habían comprado sus pasajes en la Compagnia Generale Telemar, Lungotevere Michelangelo 9, Roma. Octavio Paz no pudo ir al puerto a recibirlos y se lo hizo saber a Mandiargues en un *marconigramma*. Una vez en México el bardo, como lo llamaba Archibaldo, los acompañó en sus paseos por la ciudad y realizó por el país viajes con ellos o solo con Bona.

A la búsqueda de la pintoresca vida mexicana y de sus "redoutables merveilles", los Mandiargues estaban ansiosos de explorar ese *territoire de rêves et de cauchemars* sobre el que habían escrito Breton y Artaud, y fotografiado Henri Cartier Bresson en 1954 (como aquellas prostitutas de la calle Cuauhtemotzin con medio cuerpo asomado a las ventanas de una puerta; a su amante juchiteca apodaban la Bressona). Deseaban explorar el país, encontrarse con artistas y poetas, y montar una exposición de Bona en la ciudad de México. Instalados en Melchor Ocampo 154, la pareja se aventuraba en la ciudad partiendo en tranvía hacia el sur o hacia el Zócalo. En excursiones fuera de la capital los acompañó Paz, quien luego de una tempestuosa noche de amor en Tecolutla le propuso a Bona vivir juntos. Ella le regaló un dibujo de una flor pisciforme de cuatro pétalos con la que el bardo ilustraría la portada de *La estación violenta*. Él correspondió con una dedicatoria: "Au poète André Pieyre de Mandiargues, à l'artiste parfait, à l'ami généreux".

La pareja deambuló por el Zócalo, asistió a corridas de toros, visitó la Villa de Guadalupe y comió con Leonora Carrington. Bona llevaba la agenda, tomaba fotos de André. En el puerto de Salina Cruz, fueron atacados en un cuarto de hotel por legiones de mosquitos y André, cuando le picó en la planta del pie un cien pies, creyó que lo había mordido una serpiente. En una playa "edénica" de Zihuatanejo, él, coleccionista de juguetes eróticos, vibradores y tarjetas pornográficas, capturó en el agua un pez globo, y lo colocó a los pies de Bona, quien solía asolearse desnuda en presencia de mirones. Acapulco fue para André una decepción, "un lugar innoble, lleno de rascacielos mezquinos, poblado de idiotas, padrotes y hampones. El único ser que me despertó simpatía fue un enorme sapo". Los eventos de *La noche de Tehuantepec*, narrados por André, y que Bona registró en su agenda como ocurridos la noche del martes 1 de abril de 1958, tuvieron lugar en un hotelucho. Ninguno de los dos registró la vista de muchachas desnudas bañándose en el río, ni la presencia de viejas tehuanas que les aventaban piedras a los jóvenes que se acercaban a espiarlas encubiertos por los matorrales. Un fuerte olor a azufre que emergía de los ríos tapados los seguía por las calles. En las márgenes de un lago desecado había animales muertos y olores fétidos. La muerte antigua tenía cara de puta. Yendo por las calles del centro, bajo un águila sin alas, André observó a un *muxe* (hombre-mujer) zapoteco tragado por un arroyo maloliente.

Al ponerse el sol, cogidos de la mano, André y Bona llegaron al Hotel la Perla. Construido junto a la terminal de camiones, albergue y albañal compartían paredes. Los mejores cuartos estaban reservados para el Señor Viento que entraba por las ventanas. Sólo estaban disponibles las recámaras baratas, en perpetua reparación. La escalera al segundo piso, con varillas y tabiques desnudos, se había colapsado. Las ventanas enrejadas daban a un vecindario paupérrimo. La vegetación exterior había crecido tan desmesuradamente que algunas ramas entraban por un muro. La tubería descompuesta que conectaba los cuartos provocaba inundaciones periódicas en ducha, excusado y pasillo. Un muxe vestido de tehuana, el/la recepcionista, aconsejó no utilizar el baño de la habitación, y que en caso de necesidad bajaran al sanitario sin puerta situado detrás de la fonda, aunque podían ser observados por los comensales. El muxe recomendó no abrir el grifo de agua fría, pues una vez abierto no lo podrían cerrar. Tampoco el de agua caliente, ya que saldría un chorro abrasador. Paredes decrépitas aparte, y habitaciones en obras, el paisaje verde estaba del otro lado de la ventana del Hotel La Perla Nueva, un mesón recién construido.

El disgusto seguía a los Mandiargues a todas partes: en el comedor, en una mesa vecina una machorra gorda ponía celosos alternativamente a dos muxes flacos, vestidos de tehuanas, que la acompañaban bebiendo mezcal y comiendo tlayudas untadas con manteca de puerco, rellenas de tasajo, aguacate y chapulines vivos que crujían en la boca.

De regreso a Europa, los Mandiargues zarparon de Veracruz el 14 de julio en el barco Francesco Morosini. Después de un largo viaje desembarcaron en Génova a mediados de agosto. Venecia fue la etapa final de su periplo.

En París, Bona continuó su relación con Paz y Mandiargues lo permitió, según contó a Alex el pintor Toledo. El rompimiento ocurrió cuando Octavio le preguntó a Bona si estaba decidida a casarse con él y ella contestó que sí. Paz buscó divorciarse de la Garro y tramitó su traslado diplomático a Francia. Tuvo un reencuentro serio con ella en junio del año siguiente en la estación de Les Invalides y Bona procedió a pedirle el divorcio a André. Éste se lo concedió con tristeza y reluctancia. En 1960, Paz anunció a sus conocidos: "Bona será en breve mi mujer". Instalados en París, ella pintaba en la embajada de México.

La deslealtad de Paz no sólo molestó a Mandiargues, lo desestabilizó: le quitó la esposa con la que tenía un acuerdo de infidelidad consensuada. Con sus aventuras, él alimentaba su narrativa erótica, además de ser su compañera en la vida cultural parisina. Pero como escribió Shakespeare, los mejores planes de los hombres los roen los ratones, en 1961 a París llegó Francisco Toledo, un pintor zapoteca de veintiún años, greñudo y desgarbado, exótico y guapo. Tenía un talento artístico que rayaba en lo maniático. Protegido por el maestro Rufino Tamayo, Paz se ocupó de él, le consiguió cuarto en la Maison du Mexique en la Ciudad Universitaria y lo introdujo a sus amigos André y Bona. Paz soportó su informalidad, como aquel día que lo invitó a comer en un restaurante y Toledo llegó descalzo. El problema fue que no lo dejaban entrar y Paz tuvo que salir a comprarle zapatos. La sorpresa mayor se la llevó días después cuando estando de visita en el cuarto de Toledo buscando el baño abrió por error la puerta de un clóset donde el pintor guardaba pares de zapatos Bally.

Pasados los días, Toledo, atraído por Bona, de ojos grandes y cuerpo voluptuoso, empezó una intensa relación con ella. Bona abandonó a Paz. André, contento con la infidelidad de su esposa que vengaba su afrenta, aceptó a Toledo. El sorprendido fue Paz. En abril de 1962, mientras organizaba su traslado a la India como embajador de México, Bona le dijo que no iría con él, pues era amante de Francisco y viajarían juntos a Mallorca. "Bona a changé du mexicain", diría un festivo Mandiargues a su amigo Jean Paulhan en una carta. "Ha dejado a Paz con una prontitud que hasta a mí me asombra." "El golpe fue mortal", reconoció un humillado Paz.

El arreglo final fue: Paz viajaría a México para arreglar su traslado a la India; Bona se iría con Toledo a Mallorca. En México, el pintor la llevaría a vivir a Juchitán, en el suroeste de Oaxaca, la zona geográfica en el Istmo de Tehuantepec reputada como el centro de la cultura zapoteca.

Alex conoció a los dos en la ciudad de México, en casa del filósofo catalán Ramón Xirau. "Te pido discreción, están aquí de incógnito de paso a Oaxaca. Ella abandonó a Octavio y son pareja", le advirtió de antemano.

A la hora señalada, Alex llegó a San Ángel. La sirvienta, que lo esperaba a la puerta, lo condujo a la sala. Al entrar, lo primero que él vio fue a Bona sentada en un sillón como una matrona italiana de grandes ojos, grandes pechos y gran trasero. Toledo, como un bebé en su regazo, desde el principio no quitó los ojos de encima de Alex. Ellos, en el sillón, estaban cogidos de la mano como si sus cuerpos fuesen uno de dos troncos y dos cabezas. En la mesa, al centro, estaban servidas tazas de chocolate de tableta acompañados con churros de El Moro.

Al hacerse amigos Alex y Toledo, éste le contaría años después: "Bona era muy bella. A todos les gustaba. Tenía una colección de aretes. Quería todo. Lo mío comenzó con una admiración por su belleza, con un enamoramiento desde la primera vez que nos vimos. ¿Tú sabes cuando amas mucho? Yo nunca había estado con una mujer de otro país, una italiana, esa belleza, ese humor. Amiga de Max Ernst, de Dubuffet, de Chirico, estaba en el centro de la intelectualidad de esa época. Me atraía su mundo, lo que hablaba. En las reuniones estaba yo callado, pero registrando todo. Yo era muy ajeno a lo que ella había vivido. Cuando la encontré yo venía de Sicilia, en viaje de autostop. Me hospedé en casa de los Mandiargues, que estaban de vacaciones. Me acuerdo de una frase de Paz en la estación de ferrocarril: 'Toledo trae polvo de oriente'. Lo dijo por mi interés en el mundo bizantino, por los mosaicos que había visto en Rávena.

"La primera vez que la vi fue en la embajada de México en París un 15 de septiembre. Me tocó ver una escena un poco chistosa. Como no había balcón subieron a Paz a una mesa con la bandera para dar el grito. Bona era una mujer libre. Tenía una experiencia sexual amplia. Mandiargues era muy permisivo, la dejaba hacer lo que quería. En ese tiempo ella estaba muy perdida. Era muy agresiva con la gente. Se había separado de André y planeaba casarse con Paz. Le quitaron el habla todos. Ellos estaban juntos y de pronto llegué yo, por casualidad. Yo tenía 20 años, ella 35. Qué puede esperarse de un muchachito de esa edad. De madurez, nada. Por lo demás, es la mejor etapa de la vida para esperar todo. Viviría conmigo en Juchitán. Aquí está la verdadera felicidad, me dije."

Alex y Toledo se hicieron amigos, eran de la misma edad y muy creativos en sus respectivas disciplinas. Toledo lo invitó a Juchitán, pero por extrañas circunstancias, no dilucidadas porque las guardaba en la caja fuerte de su silencio. Alex, camino a Oaxaca en autobús, llegó primero a la cita de una boda que nunca sabría si se realizó o no. Quizás Toledo llegó antes con Bona a San José del Pacífico y se hospedó en un albergue perdido entre las milpas. El caso es que se encontraron entre dos precipicios en San José del Pacífico, la capital de los hongos alucinantes, como en uno de esos cuadros de Friedrich de figuras solitarias admirando el panorama marino, lunar o terrestre.

La zona montañosa, que comenzaba y terminaba en el cielo, quitaba el aliento. Tenía todos los tonos del verde: verdinegro, verdemar, verde amarillo, verde rosáceo, verde montaña. En suma, el festín visual de un pintor o de un poeta. Alex quería abarcar con los ojos lo inalcanzable: cada piedra, cada hierba, cada miembro de la naturaleza viva. Mientras los árboles, pinos, encinos, palmeras, palo de Brasil, de ébano y de caoba ya eran un paisaje en sí mismos.

Esa campiña elevada a 2 350 metros sobre el nivel del mar (en la cumbre, 2 500 metros), tenía unos 700 habitantes de etnia zapoteca. Más una población flotante de hippies en busca de la iluminación o la enajenación sicotrópica que aumentaba o decrecía según el frío y las lluvias. El panorama matutino o vespertino no tenía límites: hacia el Atlántico se podía ver el Pico de Orizaba y, por el otro lado, el océano Pacífico, de manera que la cintura de México parecía una raya luminosa vista desde el espacio.

Alex contemplaba los caseríos, los desfiladeros, los horizontes y las nubes cuando apareció Toledo vestido de blanco. Detrás de él, Bona. Y por unos minutos vieron los helechos, los manglares y las orquídeas como si las plantas al alcance de la mano palpitaran en el espacio. Cerca pasaban venados, jabalíes, tlacuaches, zorrillos, pájaros carpinteros, colibríes y una fauna huidiza que sólo se oía en los matorrales y en los sueños. "En la eternidad del momento", se dijo Alex en el pleno deleite del ocaso, un crepúsculo cambiante, un lienzo rico en matices que como un ser quería persistir más allá de lo efímero. En ese lienzo inasible de lo fugitivo se conjuntaban el amarillo con el ocre, el naranja con el rojo y el gris con un azul inefable que parecía cifrar en el espacio la poesía de Dios.

"San José del Pacífico es un alfil de piedra y pino. Para algunos es una carretera, un precipicio verde y un peñasco fálico multiplicado en los cerros", pensó Alex. "Pero lo que más me intriga es el aire que lo recorre, el cual los antiguos zapotecas llamaban viento, espíritu o aliento, esa fuerza animadora invisible e impalpable. Cuando la miro a solas siento su palpitación en el silencio y percibo la materialización del nagual que danzando se transforma en un jaguar con garras, espejos y cascabeles, con una bola de jade en el hocico."

"Cuando se recorre en coche de un extremo a otro San José del Pacífico se convierte en una pesadilla vial. Espérate a las lluvias torrenciales, entonces tendrás un concierto de truenos y de rayos." Aunque cerca, Toledo hablaba desde muy lejos, como si aún no llegara o ya se estuviese yendo. Era difícil retenerlo en un lugar, porque para él el aquí y el allá era indiferente. Estando presente ya empezaba a irse, se mostraba elusivo. Había en él una especie de desconfianza ancestral, y mostrándose trataba de ocultarse.

"Allá está el Istmo de Tehuantepec, la cintura de México, los políticos quieren cortarla en dos mitades. A ambos lados los océanos cantan." Bona trató de ser poética. "Pero, ante todo, dinos, ¿qué andas haciendo aquí?"

"Lo invité a nuestra boda en Juchitán", aclaró Toledo.

"¿Cuándo nos casamos?", preguntó ella.

"Cuando los casamenteros lo decidan." Toledo alzó los hombros.

"¿Cómo llegaste hasta aquí?", interrogó Bona a Alex.

"Me vine en un transporte de la compañía de Autobuses Líneas Unidas, ¿y ustedes?"

"Practicamos el senderismo de montaña", bromeó ella.

"¿Nos vamos'", Toledo preguntó por peguntar porque ya se estaba yendo.

"Pero si acabamos de llegar", protestó ella.

"Aquí estamos de paso, tenemos que irnos en algún momento", Toledo se lo dijo a sí mismo.

"¿Hacia dónde se dirigen?", preguntó Alex.

"Adonde no nos agarre la noche en la carretera, hay muchos cerros deslavados."

"En Juchitán pasearemos por los puestos de textiles, a ver cuáles le gustan a Bona."

"Me gusta 'La sandunga' interpretada por Bety Cariño. Al ritmo de una trompeta casera bailaremos con las juchitecas de faldas rojas y canastas en la cabeza; parecen peces agonizantes moviendo la cola", dijo Bona.

"Yo le compro huipiles hechos en talleres de cintura tipo Frida Kahlo", la voz de Toledo apenas fue audible. "Juntos asistimos a las festividades locales, como el Carnaval, las Velas, el Día de Muertos y el Viernes Santo, también conocido como Día Grande, cuando se guardan las palmas, se esconden los cuchillos y los machetes alusivos al martirio de Cristo."

"Es la fiesta de los muxes, los hombres afeminados vestidos como las alegradoras de los tiempos prehispánicos quieren bailar con él, y las tehuanas de pechos trigueños quieren bailar conmigo, curiosas por mis formas mediterráneas", rio Bona.

"A los muxes yo me les escapo. En cuanto se descuidan me voy caminando por las calles oscuras de Juchitán."

"Hablando de irse, yo me voy", dijo Alex. "Espero hallar hotel en el camino y partir mañana a primera hora." Alex se despidió de la pareja.

Ajedrez amoroso

"Su ferocidad no tenía límites. Su amor parecía un acto de venganza. Toledo me odiaba y me maltrataba con el mismo ardor que en otros tiempos ponía en amarme y acariciarme", en un aparte se quejó Bona con Alex. "La última vez, Francisco luego de cubrirme de insultos y de golpes cogió un cuchillo y se lanzó sobre mí. Un rápido movimiento de cabeza evitó que hundiera su hoja en mi garganta, me salvé por dejar un mechón de cabellos en su mano. No me perdonaba por tratar de abandonarlo. Acechaba la llegada del cartero con correspondencia de Mandiargues preguntando cómo estaba en México. Aunque las cartas no viajaban por tierra ni por mar, sino por el espacio, alguna vez llegaban. Yo temía que él, furioso, no fallara el golpe. Me tomaron temblores y ansiedades. Llegué a creer que si me iba de Juchitán era impensable retornar de nuevo."

Descrito por la italiana, el oscuro y reptilíneo cuerpo de Toledo caía como relámpago sobre ella en la noche caliente del trópico. "Él previamente se había quitado la blusa de manga corta hasta el ombligo con la que solía pasear al atardecer. No le importaban los mosquitos. Los muxes, esos hombres que se vestían de tehuanas y gustaban iniciar a los mancebos en la vida sexual, lo seguían por los mercados; nos gustaba andar entre los puestos de sombreros y hamacas, de telas de añil y de algodón, pues él deseaba regalármelos. Pasábamos las noches en paños menores, bañados de sudor. Él se refugiaba en la cocina, convertida en estudio. Y allí se amanecía, sentado a una mesa rústica, producto del carpintero local. Él se identificaba con el mono araña, aullador o capuchino, y con el danzante que durante el coito se transforma en jaguar. En sus guaches aparecía como conejo, perro, serpiente, lluvia y muerte. Y como hierba. Después del acto se allegaba materiales, tallaba la madera de la mesa, cortaba cartones y telas con tijeras; trazaba figuras, pintaba la fauna de la región y a las mujeres zapotecas bañándose en los arroyos. Los conejos-coyotes con grandes orejas y hocicos lascivos acariciaban con una pata un trasero femenino o un creciente de luna, el mío. 'Ése soy yo', él me presumía. 'Me gusta verte acometida por conejos, coyotes y avispas'."

"Ya no hagas insectos, son muy dolorosos", suplicaba ella. "Los chapulines, los zancudos, las hormigas y las arañas descomunales, animados por tus manos, invaden no sólo el papel, la piedra y la madera, sino mi cuerpo todo. Como salidos de un sueño de Gregorio Samsa se me meten dentro con patas crujientes."

Francisco solamente se quedaba viendo. A veces viendo nada, como aquel amanecer cuando Bona lo sorprendió sentado en una silla de mimbre dibujando a la luz de una vela.

"En mi mundo la distancia entre seres humanos y animales no existe, éstos dialogan, copulan, se transmutan y se convierten en peces o en criaturas feroces."

"Ya no me pintes rodeada de zapatos y de animales con forma humana; ya no me veas acariciada por un conejo o un coyote, lagartija o pescado. El mono de pelos erizados bebiendo un frasco de tinta con el pincel en la mano me hace daño, es tu nagual erótico."

Después de esa plática, una visión que había tenido la víspera en el cementerio de Juchitán hizo a Bona alucinarse más. Temerosa de ser asesinada, escapó. A escondidas abordó un autobús en la terminal de Juchitán hacia la ciudad de México. Según Toledo, la separación no fue violenta: "para hacerse la interesante, ella exageró. Había la intención de comprar otra casa para quedarse, pero no hubiéramos aguantado el pueblo".

En la capital, él fue a buscarla a la Zona Rosa. Pasó tres veces por la calla de Hamburgo con una aguja de arriero bajo del cinturón. Ella temía que se la clavara en el ombligo. Greñudo, con pantalones blancos y camisa suelta Alex lo vio pararse delante del café. No entró. Miró a derecha e izquierda, y dio vuelta en Génova.

Archibaldo contó a Alex que Bona le habló por teléfono para pedirle ayuda, porque Toledo se había vuelto loco. Los dos habían venido en barco y se iban a regresar en barco, pero como Toledo nunca había viajado en uno estaba muy afectado. Ella temía que por su intención de regresar en barco a Europa fuera a encajarle el cuchillo.

Reveló Archibaldo: "Acudí en su auxilio. Ella vivía en un departamento donde se quedaba cuando venía a México con Mandiargues. Cerca de la compañía de teléfonos. Los cuartos estaban llenos de Toledos, hasta en la cocina había guaches, óleos, dibujos, era un reguero aquello que parecía bazar. Allí estaba Francisco metido en una cama, cubierto con unas mantas y con las mechas de fuera. No me le acerqué, me daba pena, lo quería mucho y me llevaba bien con él. Mientras Bona empacaba, él decidió agarrar su tambache, y se fue. Me asomé por la ventana y lo vi, hasta que se perdió en la calle. Decidí mandar a Bona con Salvador Elizondo en su casa en Tata Vasco por unos días mientras arreglaba su pasaje y regresaba a Europa. La recogí una noche cuando Salvador estaba acostado en un sofá fumando marihuana. No se dio cuenta de que ella se iba, hablando de Joyce y de Henri Michaux, y del infinito que incesantemente nos estremece. La llevé a avenida Chapultepec, al departamento donde había muerto mi padre hablando con las paredes. Antes de instalarse con su maleta en una recámara medio abandonada y fría, abriendo las persianas se puso a observar por las ventanas la calle, pues era ruidosa. Le expliqué que los muebles medio corrientes no los había escogido yo, pero eran los que estaban allí. No tuvo más remedio que aceptar el alojamiento. La estuve acompañando tres días hasta que llegó la mañana de partir. Fíjate que cuando estaba en el aeropuerto sacando su boleto, mientras yo llevaba mi coche al estacionamiento, regreso y Bona me dice: 'Acaba de pasar Francisco por aquí. Parece que es bastante miope y no me vio'. El aeropuerto tenía una cafetería desde donde por un lado se podían ver los aviones, y por el otro, el público, y mientras tomábamos un café vimos a Toledo ir como un venadito con un suéter sobre los hombros, buscándola. Quizá pensaba que ella se iría en barco por Veracruz. Imagino que tomó un avión con destino a ese puerto. Ya se iban a casar. Bona había comprado un vestido de tehuana. Todo se deshizo. No se entendieron. Ella temía que la apuñalara si se iban en barco. Eso sí me conmovió, ¿no?" Después de que Bona se va con Octavio a la India y se viene con Toledo a México, Mandiargues la recibe en su casa. Cuando en París ella da a luz a Sybille, una niña hermosa de grandes ojos como su madre, Mandiargues celebró su nacimiento:

Le soleil était dans le lion.
La lune avait seize jours.

Dijo Archibaldo: "La primera vez que Bona exhibió en México la trataron como a una reina, pero durante la segunda exhibición le voltearon la espalda. Ella estaba tristísima porque sus seudoamigos la rechazaron para no contrariar a Paz". Décadas después no podía pronunciarse el nombre de Toledo delante de él sin que se enojara con la persona que lo hacía y sin tapujos expresaba un juicio despectivo hacia él.

Años después, Bona ya muerta, Alex se soñó visitando a André en París. Se vio subiendo las escaleras de rue de Sévigné 36, donde él había residido con ella. Pero tocando a la puerta sólo escuchó del otro lado una voz quebrada como de jabalí herido. Él, en el suelo, murmuraba: "Je viens, je viens". La puerta no se abrió. Alex oyó un cuerpo que se colapsaba y una voz queda que se apagaba. Luego soñó que Mandiargues había muerto.

Hágase el neón

Cuando Alex llegó a casa de Arreola, sus hijas Claudia y Fuensanta estaban a la puerta listas para salir. Los ajedrecistas Ferriz y Guerra jugaban una partida tediosa. Arreola con traje de rayas y chaleco de brocado leía sobre una casa de huéspedes "situada en una calle cuya mezquindad y pobreza contrastaban del modo más irónico con su altísono y coruscante nombre: calle de las Amazonas". Participaría en una mesa redonda en el Ateneo Español sobre *Nazarín*, película de Luís Buñuel basada en la novela de Pérez Galdós. Trasladada al México de comienzos del siglo, el personaje era un sacerdote que aplicaba los Evangelios para la protección de los pobres y de una prostituta acusada de provocar un incendio.

En un cuartito sin ventanas entre la cocina y la recámara estaba Sara untándose las mejillas con crema Pond's. Delante de un espejo, daba la impresión de que en torno suyo no existía nada más que ella y su rostro. Vivía en la provincia de la mente, no le gustaba asistir a eventos sociales ni literarios y ni siquiera salir a la calle. Ni paseaba por el bosque de Chapultepec, a unas cuadras de su casa. Hacía sus compras en una miscelánea enfrente del edificio donde vivía. Encerrada en su cuarto sólo salía a la cocina donde tenía frijoles en la lumbre y no quería que se quemaran. Una vez en el taxi, Arreola se puso neurótico por los coches que se le venían encima. Al ver los camiones rozar el automóvil en que viajaba quería atajarlos con las manos. Atrás, Claudia y Fuensanta pegaban en cada enfrenón las piernas a las de Alex.

Cuando Arreola descendió del coche en Morelos 26 y traspuso los umbrales del Ateneo Español de México, fundado en 1949, se cruzó en el vestíbulo con un hombre antiquísimo, quien, al verlo con boina y formalmente vestido, tomándolo por el cartero, vino a preguntarle.

"¿Me llegó carta de Valencia?"

"El profesor ha hecho por cincuentésima vez la misma pregunta a los que llegan al debate, pero ante la negativa se retira a la pared, y cuando llega otra persona vuelve a preguntar: '¿Me llegó carta de Valencia'", dijo la mujer de la recepción.

En el último piso del viejo caserón de techos altos y pasillos estrechos, el pequeño foro donde se llevaban a cabo los eventos culturales ya estaba lleno de republicanos españoles y de sus hijos crecidos en México. Juan José se dirigió al estrado. Buñuel, que había llegado a México a mediados de 1940, estaba sentado en medio de la mesa con los ojos fijos en el público. Apenas reparó en la presencia de Alex. Absorto y sordo, parecía no oír lo que se decía sobre él, aun cuando el profesor José Gaos declaró que si España no tuviera lugar en el mundo seguiría existiendo en el espacio. Todos aplaudieron. Cuando llegó su turno, Arreola, desatado en elogios sobre el realizador de *El perro andaluz*, *La edad de oro* y *Los olvidados*, empezó a perder piso al notar el escepticismo con que lo escuchaba el público. Se abismó más cuando al término de su elocución sobre *Nazarín* Buñuel dijo secamente: "Arreola, no has entendido nada". Y la gente aplaudió.

"Traté de elogiar la película." Luego en la calle, se justificó, desabotonándose el chaleco de brocado. "Le escribiré una nota diciéndole: 'Luis Buñuel, su arte es una de mis más hondas predilecciones'."

"Las invito a tomar un café", ofreció Alex a Fuensanta y Claudia.

"Vamos a casa, papá está muy ansioso."

Desde la banqueta Alex vio a Arreola y a sus hijas perderse en el taxi por la calle de Berlín. Una fila de faroles, algunos ciegos, medio alumbraban las viejas fachadas de la calle de Bucareli hasta desvanecerse en la noche neurótica.

Por la plaza de Río de Janeiro parejas buscaban parajes aislados. En la calle de Orizaba había fiesta. A la puerta de la casa Dennis Hopper esperaba entrar. Alex había visto *Rebelde sin causa* y lo reconoció.

"Por aquí, por favor, bienvenidos al centro de la acción", los recibió a la entrada una edecán con falda corta y blusa escotada. Llevaba como adorno un parche negro en el ojo derecho. Fumaba en boquilla.

Dennis y Alex entraron juntos a la casa porfiriana. Las habitaciones a media luz contaban con sofás y camas matrimoniales que apenas cabían entre las gruesas paredes, aunque las colchas se arrastraban por el piso. Al fondo estaban los reservados para parejas que deseaban intimidad, aunque era una intimidad prestada por hora. En los reservados y en el salón-bar se peleaban dos colores, el verde oscuro y el oro viejo. Estatuillas de ángeles desnudos decoraban las repisas. Palmeras en macetas daban una atmósfera de jardín. En el centro estaba una estatua tamaño natural de la Felina. La actriz en cueros, con los labios al rojo vivo, los pelos del pubis rasurados y los ojos carniceros mostraba sus caderas anchas y sus piernas colosales como si estuviera lista para recibir la carga de un elefante.

"Hola", saludó Alejandro Jodorowsky, el director de teatro nacido en Tocopilla, Chile, que había trabajado con la Felina y sobrevivido a sus mordiscos y zarpazos.

"Yo querer velada de hongos alucinantes con María Sabina", dijo Dennis. "Yo anoche estar en hotel esperando alucinación bajo un foco de cuarenta vatios. Very depressing, amigo".

"¿Te gusta la muchacha? Se llama Alma Orozco." Preguntó la edecán desde lo alto de la escalera. Alex por primera vez notó su pelo teñido de verde.

"Oh yes, very much." Después de una rápida inspección ocular Hopper metió a Alma en un reservado. Ella dejó afuera un zapato para indicar que el lugar estaba ocupado.

"¿Quién es?"

"Es la modelo de la agencia de Amberes." Jodorowsky le dio la espalda y se fue caminando como si fuera el centro de la acción. Katy Valencia, una estudiante de la Universidad de Nueva York, exalumna de Alex en un curso de verano, lo seguía de cerca.

"¿Te enamoraste de él?" Se preocupó Alex.

"Nnnnoooo, estoy impresionada por el ego de este hombre, necesita cuatro elefantes para cargarlo."

"Un mezcal", la edecán vació en el vaso de Alex un cuarto de botella de tequila.

"No emborraches al poeta, Dante lo regaña", Alejandro bromeó. Pero no tardaron otras edecanes en venir hacia él con mezcales y tequilas en una charola.

"El pobre Lawrence estaba tan asustado de México que cada persona y cada cosa que veía lo atemorizaba. Hasta las montañas, las sombras y los cielos le daban miedo", dijo Jodorowsky.

"De loqueras no me hablen, salí de una y no es divertido estar loco", Dennis emergió de la recámara con media botella en la mano. "Lo único que les pido es que se lleven a esos gatos negros disecados que la Felina puso en su altar de santería, sus ojos negros sobre negro me intimidan."

"La fiesta comienza al amanecer." La anfitriona, una rubia que olía a marihuana y perfume, pasó bostezando. "Los que quieran irse, háganlo ahora."

"Soy corredor de bienes raíces del presidente Luis Echeverría, rento casas en Cuernavaca; me llamo Edelmiro Jiménez." Apareció un tipo flaco con tupé repartiendo tarjetas.

"No aguanto los lugares cerrados." Jodorowsky entró en la cocina para beber agua.

"¿Conocen a la Felina?", preguntó Dennis. "Me dijeron que hoy en la tarde degolló a un gato negro. Se dio un baño de tina en sangre fresca."

"Si calla, otorga; si gruñe, huye", replicó Jodorowsky, vestido de negro, el pelo enmarañado.

Alex los veía a todos con un sentimiento de *déjà vu*. Parecían previsibles, buscaban ser originales pero eran repetitivos.

"¡Hágase el neón!" Jodorowsky apagó las luces. Las siluetas de los invitados se desvanecieron para dejar sólo una gran pantalla blanca y el salón alumbrado por tubos de colores.

EL TEATRO DEL HORROR DE JUAN JOSÉ GURROLA

Comenzó el desfile de modas, el espectáculo que el artista de ese nombre había presentado en una galería de la colonia Roma con modelos envueltas en ropas desgarradas como sobrevivientes de un accidente industrial o de un terremoto. Pintarrajeadas, las bailarinas refulgían en las paredes grises. Aunque adoptando diferentes poses, cada una resaltaba su sensualidad. Su estatus de muertas vivientes era evidente. El *happening* era un evento artístico al que Alex había asistido antes en la Casa del Lago. Las mujeres alumbradas por luces rojas, púrpuras y verdes danzaban proyectando sus sombras en las duelas y los tapetes. Sus cuerpos —llamaradas de colores— también representaban a las chicas víctimas de la violencia urbana. La rumbera María Antonieta Pons, la Konga Roja, llevaba una falda como cascada de agua; la Tongolele, con su mechón blanco de yegua bronca, apodada la Reina del Ombligo, movía el vientre con velocidad. La tercera, Rosa Carmina, con su flor blanca en la oreja, un lunar bajo el labio inferior y un collar con tentáculos de pulpo cayéndole sobre los pechos, era Sandra, la mujer de fuego. Alex, parado junto a Dennis Hopper, seguía la exhibición desde la penumbra.

Dos días después le habló por teléfono Edelmiro Jiménez: "¿Has visto a Dennis? Se le cruzó la droga con el alcohol y en la casa se puso a romper todo lo que halló de vidrio: ventana, espejo, botella, florero; arrancó cortinas, pateó macetas y descoyuntó maniquíes. Se peló sin pagar la renta. La neta, lo andan buscando las policías locales y federales. Al licenciado Echeverría se lo está llevando la chinchín. ¿Lo han visto? ¿Saben dónde se esconde? Para mandarle al Estado Mayor con la cuenta. Los judiciales andan tras él… Ah, y traen una ambulancia, porque le van a romper la madre".

"Dennis estaba estresado y romper cristales fue para él una catarsis. Volverá cuando el licenciado se haya calmado", opinó Jodorowsky.

"Tú también estarás estresado cuando te enteres de que la Felina intriga con sus amigos políticos para que te echen del país."

Hospital Pediátrico

Al fondo de la cafetería, Juan Rulfo, cigarrillo en mano, miró a la puerta como esperando a alguien. Pero no esperaba a nadie, al hablar tenía miedo de ser espiado. Siempre solitario, siempre ansioso se sentía incómodo en su cuerpo. No sólo eso, se cambiaba a menudo de casa, insatisfecho por algo que faltaba o por algo que sobraba, como cuando en octubre de 1947 le escribió a Clara contándole que ya había conseguido un apartamentito: "No me duele por haberlo conseguido, me duele porque está muy feo... Yo quería algo con alguna ventana a la calle y muchos árboles enfrente. Éste no tiene ni siquiera la dichosa ventana a la calle. Tiene dos, pero dan a un patio y están en el segundo piso... El departamento está en la colonia Narvarte y me lo entregan el día 15 de este mes. Le están dando una polveadita... La colonia es nueva y hay puros edificios nuevos... Hay que pasar por barrios muy bajos como el de Niño Perdido, donde todo está lleno de basura y de pulquerías y la gente anda como perdida, no sólo los niños". Rulfo de golpe miró en torno suyo como para cerciorarse de que alguien indeseable no lo estaba oyendo.

La cafetería del hospital era sombría de día y de noche, principalmente durante las vacaciones escolares. La luz era escasa; la clientela, ensimismada. Las mesas alumbradas con tubos neón parecían de pasillo de una terminal de autobuses o de un hotel de paso. A cada rato los familiares de un niño enfermo venían a hacer llamadas urgentes en el teléfono público, siempre ocupado. La vitrina vendía dulces corrientes. Durante las llamadas los padres notificaban el estado de su hijo o de su hija a algún familiar. "Van a operarlo/a." "Se halla inconsciente, está boqueando/a." "Entró a urgencias." "Se encuentra en las últimas." A Rulfo ni escenas ni conversaciones lo perturbaban, como si sucedieran en el pasado o en el sueño de personajes imaginarios. Él, al fondo, en la penumbra, en suéter y sin corbata, prendía un cigarrillo tras otro, hasta dejar la cajetilla de Pall Mall vacía. Sobre la mesa tenía una *Playboy* con una entrevista con Jean Genet que no le interesaba hojear. La había comprado por descuido.

"En el Panteón de Dolores están desenterrando cadáveres", contó Rulfo a Alex apenas se sentó. "Como hace tiempo en Tolimán, están descubriendo cadáveres en las tumbas individuales, como echados allí de contrabando. En unas se han hallado hasta mellizos. En otras esqueletos con ruedas en los pies que parecen carrozas fúnebres. Sería buen negocio abrir una tortería para los vivos y un mercado de flores para vender ofrendas. Nadie sabe la causa de tanta muerte, tal vez morirse está de moda. Pasa en etapas. Es cosa cíclica. Una alcantarilla en la calle puede convertirse en una fosa abierta." Rulfo elucubraba como atrapado en una memoria cíclica.

"¿Cuándo pasará esta plaga de defunciones?", preguntó Alex.

"Tendrá lugar en un Día de Muertos futuro, en una Tenexapa de la mente. Yo voy a hacer un documental sobre cómo se pelean las mujeres indígenas. Cuando están borrachas se agarran del chongo, se arañan y se levantan las enaguas. A ellas y a ellos la violencia de la conquista les destruyó religión y ego, la imposición de dioses ajenos se quedó a medio hacer, como si se les hubiera atorado el cambio en el gaznate. Bartolomé de las Casas y Vasco de Quiroga con su dichosa utopía hicieron lo que pudieron por cambiar la narrativa. Ese sincretismo se hizo una revoltura, y creyendo estar adorando a la Virgen de Guadalupe adoran a la Coatlicue o yo no sé a quién. En

Cristo veneran a Huitzilipochtli, porque le sale sangre del costado."

"¿Eso qué tiene que ver con desenterrar muertos?"

"El 2 de noviembre es el día nacional de la necrofilia, es oficial."

"¿Por qué haces citas en este nosocomio?"

"Es un lugar tranquilo, hay poca gente, los teléfonos funcionan mal… Ah, si vas a la dulcería cómprame un chocolate oaxaqueño, de esos que tumban los dientes."

"¿Quieres un café?"

"Tráeme un expreso doble, después de cuatro bebidos se te ocurren cosas raras. Observa a ese hombre junto a la vitrina, que espera hablar por teléfono con su mujer Eufrosina para decirle que su hijo está grave (pero en realidad ya se murió). Se llamaba Carmelo. Lo trajo de Zapotlán baleado. Como en el corrido de Rosita Alvírez, no había de qué preocuparse, de los balazos que le dieron sólo uno era de muerte."

"Ahora vengo."

"Escucha si el hombre dice algo. Creo que su hija Domitila vino a avisarle que el médico de urgencias dijo que el niño no pasaría la noche y mejor sería devolverlo al pueblo. Pero no te le acerques demasiado, es muy quisquilloso."

"Siento lo de su hijo." Alex fue a pararse junto al hombre que contaba a alguien por teléfono que Carmelo estaba mal.

"Qué chingaos", el sujeto lo miró con ojos matadores.

"Nada, sólo que…"

"Nada de qué. Si mi hijo vive o muere es cosa que no le importa. Si me ve con esta chamarra, traigo más lana que usté. Le pago hasta la risa… ¿Eufrosina, me oyes? ¿Estás sorda, pendeja?"

Alex pidió dos expresos, uno para él y otro para Rulfo. Derramando en el camino algo del líquido, oyó hablar al líquido. Retornó a la mesa y halló a Rulfo mirando al vacío. "Te voy a contar cómo surgió *Pedro Páramo*", dijo Rulfo como si contestara a una pregunta. Alex pensó que el tema de su novela no sólo era recurrente, sino obsesivo, como si él tuviera la necesidad de explicar una y otra vez a conocidos y desconocidos cómo mató al león.

"Todo estaba planeado. Diez años antes no había escrito una página, el personaje me daba vueltas en los insomnios. Cuando regresé al pueblo treinta años después y lo encontré deshabitado, me vino la idea. Un pueblo conocido por mí, de unas siete mil, ocho mil almas. Tenía ciento cincuenta cuando llegué. Las tiendas ahí se contaban por puertas, tiendas de ocho puertas, de diez puertas, cero ventanas. Las casas tenían candado, la gente se escondía así nomás. A alguien se le ocurrió sembrar casuarinas en las calles. Me tocó estar allí una noche. En ese pueblo, al pie de la Sierra Madre, en las noches sopla el viento, las casuarinas mugen, aúllan como si soñaran. Como si las arriara el viento. En ese lugar comprendí la soledad. El nombre de Comala no existe, no. Pero por la derivación del comal y porque hay calor en ese pueblo, eso me dio la idea del nombre. Comala: lugar sobre las brasas. En realidad es la historia de un pueblo que se va muriendo por sí mismo. No lo mata nadie. Es el pueblo que se mata a sí mismo. Primero imaginé el personaje, lo vi. Después me encontré con el pueblo muerto. Claro, los muertos no viven en el espacio ni en el tiempo. Eso me dio libertad para manejar a los personajes. Para dejarlos entrar, salir, hacer que se esfumen, desaparezcan. Pedro Páramo no sé de dónde salió. Yo nunca conocí a una persona así. Creo que es un cacique, de esos que abundan en México." Rulfo sostuvo el cigarrillo humeante en la mano derecha hasta que se consumió el tabaco.

"¿Qué hay de Susana San Juan?", preguntó Alex. Quizá motivado por una muchacha vestida de verde que se sentó enfrente de ellos con una taza de café. Sin mirarlos, como ensimismada en otra cosa.

"Supe que en ese pueblo está enterrada. Tengo la mala costumbre de que al llegar a un pueblo visito los panteones… El panteón de ese pueblo está en ruinas. Los muertos yacen fuera de las sepulturas. Nunca dejo de ir a los panteones. Es lo único interesante que hay en los pueblos. Susana San Juan, tampoco sé de dónde salió. Fue pensada a partir de una muchachita que conocí a los trece años. Ella no lo supo y no volvimos a encontrarnos nunca. Tal vez fue una novia que me imaginé. Construí *Pedro Páramo* alrededor de ella. Más bien, alrededor del pueblo. Ella es su lenguaje hablado. Tuve que echar fuera más de 150 páginas antes de dejar el libro como quedó."

"Te invito un trago, vámonos a otro lugar menos deprimente." Alex se levantó.

"Siéntate. Con sólo oler el alcohol me emborracho. Estoy exhausto, acabo de regresar de una gira del candidato del PRI a la presidencia. Nunca acepto esas invitaciones, pero fui débil, y como iban a hablar del problema del agua, acepté. Antes de digerir el asunto, estaba en un automóvil tapizado de terciopelo con el candidato al lado. Creí que me secuestraba porque los vidrios estaban ahumados y no vi nada afuera cuando me llevaban al aeropuerto. 'Me honra que me acompañe en mi gira, Rulfo', dijo el candidato. '¿Y si lo critico?' 'Me dará gusto que goce de su libertad de expresión'. Él saludaba a la gente por la ventana. Los billetes de avión y el gafete con mi nombre me los entregó una edecán en el aeropuerto. Después del vuelo, me encontré en Tijuana en una reunión sobre cultura nacional. Yo le tengo miedo a los intelectuales. Cuando veo a un intelectual le saco la vuelta. En un cuarto de hotel estuve esperando la llegada del candidato, que nunca llegó, había cambiado la ruta de su gira, y en vez de venir a Tía Juana se fue a Teapachurra. Huyendo de las ponencias de cincuenta funcionarios me refugié en un autobús vacío. Me puse anteojos oscuros mirando el respaldo del asiento de adelante, hasta que el chofer arrancó rumbo a Manzanillo, sin reparar en su pasajero único."

"Rulfo siempre está fuera de lugar en todas partes", Salvador Elizondo dijo a Alex previniéndolo de sus extravagancias. "A mí me caía al amanecer como si fueran las cinco de la tarde. Nunca vi su departamento. Me lo encontraba en diferentes partes, menos en su madriguera. El sí vino mucho a mi casa. Cuando yo vivía en el parque México me visitaba seguido. Nos cogió afecto a mi esposa Paulina y a mí. Era un hombre solitario. De esos que tienen amigos de café. Sin apegos, aunque a nosotros sí nos visitaba, sin aviso previo y sin estar invitado. A veces era inoportuno, se quedaba mucho rato hablando de puras pendejadas. Lo obsesionaban las medicinas y la química de los tranquilizantes. Sabía mucho de fármacos y de esas cosas. Nos platicaba hasta las tres de la mañana de las diferentes pastillas que tomaba y de qué estaban compuestas. De literatura hablaba poco, aunque yo lo picaba hablándole de Joyce, Mallarmé y Michaux. Le divertía que le contara que una noche en el Mercedes de Archi me peleé a trompadas con Fuentes y éste me advirtió que si me veía en el andén del metro me echaría a las vías. Le gané, yo había tomado clases de box con Kid Azteca. 'Supe que cuando dejaste de beber te volviste aspirinómano', le dije un día. Tomaba muchas pastillas, diferentes pastillas. Me contestó que viviendo en la ciudad de México no necesitaba aspirar sustancias raras, la ciudad fumaba por él. Conseguí darle alcohol, pero no marihuana, yo fumaba tanta que cuando iba por la casa parecía que llevaba un halo de mota alrededor de la cabeza. A veces se tomaba una cerveza. Era un hombre solitario. Tímido y huraño, desconfiaba hasta de su sombra."

"Ai nos vemos." la voz de Rulfo fue apenas audible cuando se despidió.

187

Alex, antes de que se ofreciera a acompañarlo lo vio a la puerta, toreando el tráfico de Insurgentes que se le echaba encima.

Ésa fue la última vez que se vieron. Años después, Rulfo murió de cáncer pulmonar en su domicilio en la calle de Felipe Villanueva, a las 19:00 horas de un martes. Había anticipado su fin en "Después de la muerte": "Yo morí hace poco. Morí ayer. Para ustedes quiere decir hace diez años, para mí hace unas cuantas horas. La muerte es inalterable en el espacio y en el tiempo. Es sólo la muerte, sin contradicción ninguna, sin contraposición con la nada ni con el algo. Es un lugar donde no existe la vida ni la nada. Todo lo que nace de mí es la transformación de mí mismo. Los gusanos que han roído mi carne, que han taladrado mis huesos, que caminan por los huecos de mis ojos y las oquedades de mi boca y mastican las filas de mis dientes, han muerto y han creado otros gusanos, han comido mi carne convertida en hediondez y la hediondez se ha transformado en pirruñas de vida [...]. Estoy aquí, sitiado por la tierra, en el mismo lugar donde me enterraron para siempre [...]. No tengo sentimientos. Sólo recuerdos. Les doy un consejo. Cuando vayan a morir, lloren, aunque sea una gota. Echen el alma fuera del cuerpo, si no sufrirán el más duro e insoportable dolor que le es dado al hombre [...]. No hagan llorar a los demás. Es una condena que perdura y pesa sobre los muertos. En los vivos desaparece, en los muertos es permanente".

Café Tirol

Torres de sombras, reyes y reinas

Ese jueves de junio en la calle de Hamburgo el sol de las últimas horas retenía algo de su esplendor meridiano. Caían las sombras de las piezas de ajedrez sobre la mesa de Alex en el Café Tirol. Él percibía movimientos potenciales que él deseaba experimentar como si en su estructura interna viviese oculto el duende de Carlos Torre. Este jugador nacido en México en 1904, que a los veintiún años se fue a radicar a Nueva Orleans, la ciudad de Morphy, y derrotó a Emanuel Lasker. Mas cuando un destello violeta aparecía en el piso cada vez que la puerta de vidrio se abría, el fulgor duraba un momento, el momento en que la puerta se cerraba y quedaba adentro una belleza de la agencia de modelos de Amberes.

La concentración de Alex se rompió por la presencia de una acelerada Bárbara Elinor, quien en su coche rojo descapotado marca Carmen Ghia venía tocando el claxon y los automovilistas de adelante y de atrás se paraban para verla. Cinco minutos antes, la lluvia vestida de aire había salpicado su falda corta. Tenía veintisiete años, pero los peatones se paraban para ver sus piernas torneadas y sus pechos alzados como si tuviera diecisiete. Se iba a ver con José María, un recatado estudiante de Economía. A su mesa estaba sentado el actor Enrique Rocha, quien, cuando filmaba anuncios para la televisión, era el Rostro y, cuando grababa para radio, la Voz. Afuera del café, en la esquina con Génova, acechaban los tres ligadores de la Zona Rosa: Claudio Petucci, Indra Subach y Toño Pémex. Miraban hacia distintas direcciones como si de cualquier parte pudiera venir su presa, una turista gringa. Acababan de perseguir a una chica parte de un rebaño de estudiantes de Kansas. Avistada en el Hotel Hilton, seguida hasta las Golden Suites, la acorralaron en la esquina del Konditori. Allí se les perdió metiéndose al baño. Los tres llevaban el pelo envaselinado, camisa roja y traje Robert's.

En otra mesa estaban Óscar Chávez, compositor de corridos urbanos; Juan José Gurrola, director de *La cantante calva*; Juan García Ponce, autor de *Figura de paja*; y Juan Ibáñez, el director de escena de la puesta del mambo *Caballo negro*, con Ofelia Medina bailando desbocada con una cola de yegua bajo los compases de la orquesta de Pérez Prado.

Para los jóvenes de entonces decir "voy a la Zona Rosa" quería decir voy a ligar. El Café Tirol, situado en la calle de Hamburgo, era regenteado por la napolitana Paola. Sus habituales: poetas, pintores, cantantes, cineastas y buenos para nada formaban la hermandad del capuchino. En sus horas pico el local parecía una reunión de egos y en sus horas álgidas una congregación de loros. De Paola, su propietaria, nadie sabía su apellido ni su estado civil. Sólo se le conocía como Paola. Jaime, un catalán aficionado a tirar dardos, más enamorado de su madre Montserrat que de ella, la llevaba a los estrenos del Cine Latino. No por amor, aseguraba la cuarentona de cuerpo generoso y piel trigueña, sino por sus pizzas y por afición a su cuerpo. Alex decía que su imagen hubiese podido ser pintada en un muro de Pompeya, con los mismos colores y la misma aura misteriosa. Margarita, la mesera oaxaqueña vestida como tirolesa, pasadas las siete (cuando comenzaba la cena), cubría las mesas con manteles amarillos. A partir de esa hora, cuando llegaban las chicas fresa de la calle de Amberes y la clientela popis, el servicio pasaba de los capuchinos a las pizzas.

La colonia Juárez era un fénix del porfirismo resucitado. En las últimas décadas, las familias venidas a menos que habían vendido casonas, muebles imperio y coches de colección para solventar deudas o para engordar cuentas bancarias, gradualmente convirtieron el sótano y la cochera en restaurante, bazar de antigüedades o leonera de soltero. La fonda, la miscelánea, la botica se volvieron salón de belleza, agencia turística o galería de arte, donde se podían conseguir obras de Tamayo, Álvarez Bravo, Cuevas y de las surrealistas Leonora Carrington y Remedios Varo. Esta última, llegada a México en diciembre de 1941 en el buque Serpa Pinta, había vivido en Gabino Barreda 18/5 y en Río Elba 50. Vestida de negro como un personaje de sus cuadros, cuando en la galería se preguntaba por ella, respondían: "Se acaba de ir". "No ha llegado." La locura lúcida. La locura visionaria. Los espejos espectrales eran su tema. Y los gatos helechos, pintados de verde, que andaban sin raíces y sin ramas por cuartos y jardines paseando en los matorrales como plantas con ojos y patas. La Varo llevaba un registro de nacimientos y muertes de gatos, los cuales poblaban sus sueños surrealistas. "La Chita nació aproximadamente en mayo de 1949; el Zorrillo nació el 26 de junio de 1950, hijo de la Chita y del Leopoldo. La gata murió en la noche de San Juan, 1958."

En la Zona Rosa no había clínicas ni estaciones de bomberos, y sí farmacias sospechosas de vender pastillas sicotrópicas y cajetillas de cigarrillos de mota. Alex, como otros habituales del Tirol, la recorría de Lieja a Niza, de Paseo de la Reforma a avenida Chapultepec, y si uno se adentraba en las colonias aledañas como la Cuauhtémoc, la Roma y la Condesa, con sus calles con nombres de ríos y de ciudades europeas y de provincia, se podía adentrar en las casas de citas. Un periodista amigo de Alex comparaba el ambiente de la Zona Rosa con un "perfume barato en envase elegante", donde la hija pretenciosa pero tonta, colegiala pero amanerada, queriendo presumir de mundana regresaba temprano a casa para que papá no le cerrara la puerta. Pero advertía la Carrington: "Mientras en los cafés se congregan artistas y escritores para platicar de todo, el México bronco, insurrecto e ignaro arrojado por el metro Insurgentes, prepara el asalto de la colonia más sofisticada de la ciudad, la Zona Rosa".

Juan Ibáñez estaba planeando la puesta en escena de *Divinas palabras*. Enfermo de *melancolía amorosa* curaba su bilis negra viendo pasar chicas fresa, aunque compartía mesa con la actriz Janet Sonora. Cuando su esposa Blanca murió a los diecinueve años de leucemia, él, destrozado, voló a Europa, pero se perdió de vista en Cataluña con las putas de Barcelona que lo chamaqueaban. A su regreso a México se casó tres veces. Brevemente, pues la infidelidad, que él llamaba libertad, era la causa de riñas y separaciones. Le daban horror las ratas, las domésticas y las gobernantes, que ocupaban oficinas de bancos y secretarías de Estado. En su infancia, habiendo sido entregado por su madre esquizofrénica a su abuelo, vivió en Guanajuato, la ciudad de las momias: ideal para alimentar su necrofilia.

El agüelo desdentado resultó ser un sádico, quien, dueño de neverías, no le daba un helado. El viejo setentón sufría de nictofobias, por lo que dormía con la luz prendida y tomaba siestas sentado a la mesa, temeroso de que sus viudas difuntas se acostaran a su lado. Aprensivo de que fueran a jalarle los pies, no se quitaba los zapatos, aunque estuviesen mojados. Para castigar al nieto de sus escapes y sus mañas, lo encerraba en un sótano lleno de roedores. O en un clóset sofocante. En ese ambiente claustrofóbico a Juan lo salvaba su fantasía erótica, pues animando su encierro se le aparecía Tongolele bailando sin ropa en la oscuridad asfixiante.

Mihail Lubán, viejo profesor de Derecho Romano, iba por la calle de Hamburgo con su abrigo siberiano, no obstante el calor, absorto en la contemplación de la chica con minifalda y bolso color de rosa. Aun acompañado, el Espía ruso parecía andar solo. Aun exhausto llevaba su maletín cargado de periódicos. Se detenía delante del Tirol para ver quién estaba y no estaba, porque según él había que tener en cuenta lo mismo las ausencias que las presencias. Pero Alex, sentado a la ventana que daba a la calle, sabía que él volvería a pasar en media hora con la misma cara de ausente. Ésa era su rutina: atravesar con puntualidad muros de aire, nadas de granito.

Pilar, la joven andaluza esposa de Toni, hermano mayor de José María, sentada a la ventana, andaba garbosa. Medio cubierta por un chal enseñaba las piernas, mientras su largo cabello de potranca caía suelto sobre su nuca. Sensualmente movía la cuchara en la taza de café sabiendo que era observada.

Toni, agazapado detrás de gruesas gafas, la celaba. René, un escritor colombiano de ciencia ficción, acechaba su cruce de piernas, que ella hacía tan lenta y provocativamente que los peatones se paraban delante de la ventana para mirarla. Toni los ahuyentaba con gestos y manos como si fuesen moscas en un pastel. Le molestaba que interrumpieran su diatriba contra Franco sobre la matanza de prisioneros en Badajoz. Como si hubiese sido ayer, explicaba a Pedro Miret: "El coronel Juan Yagüe Blanco, al frente de los falangistas y los moros que lo acompañaron en la toma de la ciudad, mataron a prisioneros como a toros. Lo más escandaloso es que años después el tirano goza de buena salud y la televisión española diariamente elogia su condición física".

"¿Juegas?" El doctor Luis Moreno colocó provocativamente las piezas de ajedrez en la mesa de Alex. Médico general, se había hecho siquiatra para atender las crisis nerviosas de Rubí, su paciente y amante. Solía llegar al Tirol después de haberse reunido en el Café Sorrento con el poeta León Felipe, quien, de edad madura, parecía un profeta anciano. Con él intercambiaba información sobre la salud de Franco, dictador que daba la impresión de ser inmortal.

"La frase 'Muera la inteligencia' se oye todavía del otro lado del Atlántico, no sólo cuando los fascistas se la gritaron a Unamuno, pero todavía ayer. El asesinato de Federico [García Lorca] sigue impune", exclamaba Toni.

"¿Qué fue de los refugiados que llegaron a México en 1939?", preguntó Alex.

"Tomaron caminos distintos. Unos continuaron con su vocación humanista, otros se volvieron industriales, abarroteros, hoteleros. Habrá que distinguir entre emigrado y trasterrado", explicó el doctor Moreno.

"Ayer en la tarde me topé con Leonora Carrington y Remedios Varo, venían de la San Rafael. Son las mujeres conciencia y las hechiceras mayores del arte en México", dijo José María.

"Yo soy un destetado", afirmó Miret. "No sólo de madre, sino de país. Algunos coterráneos no se adaptan al cambio, extrañan su barrio, su familia, sus vicios; inadaptados o no, son iguales a lo que en España eran: ellos mismos."

"Se consideran trasterrados, pero sólo cambiaron de tierra, no de costumbres. Algunos aldeanos ahora son marqueses del dinero", expresó Toni. "Yo soy un refugiado, pero de mí mismo, detrás de una ventana acecho el paso de las chicas republicanas para reavivar mi identidad."

"Mi madre sufre de migrañas desde que dejó España. Cada tarde va al cine para olvidarse de México", reveló José María.

"La mía llegó a Veracruz el 13 de junio de 1939 en el barco de vapor Sinaia, acompañada por dos mil refugiados que trajo Lázaro Cárdenas. Soy hija de esa camada de exiliados que vivió en la Torre Ermita y que animaba sus fiestas bailando el pasodoble Silverio Pérez." Pilar mostró su andar saleroso. "Recuerdo a mi abuela bañada en lágrimas mirando el océano oscuro, cuando su rostro se iluminó. 'Niña maja, no te aflijas, mira.' La abuela sacó de entre sus ropas una bolsa. 'Es tierra española, la llevo conmigo a todas partes. Además, traigo conmigo algo indestructible, el espíritu español. Dos libros: *Don Quijote de la Mancha* y el *Cántico espiritual* de san Juan de la Cruz, el más alto lirismo de nuestra poesía. La ilusión viaja en barco'."

"Yo maté el tedio jugando contra mí mismo y me di el mate del pastor", dijo secamente Lubán desde otra mesa, sin interesarse en socializar. Traductor de la *Legislación soviética moderna,* lo apodaban Magú. Había venido a México en misión secreta: levantar un censo para la KGB sobre la población mexicana, ya que dudaban de la veracidad de los datos que aportaba el gobierno. El problema era que el número de mexicanos que había contado ayer no era el mismo que hoy, pues durante la noche se habían reproducido. Otro problema fue que no tenía país para enviar los informes, los funcionarios de la URSS que los habían ordenado habían sido fusilados y él no conocía a los nuevos.

"Lubán posee el don de la ubicuidad, puede estar en varias partes a la vez: en el Zócalo, Coyoacán y el bosque de Chapultepec. Me he topado con él en el Hotel del Prado admirando *El sueño de una tarde dominical en la Alameda Central,* ese mural donde Diego Rivera se retrata a sí mismo niño del brazo de la Catrina, acompañado por Posada y Frida Kahlo", dijo José María.

Entre más pasaban las horas el café más se animaba. Los habituales encontraban su lugar en las mesas y retomaban las pláticas del día anterior, hablando de sus cuadros por hacer, sus películas por filmar y sus obras literarias por escribir. Algunas veces los proyectos eran destruidos críticamente antes de comenzar y el autor al que se le había aniquilado una idea creativa mañana traía otra, y seguía la discusión. Entre el ir y venir de las palabras, las personas y las opiniones, Alex miraba hacia la calle el paso de colegialas y secretarias, de vendedores de cinturones y collares prehispánicos falsos, y el ir y venir de los ligadores persiguiendo gringas en las aceras como si fueran diosas venusinas perdidas en la ciudad.

"¿Por qué no te sientas?", Pilar ofreció una silla a Alex.

"No quiero sentarme contra la puerta. No sabes quién entra y quién sale, un político o un capo te puede dar un balazo por la espalda."

"Eres paranoico."

"La paranoia me ha salvado más de una vez."

"Margarita, Bárbara está de pie, tráele una silla", ordenó Paola.

"Con una tarde como ésta, la ciudad de México es más bella que Roma." Bárbara se sentó en las rodillas de José María. Al reclinar la cabeza en la suya, él olió el perfume en su pelo.

"Si no dejas de acostarte con mi hermano de quince años te voy a romper la madre", vino Toni a amenazarla.

"Carnal, déjala en paz, Bárbara es asunto mío", protestó José María.

"Lo digo en serio, la voy a madrear."

"Vamos a jugar póker a mi depa, ¿quién viene?" Enrique Rocha miró alrededor.

"Allí te alcanzo, llévate a Toni, está caldeando el ambiente", pidió José María.

"Vamos." Carlos Cabral cogió del brazo a Pilar y se dirigió a la calle de Oslo.

Lubán se quedó pasmado, como si un vacío de tiempo se hubiese hecho alrededor. Para agarrarse de algo, observó su taza de café, hundió la cuchara en la espuma, desmenuzó el pan.

Cuando Alex llegó al departamento. Cabral estaba jugando póker. Había abierto una botella de coñac y el cenicero estaba repleto de colillas. Sentada en el balcón, Pilar miraba a la calle de Niza.

"¿Dónde está Mariluisa?", preguntó Alex.

"En la recámara." Cabral señaló la puerta.

"¿Qué hace?"

"Se está maquillando."

"¿En el otro cuarto qué pasa?", preguntó Bárbara.

"Están Carlos y Juana."

"¿Puedo verlos?"

"No, están haciendo el amor."

En la recámara gimoteó Mariluisa. Cabral siguió jugando. La actriz aventó contra la pared un reloj despertador y la alarma sonó.

"¿Qué le pasa?", preguntó Bárbara.

"Tiene jaqueca."

Pero el berrinche iba en serio y Cabral se levantó de la mesa sin apartar los ojos de las cartas. Cerró la puerta. Se oyeron bofetadas. Los reclamos cesaron. Cabral regresó a la mesa. Cogió las cartas de la baraja española. Preguntó: "¿Quién sigue?"

Gambito de la reina roja

Cada vez que Alex abría la ventana entraba una ráfaga de aire proceloso, aunque no llovía. La avenida Insurgentes parecía el río de coches más largo del mundo, aunque un río verde prevalecía en su memoria. Ese mar elevado en el que navegaban las nubes como barcas blancas le encantaba, por ser muy característico del valle de México. Así esa luna temprana emblanquecía la tarde como si se hubiera atascado en el espacio urbano.

Esa ráfaga de aire arrebató el sombrero de Lubán, el cual fue recogido por una colegiala sonriente. "Si el profesor Lubán tiene el don de la ubicuidad, ¿entonces por qué no tiene también el don de la invisibilidad y lo estamos viendo?", dijo Bárbara, parada a las puertas del Tirol.

Bárbara Elinor estaba eufórica sin saber por qué. Tal vez por la libertad que tenía de hacer lo que le daba la gana. Había llegado a México en 1947 a los diez años. Su familia de cuatro miembros, padre, madre, hijo e hija se hospedó en el Hotel Géneve, con sus 450 cuartos y sus elevadores Otis y Westinghouse, y su *American management* y *delicious food*.

Su padre, un desconocido para ella, partía a menudo a California en viajes de negocios que podían prolongarse semanas o meses. A su regreso, cuando se encontraba con la familia en el cuarto de hotel, de inmediato pedía: "Cierren las cortinas, prefiero aire encerrado que fisgones". Y al mirar las piernas bronceadas de Bárbara, su minifalda alzada, sus ojos sombreados y su boquita pintada de rojo frenesí, él desaprobaba su pubertad como si fuese una enfermedad inminente. Bárbara hacía poco caso, las

200

ausencias frecuentes de su padre, dentro y fuera del país, le restaban credibilidad moral. Por lo demás, al comienzo del verano vino lo peor: durante un viaje el autor de sus días desapareció para siempre.

Bárbara y su madre, sospechando que tenía otra familia en Los Ángeles, y una amante en Kansas, lo dieron por perdido. Para colmo, su hermano Henry, vivo retrato de su padre, y violento y bruto como él, les era un desconocido. Y así fue que Henry partió a estudiar a Texas y nunca volvió. No sólo eso, su madre se desvaneció durante un viaje a la frontera.

A Bárbara, abandonada a su ocio, le dio por visitar lo mismo el Museo Nacional y la Basílica de Guadalupe, explorar Xochimilco y Tepito, este barrio que era un tianguis al aire libre que se extendía cuadras y cuadras sobre el terreno que había cubierto el espacio del gran mercado azteca. Allí todo parecía robado, no sólo las ropas de los transeúntes, sino hasta sus sombras. Pues allí se podían encontrar tarjetas en movimiento, revistas y grabados de colección, bebidas embriagantes adulteradas, relojes robados, botones y cepillos de dientes y chácharas de todo tipo. Pero lo que verdaderamente le importaba a Bárbara era que en el valle de México, con el más alto porcentaje de luz solar en el mundo, daba la impresión de que todos los días del año ella andaba de vacaciones.

"En los años cincuenta, la ciudad, con su imponente paisaje de volcanes, su bien conservada arquitectura colonial, su clima, su población mestiza y su luz esplendorosa, era una fiesta sensorial." Ella, consciente de su belleza, dormía hasta tarde, se levantaba al mediodía y vestida con minifalda y blusa escotada paseaba entre los árboles de Paseo de la Reforma flirteando con los peatones mientras oía música de cilindreros o dejaba orinar a su perro faldero.

Cuando ella, cansada del hotel, se mudó con una amiga venezolana a una casa amueblada en Montes Himalayas, en el poniente de la capital, siguió prefiriendo la Zona Rosa, esa parte de la ciudad donde las calles tenían nombres de ciudades europeas y donde ya estaba acostumbrada a sus ventanas y sus ruidos, a sus cafés y tiendas. Para dirigirse al Zócalo, se iba en camión o en tranvía. Para otras direcciones, cogía un libre. Pero la sorpresa de su vida se la llevó cuando en Montes Himalayas su amiga le dio un cuarto al fondo de la casa con vista al jardín, pero tapada la ventana de pared a pared con una gruesa cortina, hasta que un día la corrió, y se encontró con que no había ventana al jardín, solamente un largo y monótono muro gris.

Nacida en la India, Bárbara se consideraba a sí misma un cuarto danesa, un cuarto sueca, un cuarto estadounidense y el resto de origen desconocido. Su familia era gente de Cleveland y de la General Motors. Su abuelo había sido director de la compañía en la India y su padre, ejecutivo en Delhi. Cuando se le preguntaba cómo había conocido a José María, ella se echaba a reír.

"Desde adolescente me propuse probar todo, desde una fruta a un pescado a un cuerpo humano. Yo trabajaba de modelo en una agencia de Amberes y cantaba de noche en bares y clubes. Mi vida transcurría en camastros y en tablados, en coches que volaban sobre las calles o en espectáculos baratos del *México canta y baila*. Iba a cafés y una tarde veo a José María con el actor Enrique Rocha, Mr. Etílico, que se bebía una botella de whisky al día, y entre coñacs se ligaba a modelos y a actrices. Al ver a José María, serio y lindísimo, con sus pestañas enormes y sus grandes ojos, me dije: 'A ese yo me lo voy a coger'.

"Vestida de rojo, me le hice la aparecida en el Kineret, a la hora que venía a tomar café expreso. Todo fue muy atrevido, porque él tenía dieciséis años y el día que me lo llevé a la cama acababa de cumplir diecisiete. No parecía de esa edad, era alto y formal. A mí me gustaba porque su mundo era uno que no conocía. Me crucé con él en Génova y Hamburgo y me dediqué a acosarlo, hasta que cayó. Ese día en el Kineret, se sentaron detrás de mí él y

Rocha. Venían de ver la película *Goodbye Again* y yo empujé mi silla contra la suya. 'Oh, I'm sorry', dije. Desde entonces, no dejé de seguirlo. No por mucho tiempo, porque noches después me lo encontré en el Tirol. Como eran cerca de las doce, el café estaba medio vacío. De allí nos fuimos andando a mi departamento en Río Atoyac. José María fue muy tierno, cuando acabamos de coger, me recitó en la cama 'La casada infiel' del *Romancero gitano*, poema en que no se sabe quién cabalga a quien, o si la pareja montada es hombre o mujer.

"El problema era doña Lola, su madre, una madrileña tan agresiva conmigo que llegó el momento en que él ya no quiso verla. La señora nunca se adaptó a México y todavía iba en camión a la escuela donde trabajaba. Tenía pánico de morir de cáncer de mama. Su padre, Antonio María, nacido en Mallorca y doctor en Derecho de la Universidad de Barcelona, aunque había hecho estudios de Ingeniería industrial y había sido ministro de Cultura, ganaba muy poco. Era un catalán que se pasaba la vida dando consejos a funcionarios mediocres como agradecimiento a México por haberle dado asilo político durante la Guerra Civil Española. Fiel a sus principios políticos nunca quiso volver a España mientras Franco viviera."

José María no sólo era escéptico, era también cínico. Al hablar de los políticos no se molestaba en refutarlos, sólo sonreía. Según él, después de los doce años, ya no vives tus sueños, como un bovino sólo piensas en el pienso que te echan los demás de comer. Desde el primer beso, Bárbara pareció escapársele, no sólo de los labios, sino del cuerpo. Se sintió devorado por ella. El beso caníbal no se realizó como él había anticipado, en el departamento de ella o en un cuarto de hotel, tuvo lugar en la calle, a la vista de peatones que miraban su pasión como si fuera un exhibicionista. Cuando su boca se acercó a la suya y él respiró su aliento, su saliva, su sabor, resultó un beso de lengua. Al oprimirse ella contra él y al restregar su vientre en el suyo, él no tuvo erección, pero sí miedo de lanzarse a una relación innavegable por un río sin orillas. Sentía su cara como una baraja de caras distintas, sin que él pudiera saber cuál era la verdadera, si la que había visto en el café, en la calle o en la cama. Él iniciaba esa relación sexual a regañadientes. Sus sentimientos acerca de ella eran ambiguos. La buscaba y la rechazaba a la vez. Cuando él percibía que ella mostraba atracción por un desconocido, él sentía una ansiedad inmensa. Al mismo tiempo que experimentaba una repulsión física y mental hacia ella. Y sabiendo que era incapaz de poner riendas a una yegua acostumbrada a aparearse libremente, su angustia era doble. Se encelaba por lo que veía y por lo que imaginaba. Respecto a tener *affaires* con otras mujeres, no estaba en sus planes, ni en su carácter, sólo ella era capaz de excitarlo. La idea de dejarla le era tan insoportable como la de dejarse a sí mismo. El problema eran los celos; ella era tan narcisista que le encantaba que hasta los franeleros le echaran los perros.

Ella no sólo recordaba el encuentro en el Kineret como un triunfo suyo, sino que lo festejaba como un trofeo. Lo mismo sucedía con los encuentros que siguieron después de llevarlo a su depa en Río Atoyac, habiéndole pedido que la acompañara al coche, y del coche a la cama, un lecho con cortinas de gasa como un nicho *ad hoc* para encubrir revolcadas. Aunque empecinada en olvidar su actuación en *El Santo contra las mujeres lobas*, película tan mala que le daba pena pedir a los amigos que fueran a verla, inevitablemente se volvieron pareja. Los dos guapos, altos y esbeltos, cuando iban juntos por la Zona Rosa hasta los ciegos se les quedaban viendo. Como prueba de amor, ella había roto con A y B, indistinguibles uno de otro. Por su lado, José María se había separado de su novia andaluza del Colegio Madrid, con la que solía bailar el pasodoble "El relicario". Las primeras citas estuvieron plagadas por los celos de él y los equívocos de ella. Los ojos vigilantes de José María la espiaban en los lugares públicos para ver en quién se fijaba, provocando a veces violencia verbal. Mas como la pareja gozaba de hedonismo físico, a ambos les complacía la envidia de los otros. Así que cuando un varón le ponía los ojos encima, ella aclaraba: "Yo no me junté con ése, ése se juntó conmigo".

José María le contaba a Alex: "Todo comenzó cuando la vi en un desfile de Modas Californianas modelando ropa de colores vivos y estampados atrevidos: un *pullover* de lino y pantalones de *jersey* negro; trajes de calle, vestidos de rayas anchas, blusas negras de mangas cortas y sandalias de tacón alto". Vestidos blancos de dama en Beverly Hills; abrigos de tres cuartos color mango que portaba una modelo rubia de pelo corto. Pero el mejor momento fue, recordaba Alex, cuando la modelo Bárbara y el espectador José María se quedaron prendidos mirándose uno a otro hasta que terminó la exhibición y la señora llamó a Bárbara al interior del salón pues iba a comenzar el baile. Y ella se escapó para reunirse en la calle con José María.

"Días después volví a verla afuera de la agencia de modelos entre muchachas vestidas de blanco que pretendían salir de una sesión de fotos para ilustrar una primera comunión", relató José María. "La diferencié de las chicas pizpiretas que venían los fines de semana a la Zona Rosa en busca de ligue por ser ella la más coqueta. Bárbara, esbelta y pelirroja, se distinguía por ser la más sofisticada, aunque menos atractiva sexualmente."

Otro encuentro tuvo lugar un miércoles cuando yendo José María por Amberes se detuvo delante de una galería de arte para ver por la vitrina un cuadro de Leonora Carrington y, como tocado por los ojos de Bárbara desde una ventana del primer piso, se quedó como hipnotizado. Parado junto a un árbol, él esperó a que ella descendiera. "Soy Bárbara, vamos a tomar un café", ella tomó la iniciativa.

Alex sabía que José María había nacido en 1945, hijo de Antonio María Albert, exconsejero de Instrucción

Pública de la Generalitat, y de Dolores Calleja, maestra de primaria en el Colegio Madrid, fundado en 1941 para cubrir las necesidades educativas de los hijos de los republicanos exiliados en México. José María le contó que cuando su madre partía de Barcelona, viendo desde el barco la estatua de Colón quedarse atrás, sufrió un terrible dolor de cabeza que nunca la abandonó. México, su país de forzada adopción, era su migraña y sería su tumba. Por eso cada tarde iba al cine, sin importarle la calidad de las películas, sólo para escapar de un ambiente que la asfixiaba.

Don Antonio María y doña Lola nunca paseaban por el Parque México. Residían en la calle de Ámsterdam, pero vivían en una España imaginaria. Las comidas familiares de los sábados, en las que la señora imponía el menú, acababan en violentas discusiones entre ellos sobre qué ciudad era mejor, si Barcelona o Madrid. En esas peleas, el que aventaba más platos con paella a la pared ganaba. A doña Lola y a Toni se les saltaban las venas de la cara de furia y como eran los más exaltados, siempre tenían razón.

Alex recordaba aquella tarde cuando, yendo a visitar a José María, su madre desde la cuarta planta, abriendo la ventana bruscamente, aventó un vidrio a la calle. El apego a su hijo era tan fuerte que ahuyentaba a amigos y a novias por igual. Él tenía que hablarle por teléfono todos los días a las dos de la tarde. Durante las peleas familiares Bárbara se abstenía de opinar para no empeorar la situación, pues cuando veía a doña Lola y a Toni con las venas saltadas era tiempo de pasar al baño o de mirar por la ventana los árboles de la calle de Ámsterdam. Todo eso mientras se prendía y se apagaba el anuncio luminoso del restaurante chino Quetzalcóatl, en el que el dios del viento parecía un dragón.

La cara y la máscara

Por Paseo de la Reforma Carlos Cabral venía pisando los charcos de la última lluvia. Tratando de que no se le mojaran los zapatos recién lustrados, mucho menos el traje cruzado, con el impermeable bajo el brazo y un cigarrillo Raleigh en la boca, se detuvo para mirar su rostro en un espejo de calle. "Un hombre público debe vigilar su apariencia. Gózate a ti mismo mientras seas joven y tengas tiempo que perder", se dijo.

El actor había caminado esa avenida docenas de veces, y como los caballos acostumbrados a una ruta, sus zapatos parecían conocer la suya. Poco afecto a revelar sentimientos, su persona era el ambiente en que se encontraba a gusto. La frontera entre él y la calle era una distancia subjetiva, porque aquí o allá, dentro o fuera, él actuaba un solo papel, el suyo. Cuando miraba fotos de otros actores, buscaba sus defectos. Lo peor que pudiera pasarle era aparecer en una revista entre famosos como "el tercero a la izquierda no identificado".

Él, centro de todo, creía que los otros actores no tenían personalidad propia. Valorada su calidad, apreciada su influencia, el origen de sus movimientos era difícil de rastrear. Considerada su indumentaria y reconocido su peinado, su personalidad era identificada. Sus gestos podían provenir de James Dean o de Marlon Brando o de Gérard Philipe o de una estrella de fama confinada a su entorno artístico, nadie podía comprobar influencias. Si bien en su carrera artística él tenía que competir por papeles menores con gente menor de su mismo set, lo cual le resultaba ofensivo, él saltaba feliz como un perro de picnic sobre el hueso mezquino que le aventaba el productor.

Parodiando al actor de la película *Cuando yo fui Miguel Strogoff*, Cabral se decía a sí mismo: "Lo grave fue que cuando hice de Hernán Cortés no me sentí él, sino la Malinche. Cuando fui don Juan, me identifiqué más con doña Inés que con el burlador de Sevilla. La confusión fue voluntaria. Mas, confinado en mi ego, por más que trato de ponerme las ropas de un personaje X siempre me personifico a mí mismo. O lo que es peor, interpretando una existencia interpreto dos existencias, la propia y la de otro actor. A veces, simultáneamente. Consciente de que un actor lleva siempre su propia cara sobre la máscara que vende, a veces llevo la máscara sobre la cara. Y por más que intento volverme otro, siempre hay alguien criticando: 'Es Fulano que actúa como Zutano'".

Cabral pasó la glorieta del Ángel reflexionado: "Un actor es un archivo de rostros, principalmente de sus tics y de sus guiños de ojo. Y por eso mismo podría ser llamado un guardador de momentos, imaginados o soñados. Si bien la memoria es un archivo de sombras, me gustaría ser una ristra de asombros. Por eso no me asombra que las imágenes de una película resulten al final tan irreales como si las escenas hubiesen transcurrido en un planeta paralelo al nuestro, donde las criaturas que fuiste, o deseaste ser, se vuelven imaginarias, como espectros del ego. A veces el actor, en sus esfuerzos por olvidar su propia personalidad acaba siendo ninguno. La película que hiciste con retazos de tu vida no será otra cosa que un ejercicio de mitomanía más que de mitografía. Finalmente, dentro de una sala de cine, como dentro de la caja de Pandora, imagina la pantalla abierta tanto a la historia como a una trama anónima, filmada en blanco y negro, ese espacio sin fronteras lo puede colorear el sueño. No sólo el tuyo propio, pero aquel con el que tus familiares te dotaron. Ese gesto que desde tu infancia marca tu cara es el de ellos. Disimulados, pero presentes en tus ademanes y muecas, presumirán ser como tú, el famoso. Pero tú detestas sus rasgos que encuentras en ti. A pesar de que tu cara condicionada por un argumentista desconocido es la que te da imagen, voz y carácter. Tu voz (aunque no te reconozcas en el personaje X) lleva tu ropa, en la calle camina tus pasos y del brazo de una mujer que se dice tu esposa le jurarás amor eterno (una actriz que nunca has visto antes y olvidarás mañana). Imagínate que eres ese Fulano que habla como tú y tiene hijos con ella. Imagínate que estás entre los espectadores y te ves a ti mismo sin saber adónde vas en ese taxi, y que te paras en la esquina, y que te apagas en la noche. Imagínate, Alex, que cuando aparece la palabra *fin*, a la salida del cine pasan junto a ti personas que te conocen más que tú mismo. Todo por haber presumido una realidad ficticia (porque la función fuera del cine aún no ha terminado). Eso lo sabes solamente, Alex, porque vas sin paraguas y la lluvia de la calle no te moja, porque vas sin paraguas, pues estás dentro de la ficción de ti mismo. Entiende, pues, que toda ficción, como toda película, busca imágenes en el último plano de ti mismo, el de las sombras".

Alex sabía que Cabral era hijo de una actriz de tercera y que ésta había hecho durante varios años de Inés. Pero se hartó de ser manoseada por el actor que hacía de Don Juan Tenorio, mientras le recetaba monólogos grandilocuentes delante de un público que no comprendía el sentido de honor español. Aunque lo peor vino cuando el actor tuvo que hacer de seductor, y fue poco convincente.

Cabral y Rocha, que se habían encontrado en la glorieta de la Palma, para salir a Niza, una calle que habían cruzado numerosas veces, iban satisfechos de sí mismos. Sobre todo Cabral, porque su acompañante preferido venía con él, su propia persona. Mas Rocha, novio de Marlene, hija del dueño del ron de Puerto Rico, mantenía relaciones con Mariluisa, una actriz de telenovelas, y con Sebastiana, su productora. Perezosos de pasiones, pero infieles consuetudinarios, practicaban la infidelidad consensuada, no prometiendo fidelidad a ninguna. "A las mujeres les gusta que las maltrates. Entre más mal las tratas, más te quieren. Si no lo haces, creen que no las amas. Para el amor no hay reglas", en el Kineret lo primero que hizo Cabral fue vaciar vodka en su café.

"No tengo que hacer aspavientos para ligar, me siento junto a la vidriera y las modelos de la agencia de Amberes y las estudiantes del Cultural American Institute de la calle de Hamburgo vienen a coquetear", dijo a Alex, aunque no había ninguna chica fisgoneando en la calle.

Poco después, bajo un sol de calentura, llegó al Tirol Gabriel García Márquez. Alex lo había conocido en las oficinas de Gustavo Alatriste, productor de *Viridiana,* cuando fue a cobrar su colaboración en SNOB. En el camino había comprado un periódico vespertino que traía la noticia de la muerte de Faulkner por una trombosis coronaria en Byhalia, Misisipi, a los sesenta y cinco años.

"Qué vainas, murió mi maestro", Gabo le arrebató el diario ansioso de leer sobre el deceso.

"El señor tuvo un compromiso urgente en el centro de la ciudad y pide que lo disculpen. ¿Les agendo una cita para el año próximo?", vino a decirles la secretaria de Alatriste.

"Me dijeron que esta tarde vendrá Luis Buñuel al Tirol para encontrarse con un amigo: yo", dijo Emilio García Riera, un crítico de cine que había escrito sobre *El ángel exterminador.* "Espero que me cumpla, aunque él no sabe nada de la cita conmigo."

Los dos esperaron largo rato. El director aragonés no llegó.

"Regreso en media hora", dijo Gabo, pero no volvió.

Sentado con Carlos Cabral, Alex pronto se aburrió, pues no era dado a admirar a gente que llevaba el ego en la cara como una marca o una mueca. Después de un rato de silencio frente al ego monótono del actor, él se despidió con un "Ahorita vengo".

Ajedrez de la dama rabiosa

"Ya deja de cogerte a mi hermano, si sigues acostándote con él te voy a madrear." En el Tirol, Toni increpó a Bárbara. No sólo era iracundo, era teatral.

"Ja, ja", ella se defendió con una risa, su coraza.

Alex sabía que Toni estaba teniendo problemas con su esposa Pilar. Los dos eran hijos de familias republicanas amigas llegadas en el barco Sinaia. Habían crecido en la Torre Ermita, habían sido compañeros de salón de clases y frecuentado los mismos clubes sociales. Eran miembros del Mundet.

Hacía años, Alex se había topado con Pilar, sin conocerla, en un autobús que hacía la ruta Insurgentes Sur-Ciudad Universitaria. Cuando ella subió en Parque Hundido con una mochila cargada de libros de Biología, se incendiaron los pasillos. Una lúbrica mirada colectiva de los pasajeros sentados y de pie recorrió el transporte. Alex, sujeto del pasamanos, la sintió pasar detrás de él. Ella, con suéter azul y falda ajustada, avanzando con dificultad se detuvo a su lado. Aflojó el cuerpo, miró por la ventanilla las calles que pasaban.

El camión continuó su marcha. Hacía calor, iba a llover. Gentes y casas, ruidos y voces se sucedían. Alex sintió el roce del muslo de ella contra su pierna tensa. Hubo un bienestar en eso, un goce. Escuchó su respiración, vio sus cabellos negros sudorosos y su rostro trigueño mirar de soslayo cuando él no miraba.

Alex clavó la vista en su perfil. A hurtadillas, porque allí estaban los otros, porque allí estaba ella, consciente de su presencia, de su timidez. Impresionado él por su cuerpo sensual y su manera desenfadada de abandonarse a sí misma, sintió que la muchacha era de su tamaño, tenía la espalda estrecha, las caderas anchas. Sus ojos negros miraban hacia fuera.

El camión se detuvo en una esquina, bajaron, subieron nuevos pasajeros. No cabían más. Tranquila, ella los percibía, los abandonaba, pasando ellos por detrás, hacia el fondo. Otras palpitaciones cubrían el espacio mezquino del pasamanos. Otras muchachas se hacían a un lado, mientras ella se pegaba a él para dejarlas pasar. Sin moverse, él disfrutaba la dureza de sus muslos, la floración redonda de sus senos cautivos. Todo mientras ella miraba hacia atrás, y él sobre su hombro. Un claxon perdido sonó. Un perro en la acera se levantó con el collar roto entre las patas. Él miraba por la ventanilla, porque deseaba mirarla a ella y porque sabía que ella lo miraba sin mirarlo.

El camión era detenido por semáforos y tráfico. Los últimos pasajeros se iban amontonando a la entrada colgados de la puerta, mano sobre mano, voces sobre voces. Él, al mover la pierna, sentía que la pierna de ella lo seguía, carnal y dura bajo la falda corta. Nubes oscuras sombreaban las calles. Era un jueves de junio. Una tarde a punto de desatarse en lluvia se sentía al colmo de la tristeza. El joven sabía el suéter azul de la muchacha, sentía el vaivén de sus caderas, oía las voces, los movimientos de los pasajeros. La muchacha volteó para verlo. Rápidamente le sonrió. Ramas rozaban las ventanas del camión. Gentes pasaban detrás de ellos. En la calle niños y mujeres esperaban transporte. Pero el vehículo no se detenía, continuaba su marcha. El muslo de ella lo seguía oprimiendo, inquiriendo su muslo con insistencia; sus manos alzadas para alcanzar el pasamanos para agarrarse de algo. Cuando sus ojos se encontraron, no pudieron sonreír. Sus rodillas temblaron. Alguien descendió. Hubo una risa de mujer al fondo. El camión prosiguió su marcha.

Los dos miraban por la ventanilla para no mirarse. Cercanos, lejanos estaban juntos, separados uno de otro. Se oprimían con terquedad, vehemencia y placer. Estaban solos rodeados de gente. Una mujer gorda vestida de verde, de pie, descansaba a su lado. Miraba hacia la calle. Pasaron delante de un muro despintado. La muchacha se oprimió insistentemente contra él. Él vio sus cabellos, su espalda, su respiración. La sabía. El camión pasaba lentamente por una escuela de la que salían niñas y niños uniformados. De repente, la muchacha se retiró de su cuerpo. Rápidamente pasaron árboles y casas. El autobús cogía velocidad. El joven, sin mirarla, quiso llenar esa distancia con un movimiento ciego. Pasó un viejo detrás de él. Una mujer corrió en la calle tras de su hijo. Refrigeradores de colores se exhibían en una tienda de muebles domésticos. Él sintió que la muchacha ya no estaba. El camión se detuvo. El camión prosiguió su marcha. Él miró en la calle a la muchacha mirándolo, quedándose atrás. Con su suéter azul, su falda corta, sus ojos brillantes perdidos para siempre. El camión volvió a detenerse. Bajaron, subieron pasajeros. El rostro de la muchacha se quedó calles atrás. El camión dio vuelta en una esquina. Él supo que la había perdido. El camión volvió a detenerse. Siguió. Dio vuelta en una esquina. Hacía calor, era por la tarde, iba a llover. Ahí estaban los iguales, los indistintos pasajeros. "Para lo que no se recobra", pensó el joven Alex, "lo mismo da un segundo que un siglo". Tocó el timbre y el camión se detuvo.

Esa tarde, Pilar, sentada a la mesa de enfrente, parecía no recordar aquel encuentro en el camión que hacía la ruta Insurgentes Sur-Ciudad Universitaria. Alex se moría de nostalgia por aquel momento. En su memoria agonizaba por revivir ese recorrido con ella. Pero tal vez Pilar no recordaba nada o no quería revivir el pasado con aquel desconocido por miedo a que él la reconociera. Temía verse reconocida cuando era anónima, pasaba inadvertida. Sobre todo porque ahora, adulta y casada, ella prefería no recordarse a sí misma cuando fue libre.

Toni se levantó con la intención de marcharse. Retornó a la mesa. La repentina lluvia retuvo a los dos en el café. Con cara aburrida de cada mañana y cada noche lo mismo, Toni y ella miraron hacia la calle, hacia direcciones distintas, hartos de morir de tedio. Ya se habían dicho lo que tenían que decirse. Quizá, para toda la vida. Ahora podían irse.

"¿A quién miras?", preguntó Toni.

"A nadie." Para ella, mirándolo con fijeza, él era nadie.

Él, los ojos sobre el mantel, murmuró: "Yo también miro a nadie".

Cuando dejó de llover, Pilar, como si estuviera sola, hurgó en su bolso, sacó un billete de veinte pesos y lo puso junto a la taza vacía. Propina para Margarita. Se fue de prisa. Dejó a Toni con la palabra en la boca.

"¿Por qué tan pensativo?" René preguntó a Alex.

"Pienso en el perro que hace semanas fue atropellado. Sus alaridos me persiguen, me aúllan en la cabeza. Lo peor es que después de herido los coches siguieron pasando, planchándolo, hasta dejar un pellejo en el asfalto."

El caballo iluminado

Alex no había visto a Nacho desde que se encontraron en una librería de viejo en la colonia Roma y se enfrascaron en una conversación sobre *El infinito turbulento* de Henri Michaux en donde dice: "transido de blanco, donde incluso la duda es blanca y la horripilación no menos [...], se acabó el blanco, se agotó el blanco, el blanco lo mató".

"Prefiero el poema 'Mi vida': 'A causa de esa falta, yo aspiro a tanto. A tantas cosas, a casi lo infinito'." Y siguieron discutiendo sobre el destino de los gordos en el más allá según San Agustín; y si en el otro mundo renacerían como gordos o como flacos por la dieta de ultratumba.

Nacho, lector fanático de Jung, iniciaba y acababa las conversaciones como si fuera su alter ego mental. Solterón a los cuarenta años, tenía un humor extraño y gozaba contando anécdotas chuscas de los habituales al café. Unas ciertas, otras inventadas. Alex y él habían planeado hacer un guion para una película cuyos personajes procedían del café. Pero luego se olvidaron del proyecto. Sus padres ancianos eran invisibles.

"La casa de Nacho era grande. Más grande en los ojos de un niño." Nacho hablaba de sí mismo en tercera persona, como si fuese otro. "Ésta es la casa donde pasó su infancia y adolescencia. Espero que siga habitándola hasta su vejez, porque no hay residencia para viejos donde uno pueda volver a su edad temprana. Sus padres tienen la intención de renovarla y cambiarle la fisonomía de tal manera que él ya nunca pueda reconocer el lugar donde aprendió a gatear. Si es que se atreven a perturbar a los muertos que quedaron en el sótano. Hay cuartos a los que él tiene miedo de entrar. Y otros de los que no quiere salir, por miedo a no poder regresar. Dan a pasillos penumbrosos y a habitaciones sin puertas. Su madre sabe de cosas que han ocurrido en los desvanes y en los roperos y no quiere saber nada de ellos. Si uno mira por la ventanilla del tapanco se pueden ver estantiguas caminando por túneles imaginarios como si ellas estuviesen vivas y los túneles existieran. El parpadeo de la luz da una ilusión de movimiento. Pura ilusión de una óptica interior."

En la casa de Nacho nadie apagaba las luces. Por una extraña razón o por una alergia a la oscuridad, las dejaban prendidas día y noche. En un espacio ajeno al paso de las horas, aun cuando los rayos de sol entrasen por las ventanas y lamiesen los pisos y los umbrales de las puertas, los candelabros en forma de araña seguían proyectando espectros como salidos de una película de horror. Cuando Nacho descendía la escalera el gato se escondía. Nadie sabía dónde estaba y si realmente estaba allí, pues nadie quería pisotearlo. Tampoco aplastar su sombra con los pies. Por broma Nacho le jalaba la cola y lo echaba pisos abajo.

Al alzar Alex la mano ocasionó una estampida de gatos ferales.

"Ten cuidado al bajar", advirtió Nacho.

"¿Por los gatos?", preguntó Alex.

"No, por los peldaños rotos."

"Me cuido de lo que no veo." Alex insistía en no pisar las sombras de los animales en la escalera. Pura superstición. "Los felinos camuflados con los peldaños no existen." Alex le seguía la corriente.

"Me alucino con gatos, les he dado nombres de perro: Nerón, Ladradón, Mordelón", replicó él. "De noche me tropiezo con ellos en los pasillos. Duermo entre gatos. Despierto al sentir mi cara lamida por sus lenguas rasposas. Gatos fantasmales entraban por la ventana llegados del mercado de la calle de Londres y de las casas vecinas.

216

En mi jardín se reúnen los ferales para jugar, reñir y fornicar. Cuando hablo por teléfono, prefiero hablar de ellos que de mis padres extraños. Cuando me siento al atardecer en el jardín, el crepúsculo se anima cuando aparece un gato enorme delante del sol. A ese gato sin nombre lo he llamado Nachón. A medianoche aparece y desaparece en mi cuarto como un fantasma, como un huésped de mis adentros, siempre elusivo. A veces le dejo en el piso un plato con sardinas. Nachón es tremendo, no sólo mata gorriones, sino que es un insaciable devorador de arañas y lagartijas. Nachón no sólo es un visitante externo, sino de mi interior, de mis entrañas oníricas, de sus pesadillas lúcidas. Lo reconozco por sus maullidos. Más bien alaridos, porque es un poco perro. Vivo en el puro alucine." Nacho iba de cuarto en cuarto divagando. Alex escuchaba: "Los gatos son la onda mayor del sistema sagrado; invisibles de cerca, los percibes con los ojos cerrados. Son tuyos cuando quieren. De repente te dan el arañazo. A tus caricias contestan con uñas. Pequeños de cuerpo, son gigantes cuando se te avientan a la cara. A tu sueño angustiado responden con un ronroneo".

La casa era vasta. La piedra tezontle parecía sangre coagulada. La madera de las escaleras y los pisos chirriaban al peso de Nacho y Alex. Las puertas rechinaban como si hubiesen estado décadas cerradas. Para Nacho y sus padres, las personas de servicio que la habitaban eran sombras (la sirvienta que vivía en el tapanco con una ventana abierta al espacio; el mozo que dormitaba sentado en una silla en el pasillo; el chofer sordomudo). Los pasos que escuchaba de noche eran los de sus ancestros, de parientes cuyos documentos de existencia se habían perdido. O eran de los hijos de las jóvenes sirvientas preñadas por su padre y desaparecidas por sus manos de prestidigitador erótico. Cerca del tapanco, que servía de bodega de muebles y linóleos viejos, había retratos, casi todos de su padre y de una mujer anterior a su madre. El baño estaba en malas condiciones. El tango argentino "Volver" se había atascado en el tocadiscos y cuando éste se prendía tocaba sin tregua.

La puerta del desván era estrecha. Los techos chaparros, los suelos raspados, las toallas como serpientes secas, los cuchillos mellados, la loza en diferentes estados de quebranto: daban lástima. Los vidrios de la ventana estaban estrellados o colgaban de mastiques secos, estaban más allá de toda reparación. Arquitectos y albañiles del siglo XIX habían construido con tezontle muros. Los corredores se topaban con puertas inútiles. Todo cuerpo o rostro que se reflejara en los espejos de los pasillos aparecía huérfano, desahuciado.

En la pared frontal del cuarto de vigilancia estaba el retrato de un portero malvado. Sus orejas puntiagudas recordaban a una momia del Convento del Carmen. Sus orejas parecían guardas de un libro antiguo. En otra foto miraba una vieja totalmente arrugada: la abuela del portero. Sobre el muro que daba a la calle, una bugambilia se asomaba al exterior con sus flores hermafroditas. El ovario pubescente, una rosa en ciernes. Sus hojas incandescentes, colgadas del crepúsculo, deslumbraron a Alex.

Nadie apagaba las luces. Los padres de Nacho, alérgicos a la oscuridad, las mantenían prendidas como si quisieran ahuyentar fantasmas interiores. De planta en planta, escaleras abajo, escaleras arriba, bajo el sol radiante, bajo la lluvia aireada, los focos alumbraban tapetes y sillones desechados. Cuando una luminaria se fundía el espacio se quedaba ciego. Ese silencio visual era como un ojo haciendo una pausa entre anticipación y olvido.

A Alex lo impresionaba esa casa donde había cuartos con muebles astillados, triques inservibles, ropas huérfanas de dueño y galas tiesas compradas en tiendas de segunda mano o heredadas de parientes presuntuosos fallecidos durante la guerra contra Napoleón III. A través de los lustros, por desconocer su precio actual, o por pereza, nadie se decidía a venderlas o a tirarlas. Cuartos parecían anexos de recámaras desusadas. Por los agujeros de la escalera entraba el aire vestido de agua y por el boquete de una pared saltaba una lagartija enjoyada de verdes.

"Cuando hay un espectro chistoso se lo llevo a mamá. Cuando me topo con el retrato de mi hermana niña se lo llevo a papá." Alex se dio cuenta de que Nacho lo estaba observando por encima del hombro. "Está loca ahora, pero ya estaba loca antes. Desde joven fue una chiflada cordial. Todavía le gana la risa cuando ve a mis amigos, cree que ellos también están locos. A veces se escapa a la estación de Indianilla para caminar sobre los rieles del tranvía, aunque éste ya no sigue la misma ruta, ya desapareció. ¿Quieres saludarla?"

"No, gracias."

En el buzón, tumba de palabras, se secaban las cartas. Algunas tenían sellos de correos de tiempos de don Porfirio. Otras nunca habían llegado a sus destinatarios ni habían sido devueltas a los remitentes. Nacho las dejaba secarse en el lugar donde habían caído. "No así los recibos del predial, el gas y la luz, que echo a la basura con todo protocolo", dijo Nacho a Alex.

"En este país no se hubiera podido escribir nunca una novela epistolar, entre capítulo y capítulo hubiesen pasado siglos, entre página y página el silencio se hubiese hecho de piedra que hubiese sobrevivido a los autores." Nacho guiaba a Alex por esa casona tan grande que entre la puerta de entrada, por la calle de Hamburgo, y la de salida, por la calle de Londres, había tiempo para todo una examen de conciencia.

En la casa nadie espantaba a los gatos, que entraban de la calle, por el enrejado, los huecos del muro y las puertas resquebrajadas. Productos de camadas puntuales los felinos calenturientos, habitaban los sótanos y las azoteas de las casas abandonadas. Incluso los que no habían sido atropellados por cafres descerebrados parecían golpeados.

Y no obstante que los jardineros periódicamente elimina-
ban a los gatos gamberros y copuladores, siempre había
ciclos de lujuria y nuevas camadas.

"Los mosquitos, esos dráculas que se gestan en los lavaderos y los recipientes con agua estancada, me molestan
un chingo. Te atacan de noche cuando estás en cama, enfermo o dormido." Nacho solía matarlos de un manotazo,
aunque en los últimos tiempos sus movimientos se habían
vuelto lentos. Menos lentos, ciertamente, que los de sus
padres bajo el cuidado de una vieja sirvienta que se pasaba
el día mirando los patios vecinos desde la azotea. Afuera
de la puerta del cuarto de su madre sobrevivía un canario
tan desplumado que parecía desnudo. Extrañamente, en
las tardes de lluvia se ponía a gorjear.

"Aquí todo parece hecho de signos encriptados." Nacho cogió un libro. *Memorias de don Porfirio*. "Me da náu-
sea la nostalgia por épocas perdidas. Llévatelo."

"La nostalgia que a mí me duele es la que transmiten
los cuartos vacíos. Fíjate en esas paredes, la luz parece morirse de tristeza", dijo Alex.

Gambito de dama

Bárbara en la bañera se examinaba sus partes para ver si estaban en forma. En el espejo de techo admiraba su desnudez. No lonjas, no grasas, no arrugas, no complejos de gorda. Todo estaba en orden para su presentación de esa noche en el club Neptuno. Detrás de la puerta, Ramona preguntaba tímidamente si necesitaba algo. Si no, acechaba su voz para venir con las toallas blancas para envolverla. Pero cuando Bárbara emergió del baño de tina, se quedó pasmada ante el espectáculo de su propio cuerpo: esas tetas rosáceas, esas nalgas duras y ese pubis cubierto de vellos rubios.

En la casa prestada a Bárbara por la agencia de Amberes estaba la bañera del tamaño de un cuarto. Muebles blancos y piano de cola ocupaban la pared de enfrente. El mármol blanco era resbaloso y tenía agarraderas. En la mesilla de noche estaba abierta una botella de vino rosado. Pero ella no usaba copas, prefería los vasos. Junto a la puerta, una foto mural mostraba a un Neptuno Ecuestre. En una charola se exhibían conchas marinas recogidas en Isla Mujeres. Y un libro, *Todos los perros del mundo*. En el perchero colgaba el vestido verde esmeralda que Bárbara llevaría esa noche.

"¿Todo bien señora?" A Bárbara le divertía emocionar a esa mujer chaparrita enamorada de ella. Por amor, más que por sueldo, era su sirvienta fiel. Pero la lésbica cuarentona era vengativa y cuando la veía coquetear con un hombre le escondía los sostenes y las pantaletas. Su peluquero Alfonso llegaría en cualquier momento para ponerle sombras en los ojos y enchinarle las pestañas.

Él decidiría cómo llevaría el pelo, si suelto o recogido, y qué brasier y qué ropa interior ponerse. Le explicaría cómo andar, no abrir mucho las piernas al sentarse o al bailar. Estaba encantado con ella, como si vistiera a una muñeca que iba a seducir a los hombres que a él le gustaría seducir.

"De noche surgen extrañas amistades, mentes enfermas vienen a verte bailar. No sabes quiénes son, pero quieren fornicarte", José María la consideraba en peligro por ser tan coqueta. "En este mundo cada hombre lleva una sombra que le pisen. Los meseros son sombra. Las parejas son sombra. Las mujeres son sombra. Yo mismo soy sombra. Hasta los músicos son sombra. En *Peter Pan*, el personaje pierde su sombra al saltar por una ventana que se cierra de golpe tras de él. Guardada en un cajón, la sombra espera a que alguien se la vuelva a coser. Yo te coseré la tuya."

"Como perdí mi sombra, prefiero que un chico bien mamado me la cosa." Bárbara rio.

"Lo peor que le puede pasar a una cantante es subirse al escenario y olvidar la letra de la canción", advirtió José María.

"Estás celoso."

"Estoy nervioso. Mi madre se niega a verme echado a tus pies. La belleza es una ilusión, el lenguaje es una ilusión, el sexo es una ilusión, el dinero es una ilusión."

"Tu madre es una ilusión", Bárbara miró al suelo como si allí estuviera ella.

"No seas grosera."

"¿Por eso tu canción favorita española es esa que dice: 'Te quiero más que a mi madre'? En cambio, la mexicana grita: 'Mi madre me importa madre'."

Cuando llegaron José María y Alex al Neptuno, el neón plateaba la calle. Había público formado para ver a la Reina de la Noche. La cara de Bárbara era una máscara de cremas, polvos y lápices labiales. Sus ojos sombreados le daban aspecto de castigadora. Entre sus dedos humeaba un cigarrillo.

La víspera José María había pedido a Alex que lo acompañara al debut de Bárbara. Incrédulo de sus dotes artísticas, temía que olvidara la tonada. Por eso iba a protegerla de sí misma. El cabaret, recomendado por las guías como *the best entertainment in town* esa noche estaba repleto. El Hotel Bamer, criticado por el exceso de botones que esperaban propinas de los clientes, estaba vacío.

"Se la veeeendo", a la entrada un hombre le ofreció una niña de pecho liso.

"¿Qué edad tiene?", preguntó Alex.

"Siete. O los que quiera."

"¿Cómo te llamas?", preguntó Alex.

"Matilde o el nombre que quiera ponerme."

"Estoy harto de indigentes", un veterano de la guerra de Vietnam le dio una patada a la llamada Matilde.

"No le pegue, es víctima de la trata." Alex la levantó del suelo. A través de la delgada tela se veían sus piernas flacas.

"Estoy hasta la madre de mocosos pordioseros", el hombre, apartando mujeres en la puerta, se metió en el Neptuno.

En el interior se prendían y se apagaban haces de luz resaltando la figura de Bárbara. Un cartel de *La fuerza del deseo* mostraba a la actriz Ana Luisa Peluffo con los pechos desnudos. Era la primera nudista del cine mexicano.

En el escenario las Dolly Sisters bailaban un mambo. Como yeguas alocadas con arneses de joyas falsas y largas cabelleras, las hermanas Caridad y Mercedes Vázquez, piernudas y vulgares, movían las caderas al ritmo de trompetas, saxofones, batería, contrabajo, maracas y bongó. Entre las dos, Pérez Prado, el Cara de foca, con pantalones blancos y un chaquetón que le llegaba a las rodillas pretendía manosearlas. "Yo inventé el mambo en una noche de insomnio", presumía el músico de Matanzas.

"Mr. Elinor, venga conmigo, la señora Bárbara me pidió atenderlo. Es usted un cliente recomendado." Una edecán en minifalda condujo a José María y amigo a un reservado. "Si les apetece una cuba o un caballito estoy para servirles. Si se les antoja una señorita, les traigo compañía. Ah, antes del acto de la señora Bárbara cantará Chavela Vargas. El intermedio será amenizado por Tongo-tongo-le-le."

"¿Desean los señores una copa?" Las edecanes Vanessa y Teresa, gemelas idénticas, vinieron a ofrecer atención personalizada. "¿No les gustaría Aurora, la de las botas negras, experta en consolaciones? ¿O Tarde, prófuga de la ciudad neurótica? ¿O Medianoche, la monja a la que no le gusta discutir el precio de las cosas? ¿O Juanita Mezcal, recién llegada de San Luis Potosí? ¿O la mulata de Río de Janeiro, que necesita clases de español? ¿O la cubana Marisol? Escojan una o dos. Y hasta tres."

Como Alex dijo que no y José María aclaró que vino a ver a su mujer cantar, ellas se disculparon: "Okey, los llevaré al salón principal. En el reservado adjunto se lleva a cabo una despedida de soltero, si les apetece".

"La Reina de la Noche no tiene pierde", anunció por micrófono Tony Vargas, el animador del *show*. "Esta temporada Bárbara Elinor es nuestra reina. Rebelde más por capricho que por mente, por el salón podrán verla agitar los senos debajo de la blusa blanca. Estudiante del Mexico City College, fue reprobada en todas las materias, ja, ja."

Comenzado el espectáculo, Alex sorprendió en la penumbra a Goyo Cárdenas. Supuestamente el Estrangulador de Tacuba estaba recluido en La Castañeda, pero por buena conducta el gobierno mexicano le había concedido salidas especiales. Con cara de caníbal se comía con los ojos a Arabella Árbenz, quien había venido con Chavela Vargas a ver el espectáculo. Goyo se dirigió a los sanitarios. Alex lo siguió. El salón tenía dos puertas, una que daba a la calle de Atenas y otra, secreta, que llevaba a un cuarto donde jugaban póker dos policías.

"Al Goyo ese lo tenemos bien ubicado. Cuando los loqueros lo dejan salir se viene pa'cá", dijo uno gordo.

"¿Quién cuida a Arabella?", preguntó Alex.

"Dos judiciales."

"¿Quién la cuida de ellos?"

"Está cabrón saberlo."

Bárbara entró a la pista. Alta y esbelta era una neptuna sobre un oleaje de luces. Vientos sibilinos sacudían su pelo. Entusiasta, pero desentonada, comenzó cantar:

"Ay de mí, llorona, llorona de azul celeste, aunque la vida me cueste, no dejaré de quererte."

"No te quita los ojos de encima", dijo Alex.

"Ya sé." José María bajó la mirada. Estaba avergonzado por estar celoso de una mujer que cantaba mal canciones que no eran de su gusto. Y de oírlas no una vez, sino muchas veces durante la temporada. Cada noche tenía que venir a recogerla en la madrugada. Alex especulaba sobre qué hubiera pasado si José María no viniera por ella al Club Neptuno.

¿Castillos o rocas?

Alex hubiera podido componer un himno a la ciudad de México desde la punta del Cerro de Chapultepec. Como Alexander von Humboldt en su día, contempló el Valle del Anáhuac bajo el azul profundo, en el cual Alex, fascinado por su nitidez, veía la presencia de lo divino en el valle de México. Desde su cima podía observarse la cúspide de la Pirámide del Sol en Teotihuacán y los volcanes. Recordó las palabras del geógrafo alemán sobre la migración de los vegetales y las plantas de los bosques fósiles que se petrificaron y con el tiempo se convirtieron en las capas de carbones minerales. Los sobrevivientes conformaron la tumba de la primitiva vegetación del globo.

Al descender del cerro Alex se encontró con la noticia de que habían quitado a Arreola de la Casa del Lago por intrigas burocráticas universitarias. Ahora uno de los dieciocho licenciados que él había empleado en los torneos de ajedrez había sido designado para ocupar su puesto en el supuesto de que iba continuar sus programas con disciplina, pues acusaban a Arreola de desordenado. Alex miró a la gente que hacía cola para asistir al último programa de Poesía en Voz Alta como un insulto al escritor. Carlos Cabral recitó el soneto de Quevedo:

Cerrar podrá mis ojos la postrera
sombra que me llevare el blanco día,
[...]
su cuerpo dejará, no su cuidado;
serán ceniza, mas tendrán sentido:
polvo serán, mas polvo enamorado.

Comenzó el espectáculo de Jazz Palabra. El gordo Juan José Gurrola, su director y animador, saludó al público dominical. El actor Enrique Rocha declamó "Es tu nombre y es también octubre" y "Te amo contra el muro destruido" de *Antes del reino*.

A tres filas estaba Alicia, la hermana mayor de Marlene. Junto a ella se sentaba el escritor Peter Gay. Tenía lágrimas en los ojos porque ella no correspondía su amor. Extraña criatura era la portorriqueña: con familia millonaria, andaba sin un quinto cada fin de mes. Su gasto en pastillas la consumía no sólo económicamente, sino físicamente por su dieta desordenada. De facciones finas y modales distinguidos, se veía demacrada por insomnio y ayuno. Creyéndola fácil, no había galán en la Zona Rosa que no le propusiera hacerle el amor. "No soy puta de pendejos", ella se defendía.

Después de los aplausos, Arreola presentó a Carlos Pellicer, el poeta católico que acababa de sufrir el despojo de su vida: le habían robado sus cuadros de José María Velasco. Entre ellos, una versión, hasta entonces desconocida, de la *Vista del Valle de México desde el cerro de Santa Isabel*, pintada hacia 1877.

Con voz grave, Pellicer contó que el Valle de México había sido su inspiración y su "arsenal de vida", y que la imagen que había tenido a los dieciséis años de la pintura de Velasco "fue la puerta abierta para entender este museo de escultura monumental que es el Anáhuac". Reveló que hacía un mes había ido a cenar a su casa el regente de la ciudad y él, para presumir de su colección de Velascos se la mostró. Error fatal. El político ofreció comprársela, pero él alegó que nunca podría separarse de esos cuadros reunidos a lo largo de su vida. Una semana después, sus cuadros fueron robados. Para consolarse del agravio, Pellicer leyó un soneto dedicado a Frida Kahlo, que le envió a la pintora con un anillo adornado con el cero maya:

Cero a la izquierda, nada. Yo te digo:
toma esta nada, póntela en el dedo.
Nada en tu dedo llevarás sin miedo.
La nada poderosa del mendigo.

El robado Pellicer se retiró en compañía del desempleado Arreola. Alex y Alicia se dirigieron a la Zona Rosa. Se habían conocido en el Tirol una tarde en que ella le pidió prestado dinero para comprar unas pastillas para la depresión que le había recetado el doctor Moreno, el médico general que ahora fungía como loquero de Rubí, la hija de un coronel que trabajaba en el Estado Mayor. Al pasar por Pizza Real, Alicia lo invitó a subir a su departamento. Él se excusó con un: "No, gracias, pero no tengo ganas".

"¿Me amas?", una lacrimosa Alicia le lanzó esa pregunta fatal.

"Te quiero", respondió Alex mirando hacia otra parte de la calle.

Lo último que oyó fue un portazo a su espalda.

En la esquina, Chavela Vargas y Arabella partían juntas en un taxi.

Gambito del jugador errante

Alex, al ver a Lubán sentado solo a una mesa en el Tirol recordó un verso de Carlos Pellicer: "Mudo espío, mientras alguien voraz a mí me observa". Sus versos paranoicos describían la presencia discreta, pero evidente, de los cuervos de la Federal de Seguridad que lo seguían a todas partes. Tarea difícil, porque en principio no habría nada en el mundo más aburrido que seguir a Lubán y, como sucedía con los perros ferales, nadie sabía de dónde venía ni adónde iba el Espía ruso.

A Alex, más allá del posible espionaje, le intrigaba ese viejo escurridizo, siempre solo, siempre desgarbado, que con paso parco recorría las calles laterales de la Zona Rosa. Entre las mujeres haciendo compras, él no pretendía comprar ni un peine ni un caramelo. Solamente las miraba y las seguía unas cuadras, abandonándolas de repente. Mezclado a grupos de colegialas que salían de una escuela en la colonia Roma, él llevaba su maletín lleno de periódicos. Alex se topaba con él como si fuera un animal perdido. Hasta que de repente se subía a un camión de pasajeros rumbo a la Ciudad Universitaria. Pero se bajaba antes. En los días festivos o periodos vacacionales, cuando todo el mundo se marchaba de la ciudad, él daba la impresión no sólo de huérfano, sino de no saber qué hacer consigo mismo.

La soledad era una cuchillada metafísica en su corazón. Alex más de una vez había tenido la tentación de seguirlo por las calles de la Roma y hasta de sentarse con él en la antesala de una terminal de autobuses, donde leía periódicos en idiomas extranjeros sin salir de viaje. Se entretenía viendo a las Lupitas y Conchitas que viajaban a la

229

provincia. Con su habitual traje azul pálido, que parecía deslavado o recién salido de las tintorerías ideológicas de la Unión Soviética, Lubán nunca reía, se tomaba tan en serio que hasta en las cosas más nimias se ponía a cavilar. Pedro Miret aseguraba que él confundía puerta con puerca, perro con policía y pechos de mujer con percheros. En la Zona Rosa andaba solo, semejante a una servilleta de papel de restaurante de comida rápida con la que la gente se limpia y deja sobre la mesa. Margarita era la única persona que lo saludaba con un "Señor Lubán" delante de los clientes que apodaban Magú o Espía ruso a ese hombre sentado a una mesa mirando desolado una taza de café frío.

Según los habituales del Tirol, no era necesario desplazarse para encontrarse con Lubán. Él estaba en todas partes. Tenía el don de la ubicuidad y conocía el arte de la desaparición y de hacer mutis. Podía vérsele al mismo tiempo en diferentes barrios de la ciudad o viajando en un tranvía entre la población suburbana. Andaba lento o apremiado, pero nunca delante de los demás. José María lo había columbrado en el Tenampa escuchando mariachis, y en el Cinelandia en primera fila disfrutando los cortos de Mr. Magoo, su alter ego. Mas, cuando se le reconocía, se esfumaba.

Como pegado con chicle a la cabeza llevaba un sombrero de fieltro *Made in Rumania* que no se quitaba ni para dormir, bañarse o sentarse en el wc. Alex solía verlo en la calle de Hamburgo como perro perdido, sin saber si ir por la derecha o por la izquierda mientras las empleadas de las seis de la tarde pasaban a su lado. Pero a diferencia del Magoo de los cómics, que solía estar acompañado por su sobrino Waldo y su perro McBarker, su única compañía era su sombra. El paraguas cerrado, incluso bajo la lluvia, no contaba. Tampoco su grueso abrigo soviético, que no dejaba ni bajo el calor.

"En la calle, no necesito escolta", presumía atravesando las calles aviesas de la ciudad.

"¿Está seguro, profesor?" Alex lo encontraba embelesado viendo bailar afuera de una tienda a una vendedora de perfumes de grandes ojos negros, mientras el ratero que la acompañaba bolseaba al prójimo: "No se deje embaucar, doctor Lubán", le decía Alex.

"No se preocupe, amigo, me protege el nagual de mi tío Lubanowicz."

"¿Tiene el profesor conocencias en Moscú?"

"Mi nagual vigila, vive en su propia cortina de hierro."

"Extraño humor", Alex se alzaba de hombros.

"Las cartas de Iván Lubanowicz me llegan con un año de retraso. No viajan por barco ni por tierra, viajan por el espacio. Mi tío me envió fotos de Leónidas y León, hijos de mi hermano fusilado en Siberia. Me las mandó cuando estaban en edad escolar, me llegaron cuando se habían graduado. Al sacar las fotos del sobre sus caras se quedaron pegadas al papel. Iván cada año ratifica su sobrevivencia mandándome fotos a colores, algo decoloradas, de la Plaza Roja. Así me dice que no han sido fusilados. Los envíos de mi tía Brígida Vígdorova, colaboradora del *Komsomólskaya Pravda*, a cargo de la sección de cartas a la redacción, me llegan en sacos de la embajada soviética." Lubán se quedaba pasmado entre las calles de Yucatán y Orizaba. Sólo por un momento, porque cogía otro camión que iba en dirección contraria: "Tengo prisa, me dirijo a la Facultad de Derecho, donde imparto la cátedra de Literatura Rusa. Con dos estudiantes, uno de Tepic y otro de Tzintzuntzan, comparto mi conocimiento de mi lengua materna. Cursan mis clases sobre *La guerra y la paz*. Se la leo en ruso para que acostumbren el oído".

Su parada en el sanitario era importante, gustaba admirarse en el espejo y hasta media hora permanecía dialogando consigo mismo:

"¿Qué hay de nuevo, Mihail Lubán?", se preguntaba a sí mismo.

"Cannot tell you because you and I are different people", se contestaba.

"Sometimes you are Luban Lubanga [el criminal de guerra de la República Democrática del Congo], y mi ancestro chino Lu Ban, de la época de los reinos combatientes. A él se atribuye el *Tratado de Lu Ban*."

"Good for you, Mr. Lu Ban."

Un jueves de otoño, Lubán caminaba con su maletín rebosante de periódicos por la calle de Florencia. Se paró delante del Salón de las Beldades, propiedad de la madre de Nadine. No porque necesitara un corte de pelo, sino para verle las piernas a una modelo de la agencia de Amberes a la que le teñían el pelo. O, quizá, para pausar su paseo por la Zona Rosa.

En la calle de Londres se detuvo en la Estética de Pietro. En un rincón de la peluquería estaba sentado Gabriel García Márquez. Esperaba que le lavaran el pelo con champú. Sin quitarse las gafas de pasta. Alumbrado por una lámpara de pie, sacaba las manos por una bata blanca leyendo *Santuario* de Faulkner, cuyo Popeye parecía plasmado en su cara. Ayer mismo Lubán lo había visto en el Tirol tomando un capuchino. Ahora lo encontraba sentado en un sillón reclinable hidráulico marca Koken con asiento y respaldo color sangre. Tenía enfundados los pies en calcetines rojos. Enfrentado su rostro a un espejo, abandonado al tiempo del peluquero.

"Hola", saludó Lubán.

"Hola", gruñó el escritor.

"Señor García, pase usted", Pietro llamó a su cliente.

"Su champú", una asistente envolvió su cabeza en una toalla blanca y lo condujo a un sillín.

"Qué vainas", Gabo se saludó a sí mismo en el espejo.

"¿Conoce usted, señor García, el país de míster Faulknerrr?"

"Cuando, a mediados de junio de 1961, mi familia y yo nos vinimos de Nueva York a México por la línea

Grayhound en dirección a la frontera, el viaje por los ambientes del sur lo hice sólo para ver el país de Faulkner."

Sin esperar a que el escritor terminara el relato de su viaje, Lubán, con paso parco se dirigió al pasaje Londres-Génova, donde estaba el Café Carmel. Las mesas con manteles blancos mostraban pasteles de chocolate, nuez y miel.

"Buenas noches", saludó a su propietario, Jacobo Glantz, autor de *Voz sin pasaporte*. Nacido el 1 de mayo de 1902 en Ucrania, en el seno de una familia de granjeros judíos, emigró a México en 1925 y dos años después publicó el primer periódico yiddish en el país. En Kiev se había salvado de un *pogrom* metiéndose en un pozo. En los años cuarenta había sufrido un intento de linchamiento en la calle de San Juan de Letrán, donde en el número 68 se encontraba la redacción de *Timón*, una revista de propaganda nazi pagada por Arthur Dietrich, encargado en la embajada alemana de producir revistas, folletos y boletines nazis. Su director, José Vasconcelos, autor de *La raza cósmica*, había escrito que "La fuerza no le vino a Hitler del cuartel, sino de ese libro que le inspiró su cacumen". El sinarquista Carlos Roel azuzaba a la chusma para linchar a Glantz. Pero los transeúntes, sin hacer caso a sus diatribas, seguían de largo. Sobre los pronazis, Alex recordó sus días en la escuela Carlos Septién García, cuyos profesores Carlos Alvear y Salvador Borrego, autor del libraco *Derrota mundial*, alegaban que todo hombre cuyo apellido sonara a Brauer, Eisenhower y Rockefeller era un conspirador judío.

"Siéntese, profesor", Jacobo ofreció a Lubán una silla. Pero éste permaneció de pie estudiando los pasteles en una vitrina donde se exhibía la primera edición de *Lolita*. Pronto los nombres de Tolstói, Gógol, Dostoievsi y Turguénev pasaron de una boca a otra como una identificación de nacionalidad. Un mural del pintor ruso Vlady, hijo de Víctor Serge, el escritor perseguido por Stalin y asilado en México, adornaba un muro del restaurante.

"*El festín de Baltasar* es un cuadro que Rembrandt pintó en 1635", explicó Glantz. "Representa un episodio del Libro de Daniel en que el rey de Babilonia celebra un banquete y aparece una mano misteriosa escribiendo en el aire con letras doradas un mensaje en arameo en que se anuncia la caída de Babilonia a manos de los persas por haber cometido el rey el sacrilegio de beber en los vasos sagrados del templo de Jerusalén. Entre los comensales del banquete se halla un judío parecido a mí."

"¿A poco?", murmuró Lubán.

"Baltasar nombró a Daniel señor del reino, pero esa noche la ciudad fue tomada y murió", concluyó Glantz, mientras su esposa, la señora Elizabeth Shapiro, guardiana de los pasteles estilo Europa Central, se paraba junto a la vitrina.

"¿Comenzamos?" Alex se sentó a una mesa para ayudar a Jacobo a poner en castellano el poema "Babi Yar", de Yevgueni Yevtushenko, que estaba traduciendo del ruso, y describía la masacre.

El jueves siguiente, en una mesa del Tirol desde la que podían observar el movimiento de la calle de Hamburgo, estaban sentados Alex y Pedro Miret. El autor de *Esta noche... vienen rojos y azules* nerviosamente se mesaba el pelo, más ralo que ayer, por haber metido la pata en una frase escrita un año antes, pero imposible de corregir, pues ya había sido publicado el cuento en la revista *Diálogos*. "Esperando una respuesta me publicaron sólo la carta de propuesta", se quejó Miret con Alex.

En ese momento pasó delante del café un hombre tipo norteamericano con escoltas armados con pistolas y escopetas, desconfiando hasta de las paredes y los árboles. Como Miret tenía el tic de mesarse el pelo ralo con la mano derecha y plancharlo con la izquierda, el hombre se detuvo en la calle y lo saludó.

"Es Richard Nixon", dijo Miret.

Diez minutos después el hombre volvió a pasar por Hamburgo y como Miret volvió a mesarse el pelo, el político se detuvo para agradecer el saludo.

"Es otra vez Richard Nixon, piensa que lo reconocí y lo estoy saludando. Si vuelve a pasar, salgo a darle un abrazo."

"Mejor no, sus escoltas te miraron feo", advirtió Alex.

"No es personal, están acostumbrados a mirar feo a todo el mundo. Son como los perros entrenados para gruñir. Quizá Nixon anda en campaña y si nos quedamos aquí un rato más entrará a saludarnos."

Nixon no volvió, el que entró al café fue el Monstruo Francisco Cervantes, traductor de *El guardador de rebaños* de Fernando Pessoa. Con cara fofa y ojos bolsudos, se sentó con gesto de agraviado a la mesa donde Carlos Cabral y Eduardo Farah jugaban una partida de ajedrez. Llevaba un saco viejo con bolsillos caídos como si cargara talegas de borra. Su pasión era la lengua portuguesa y los libros de caballería. Había escrito un poema, "Mambrú se fue a la guerra", intercalando estrofas medievales con versos suyos. Estaba enamorado de una Elvira que no le correspondía. Admiraba a Álvaro Mutis, que acababa de salir del Palacio Negro de Lecumberri por haber cometido un fraude contra la Columbia Pictures. Cervantes vivía en un hotel de paso en Niño Perdido.

Ivonne entró alborotada porque su perro Aliosha estaba a punto de ser atropellado en Insurgentes. Salía de clases de Antropología física, mochila a la espalda. José María, quien la conocía desde hacía años en el café, se divertía con sus historias absurdas y la esperaba a la puerta del Tirol para acompañarla a Río Mississippi, donde vivía con su madre Katy, oriunda de Chicago. En ese trayecto, le divertía platicar con ella, quizá por ser lo opuesto a Bárbara.

"Buenas tardes, buenas noches o lo que sea", Lubán, traje oscuro, maletín en mano, arrojó su abrigo sobre una silla y saludó a Ivonne con un movimiento de cabeza. Bastante miope, se paró delante de ella para discernir sus facciones. Para apartarse de su acoso visual, ella fue a decirle a Alex que esa mañana había visto al Espía ruso en Ciudad Universitaria, aunque Carlos Cabral aseguraba haberse topado con él hacía una hora en el Hotel del Prado.

"Ayer comí con Max Aub y Luis Buñuel, pasamos tres horas maravillosas hablando de lo maravilloso que es España. Al despedirnos, los tres reiteramos que el país más maravilloso del mundo es España y a aquel que diga lo contrario lo reto a muerte", Miret pidió otro capuchino.

"Max Aub, cuatro nombres en uno y cuatro nacionalidades (española, alemana, francesa y mexicana), y un seudónimo (Jusep Torres Campalans) para la misma persona;

es un enredo", Cervantes seguía la conversación por el rabillo de la oreja.

"¿Por qué atacas a Max Aub?", se enfadó Miret.

"Los insultos me salen solos, sin trabajo, sin dinero y sin mujer. ¿Qué quieres que haga?"

"Callarte."

Farah comía pistaches. Al sentarse con Cervantes lo miró como analizándolo. Después de unos minutos de inspección silenciosa, antes de volver a su mesa, le dijo con pesadumbre: "Qué infancia tan triste has de haber tenido tú".

"Qué tipo raro es ese Farah", profirió Cervantes. "Sentado a mi mesa me miró con cara consternada, me hizo ese comentario y se fue."

"Menos mal que no sacó su cámara y te tomó fotos para su colección de rostros espectrales que está haciendo para su libro *El tercer ojo*", dijo Alex.

Lubán había recibido por mensajero una invitación del doctor Floris Margadant, profesor de Latín y Derecho romano, para asistir el domingo al mediodía a un almuerzo en su casa. Llegado el día, el cielo sereno, sin nubes, temprano en la mañana, con abrigo y sombrero de fieltro salió a pie hacia Coyoacán. Al perro negro feral que lo seguía por las calles despidió a la puerta de la casa. Sin saludar a nadie, entró y ocupó en el jardín un lugar entre los músicos. Jolanda Puskas, una dama húngara, afinaba la flauta. Un alemán melancólico, como salido del film *Metrópolis*, contemplaba el Popocatépetl, deslumbrado por su cono blanco. Una maestra de canto, experta en madrigales y motetes de Monteverdi, ignoró su llegada. El conjunto tocaba a la sombra de un árbol. Apenas saludó a Alex, invitado al convite por su relación con José María, colaborador del doctor en investigaciones académicas.

Lubán escudriñó la arquitectura de la casa estilo colonial. La habitaba Margadant con cuatro sirvientes, un chofer y veinte gatos crapulosos que en la cochera y las bardas fornicaban, parían y reñían. A dos efebos, sin empleo y sin hogar, Margadant daba hospedaje a cambio de favores nocturnos. Sus nombres variaban, pues los reemplazaba a menudo. Todo dependía de las tardes lluviosas y las noches de luna. Y de cuando a él se le ofreciera un servicio en la madrugada. Entonces, entraba en su habitación, con bata, pijama o en cueros, según sus necesidades. "Todo depende, como en el poema de Williams, de la carretilla roja del deseo, barnizada de lluvia, entre las gallinas locas."

"A propósito, doctorrr Marrrgadant, ¿qué hizo usted durante la guerra? ¿Cómo le fue de colaboracionista?", preguntó Lubán al anfitrión a boca de jarro.

"Mi querido Espía ruso, dejemos el tema para otra ocasión, porque mucha gente tiene cola que le pisen y, como sabrá, Europa en ese tiempo fue un estercolero de conciencias. Por lo pronto, si no le incomoda, me gustaría que me contara brevemente cómo fueron las clases de ruso que dio en el Instituto Politécnico Nacional."

"Querrrido doctorrr, le cuento. Para acostumbrarrr el oído, imparrrtí a mis alumnos mi primera clase leyendo un capítulo completo en ruso de *La guerrra y la paz*. En una segunda, quise compartirrr con ellos la música de Pushkin, leí cinco poemas en rrruso. En la terrrcera, le tocó el turrrno al 'Diario de un loco' de Gógol. En la cuarrrta clase, no hubo lectura porrrque no asistió ningún alumno. En la quinta, se prrresentó el dirrrector de las clases de idiomas para despedirrrme con su agrrradecimiento."

"¿Ha probado dar un curso de literatura rusa en la UNAM?"

"Lo intenté el verrrano pasado, pero el dirrrector de la Facultad de Filosofía y Letras no me contesta."

A las doce hubo un descanso musical. El mesero uniformado trajo una charola con sándwiches de pavo, tacos de huitlacoche y un molcajete con guacamole y queso panela. En un platón de barro negro se ofreció fruta pelada. Una muchacha vestida como zapoteca ofreció mezcal y agua de limón. Los invitados pusieron los instrumentos al lado y comenzaron a contar anécdotas. Varias tenían lugar en la Europa de la preguerra y la posguerra, contadas sin prejuicios, como si fascistas, colaboracionistas, intelectuales y gente de sociedad viviesen en un mundo ajeno a los códigos morales.

"¿Conoce a Iván Illich, el jesuita que hace que hasta los anarquistas se vuelvan curas laicos?", preguntó Margadandt.

"Fui uno de los seminaristas que querían ser sacerdotes y Lemercier sicoanalizó. Nos halló inapropiados para ejercer el sacerdocio, porque algunos éramos pederastas, ocultábamos nuestros instintos. Colgué los hábitos", reveló un alemán que estaba allí sentado. "El problema no fue que descubrimos nuestros vicios más recónditos, sino que los vecinos de Cuernavaca se enteraron de qué gustos teníamos. No guardaron el debido secreto."

Todos rieron. Excepto Lubán, cuya cara se hacía más seria a medida que se contaban más anécdotas.

"Oiga, ¿y usted? ¿Nunca se ríe?", lo encaró Jolanda Puskas.

"Yo me rrrío cuando estoy en compañía joven y simpática", Lubán se marchó.

El león y el unicornio por un trono
se batieron, y ambos salieron perdiendo

A la romana, había días que parecían marcados por una piedra negra, y cuando Alex llegaba al Café Tirol sólo se encontraba con un par de rostros aburridos y ojos apagados. La borrasca que se levantaba en tierra había cubierto el cielo. Pero también había tardes marcadas por una piedra blanca, en la que los ojos fulguraban, las sombras deslumbraban y los cuerpos se abrazaban. En cada rincón aparecía una personalidad notable, afable, una cara sonriente. Era como si personajes de la más diversa índole se hubiesen puesto de acuerdo en mostrarse en un desfile social espontáneo. Entonces, en los oídos de Alex, sentado en un rincón. parecían resonar las palabras en don Quijote: "¿Qué hay, Sancho amigo? ¿Podré señalar este día con piedra blanca o con negra?".

En una tarde marcada por una piedra negra apareció David Alfaro Siqueiros, envuelto en un gabán de rayas grises y rojas. El muralista se parecía más al Caballero Rojo de *Alicia a través del espejo* que a un fanático comunista de armas tomar. El pelo le caía sobre los ojos desconfiados. Vestido de negro, daba la impresión de guardar luto por sí mismo. Parado afuera del Tirol, escrutaba el interior del café como si se recelara de mirar su propio rostro. A través del vidrio exploraba los rincones del café, tal vez buscando a alguien o queriendo evitar un mal encuentro. Pegó la cara a la vidriera como lamiéndola con los ojos. Alex seguía los movimientos de ese hombre de pelo crespo, cejas pobladas, nariz reptilínea y boca chueca que escudriñaba a los clientes.

"¡Fuera, zopilote! No te queremos aquí, David Alfaro Siqueiros, cómplice del asesino de Trotsky." Horacio

241

se levantó de la mesa y lo acometió con un paraguas negro cuando se decidía a entrar, obligándolo a alzar la mano abierta como un escudo. "Hoy es 25 de mayo, aniversario de aquel de 1940, cuando por órdenes de Stalin trataste de ejecutar a Trotsky."

Alex sabía que después de una violenta persecución por coches de policías que le disparaban había sido arrestado. Acusado de delito de disolución social, portar armas prohibidas y proferir injurias contra los agentes de gobierno, pasaría tres años, diez meses y trece días en el penal de Lecumberri. No por el intento de matar a Trotsky.

"Durante cinco años fui encerrado en una caja de zapatos", se había quejado él. Pero, indultado por el mismo presidente que lo mandó a la cárcel por torpedear su gira por Sudamérica, andaba ahora libre.

"¿Recibiste instrucciones de Lavrenti Beria para matar al hombre al que Cárdenas dio asilo político en 1934?", lo confrontó Horacio.

"No sé de qué hablas, muchacho."

"¿Cuántos fueron los agentes soviéticos que con uniformes del ejército mexicano atacaron contigo su casa?"

"No sé a qué te refieres", explicó él con cara de murciélago asustado.

"¿Los agentes de la GPU que trajeron de Estados Unidos ametralladoras Thompson y pistolas Colt para cometer el atentado eran tus cómplices?"

"No los conozco."

"¿Quién dio los planos de la casa para asesinar a Trotsky, con esposa y nieto? Según dijeron los diarios, los asesinos sabían exactamente dónde estaba su recámara y cuántos guardias había esa noche."

"Estás delirando."

"¿Usted, Siqueiros, disfrazado de capitán, comandó el asalto a la casa de Trotsky? ¿Cuántos de los trescientos disparos que hicieron contra puertas, ventanas, paredes y camas de la casa fueron suyos?"

"No estuve allí."

"Fallada la conspiración, ¿por qué huiste de México?"

"No huí, me fui de vacaciones."

"Váyase de aquí, fanático estalinista", Horacio lo siguió entre las mesas.

Siqueiros, tropezando, lo midió exaltado. Su cabeza fosforecía como la del demonio en el *Fausto* de Murnau.

"Acuérdate de Trotsky."

"No sé de qué Trotsky me hablas, chamaco", refunfuñó el pintor y, como tomando vuelo, se lanzó a la calle.

"Cuidado, anda armado", Alex contuvo a Horacio porque quería seguirlo.

Siqueiros del otro lado del vidrio lo desafió con ojos matadores. Hasta que se dio la vuelta y se perdió en la noche.

A los pocos minutos llegó Lubán, con paso lento y gesto aburrido, ignorante de la confrontación que acababa de tener lugar en el Tirol.

"Estoy exhausto, para llegar a aquí me vine caminando la kilométrica avenida de los Insurgentes." Él aventó sobre una silla su maletín pesado de malas noticias. No sólo las recientes, sino las que guardaba en recortes de periódicos.

"Agua, tengo dos horas andando, me muero de sed." Se dirigió a la mesa de Alex, exclamó: "Hoy murió la Universidad de México. Hoy los porros sacaron a escupitajos al rector Chávez".

Alex le acercó una silla.

"Todo lo que se construyó durante décadas se viene abajo por políticos disputándose el poder." Lubán abrió su maletín y sacó un envoltorio.

"¿Qué es?" Alex paseó los ojos por el objeto recostado en la silla.

"Es el pedazo de una estatua."

"Es una nariz." Alex le dio la vuelta.

"Extrajeron la piedra del volcán Xitle."

"¿Quién la hizo?"

"La corrupción."

"¿La vas a romper?"

"La oreja del presidente Alemán es irrompible. La cabeza mide 1.20 metros y pesa tres toneladas y media. Los estudiantes la tiraron como símbolo de la putrefacción del sistema. De la cabeza, sólo traje la oreja, es más ligera."

"Para los estudiantes el monumento es la celebración de la corrupción y un homenaje a Stalin. Al verlo la gente decía: 'La estatua del padrecito Stalin'. Un dinamitazo abrió un túnel en la toga. Alemán quedó con zancos y deslomado", explicó Horacio, estudiante de Filosofía.

"Es difícil echar abajo un adefesio de 58 toneladas de peso. Tláloc, el dios de la lluvia, pesa menos", dijo Alex.

"El gobierno llamó a los desacralizadores vándalos terroristas agitadores sociales y agentes al servicio de naciones extranjeras pagados para denigrar nuestros valores patrios. De ahora en adelante la estatua de Alemán será la imagen de la corrupción decapitada, hasta que otros políticos vengan a sustituirla", dijo Horacio.

"¿Qué va a hacer con la oreja?", preguntó Alex.

"Deshacerme de ella. Sólo les pido un favorrrr, no le digan a nadie que yo la traje al Tirol. La echaré en el canal de Miramontes." Lubán se fue arrastrando su sombra como si lo estuvieran observando agentes dobles desde las alcantarillas. Envuelto en su propia oscuridad, tal vez sintió que las ramas cruzadas de los árboles eran menos negras que su propia noche.

Alex pensó: "Si Siqueiros se hubiese unido a la conversación con el expatriado ruso hubiera dicho que esos espías ubicuos y esos políticos corruptos eran fantasmas que podían acomodarse a modo en cualquier parte en cualquier presente". Un razonamiento así era una falacia. Algunos políticos llevaban de por vida un fardo de ropa sucia para el cual no había ninguna lavandería. Además, porque el mar de la memoria siempre devuelve a sus ahogados.

Una calavera bien lustrada

"Me pelaron el coco", Archibaldo dijo a Nadine caracoleando su coche por la calle de Hamburgo. Iba lentamente, su Mercedes solo en el tráfico. Tras los cristales su calvicie relumbraba como un Tonacatecuhtli en el más alto reino del cielo Omeyocan, el lugar de la dualidad. Archi prendió el radio, al azar la estación.

"¿Por qué prendes el ruido? Estoy nerviosa", se quejó Nadine.

"No aguanto la soledad, ni la propia ni la ajena, cuando vislumbro mi cara solitaria en un espejo quiero salir corriendo a cerrar la puerta."

La música era *L'enfant et les sortilèges* de Ravel, en el momento en que el niño se topa con un gato y una gata enfrascados en un dúo de maullidos.

"Yo también suelo aullar, pero cuando lo hago procuro no incomodar a los perros. Lo que no soporto es el claxon del de atrás que te está gritando quítate tú para ponerme yo, como si todo en la vida fuera un juego de sustitución de unos por otros", dijo Archi.

Alex captó el humor entre moroso o morboso de su amigo, quien manejaba por la avenida Insurgentes seguido por un chorizo de cláxones. El tráfico desbocado daba vueltas vertiginosamente en la glorieta como atascado en nudos gordianos.

"Ya me colmaron." Archi de pronto se detuvo en un espacio libre hablando de un tema ajeno a la circulación: "¿Sabes, Alex, que durante el descubrimiento de América los Reyes Católicos preguntaron a Paulo III si los indios eran personas o animales, y el Papa contestó: 'Si los indios ríen es que tienen alma'?"

"Archi, por favor, avanza", suplicó Nadine, en el asiento del copiloto. Pues, aunque el semáforo cambió de rojo a verde, el auto no se movió. Pasaron ambulancias con sirenas y automovilistas tocando el claxon y Archibaldo hizo caso omiso de su impaciencia. Sólo lo excitó la voz de Luis Buñuel que ahora salía del radio con un humor cáustico: "Odio nuestro tiempo".

"Avanzo." Y como detonado por el comentario del director de *El ángel exterminador*, un desafiante Archi avanzó medio metro y se paró.

"El padre de Archi se está muriendo, a lo mejor quiere que lo acompañes a visitarlo", Nadine se atrevió decirle a Alex cuando se acercaban al Tirol. "Íbamos a cenar al Prendes cuando le avisaron lo de su padre. Él sabía que estaba enfermo, pero le fastidian los viejos y los enfermos."

"¿Su mujer no está? ¿Por qué no le dices a ella?", preguntó Alex.

"Esa señora me da un miedo horrible. Archi me ha contado las cosas malas que le ha hecho, nació con una pierna más larga que otra."

"El viejo está falleciendo en un departamento sórdido de un edificio sórdido de la sórdida avenida Chapultepec. Hace años que no lo veo", Archi prendió la luz interior del coche como para observar mejor su cara en el espejo retrovisor. Parecía que un artista prehispánico de lo macabro, no un peluquero, le había prestado su calavera. Como si su corte de pelo anticipara la muerte de su padre.

La puerta de metal pintada de blanco estaba abierta. La casona, convertida en un inmueble de departamentos, tenía una escalera sin barandales. Y una advertencia: "Suba a los niños de la mano".

En el primer piso Archibaldo tocó, pero como nadie contestó empujó la puerta. En la sala comedor estaba sobre una mesa un candelabro de dos brazos con velas apagadas. Sin más muebles, sin cortinas, la luz eléctrica había sido cortada. Al fondo, en un cuarto a la izquierda, en la penumbra, en un catre yacía un hombre clamando: "Una sopa, una sopa".

"¿Lo conoces?", preguntó Alex a Nadine.

"Nunca lo he visto."

"¿Cómo se llama?"

"Archibaldo Burns como él, pero con un Moreno de apellido materno."

Archi se dirigió al cuarto en busca de su padre. Nadine se sentó a esperar en una silla de cocina. Alex se asomó al balcón. Vio una luna mojada por la lluvia. Árboles raquíticos. Los edificios de enfrente, hechos con codicia y mal gusto, parecían ruinas contemporáneas. Caparazones sobre ruedas surgían de ninguna parte de la calle y se perdían en la oscuridad.

"Voy a asomarme para ver al padre de Archi", Alex dijo a Nadine y entró al cuarto. En un camastro vio a un viejo esquelético de brazos escuálidos y manos afiladas agarrando una cobija. En la cara calavérica, hundidos, unos ojos como de loco lo miraron con desesperación, hasta que se cerraron y empezó a boquear.

"No hay nada que hacer, está en las últimas. Vamos al Bellinghausen, se me antoja un filete Chemita." Archi salió del cuarto.

"¿Cuándo fue la última vez que lo viste?" Alex, camino del Mercedes, escrutaba la calle más sombría que mojada.

"Nuestro último encuentro fue fallido. Tuvo lugar en París. Mis padres, de visita, llegaron cansados de sí mismos. Su fingida efusividad atenuó la mía. Se interpuso una cordial distancia entre ellos y yo. Comenzó en la estación de trenes, mi padre cogió una maleta y se adelantó tanto que hubo que detenerlo, adoptando él luego una actitud de reproche por dejarlo solo. La caminata por el andén fue desalentadora y desunida. Como ahora, mi padre se va por delante, sin saber adónde va, la maleta de sí mismo en la mano."

"¿Lo crees, Archi?", Nadine balbuceó como atragantada por la imagen de ese hombre sin rostro agonizando en un camastro.

Una vez en el Bellinghausen, Archi, secándose el sudor con una servilleta, saltándose años y ciudades como si ambos fueran tiempos abolidos, recordó un encuentro con él en Green Park Hotel, en Londres, en 1929: "Ah, allí estás, me dijo el espectro de ese hombre que hacía años no veía y consideraba un extraño. Parado junto a mi cama me había estado cuidando el sueño de la mañana. Al correr las cortinas, la luz gris de la llovizna me mostró la fatiga existencial que surcaba su rostro. Unas ojeras profundas hacían impresionantes sus ojos acerados. Su cabello en desorden enfatizaba su calvicie. Los holgados piyamas le daban un aire de orfandad sentado junto a mí. Era la imagen de un hombre vencido, envejecido, que después de mucho ir y venir llegaba tarde a todo sin descubrir gran cosa. Tenía que acabar mal, sin creencias ni religión. Según mi madre, yo me parecía cada vez más a él, era su vivo retrato. 'Eres raro como tu papá', me dijo un día, desconfiada de lo que había de él en mí, de ajeno a la familia. En cambio, mi padre era un hombre de los que ya no hay: vivía únicamente para nosotros. ¡Tan blanco! A los apaches les impresionaba tanto el color de su piel que cuando cayó en sus manos lo amarraron a un palo y se acercaron para tocarlo como quien acaricia la luna".

Al escuchar sus palabras, aunque abstractas y distantes, Alex sintió un escalofrío, pensando en su propio padre, con el que tenía una relación totalmente diferente a la de Archi con el suyo.

Variantes

"Llegaron los recuerdos del porvenir." Nadine miró en torno suyo como si fuese espiada por la Federal de Seguridad. En el Tirol buscó una mesa apartada para platicar a gusto, sin orejas cercanas. "Maestro, Elena Garro está aquí, se pasea por la Zona Rosa con su abrigo negro y su collar de perlas como si anduviera por la rue de l'Ancienne-Comédie. En el Ambassadeurs les habla en francés a los meseros."

"¿A ti te afecta?"

"Trae enculado a Archi."

"Un capuchino para Dios", Alex pidió a Margarita.

"Usted no es Dios", rezongó la mesera.

"No sea atea, tráigame dos cafés cargados."

"Quiero desaparecerlos del mapa", Nadine prendió un cigarrillo, el filtro pintado con bilé rojo.

"¿A Elena o a Archi?"

"A ambos. A ella por cabrona y a él por baboso."

"¿Te pido algo?"

"Un tequila y un coñac. Quisiera estar en el rincón de una cantina oyendo nada más 'El que se fue'."

"Cuéntame."

"Ella le habló por teléfono desde el cuarto de hotel en la Alameda donde se hospeda y él salió disparado a buscarla. Yo estaba a su lado cuando iba por Reforma en su Mercedes pasándose los altos, en el tráfico quería volar sobre los carros."

"¿Tanto lo controla?"

"Tanto lo manipula."

"¿Cuándo lo llamó?"

"Recién llegada de París."

"¿Llegó sola?"

"Con Helena su hija... Quiere casarla con un alemán de la Volkswagen, admirador de Ernst Jünger y de las sinfonías de Bruckner. También trata de presentarle a un poeta joven como tú."

"No la riegues."

"Vino con Marcel Camus, el director de *Orfeo negro*, intentan hacer una película sobre el carnaval de Veracruz. Buscan financiamiento. Ella convocó esta noche en el hotel a intelectuales y empresarios no comunistas para hablarles del proyecto."

"¿Vas a ir?"

"No estoy invitada."

"¿Archi va?"

"Será el primero en llegar... y el último en irse. Tendrá su coche en el hotel pa' lo que se ofrezca."

"¿Será su chofer?"

"Y su chaperón."

Nadine prendió otro cigarrillo. Bebió el café de Alex.

"Lo siento, estoy tan nerviosa que me equivoqué de taza. Desde la otra noche, cuando Archi se enteró de que Elena estaba en México, corrió a buscarla. Ella es su obsesión. No recuerda que lo envolvió en mil intrigas, unas ciertas, otras inventadas. Así se pasa la vida."

"Elena le causa excitación. Lo trae de cabeza. Para encelarlo le habla de Bioy Casares. Desde que llegó él no me pela, sólo piensa en ella, está colgado del teléfono, quiere ser parte de sus proyectos y asume sus gastos. 'Elena está aquí', dice, y estando conmigo corre hacia ella. La espera en el hotel, se sienta en el vestíbulo hasta la madrugada, mirando a cada persona que llega. Es como si estuviera vacío y necesitara de alguien con vida propia para llenarse." Nadine abrió su bolso y sacó un estuche con unos lentes con vidrios morados. "Mi optometrista dice que pronto él va a sentirse tranquilo chupando una chiche."

"Has dicho una nadinada", bromeó Alex.

"Nos vemos, maestro." A la vista de un taxi, ella salió para abordarlo.

Por la noche, Archi vino al Tirol a recoger a Alex. Muy perfumado, la calva reluciente. Lo invitaba a cenar en el Hotel María Isabel con Elena y su hija.

"¿Vendrá Nadine?", preguntó Alex.

"Tiene algo que hacer con su madre. La señora quiere abrir en Lomas una casa para ancianos. O algo así. Te cuento luego."

"¿Tu versión censurada?"

"Mi versión archibaldesca."

En un bar del Hotel María Isabel, rodeada de escritores, la Garro despotricó contra Paz, con quien se había casado en 1937 y separado en 1959, gracias a un divorcio exprés que consiguió en Ciudad Juárez. Pero nunca estuvieron realmente separados, agarrados de las greñas de por vida, como en el grabado de Goya *No hay quien los desate*.

"Durante un mitin en el que los campesinos se quejaban de las injusticias que sufrían del gobierno, cuando Paz desde el público declaró que 'A nosotros los intelectuales sólo nos toca llorar lágrimas de cocodrilo', Elena gritó: 'Las tuyas, Octavio, son lágrimas de cocodrilo'. Los campesinos se rieron. Octavio sintió ganas de matarla", contó Archi.

La enemistad era recíproca, bien correspondida. No sólo Elena asaltaba a Paz de cerca y de lejos, en persona y por teléfono, mediante mensajes y telegramas, sino en cualquier oportunidad que se le presentara. Como cuando en el verano le habló a la India desde Francia urgiéndole a que le mandara dinero para curar a Helena, pues invitada a una fiesta en un barco en Niza la habían violado en grupo, y como no tenía dinero para los gastos médicos urgía que su padre le mandara un cheque para sufragar los gastos de hospital. "Puras mentiras", dijo Nadine.

A las nueve de la noche las orejas amigas se despidieron y sólo quedaron los serviles. Las dos Elenas, Archibaldo y Alex subieron a cenar en el restaurante del hotel.

Se sentaron a una mesa frente a la ventana con vista al Ángel de la Independencia, iluminado de noche. El único incidente ocurrió cuando un mesero, para congraciarse con Elena, le preguntó de dónde era. "De México." "Es que no parece de aquí." "Entonces, ¿de dónde cree que soy?" "De fuera, de Europa." "Cuando estoy en Francia me preguntan de dónde vengo. En México me preguntan lo mismo, soy extranjera en todas partes." La Garro rompió a llorar.

"No tome su pregunta en serio, el mesero lo dijo para halagarla." Alex trató de reconfortarla.

"Lo hizo adrede, los mexicanos son unos malvados."

"El mesero…"

"Le paga el gobierno para hostilizarme."

"Pura paranoia", comentó Archi.

"La paranoia es mi mejor amiga, me ha salvado la vida muchas veces."

"A mí me ha jodido."

Nunca habíamos estado juntos al amanecer. Nunca nos había dado el sol desnudos en la cama… Somos hermanos, nuestro amor es incestuoso… Esta ciudad tiene siempre el mismo clima, la primavera lluviosa que nos da Tláloc, el dios del sacrificio de niños de teta. El homicidio, el feminicidio y el infanticidio se disfrazan de culto a los dioses.

Por allí iban los diálogos de *Un alma pura,* película experimental exhibida en una sala VIP de la Zona Rosa. La noche del estreno asistían políticos y empresarios. Los actores eran Enrique Rocha "el Vampiro" y Arabella Árbenz "la Exiliada", hija de Jacobo Árbenz, el derrocado presidente de Guatemala por el golpe de la CIA urdido por la United Fruit Company.

En la exhibición estuvieron los intelectuales de la izquierda atinada promovida por el PRI, no de la izquierda descarriada de la sierra y los campos. Vino el tenebroso Gutiérrez Barrios de la Dirección Federal de Seguridad. De él se decía que si el presidente Calavera Días Ordaz lo mandaba, rompería la espina dorsal a cualquiera.

En el público estaban Leonora Carrington, que hacía de madre; Carlos Fuentes, autor del guion; Juan Ibáñez, director del film, y la cantante Bárbara Elinor. En la sala VIP los periodistas de la sección de Espectáculos y sociales se mezclaban con los habituales del Tirol. El invitado especial, Luis Buñuel, estaba acompañado a prudente distancia por García Márquez. Fernando Benítez y los dueños del tequila y las cadenas de supermercados camuflados con la penumbra. Los agentes de la CIA seguían a Arabella de fiesta en fiesta y de butaca en alcoba. Su intención:

destruir a la acosada familia del presidente de Guatemala, a quien, al abandonar el país, el gobierno golpista desnudó y fotografió en calzoncillos.

Terminada la función, idos los espectadores, Alex descubrió a una persona sentada sola en la larga fila desocupada. Al principio pensó que se trataba de alguien como Pita Amor o Nahui Olin o de una persona prematuramente envejecida, pero al acercarse a ella advirtió que era una joven en sus veintes, aunque su piel de porcelana parecía algo marchita. El pelo castaño le caía sobre la frente cubriendo sus párpados cerrados. Su suéter de lana había caído al suelo. Dormida se había quedado despatarrada en la butaca. Tal vez antes de entrar al cine había tomado somníferos.

"Alicia, levántate." Nadine la sacudió.

"¿Qué? ¿Quién?" Ella abrió los párpados con pesantez, la miró como si la película continuara en el sueño fuera de la pantalla. "¿Dónde estoy?", preguntó perdida en sí misma. Con manos ciegas tocó a Alex sin reconocerlo.

"La pandilla de los Matagatos está cazando felinos en la plaza, las ratas han prosperado tanto que en la Condesa los roedores son más que las personas", balbuceó.

"Alicia, vamos", Alex la cogió del brazo para levantarla.

"Un momento." Al principio ella dudó de la materialidad de las personas que tenía enfrente, pero aceptó acompañarlos. "Quiero hablarle a mi médico."

"Luego." Por la calle de Amberes se fueron al Tirol, sujetándola ellos para que no se fuera de lado o a caer. En el café Alex le pidió dos expresos dobles, que Paola trajo de la cocina.

"Quiero volver al cine, se me cayó el estuche del maquillaje." Alicia miró sobresaltada a dos policías que la observaban desde la acera.

"Te acompaño." Alex caminó con ella, lejos de ella.

"Me duelen las chiches." Alicia se desabotonó la blusa.
"Pareces anoréxica."

"No parezco, lo soy. Mira cuánto he bajado de peso desde la noche que nos juntamos."

"Come."

"¿Vamos a mi depa?" Alicia señaló a su edificio. Miró al cielo. "Qué luna tan padre. Está muy sola. Como yo."

"Llegamos."

"No encuentro la llave." En el elevador ella lo abrazó y trató de besarlo.

"El teléfono está sonando."

"Ha de ser mi madre llamando desde Puerto Rico."

"Trata de dormir sin pastillas."

"Ayer me quedé dormida en mi clase de ballet. Llevo tres clases perdidas. Quédate conmigo."

"No puedo, hasta mañana."

Con las manos en los bolsillos Alex se fue sintiendo un vacío entre él y ella, un vacío que crecía al paso del tiempo, como si desde la última vez que se vieron la relación se hubiese vuelto abismal.

Cabral entró al Café Tirol. Olía a agua de colonia y tenía cara de haber pasado mucho tiempo mirándose en el espejo. Le decían el Rostro por las telenovelas, pero desde que hacía sólo anuncios para radio, la Voz.

Poco después entró Ivonne. Sin perro y sin mochila. Había reñido con Nancy, su madre, con quien peleaba veinticuatro horas al día y siete días a la semana. Y aun por carta y durante las pesadillas. Cuando la madre tenía invitado a acostarse con ella la corría de la casa. Entonces aparecía en el departamento de Alex a pedirle albergue. Venía con perro y maleta de viaje.

"¿Dónde es el reventón?" Bárbara, vestida para el Neptuno, apenas hizo caso de la presencia tímida de Ivonne. Había dejado su coche en la esquina con discos de Jimi Hendrix en el asiento.

"¿Me acompañas a la farmacia?" Llegó Alicia. Bostezando. Como insomne.

"Tengo cita con Amparo Dávila, es mi amiga y hace mucho no la veo. ¿Quieres venir conmigo?"

"No tengo nada que hacer."

Los dos se fueron andando hasta Río Elba. Cuando Amparo abrió la puerta y vio a Alex con una mujer vestida para una fiesta se puso lívida, como si hubiese visto a un fantasma de su cuento "Estocolmo 3".

"¿Viniste acompañado, Alex?", preguntó Amparo con una vocecita.

"Con Alicia."

"¿Es tu amiga? Pasen."

Los visitantes fueron sentados delante de un cuadro de Pedro Coronel, exmarido de Amparo. Los colores de la pintura parecían entrar y salir unos de otros en un movimiento erótico de colores.

"¿Quieren un mezcal? Me lo mandó mi familia de San Luis Potosí." La diminuta Amparo, sirviendo las copas, evitaba ver a Alicia. Su presencia la incomodaba y Alicia se sentía fuera de lugar y, lo peor, aburrida.

"Alicia se parece a Marcela", dijo Amparo a Alex. Y se dio la vuelta para mirar mejor a la mujer que, vestida de rojo, estaba sentada en el sillón.

"¿Nos hemos visto antes?", le preguntó a Alicia. "Creo que en la Casa del Lago", se contestó a sí misma. "Pero si es Marcela, me dije la primera vez que te vi".

"No recuerdo habernos encontrado antes", replicó Alicia no muy interesada en el tema de los parecidos físicos.

"Qué extraño, pero sí es idéntica a Marcela." Amparo no salía de su asombro al constatar que esa mujer joven, pálida y ansiosa se parecía a su amiga, una desconocida para Alicia y para Alex. "¿Seguro no son hermanas?"

"Si lo fuéramos yo sería la primera en saberlo", Alicia dirigió la mirada hacia el cuadro de Coronel como discerniendo los colores, profiriendo entre dientes: "Para terminar la conversación sobre la tal Marcela, seré sincera: me parezco a mí misma".

"Te noto desmejorada, ¿has estado enferma?", preguntó Amparo.

"No precisamente, tal vez mi semblante lánguido se deba a que duermo mal."

"¿Por qué no tomamos un café otro día y platicamos sobre Marcela?"

"Me encantaría, pero no gracias."

Amparo sirvió las copas. Pasaron algunos momentos en silencio. Amparo no le quitaba la vista de encima a Alicia.

"Pedro juega espléndidamente con los colores y las formas, y eso me gusta." Alex señaló a la pintura en la pared.

"Me lo dijiste la semana pasada", Amparo no le quitaba la vista a Alicia.

"Eso prueba que soy sincero en mis opiniones."

"¿Quieren merendar?"

Alex iba a responder que sí, pero Alicia le puso una mano sobre el hombro.

"Otro día." Ambos se dirigieron a la puerta.

"¿Tan pronto?" Amparo caminó con ellos a la puerta, como llevando en la cabeza una pelota de humo: el rostro vago de Marcela.

"Te hablo por teléfono."

"Así pues", Amparo los despidió. Pero antes de dejarlos ir, al borde de la escalera, dijo:

"La próxima vez que vengan les voy a enseñar los retratos que tengo de Marcela."

"Pocas veces he estado tan incómoda como con esa plática sobre Marcela", balbuceó Alicia.

"¿Quién será esa Marcela?", se preguntó Alex.

Bajando en el elevador, ya pisando la calle de Río Elba, Alicia abrazó a Alex.

"¿Te gusto? Dame un beso."

Antes de que Alex pudiera contestar, ella le dio tres besos.

Atravesaron la glorieta de la Diana, abrazado él por ella. Todo sucedía espontáneamente y no les importaba que la gente se parara a verlos. Incluso ignoraron al público que salía del Cine Latino. En un prado, entre las plantas estaba un budista meditando. Con los ojos cerrados y las manos extendidas se hallaba en trance en otra parte del mundo. Lo vadearon para no pisarlo.

Doblaron en Génova. Subieron abrazados al departamento de Alicia en el quinto piso. Puertas de vidrio y muebles nuevos. Poca luz, las persianas bajadas. La cama estaba recargada en la pared. Alex pensó que, como ante la inminencia de un poema apenas hay tiempo para escribirlo, ante la urgencia del amor apenas hay tiempo para desnudarse.

"¿Me vas a recordar? Espero que ésta sea la primera de muchas veces", murmuró ella. "¿Me amas?"

"A veces."

"Como en una película que vi hace tiempo, te pido que cuando pasen los años y hables de nosotros seas generoso."

"¿Para qué tomas tantas pastillas?"

"Para dormir, para despertar, para la ansiedad, para no estallar de nervios delante de la gente."

Unos días después, ella lo invitó a un ensayo nocturno de ballet en su departamento, a medianoche.

Cuando Alex llegó se encontró a Juan Carlos Becerra y su amigo Rafael Ramos a la puerta de Pizza Real. Se habían autoinvitado y aguardaban su llegada observando a ambos sentidos de la calle.

"Venimos al ensayo", dijo Juan Carlos.

"Queremos verla bailar", dijo Rafael.

Cuando Alicia abrió la puerta los vio como a perros ganosos. La mujer para ellos era la imagen encarnada del deseo prometido.

"Sólo se quedarán un rato", advirtió Alex.

"Siéntense en el suelo", Alicia les señaló un espacio entre dos taburetes.

Su departamento parecía un acuario distribuido en dos mitades. Una consistente en dos recámaras tamaño miniatura y baños pequeños, objetos decorativos color verde esmeralda sobre muebles y estantes. La otra mitad era su habitación. Sobre la mesa de noche, alhajas, cremas, ópalos, pomadas, lociones, rojo de labios y bisutería. En un estanque: pomadas en tubos, luces artificiales, peces muertos descomponiéndose. Al fondo, en la pecera, flores marchitas y hojas secas.

Alicia, con movimientos pausados, apagó las luces de las lámparas y las prendió de nuevo. Encendió una vela para dar atmósfera. Apareció semidesnuda. Sombras moradas enmarcaban sus ojos. Comenzó a bailar sin música, las manos crispadas, el vientre descubierto. Cuando subió el volumen, su tanga rozó la cara de Alex. Sus senos breves, separados del pecho, la hacían parecer andrógina. Descalza, vino hacia él con pasos cortos, se retiró de él dejándole una huella de lápiz labial en la boca. Al ritmo de la música, sus caderas se desaforaron. Vista desde abajo parecía más alta. Vista de costado, escurridiza. Impresionaba su cara inocente como de niña procaz. A sus pies, Alex sintió que no podía seguirla. Lo extenuaba su sensualidad desatada. Ella quería provocarle la "lujuria de ver", ansiaba mostrarle su piel llena de "lágrimas", por así llamar a sus sudores. Juan Carlos y Rafael, los mirones en el piso, a unos centímetros de ella, estaban fascinados. Una lámpara de pie parpadeaba. La reina de San Juan, como ella se llamaba a sí misma, estaba desnuda. Sólo se había dejado las arracadas imitación plata. Sólo trataba de darle a Alex la sensación de hallarse en un cabaret de la ciudad vieja. Y todo era como marcado por un reloj de olvidos. El tiempo fluía como en un sueño soñado hace cien años. Alicia lo invitó a bailar. Él no aceptó, por timidez, por impericia y por ser ella una bailarina profesional.

"No te voy a comer de un bocado, sino de muchos", susurró ella.

Alex sintió su corazón latir como el de un sapo a punto de explotar.

"Uno, dos y nos caemos en el piso". Alicia, cogiéndolo de la mano, le hizo perder el equilibrio.

Alex la vio recostarse en el tapete, la cabeza inclinada, los muslos abiertos, los pechos erectos. Los rayos en el cielo tronaban como aplausos. Alex buscó a los intrusos en los taburetes. Se habían ido.

"Supongo que…" Ante su desnudez, él estaba indeciso entre irse y quedarse.

"No supongas nada, si tienes que irte, vete. Nadie te obliga a quedarte. Eres el tipo de hombre que siempre quise encontrar y ahora quiero olvidar." Ella le clavó los ojos furibundos.

"Amigos, ¿eh?" Él le dio la mano.

"*Yeah.*" Ella la rechazó.

Alex se levantó del suelo.

"¿Estás celoso de los tipos que vinieron a echarme los perros?"

"Ya se fueron. Me voy también." Él bajó. Desde la calle la vio arriba, silueteada contra la noche, mirando hacia abajo. Alex estaba desgarrado por el impulso ambiguo de regresar con ella y amarla hasta el amanecer y la urgencia de alejarse de ella.

Un perro feral lo esperaba afuera de Pizza Real. Y como si él fuera su amo perdido, al verlo emerger del edificio, como un xolo salido de una tumba azteca, vino hacia él. Cuando él se detuvo, el perro se detuvo. Cuando se perdió en la oscuridad, el perro se perdió de vista. ¿Había pasado la noche esperándolo en la calle? Por un minuto o dos dudó qué hacer con ese animal de cabeza pequeña y cuello correoso, tal vez era la mascota de una Eréndira perdida en otra vida.

"¿Me lo llevo?" Alex volvió la cabeza. Pero el perro se hizo chiquito, chiquito hasta que desapareció en la banqueta que él dejaba atrás.

A Alex le preocuparon dos cosas: Alicia y el perro. En presencia de ella se sentía ansioso. Lejos de ella, vacío. Respecto al animal, no estaba seguro si era un perro o una alucinación.

La fiesta

Sábado en la noche, en la casa grande de Nacho Vallarta había fiesta. Por la calle de Lucerna vino Lubán. Bañado, perfumado, con su traje azul pálido recién sacado de la tintorería. Las facciones de su rostro de ogro suavizadas. No sólo por fuera sino por dentro, porque los humores, la mala vibra salen a la cara y los demás lo captan como un mal olor. Frente al espejo de la entrada se contempló: "Después de todo no eres tan feo, profesor Lubán. Mister Magú tiene su pegue".

Desde temprano en la tarde Lubán se dirigió al Salón de Pietro. Y luego se sentó en el Tirol a esperar la hora. Como de costumbre, se sentó delante de la ventana que daba a la calle de Hamburgo. Pidió un capuchino y desde su mesa observó la fachada de la casa de Nacho, el epicentro de la Zona Rosa donde tendría lugar la fiesta. Aún faltaban dos horas para el evento, pero ya se ensalivaba la boca imaginando a los personajes y a las beldades que iban a asistir. Con su don de la ubicuidad y dueño de un par de orejas indiscretas, ya tenía conocimiento de los invitados importantes con los que soñaba alternar en la fiesta. Si bien había sido visto desde la víspera, y desde la mañana, en la peña del Café Sorrento, donde se reunía León Felipe con otros republicanos exiliados en México, y en el café del Cine las Américas que frecuentaba Juan Rulfo con jóvenes escritores, y en el café de Filosofía de la Universidad, donde se juntaba Horacio con otros estudiantes, se figuraba presente en el Konditori, donde Alex leía un texto sobre las levitaciones de Santa Teresa.

Lubán se había adelantado horas a la fiesta. Desde mucho antes, sentado a una mesa del Tirol delante de un vaso de agua y un café frío, Margarita lo veía extraño, bien vestido y hasta perfumado.

A las diez en punto, con pasos cortos, pero determinados, Lubán salió rumbo a la casa de Nacho en la calle de Hamburgo. No lejos, del otro lado de la acera. Una pareja se abrió para dejarlo pasar.

"¿Cómo se llama usted, señor?", la edecán a la entrada, con una lista de nombres en la mano, miró su cabeza de huevo con una sonrisa embozada.

"Doctorrr Lubán." Con voz firme hizo audible su nombre. "¿No es la casa del señorrrr Vallarrrta?"

"Es la residencia de don Ignacio", una mujer tipo secretaria ejecutiva midió de arriba abajo a ese personaje extraño de cara lívida que parecía salir de la película de *Drácula*.

Archibaldo y Nadine Prado habían dejado el Mercedes en el estacionamiento de la calle de Londres. Vinieron a pie por la calle de Hamburgo.

"Por aquí, por favor", una joven edecán señaló a Lubán la escalera que daba a un sótano, pero él no quiso bajar, sino subir, y masculló algo en ruso. Para la mayoría de los invitados era un desconocido, a pesar de toparse con él en todas partes. Alex lo comparaba con ese escritor misterioso que escondiéndose de todos iba con un portafolios negro, pero no llevaba nada dentro.

"Guárrrdelo bien, señorrrita, papeles imporrrtantes." Lubán, con voz constipada, puso sobre el mostrador del guardarropa su maletín repleto de periódicos.

"¿Cuál es su patronímico?", la señorita, al verlo jorobado, decrépito, se mostró desconfiada. Su corbata de moñito reversible lo hacía parecer ridículo.

"Ramiro Ramírez", mintió Lubán con pesado acento ruso y con el pecho abombado entró contoneándose al salón. Sus zapatos blancos rechinaban al pisar.

"El festejo comienza en la cuna y acaba en la sepultura. Pasas la vida en duermevela y mueres con la cabeza hueca. Nuestros padres nacen, se reproducen y mueren unas veces soñando, otras roncando. Qué fidelidad a la especie: delirar despierto", dijo Alex a Ibáñez, pero éste, buscando ligue, se fue detrás de una chica fresa.

La casa parecía pequeña, se entraba por la calle de Hamburgo, delante del Tirol, y se salía por la calle de Londres, cerca del Hotel Geneve. Sobreviviente de la picota de los años cincuenta, que había derrumbado las mejores y las peores residencias de la colonia Juárez, el terreno tenía valor comercial en el mercado de bienes y raíces. Los Vallarta, apegados a la historia familiar, se negaban a vender. El padre, que había crecido entre sus muros, y la madre, prima del marido, que había envejecido en su vecindad, temían que los nuevos dueños la convirtieran en un rascacielos o en un centro comercial o en un estacionamiento. Construida a fines del siglo XIX o a comienzos del XX, tenía más cuartos vacíos que habitados. Desde sus ventanas se podían ver pastos desmesurados, árboles ramosos y, en el mes de febrero, aves migratorias. Debía su privacidad a las altas paredes que habían levantado vecinos desconfiados. Si bien malezas invasoras eran nidos de lagartijas, arañas y ratones, en el estanque croaban ranas y aparecía el fantasma de un niño ahogado. Desde los muros truncados miraban ojos disimulados. Entre los matorrales se encontraban excavaciones clandestinas de vecinos en busca de tesoros enterrados. A una mesa tembleque, cuyas patas parecían doblarse bajo el peso de los años, los domingos los padres gustaban sentarse a almorzar mole poblano traído de una finca cercana a Cholula.

Lubán traspuso la puerta del salón, mirando por el rabillo del ojo a las beldades de la Zona Rosa. De ellas le interesaban sus formas, no la cara. Comiéndoselas con los ojos revisó escotes, bustos y fajas. Clavó la vista en la falda corta y en los senos breves de Ivonne. Las caderas de Bárbara eran imponentes, pero las consideró impetuosas. Escuchó el diálogo de Cabral sobre los últimos estrenos de cine, pero sus comentarios le fueron carentes de interés.

Al pie de la escalera donde se paró fue ignorado por otros invitados, que pasaron sin verlo. Cada persona en tránsito lo ignoraba. Todas esas caras pálidas, todas esas caras coloreadas eran un fastidio, lo desconocían deliberadamente. Él, tratando de pensar en algo positivo para no sentirse incómodo, no irritarse, no pudo concentrarse en otra cosa que en su grosería. Y temblando y sudando por dentro se sentía petrificado. Las gentes no tenían modales, miraban sobre él sin verlo. "La gente nace, crece, se reproduce y muere sin existir, pero cuando te topas con ella se cree el centro del mundo y pretende que tú no existes", se dijo, haciendo lo posible por no mirar a nadie, pero consciente de todos. Por eso, para hacerse notar, fue a saludar a Nacho a la puerta del largo salón donde se llevaba a cabo la fiesta.

"¿Podría saludarrrr a su señorrrr padre, don Ignacio Vallarta?", preguntó. "Tengo conocimiento que el apellido Vallarta es ilustre y no necesita tarrrjeta de prrresentación, y él, como el candelabro del pasillo, brrrilla con luz propia".

"Lubán, arréglese el cuello que mi padre en cualquier momento bajará a saludar a los invitados." Nacho se escabulló, dejándolo plantado en el umbral de la puerta. E involuntariamente se quedó otra vez como un objeto de exhibición.

"Creer en la existencia del señor Vallarta es un acto de fe, nadie lo ha visto", dijo José María a Alex. "Su madre, en cambio, entrada en años, vestida de un negro más severo que una sombra, cuando se le ve, nunca se olvida, lleva su cuerpo envuelto en un corsé de sombras. Antes de pronunciar su nombre y apellido hay que tomar aire."

"Servicio a domicilio", la mesera venía sirviendo champán en las copas favoritas del difunto: una azul, una roja y otra amarilla. "Las corbatas de seda italiana de don Ignacio están a su disposición en esta canastilla. A causa de su muerte quedaron ociosas de cuerpo", informó ella y se fue.

Alex sacó el cuaderno que llevaba en el bolsillo, escribió:

Sombras. Bajo la luz del comedor desierto ella recogió las sombras de los vasos y los platos, juntó las sombras del agua cayendo en el lavabo con la sombra de su mano. En la recámara levantó la sombra del tapete y las sombras de los zapatos que llevó durante el día. Guardó las sombras de las medias y de las pantaletas de ella en un cajón de la cómoda. Sobre la alfombra parecían una indiscreción. En la cama quitó la sombra de la sábana de arriba para que no durmiera sobre la sombra de abajo. Miró su rostro en el espejo, cuidándose de no dejar sombras en su rostro. Cuando apagó la luz las sombras desaparecieron.

En una banca pegada a la pared, tres mujeres vestidas de negro parecían viudas negras salidas de una película de Fritz Lang. Tal vez eran monjas, maestras jubiladas o *widow-escorts* dadas de baja en la agencia de la calle de Amberes. Parecían arpías en asueto. Con el pecho abultado de pichonas y el pelo recogido en moños negros, nadie sabía quién las había invitado. Tal vez eran gorronas. Nacho las llamaba "mis amigas esotéricas".

Las mujeres trataban de pasar inadvertidas, pero todo el mundo las veía. Al levantar la cabeza para ver quién entraba o salía, ellas eran motivo de curiosidad. La de la entrada escrutaba a los invitados detrás de gafas ahumadas. La de la izquierda parecía decir: "Maté a mi último marido". La tercera, como dando portazos sociales a los invitados, era insolente. Alex se dijo que las viudas negras, de las cuales no sabía si eran hombres o mujeres, le importaban un comino.

"A la de cabello blanco, manos enguantadas y pantalones holgados la quiero retratar como loro que mira de soslayo. A la de en medio, recargada en la pared, con las manos enguantadas y el busto relleno alzado, la quisiera petrificar. A la tercera, que esconde los ojos bajo un sombrero que le tapa la frente, como salida de un *sabbat* de Goya, la quisiera fulminar", dijo Ricardo Salazar, quien les tomó fotos con flash.

"De un tiempo para acá los retratados salen con ojos brumosos, ¿eh? Es problema de la cámara, ¿eh?, no de los fotografiados ¿eh?", se disculpó él.

"¿Esperan a alguien?", preguntó Alex.

"A la señora Vallarta."

"Creo que está ocupada."

Alex vislumbró a una mujer anciana que tosía al fondo del corredor, pues las tres se dirigieron hacia ella. Era la madre de Nacho, doña María Amparo Lara de Icaza y Zavala.

"Comadres, ¿dónde han estado?" La vieja estaba envuelta en un viejo abrigo de lana, inapropiado para una noche cálida. Miró a Alex y desapareció con sus amigas en otro cuarto.

"¿Cómo te va con Bárbara?", Alex le preguntó a José María, quien se aproximó con un trago.

"Bárbaro, soy fiel a una mujer que me es infiel. Bárbaro, no me atrevo a acostarme por miedo de soñar. Bárbaro, me levanto de la cama sin saber por qué estoy acostado. En mis ojos se fueron las calenturas y llegaron los celos", dijo él.

Horacio, como despertando de un sueño de angustia, soltó una perorata sin importarle si era oído o no.

"Llegué al planeta equivocado. Muchas cosas raras pasan aquí, la gente es extraña y el prójimo se muere enmascarado. Programado para morir por el reloj biológico, quiero morir de repente. Desfachatado, como un personaje de película en la que el sonido y las imágenes se han desfasado y se oyen las palabras antes de que los personajes abran la boca o cuando ya la han cerrado."

Entraron Pilar y Toni. Ella adelante, él atrás. Él atildado y rasurado, sus facciones una mezcla de moro y judío. Llevaba traje negro y chaleco bordado. Ella esbelta, trigueña, envuelta en un chal español. Sus labios curvados en una sonrisa forzada. Sus cejas enarcadas, sus pestañas postizas rizadas, sus ojos negros penetrantes, desdeñosos. Las uñas de sus manos y sus pies blanco-rosados, garras de gata. Su paso entre de gitana y aristócrata. Sus maneras majaderas. Desafiada, la mirada de Pilar era una daga.

"¿Cómo te llamas?", preguntó Lubán.

"Dolores", mintió ella, altanera.

"¿Cuántos años tienes?"

"Los que quiera, he dejado de contar los años."

En ese momento las llamas de las candelas empezaron a bailar en la charola que traía Janet Sonora en las manos. Su cara flasheaba. Miraba el vacío como hipnotizada.

No lejos, las sombras de dos parejas intercambiaban piernas. Las mujeres se animaron. Las boquillas con cigarrillos fueron masticadas por dientes sabor a pasta. Sus mejillas al moverse sacudían polvo, tedio. Los hombres respondían con sonrisas falsas. Bárbara no entendía lo que le decía Horacio. Salazar tomaba fotos por doquier. Ibáñez y Alma bailando entre las macetas hacían el animal de dos espaldas.

"¿Por qué triste?", Alex preguntó a José María.

"Odio tener celos."

"Gracias por escribirme desde Washington."

"Fui en misión secreta de Illich para enterarme de las conspiraciones en su contra del clero de allá. Bárbara se quedó en México. Me prometió venir cuando terminara su temporada en el Neptuno, pero no sólo no vino, dejó de contestar el teléfono. Le pedí a Toni que fuera a General Cano a ver qué pasaba. Él me telefoneó para decirme que ella y su hermana Jenny hospedaban a unos raperos de Jamaica." José María se quedó mirando a una mujer que se parecía a Bárbara. "Soy un masoquista incorregible, siempre busco a sádicas."

"¿Hay alguien aquí? Dejaron la televisión prendida." Pilar recorrió con los ojos las paredes adornadas con cuadros de monjas coronadas con espinas.

"¡Tongolele!", Ibáñez señaló el póster de una rumbera. "Nuestros políticos viven en los burdeles de la mente."

"Pa' que no se lleven los platones de plata ni las tazas de porcelana ni las monedas de plata 0.720 llamadas Resplandor, mi madre cerró con llave la puerta de la vitrina del comedor", reveló Nacho.

"¿Quién es más guapo, él o yo?", Cabral y Enrique Rocha comparaban egos. Fanfarroneando en público parecían monederos vacíos.

Corpulento, carilargo, pelo negro, labios apretados, ojos achicados, Toni no perdía de vista a Pilar. Tampoco a sus rivales. Se sentía seco por dentro y por fuera; consciente de sus facciones anodinas, babeaba celos. Sus orejas estaban alertas a diálogos secretos; su barbilla terminaba en punta como una lanza de pelos-escuchas que expresaban ansiedad. No podía soportar verla con este o aquel hombre. La desenvoltura, la espontaneidad de su mujer bailando con el cabello suelto como yegua salvaje lo sacaban de quicio, eran una muestra de su temperamento veleidoso. Mientras ella, envuelta en una bata roja exhibiendo piernas, trasero y pechos más voluptuosos que nunca, como en un acto de seducción, permitía a Rebetez, ese colombiano rechoncho, besarla en el cuello, provocaba su furia. El impulso de Toni era darle una bofetada, pero se contuvo. O mostrarle su rechazo, pero la sola idea de dejarla sola ante ese perro lo hacía sufrir. Pues aun de espaldas, con los ojos cerrados, seguía viéndola.

"¿Saben que le ocurrió al dueño de La Gallega? Lo secuestraron. ¿Saben qué le pasó al cocinero del Focolare? Lo asaron como cochinillo a las brasas. ¿Saben qué le ocurrió a la cajera de Banamex? La guardaron en la caja fuerte. ¿Leyeron el *Manual de seguridad personal* que publicó la Secretaría de Protección Civil? Asesinaron al autor." Rio José María.

"Platón concibió la historia en ciclos: la tiranía, la oligarquía, la democracia, la cleptocracia, la narcopolítica, la bancocracia y la tiranía. Todos los males que acompañan a los gobernantes como una sarna moral son circulares. No crean en la seguridad de las calles: primero murieron los tecolotes que se comían a las ratas que se comían a los gorriones que se comían los insecticidas que pusieron los jardineros del ayuntamiento, mañana morirán los niños que jugaron con las ardillas", monologó Horacio.

"Aliosha tiene hambre." Ivonne alzó a su perro cuando vino a lamer los pies descalzos de Pilar.

"Dale de comer en la cocina, que no ensucie el tapete", pidió Nacho.

"Estoy harto de pintar crepúsculos sangrientos, prefiero los verdes mustios de los parques públicos." Francisco Corzas retrataba a la hija de la cocinera. Haciéndola posar con el pelo suelto y el camisón hasta la cintura, él pintaba su brazo de amarillo y su vientre de rojo.

"Hay chicas que nunca mueren, después de no verlas durante años un día reaparecen en una calle. Luego de haberse descalabrado en una piscina sin agua te las encuentras en el elevador de un hotel. Parece que no tienen muerte, retornan donde menos lo esperas", José María señaló a una chica de origen popular que dijo llamarse Alma, Petra, Delia. "Como quieran llamarla, el nombre me es indistinto." Con ella a menudo Alex había recorrido las calles del centro, pues conocía bien el rumbo. La había visto en el Kiko's. Su destino era previsible, ser niña de la calle o sexoservidora de La Merced, veinte clientes por hora. A través de su vestido corriente se veían sus galas: la ropa interior gastada, las medias deshiladas.

"Éste es el cuarto del médium", Nacho condujo a los invitados a un salón sin puerta. "Aquí habita Maximiliano de Habsburgo, nuestro espíritu residente. Pueden identificarlo por la barba partida y los ojos de vidrio que le insertó el doctor Vicente Licea después de su fusilamiento. Nacido en Viena el 6 de julio de 1832 y fusilado en Querétaro en 1867, el monarca se quedó a vivir entre nosotros. ¡Amaba tanto a México! Su cuerpo yace en la Cripta Imperial de Viena, pero si lo consultan con naipes del tarot podrán conocer su suerte en el más allá. El emperador aparece en su catafalco de sombras tal como lo fotografió François Aubert. Maximiliano será reconocido por su camisa baleada y sus botas lustrosas. Si no responde, busquen a Mamá Carlota, la emperatriz que enloqueció cuando le dieron toloache. A ella le gusta hablar con los vivos."

"Yo la consulto", Alicia, maquillada como Jean Seberg en *Sin aliento*, acarició la bola de cristal. "Quiero saber si Alex me quiere."

"¿Dónde está Pilar?", Toni se abalanzó sobre la mesa. "¿Se la llevó ese sapo llamado René?"

"No sé si fue él o un soldado del pelotón que fusiló a Maximiliano", sonrió Nacho.

"Yo te conjuro, Maximiliano de Habsburgo, a que reveles la verdad sobre Pilar." Toni escribió en un papel su nombre y lo puso bajo el retrato.

"No hagan preguntas íntimas, la verdad puede ser incómoda." Nacho mostró la foto del monarca embalsamado en su catafalco.

"Pasó un ángel", dijo Bárbara. "Algo extraño le va a suceder a un invitado."

"Si aquí se dan aires de grandeza, bájenle a los decibeles", Lubán metió las manos en el saco, pero sacó sólo borra. "Los años son como cicatrices por dentro y por fuera, unas se quitan, otras se quedan. Mi cuerpo no está mal para un hombre sesentón."

"Ven a mi depa después de la fiesta", Alicia le susurró a Alex detrás de una cortina.

"No prometo nada", él se alejó.

"Nadie me pela." René Rebetez encendió una colilla.

Lubán sacó a bailar a Ivonne. Ésta ató a su perro a la pata de una silla.

"Estoy agarrotado", la calva del Espía ruso relucía. Su cuerpo parecía encorsetado.

Los pinches del Tirol entraron con sillas de plástico y mesas plegables. Aparecieron vasos, botellas de ron, bocadillos y hasta una silla para la bebé de alguien. Hubo un reacomodo general. En el cuarto del médium, las velas proyectaron sombras de colores. Pilar apretó entre los dientes una boquilla mientras de sus párpados sombreados emergían pestañas enchinadas.

Nacho apagó el tocadiscos: "Un minuto de silencio, por favor, Pepe y Pilar van a cantar una jota". Ambos, vestidos como campesinas aragonesas, con boquitas pintadas y pestañas falsas, con guitarra y castañuelas, empezaron a ladrar:

Te quiero más que a mi madre,
te quiero más que a mi padre,
y, si no fuera pecado,
más que a la Virgen del Carmen.

"¿Así me deja, señorita Ivonne?", mugió Lubán.

"Poco aprovecha candil sin mecha", ella lo despreció.

Él la siguió con una cuba en la mano. La luz se oscureció sobre el sofá donde reposaba. Vio en la penumbra dentaduras sueltas, flotando en el aire como riéndose de todo.

Una sombra saltó de la puerta. Dorada por la luz se paró en el centro del salón. Alguien puso la canción "Piel canela" en el tocadiscos. Una cantante cubana cantó:

Que se quede el infinito sin estrellas
o que pierda el ancho mar su inmensidad,
pero el negro de tus ojos que no muera
y el canela de tu piel se quede igual.

Pilar entró moviendo las caderas. Ebria, abrazaba a un amante invisible. Aventó las zapatillas. Conservó la peineta.

"Un tal Germán pregunta por la señora Ivonne", vino a decir la recepcionista.

"Que pase."

"Atropellaron a Aliosha. Esta tarde un camión de carga lo dejó planchado en Río Mississippi. Le daré sepultura en una caja de zapatos", dijo un joven de cara aniñada, cabellos y ojos claros.

"¿Dónde estabas?" Ivonne reaccionó con enojo.

Germán, guitarra en mano, explicó: "En Avándaro, con mis cuates rodantes, fui pa' organizar el concierto de rock con un chingo de músicos y mil chingados asistentes bailando en el fangal".

"Que Dios tenga a tu perro en su santo reino", Horacio alzó su copa de tequila.

"No es cierto que murió, Aliosha está en la cocina con la pata rota", reclamó Ivonne.

"¿Y tú? ¿Quién eres que vienes a decir mentiras?", Horacio lo increpó.

"Soy Germán, pareja de Ivonne."

"Ivonne es soltera."

"Desde hace años nos juntamos, tenemos una hija secreta."

"Quedaste de venir a verme hace dos semanas, vago", reprochó ella.

"Se me olvidó."

"El día de su cumpleaños Federica te estuvo esperando hasta la noche. Cada vez que tocaban a la puerta se asomaba. Quería ver a su padre."

"Sufrí un corto circuito."

"Estás desconectado de la realidad."

"Soy un cuate rodante."

"¿Dónde vives?"

"En un hotel de Niño Perdido."

"¿En qué te ocupas?"

"Soy jipiteka, trabajo con los huicholes, los ayudo a recolectar peyote en Cerro Quemado."

"¿Por qué te escapaste de allí?"

"El chamán me quiso echar a una barranca. Me volví loco, quise ligarme a su vieja. Cuando lo vi cuchillo en mano se me doblaron las piernas. Vi la muerte en sus ojos. Me pelé de volada."

"¿Quiénes son ésos?", Horacio se refirió a los rockeros parados a la entrada del salón.

"Mis cuates rodantes."

"¿Cómo tú?"

"Como yo. El entierro simbólico de Aliosha será mañana en la Rotonda de los Perros Ilustres en el Panteón de Dolores, pa' los que quieran venir."

"¿Cómo está tu hígado?", preguntó Ivonne.

"A toda madre."

"Necesitas sacamuelas, te hiede la boca."

"Mastico piedras y semillas de tunas rojas, son buenas para la digestión. Ingiero hongos pa'l alucine. Me voy. Pero antes quiero contarles mi proyecto de hacer un rock titulado 'Pasión y muerte de Maximiliano de Habsburgo, emperador de México'. Está de pelos. Quiero que Cabral haga del monarca fusilado."

"Si me perdonan la vida, si consigues financiamiento, si Carlota es guapa, avísame", gritó el actor, porque Germán ya estaba en la puerta con sus cuates rodantes.

"¿Por qué tan callado?", preguntó René a Horacio.

"Gente como tú no me inspira a hablar, eres como el vacío que deja un mal sueño."

"¿Es insulto o elogio?"

"Tómalo como quieras."

"Qué guapa te ves", Carlos Fuentes apareció diciéndole a Bárbara.

"Viniendo de ti, no lo creo, eres un mentiroso." Ella soltó la carcajada.

"Brrr", rio Fuentes.

"Ten cuidado, Mefisto es vengativo", advirtió José María. "Cuando se enoja su mirar da miedo."

Bárbara se alejó. El autor de *Los días enmascarados* venía de su propia fiesta en San Ángel. Al entrar se abrió paso entre los que bailaban. Traía el bigote recortado, vestía a lo Faulkner, camisa blanca, corbata, saco a rayas con los codos parchados, como en una foto del escritor sureño. En el centro de la pista se quedó mirando a los concurrentes. Con el gesto fruncido y los brazos cruzados exploró el ambiente en busca de mujeres guapas.

"Ven, vamos a bailar chachachá", la esposa corpulenta de Fernando Benítez extendió la mano al joven pianista Héctor Vasconcelos. Pero éste, viéndola de arriba abajo, salió huyendo. Los invitados hicieron un círculo cuando García Márquez —guayabera blanca, pelo negro rizado, cejas pobladas, gafas de pasta negra, bigote de mosca—, sacó a bailar a Elena Garro —pantalones blancos, zapatillas blancas con hebilla, suéter arremengado, la cara dominada por los dientes—. Al ritmo de la cumbia "La pollera colorá", Gabo y Garro simularon el cortejo del hombre a la mujer. Ella se desplazaba con pasos cortos, el cuerpo erguido, los pies juntos, mientras él la perseguía por el salón. Bailaron poco. Ella se cansó. Entre los espectadores Salazar los retrató.

"Vamos a Garibaldi", dijo Fuentes.

"Los cueros están aquí", Ibáñez señaló a Janet Sonora, su actriz acompañante.

"¿No que ibas a casarte con la Felina?", preguntó Farah.

"Iba.", replicó Ibáñez.

"Ya te hacía en el Registro Civil llegando en una calesa jalada por perros cholos y gatos negros. Ella en cueros cargada de collares y anillos."

"Nooo. Me amenazó con castrarme si le ponía cuernos."

"¿Crees que lo haría?"

"En el teatro le pegó a un chico en los testículos con un zapato de tacón tan puntiagudo que parecía daga. Cuando pierde los estribos se lanza a golpes contra los actores. Sus golpes son reales. Le encanta patear a los jóvenes en los huevos dentro y fuera de escena."

"¿Es cierto que se da baños de tina con pulpa de aguacate para suavizar la piel?", preguntó José María.

"Y sangre menstrual mezclada con entrañas de gato negro."

"Los poetas malditos de Verlaine eran unos hambreados, vagaban sin comer ni dormir por las calles de París. No los perseguían los burgueses por las cosas que decían, los perseguía su propia hambre", Horacio siguió a Ivonne hasta el retrete.

Cabral puso en el tocadiscos "Sophisticated Lady" de Duke Ellington. Horacio entrecerró un ojo como apuntando a la nada. Alma se quitó un zapato de tacón alto. Ibáñez estaba melancólico pensando en Blanca, su esposa difunta, que murió de leucemia a los diecinueve años, una mujer fenomenal que había perdido y luego encontraba sólo en las sombras.

Lubán observó a Ivonne como viendo en qué parte de su cuerpo podía caer su mano. La invitó a bailar. Si bien ella aceptó, apenas se movió de su lugar, los brazos rígidos y las manos abajadas. Sin sombrero de fieltro, la calvicie relumbraba, la pipa apagada en la boca. Ella se hizo la desentendida. En el centro de la pista, parecía mover con la mano una rueda imaginaria. Llevaba vestido rosa y un moño negro en la cabeza en forma de mariposa. Se tapó los ojos, los dedos a modo de antifaz. Guardó distancia, cuidadosa de que nadie pensase que bailaba con Lubán. Media cara en la penumbra, Alex lo vio todo.

Salazar acomodó los trípodes, extrajo una cámara portátil y se lanzó al ataque, a captar imágenes espontáneas de Nadine bailando, de Bárbara alzándose el vestido, de Janet sentada en las piernas de Ibáñez, de Ivonne con Aliosha en brazos. El fotógrafo vivía en la esquina del ruido: avenida Insurgentes con avenida Chapultepec. Los camiones de carga llenaban de humo su ventana. Los cláxones lo aturdían, los carros embotellados le aventaban su carraspera crónica.

"Si quieres que el momento sea tuyo, atrápalo como a una amante", Salazar se proponía sorprender a las parejas infraganti. Era conocido por sus retratos de escritores jóvenes y por haber tomado desnuda a Alicia. Al mostrarle los negativos, ésta sintió terror de que fuera a chantajearla y le ofreció mil dólares por las fotos. "No lo había pensado, nunca se me ocurrió hacer ese negocio, tal vez en mi próxima vida te daré fotos por dinero." Eso le dijo a Alicia, pero le dio a Alex las copias gratis. Alex las guardó entre las páginas de *El castillo* de Kafka como poemas vivos. Lo que más le impresionó fue una instantánea que Salazar tomó en un burdel de la colonia Roma, justo en el momento en que dos viejas goyescas rifaban a una virgen de Guadalajara. Cada billete, mil pesos. El ganador tendría derecho a desflorarla. En la oscuridad estaban los clientes VIP que participaban en el sorteo. El prostíbulo en sombras. En el estrado, la virgen como un trofeo vibrante. Sentadas a una mesa, a la luz de las candelas, las hermanas como personajes de Goya. Sendos vasos de tequila. Ellas, abuelas depravadas.

"Necesito hablarte a solas", en la fiesta una pálida Alicia se plantó delante de Alex. Visiblemente nerviosa, los cacahuates que cogía de un plato se le resbalaban entre los dedos, se le caían al suelo.

"¿Quieres algo?", él le ofreció una copa de vino.

"Quiero contarte una cosa", Alicia cogió su mano. "Estoy enferma. Me hicieron un hemograma y me encontraron un cáncer de glóbulos blancos. Tengo leucemia. Me voy a Puerto Rico a morir."

"¿Con tu madre?"

"Con cualquier sombra, menos con ella."

"Podrías buscarla."

"¿Qué crees? Durante una pelea, ella me gritó que yo nací por error, que se rompió el condón y eso arruinó su vida, comenzando con unas vacaciones en España. El percance le quitó libertad social. Desde entonces me sentí malquerida. Ella no dejaba de repetir que no hay nadie más viejo en el mundo que un bebé que ha renacido desdichado."

"¿Qué puedo hacer por ti?"

"Ven al velorio." Alicia desapareció al fondo del salón. Alex, impactado, quiso seguirla. Pero se había ido.

"¿Hay alguien aquí?" Howard vino a tocar a la puerta. Treintañero. Descolorido, como alguien que pasa el día encerrado y solamente sale de noche. Por los ojos inyectados parecía no haber dormido en semanas. Por la ropa arrugada, acostarse vestido.

"¿Qué has hecho?", preguntó Alex.

"Paso las tardes viendo la puesta de sol después de tomar peyote. Todavía estoy impactado por las palabras del Génesis cuando Dios dijo: 'Hágase la luz'."

"La luz ve, tiene ojos disueltos en el espacio", aseguró Alex.

"Vengo a quejarme del ruido que están haciendo ustedes. Lucille tomó opio y no siente la mitad del cuerpo. Se quedó clavada viendo una manzana partida en gajos, dice que son los labios abiertos de la oscuridad. El espacio se ha profundizado en su cuerpo, aunque el zumo de la enredadera la mantiene alerta. Está soñolienta, la sustancia amarga la hace vibrar por dentro, todos los ruidos, todas las voces de afuera se le vuelven interiores, es como si una sonoridad interna se adueñara de sus sentidos. Luces, colores, templos mayas, pirámides aztecas se le vuelven abismos espontáneos, horizontes y distancias se vaporizan, y sobre un sol de cobre corren lluvias violetas... En ese paisaje, en esas alucinaciones ella aparece perdida."

"Despiértala."

"No puedo, estoy ocupado oyendo lo que dicen los muertos, *what the dead men say*."

"Quédate a la juerga", dijo Alex.

"Gracias, es suficiente oír desde mi depa las voces de los invitados como a un monstruo de mil cabezas. Aquí espero a que bajen el volumen."

"Entra a tomar un trago."

"Datura, éter, opio, coca, mota, belladona y peyote no se llevan. Paso la noche en un estado en que se mezclan visiones y alucinaciones. Con eso tengo."

"¿Cómo van las visiones?"

"La última me la provocó un alacrán que me picó en el pie cuando estaba en un petate viendo a Huitzilopochtli comerse su propio corazón."

"Ya bajaron el volumen."

"Creo que cuando me vaya un mambo retumbará en las paredes." Resignado, Howard se fue.

En el patio cubierto de hiedra estaba la madre de Nacho en una silla. Masticaba dientes. Alex la había visto antes con su perro Chihuahua en los brazos. Como la madre de Archibaldo, ella había crecido rodeada de perros y peones en los campos algodoneros de Torreón. Debía tener ochenta años, pero parecía sin edad. Igual que su hijo tomaba siestas vespertinas y despertaba a medianoche. Y como él, creía que el mundo le había fallado. Entretanto, Nacho, tomando LSD y pastillas cuyo nombre no revelaba, se sentía ahogarse en el vientre materno, el locus o epicentro de su pesadilla existencial.

"¿Por qué me molestas cuando me hallo en insomnio profundo?", reclamó a su hijo.

"Quería decirte…"

"Dímelo más tarde."

"Si no aguanto me daré un tiro en la boca. Mi cabeza es como un Alka-Seltzer que se disuelve en la oscuridad."

"Hola", Alma saludó a Alex desde la puerta. Sus brazos amoratados, sus muslos quemados con cigarrillos negros como dientes de ajo eran indicios de una mala relación.

"¿Qué te pasa?"

"Salí con Rogelio."

"¿Por qué sales con ese pintor si te golpea?", la increpó Bárbara.

"Por necesidad y comodidad. Cuando me necesita manda un coche a recogerme."

"Desquita sus cortesías."

"Pagándome."

"Pegándote."

"Cuando está inspirado es muy tierno. Le gusta vestirme como una niña que va a hacer su primera comunión."

"¿Con sangre y semen?"

"Me acuesta en una cama que sube y baja, me echa chorros de pintura para colorear mis carnes. Hay que corregir el cuerpo, dice. Es muy surrealista."

"¿Por surrealismo te aventó la otra noche un pollo sin cabeza cuando estabas en la ducha?"

"Abrió de repente la cortina y me aventó al pecho el pollo que íbamos a cocinar."

"Te va a matar un día."

"Ni modo."

Sonó el teléfono.

"Es una llamada perdida", dijo Nacho.

"Pásame la llamada. Es para mí. Los extraterrestres se comunican conmigo desde el espacio", Sergio le arrebató el aparato.

"No hay llamadas impunes", dijo Alex.

Se oyó un trueno. Se fue la luz. Cuando volvió, Mariluisa en bata blanca cruzaba el salón. Había tomado un baño y tenía el pelo mojado. Se sentó en un taburete. Comenzó a peinarse. Estiró las puntas hacia arriba. Desde un rincón Lubán la vio ponerse las medias, acariciar sus piernas.

"¿Vas a salir?", preguntó Cabral.

"Sí." Mariluisa no apartaba los ojos de sí misma.

"¿A esta hora?"

"Sí."

"¿Motivo?"

"Trabajo."

"¿En la madrugada?"

"Sí."

"¿Te llamo un taxi?"

"Vienen por mí."

"¿Quién?"

"Es un secreto profesional."

"Nadie diga nada." Toni, ebrio, pateó el teléfono como si el aparato estuviese vivo. "De ahora en adelante no recibo llamadas."

"No te muevas, quédate donde estás." Salazar accionó su cámara. "Te haré estudios de carácter: uno de frente, otro de perfil, uno huyendo de Pilar, otro huyendo de ti mismo, de la fiesta."

"Tengo ganas de madrear a todo el mundo, incluso a ti."

"La desolación distorsiona tu cara, tu expresión es buena para las fotos dramáticas."

"Ya no retrates a mi hermano, está babeando", vino a decirle José María.

"Me gusta hacerle fotos a la gente cuando está deprimida, cuando tiene hambre, cuando le han tumbado los dientes de un trancazo, cuando está agonizando, cuando muestra su verdadera cara. Cargo mi cámara como a una pistola y le disparo a mi objetivo. Dondequiera me topo con la muerte trabajando."

Pilar apareció en el grupo. Sacó de una caja de zapatos un pájaro muerto. Nadie preguntó dónde había estado, ni siquiera Toni. Ella, visiblemente cansada, lo desafío con los ojos. Un cigarrillo se consumía en la mano de Toni, como si él mismo quisiera convertirse en ceniza. Y bebiendo tequilas y mezcales se resistía a colapsarse para seguirla viendo.

Algunos se despedían en la puerta. Toni se cruzó con Mariliusa en la escalera. Alex lo vio del otro lado de la acera mirando a la ventana. El teléfono sonó.

"¿Contesto?", preguntó Ivonne.

"Deja que suene."

"Allí donde estaba el cuervo hay un silencio negro", dijo Horacio.

"¿Qué quieres decir?", preguntó Alex.

"Al ave más fúnebre del mundo la mató un policía ocioso."

"Basta", Ivonne se levantó del sofá donde Ibáñez trataba de apartarle la mochila de la espalda para desabotonarle la blusa y soltarle el sostén.

"¡Apártate, pinche perro!" Ibáñez pateó al *poodle*.

Ivonne miró con ojos perrunos a su perro. Su mascota había orinado en el tapete.

Con los invitados enfrente, Alex sentía una enorme distancia anímica entre él y ellos. Casi tan inconmensurable como la que existía entre la Tierra y la Luna. No importaba que él los mirara, que les hablara, pájaros del momento, juntos se dirigían hacia puntos existenciales distintos cada vez más lejos uno de otro. Entrecerró los ojos, se figuró ser un saguaro con los brazos abiertos. Sentía su tronco como un reloj de arena saeteado por rayos verdes. Ciego, pero vidente.

De pronto, Cabral golpeó con una barra metálica el espejo de pared de la sala en el que Mariluisa estaba mirándose. Su rostro cayó en el sofá en múltiples pedazos. Sus ojos estrellados.

"Cuidado con el gato, no dejen la puerta abierta", Nacho estorbó la fuga del felino con el pie y se sentó solo a una mesa larga con cara más de melancólico que de crudo. Llamó a su cocinera con la mano, le dijo: "Juana prepara chilaquiles y frijoles refritos para los que quieran quedarse a desayunar".

"¿Adónde vas?", Alex le preguntó a Alma.

"Aquí cerca, a la casa de un amigo."

Sonaba en el tocadiscos el bolero "Bésame mucho". Amanecía. Horacio, ebrio, se fue a la calle de Niza a buscar un taxi, pero como a esa hora no había coches emprendió a pie el largo camino hacia Coyoacán. José María y Bárbara se fueron por la calle de Hamburgo; ella recargando la cabeza en su hombro; él, guardando silencio. Toni y Pilar se marcharon juntos. Ella unos pasos adelante con un zapato en la mano. Él atrás, fumando, la camisa de fuera. Iban como si no se conocieran, como ya separados uno de otro. Cuando Alex descendía la escalera alcanzó a oír el grito de Cabral desde lo alto de la escalera: "Salúdenme al amanecer".

Pelea de tigres

"¿Quieres café con leche?" La muchacha le habló de espaldas. Su cara oculta. Su nuca visible.

"No", respondió él a la espalda desnuda.

"Dormiste como piedra, pensé que te habías muerto."

"Tuve una pesadilla." Alex vio el mediodía por los vidrios rotos como si las arañas los hubieran tejido. No recordaba cómo había llegado a ese cuarto. Quizá la había contratado en el parque y ella estaba esperando que despertara para cobrarle. No tenía memoria de haberle hecho el amor. Ni sabía cómo se llamaba. "Al salir de una fiesta te contraté. Cero recuerdos." Darle esa información era una concesión.

"Soy Delia, vendo mi cuerpo."

"Lo sé." Su cuerpo era tan poco voluptuoso que parecía un animal privado de sexualidad.

"Pa' cuando se ofrezca", su mirada parecía producto de una efervescencia reprimida, resentida.

"Gracias." Los ojos de Alex examinaron sus facciones en busca de algún atractivo físico. Pasaron sobre sus hombros cuadrados. Él descubrió un chipote en la frente, una mancha negra debajo de la oreja. No era lunar, era una cicatriz.

Ella revisó el techo como buscando la luna en un espacio de concreto. Corrió la cortina. Sus piernas temblaron al pararse sobre la silla. La mujer se le quedó mirando con cara de desnutrida. Sus senos eran tan pequeños que podían caber en una mano. El intercambio con ella en la calle había sido una negociación de borracho. Despierto en su cuarto no sabía cómo librarse de ella. Pensó pagarle por nada y buscó unos billetes en sus bolsillos. Es lo que recordaba ahora.

"Si quieres desayunamos y hacemos algo", ella sugirió apaciguada, y aprovechó el reflejo de la lámpara de mesa para pintarse la boca delante del espejo. Cubrió su desnudez con el vestido blanco de su boda. Adornó su pecho con un collar de perlas falsas. Calzó sus pies con unas sandalias orientales compradas en Tepito. Aún traían la etiqueta del precio atada a las correas.

"No, gracias." Él vio su propio rostro fosforecer en el mismo espejo en que se había mirado ella. Vio el lecho con la colcha corriente como una tumba en la que no quería yacer. "Qué tal si muero durante un coito sin alegría con una mujer que no es mi tipo", pensó con horror cómo librarse de la situación. No quería desilusionarla, pero tampoco estar con ella.

Del parque llegaron voces. Por la ventana vio a un hombre corpulento, vulgar, descerebrado esperando en la calle.

"Debo irme." Él quiso salir corriendo. Puso los pesos que llevaba consigo sobre la mesa. "Espero que baste."

Ella lo miró desilusionada. El parque parecía un abismo radiante. Los follajes cargados de gotas de luz. "Si morí ayer, no lo sentí, y si volví a la vida, no lo he notado. El temor a la muerte no es grave, es una enfermedad que se padece con los años, es tan cotidiano el miedo como ponerse los zapatos y salir a la calle.

"¿Por qué tienes ese reloj en la pared si está descompuesto?" Él miró la puerta desvencijada del ropero y la foto pornográfica de un niño con las nalgas desnudas pegada al espejo.

"Es de adorno", la mujer aplastó la colilla. "La foto anima a los clientes, el niño es mi hijo, hace la calle."

Cuando Alex salió a la plaza de Río de Janeiro, por el pasto supo que había llovido. Y por su cuerpo quebrado, que había dormido en mala posición. El silencio invadía las otras calles. Parado en un sendero, reparó en las ventanas cerradas de la Casa de la Bruja. No había gente en la calle de Orizaba. En el parque Roma se llevaba a cabo una pelea de tigres. Hombres disfrazados de felinos danzaban, observados por una quinceañera con uniforme escolar paseando a una perra Chihuahua. Sus ropas olían a tíner.

El duelo-danza de los hombres con trajes amarillos rayados como tigres se daba cerca de una fuente que tenía de adorno una réplica del *David* de Miguel Ángel. La presencia de los tigres era anómala en ese lugar. El duelo ritual parecía suceder en el pasado, en un espacio ritual imaginario y fuera del tiempo. Entre las sombras del parque las figuras ágiles de los luchadores enmascarados parecían remotas, como si sucedieran en un universo paralelo o hubieran sucedido ya en un sueño.

Intrigado, Alex no podía creer lo que estaba viendo: hombres desgarrándose las ropas, golpeándose, abrazándose. Pertenecían a las cuadrillas de hombres-tigres llegados la víspera de Zitlala, Guerrero. Cada grupo encabezado por un capitán distribuido en diferentes sitios de la ciudad para recrear el mito simultáneamente. Los combatientes llevaban trajes con ojos nocturnos representando estrellas. Firmamento simbólico propio del jaguar, que aprovecha la noche para sorprender a su presa. Alex descubrió que los hombres disfrazados de felinos tenían en la espalda una cavidad para colocar el corazón de los vencidos. Señal de que podían estar vinculados a prácticas de sacrificio humano. Y que en los rostros los vidrios plateados como ojos móviles obedecían a los forcejeos de la lucha. Juego de espejos que se activaba por los rayos de sol y por el contacto con los explosivos bajo tierra que estallaban al ser pisados.

Mientras la lucha se desarrollaba, un tigre verde y un tigre amarillo llegaron a un lugar cercano a la fuente donde alguien personificando al dios Tláloc había colocado cajones con hormigas. Cogieron puñados de maíz y se fueron corriendo. El dios Tláloc los persiguió. Los hizo caer, rodar por las aceras hasta que soltaron las semillas robadas. Los tigres se culparon uno a otro por el robo. Forcejearon. Se dieron de puñetazos en el pecho y debajo de la máscara. Hasta que el hombre con traje amarillo, que encarnaba al Corazón del Monte, dio al del traje verde un zarpazo y lo echó en la fuente. Procedió a matarlo, como en la recreación ritual del mito de los gigantes, habitantes primeros de la Tierra.

Consumado el duelo, los hombres, ocultos debajo de los trajes de felino y de las máscaras de piel de vaca, se dieron la espalda y corrieron hacia direcciones opuestas. El perdedor, con una pierna amputada, la tetilla lastimada y la máscara perforada colgando de un brazo, se fue sangrando. El triunfador, con los pedazos de cuero arrancados al traje del contrincante, llevaba en una mano el espejo humeante de Tezcatlipoca, por el cual, a través de un agujero, se podía ver la cara calavérica, el futuro del hombre.

De regreso a la calle de Orizaba, Alex intentó entrar en el primer café que halló abierto, pero una pareja que bebía una cerveza en una mesa de la terraza lo miró feo por andar semidesnudo, y se metió al segundo café, que estaba vacío.

El salto de la muerte

Horacio no era aficionado a la charrería, pero al abordar el autobús que hacía la ruta de Insurgentes Sur hacia Insurgentes Norte sintió que daba el salto de la muerte, pues cada frenazo del transporte público era como el reparo de una yegua con ruedas. Agarrado de las crines de la puerta, el joven bardo no sólo tenía que aguantar los reparos del autobús en los baches y las alcantarillas abiertas de las calles, sino sus vueltas frecuentes, violentas y desaforadas. El tiempo de duración de una distancia a otra, a velocidad normal, por el tráfico podía durar horas, pero en ese transporte público que no se paraba en las esquinas, se pasaba los altos y rebasaba carcachas y camiones, él llegó a sentir que el recorrido podía reducirse a minutos. En el deporte de la charrería, al que no era aficionado, las siete suertes de su arte estaban más cerca de las siete muertes que de la destreza. Lo peor no era que el conductor de la unidad no se fijara en las angustias de los pasajeros, sino que ignorara al jinete viajando casi en el aire. Como Horacio lo abordó de un brinco, con ambas manos se aferraba a la puerta abierta como si fuesen crines metálicas. Su portafolio negro cargado de libros colgaba de su flaco pero correoso antebrazo. Eso no significaba que quisiera dejar en el trayecto la vida, sobre todo porque a partir de Parque Hundido el transporte jugaba a las carreras con una camioneta blanca repartidora de quesos. En franca competencia, rebasaban coches, camiones y evadían puestos de fritangas, ignorando bicicletas, patinetas y empleados que les salían al paso. El mismo Horacio, colgado de las crines metálicas, un pie adentro y otro afuera, más bien suspendido del aire, daba la impresión de ir haciendo el paso de la muerte.

Hasta que un obstáculo externo le recordó la vulnerabilidad de su cuerpo y lo frágil de la vida. Mas la falta de respeto de algunos pasajeros, como el carnicero, quien, cuchillo al cinto, se quería bajar en Parque Hundido, y agresivo le dijo: "Ya quítate de la puerta, tarugo". Y: "Déjame pasar, tasajo". Horacio, buen católico laico, y creyente en la Trinidad, aunque descreía de los partidos políticos, PAN, PRI y Comunista, se encomendó a la Virgen de Guadalupe, reina de México, prometiéndole una manda de rodillas a la Villa. Su preocupación inmediata era sujetarse los pantalones que llevaba mal fajados y atarse las agujetas de los zapatos, y prepararse para desmontarse de la yegua en cuatro ruedas. Así que, aprovechándose de la parada obligada por el semáforo, intentó dar el salto de la muerte. Mas el chofer se pasó la luz roja. Eso sí, aminoró la velocidad por el obstáculo imprevisto de una ambulancia atravesada en la calle. No obstante, él aprovechó el titubeo del conductor para apearse, dio el brinco del camión en movimiento hacia la dudosa acera. Cayó mal parado entre un puesto de frutas, un árbol y una señora que pasaba. Recobrado el equilibrio, alcanzó a ver desde la banqueta cómo se alejaba la yegua blanca a toda velocidad hacia Insurgentes Norte. Hasta que, frenando de golpe, se echó en reversa, redireccionó su ruta y se fue en sentido contrario hacia Insurgentes Sur, olvidándose de que su destino era Insurgentes Norte. Entonces Horacio, aunque llevaba las orejas voladas y casi no podía oír claramente, escuchó a los otros pasajeros aplaudir su hazaña.

Ya noche, hizo acto de presencia en el Tirol. Estaba tan urgido de hablar que desde la puerta buscó interlocutor. Tenía los ojos morados por la golpiza que le habían dado su padre Ovidio y su hermano Catulo después de su regreso de la fiesta. "Me estaban esperando detrás de la puerta. El más feroz fue Catulo. Con un gorro con una pluma parecía payaso de corral. Me abrazaba con una ira tan apasionada que parecía sucumbir a un amor homosexual. Me apretaba el pescuezo como a un guajolote, mientras mi padre pateaba mi ego como si quisiera aventarlo a un espejo sin azogue. Logré salir a la calle. 'Por qué te pegaron', me preguntó una chica en una fonda. 'Jaque mate', le apunté al corazón con un ojo entrecerrado. 'Uf, estás reloco', me dijo. 'Te amo, le di en la mejilla un beso con sangre.' 'Pasa al baño y límpiate la boca. Cuando vuelvas te pondré un filete en la cara para la inflamación.' 'Cómo sabes que sirve de algo?' 'Porque me sale del alma.' 'Ey, ¿cómo te llamas?' 'Matilde', dijo, y se fue."

Horacio le contó a Alex: "Pocos conocen mi *despertar* en una alberca". Buscando alivio a la agresión familiar a mi regreso de la fiesta, me fui a Ciudad Universitaria. En mi salón de clases no había nadie, los profesores estaban en huelga, los trabajadores en huelga, los estudiantes en huelga y la cafetería cerrada. Sin traje de baño y sin flotadores, me dirigí a la piscina olímpica y me quedé dormido como una lagartija fuera de su hábitat. Al despertar me vi rodeado por las bañistas más lindas de la Facultad de Filosofía. A unos metros, una Venus zapoteca se bronceaba tapando sus piernas con un huipil. Me ignoró. Sentí mi cabeza destellar. En ese momento *desperté*, clavé los ojos en el cielo nublado, decidí quitarme las riendas de la cabeza, decir adiós a la excusa y a la autocompasión, pensar por mí mismo, como si cada momento fuera el último de mi vida. Me pregunté: '¿Quién soy yo? ¿Adónde carajos voy? ¿Qué estoy haciendo aquí?'. Desperté. Cogí un camión al centro, sin dirección precisa. Llegué a las Vizcaínas. Andando por la calle divisé a una chica sentada a una ventana. Entré a la casa por el zaguán. Pasé un corredor con piso de cemento. En un cuartucho se echó en un camastro. Abrió las piernas. Me hundí en un charco de semen. Ella miraba al techo, aburrida. Pagué el asco y me dirigí al Tirol".

"¿Y a ti? ¿Cómo te fue con Toni después de la fiesta?", preguntó Alex a Pilar.

"Cuando llegamos a la casa descubrió una carta que me había enviado René. Cerró la puerta de la recámara con llave. Yo me quitaba la ropa cuando me tiró sobre el tapete. Al principio creí que lo hacía por erotismo, pero lo hacía por venganza. Me apretó el cuello, quise gritar y no pude. Sentía camarones en mi garganta. Vivos, crujientes, en su concha. Sus dedos me privaban de oxígeno. Provocándome un desgarre. Entre más me apretaba el cuello más crustáceos se movían en mi tráquea con antenas, mandíbulas, patas marchadoras, pares de apéndices, y poliáceos aplanados, cilíndricos, duros."

"Conoces bien sus partes."

"Es que hago paella. Lo peor fue que mientras me sentía morir con una espina de pescado atravesada en la garganta, él me recetaba un monólogo de violencia doméstica: 'Te amo, te odio, no puedo vivir sin ti'."

Sudatoria frigidarium caldarium

Bañar se conjuga como amar, decía el letrero a la puerta de los Baños Malinche. Seguía una lista de posibilidades del acto de lavar el cuerpo propio y el ajeno: Baño de asiento. Baño de pies. Baño de oro. Baño de pureza. Venir a hacer del baño entre las patas de los caballos. O entre las matas. Cuando una persona emergía del temazcal era como si hubiera renacido del vientre de la tierra. Allí estaban la mesa de masaje, el gabinete para baños de calor, la sauna con la habitación de aire caliente, la cama de madera para sentarse o acostarse, la mampara, la estufa, las piedras, las ramas de abedul para azotar la piel y las toallas para friccionar.

Sin ropas, como gallina mojada, Carlos Cabral entró en el sudatorio, un pequeño cuarto caliente y seco que hacía sudar a los usuarios. Para no llamar la atención sobre su presencia, había dejado sus vestimentas en una gaveta cerrada. En un taxi destartalado había dado varias vueltas por la colonia Portales hasta que llegó a la vecindad donde estaban los afamados baños. Disimulados como un caserón venido a menos. Semioculto en la plaza, el edificio de ladrillos tenía dos puertas: una, pintada de rojo; otra, de blanco. Por una puerta estrecha del otro lado del sauna se podía acceder a los Baños Moctezuma, clausurados en 1961 por el cuerpo de granaderos, llevándose a la delegación al dueño, a media docena de clientes (artistas, empresarios, funcionarios, políticos y militares para un breve interrogatorio). Lo único que separaba a los dos baños era una bugambilia morada, que, habiendo sobrevivido demoliciones, restauraciones y temblores pendía

292

sobre las rejas enlazando los tejados. Una gata gris, en celo permanente, pasaba de una azotea a otra a través de los barrotes y no era raro verla tomar la siesta echada en un tapete tendido entre un mingitorio y una bañera. En el corral común, atrás de los inmuebles, un perro feral gruñía a los parroquianos que pasaban delante de la alambrada. Para callarlo, un empleado le aventaba huesos.

En los baños de vapor sólo había puertas abiertas. Las dos o tres cerradas eran exclusivas para los clientes VIP, cuyo anonimato era incuestionable, pues el baño de vapor ofrecía retiro de la sociedad, relajamiento y purificación. Anteriormente, con clientela mixta, hombres y mujeres habían usado los baños, pero en los últimos tiempos las mujeres habían sido excluidas, dando preferencia a los hombres. Con el pretexto de que en la *palaestrae* los juegos y los ejercicios del gimnasio, que precedían al baño, eran rudos y hasta violentos, por eso mismo estaban reservados a los varones.

Carlos Cabral, como un cliente sin nombre y sin rostro, atravesó nubes de vapor y se sentó en una banca redonda de piedra negra con un agujero en el centro. Entró luego de incógnita al *caldarium*, una cámara de vapor de gran tamaño, en cuya enorme tina de agua caliente y aire humedecido los clientes tomaban duchas, chapuceaban, se fregaban y salpicaban. Discretamente, el actor, con pasos rápidos, como queriendo ser invisible, ingresó a un cuarto adyacente donde había vasijas rotas de adorno, conchas y piedras negras, herencia de un culto a Tezcatlipoca, el dios del espejo humeante.

Inútilmente Cabral trató de pasar inadvertido, pues todo el mundo lo veía y fue a saludarlo. El personal de servicio lo reconoció de inmediato por su manera de andar y su voz engolada. De todos conocido, sus esfuerzos por permanecer anónimo fueron inútiles. Se sentó en una banca de madera, entre una escultura en piedra del emperador Moctezuma II y un muro decorado con cuchillos-rostro ceremoniales para despellejar y arrancar la mugre. No había que olvidar que la diosa Tlazolteotl pintada sobre el umbral era "comedora de mugre". Los cuchillos-rostro descubiertos en el Templo Mayor parecían demonios de perfil y estaban hechos de obsidiana, concha y turquesa. A sus pies, en una pila de agua bendecida por un sacerdote hermafrodita, se marchitaba una ofrenda y un ramo de girasoles que un alma piadosa había depositado allí como una broma.

Hoy tenemos mejillones, viejones y almejas al vapor con vinagre y chaperón al gusto, anunciaba un letrero en el comedor. *Servicio a sus órdenes por una propina discreta.*

La vaporización pasa de un cuerpo a otro por acción del calor, explicaba otro letrero, decorado con letras estilizadas. Los espejos estaban bañados de sudor y lágrimas. Las salpicaduras de las duchas inundaban los pisos. A través del vapor se veían cuerpos semidesnudos y traseros de diferentes tamaños y formas para todos los paladares.

Cuando Cabral ingresó al *frigidarium* para enfriarse, se topó en los vestidores con Salvador Novo y Charlie Mendoza bebiendo naranjadas. José Emilio había propagado el chiste de que Charlie era hijo de Diego Rivera y Eulalia Guzmán, la antropófaga o antropóloga, que cada año descubría los restos de Cuauhtémoc en diferentes edades: niño, adolescente, joven, anciano, medio quemado por los españoles o por los mismos aztecas. Novo no era el decano de los baños, había otro personaje más decrépito, más canoso, más descarnado, que solía con manos translúcidas sujetarse los pantaloncillos para que no se le cayeran a las rodillas.

"¿Desea quedarse aquí o prefiere un reservado?", el gerente, Pánfilo Ortigoza, preguntó al melancólico doctor Felipe Morones, experto en Marcel Proust. Éste, al encontrarse con él en los vapores, como si pusiera un escudo entre los dos para proteger su intimidad, fue categórico: "Yo no tengo conocencias en Portales".

"¿Prefiere otra compañía?", el gerente le presentó al mozo de servicio.

"Prefiero al que danza la pelea de tigres."

"Ahora mismo lo llamo."

Caminando exilios. Todo sur es lejano

"¿Qué había antes aquí? ¿Pirámides? ¿Canales? ¿Tzompantlis con cabezas humanas secándose al sol?", Luis Buñuel escudriñó la avenida de los Insurgentes que iba de Baja California hasta San Ángel.

"En Parroquia había una fábrica de pintura. Atrás de la calle del Oso hicieron Liverpool... sobre un agujero enorme que podía ser un cráter lunar... Por allí aparecieron un salón de fiestas, un deportivo, una tintorería y la tienda Todo o Nada. Mi amigo Jerónimo me contó que gran parte del transporte en la ciudad se hacía en burro y en trajineras y de noche para evitar el calor", balbuceó Max Aub. Salido del campo de concentración de Vernet d'Ariège, había llegado a México el 30 de mayo de 1940.

"Aún estoy viendo y empiezo a creerlo, aunque me niego a decir 'me acuerdo', que para mí todo pasado es presente y el que no es presente no es digno de memoria." Buñuel era terco y le gustaba llevar la contra aunque estuviera de conformidad con lo que el interlocutor había dicho. "No hay nada recordable en este rumbo, nada, salvo que al final de cada estación del año, los colores se marchitan, las frutas se pudren y el paisaje parece deslavado."

Alex, invitado al paseo, pero poco familiar con el rumbo, había llegado tarde y los había alcanzado en la calle de Parroquia. Buñuel y Aub, medio miopes, no repararon en su impuntualidad; el calor del mediodía los había fatigado subiendo y bajando caminos de tierra y asfalto.

Los tres habían salido de excelente humor para iniciar el viaje por el sur de la ciudad, aunque para ellos, todo sur era lejano. Max oía como en sueños la conversación, todavía preocupado porque en el mercado un comensal bromista le había asegurado que el pozole que se estaba comiendo había sido sazonado con carne humana y los tacos de trompa eran jetas con pelos de anciano. En cambio, el café de olla que consumía de prisa era muy sabroso.

"Esta calle sin nombre, que de pronto se convierte en Juventino Rosas, el compositor del vals 'Sobre las olas', parece pintada por Mondrian, pero no sería inspirada por el movimiento de nieblas y de nubes del Mar del Norte, sino por el clima templado del Valle de México", dijo Alex. "Pero qué imaginación de la naturaleza. Junto a los muros derruidos hay bugambilias, arbustos trepadores con hojas lanceoladas y flores color solferino, naranja, lila y morado como si quisieran ornamentar el cielo."

"Atravesando la bruma del embarcadero, sientes que un río de sombras bosteza", Buñuel, andando con ellos junto a arroyos tan lentos que parecían inmóviles, apenas se fijó en los muros grises de una escuela primaria semejante a un cementerio de pueblo. "Los columpios del patio del recreo con los asientos cortados parecían horcas para colgar niños rebeldes."

"El problema es que en el horizonte no hay embarcadero, no hay bruma, no hay sombras, pasamos por aquí pensando en otra parte", Max miraba detrás de gruesas gafas a sus compañeros de caminata. Sus ojos cansados por el insomnio no correspondían a su sonrisa forzada.

Buñuel recobró el aliento. "El tiempo, al que yo pensaba engañar, ya me torció el pescuezo."

"¿Qué escribe?", Alex preguntó a Max Aub.

"Un relato autobiográfico titulado 'El póker funerario'."

"¿De qué trata?"

"De mis peñas de póker semanales que tuve que abandonar por un *coup* burocrático. Todos los sábados mi esposa y yo invitábamos a los amigos de la Universidad a jugar y cenar jamón serrano, chorizos y paella a la valenciana. Nuestras sesiones eran muy populares y nos faltaban asientos para acomodar a los convidados. Hasta el día en que el rector de la casa de estudios me despidió. Y el próximo sábado las horas pasaron y nadie llegó a mi domicilio de Euclides. Todos se habían ido a un coctel que ofrecía el nuevo director de Difusión Cultural. Y el único que había llegado temprano fue un profesor que al enterarse del otro evento social discretamente dijo que iba al baño y se esfumó."

"Qué desaire. Si me hubieran invitado hubiera ido yo", dijo Alex.

"Tú no juegas póker. Sin comentarios, cambiemos la tocata", Buñuel observó el paisaje y en el paisaje a un zopilote sobrevolar el valle de México a contracorriente y contra el sol. "La respuesta a la situación acaba de pasar."

"Creo que no es mancha, es grasa de carro la que viene de ese cementerio de automóviles", afirmó Alex. "Aquí desechan los camiones herrumbrosos, las carrozas fúnebres y las osamentas de los Cadillacs y las Cuatlicues. Por eso huele a gasolina, aceite y sangre humana. Son las excreciones de la ciudad desnaturalizada. Al fondo de la vereda está todavía la estación de gasolina que surtía a esas carcachas y choferes."

Buñuel continuó: "La otra noche, no lejos de mi casa en Félix Cuevas, los trabajadores sacaban cascajo y hacían ladrillos laminados para durar más tiempo que los mismos obreros, procreados con fecha de caducidad. Un hoyo parecía un círculo infernal donde ahora es Parque Hundido. Desde aquí se veía el Palacio de la Inquisición, en cuyos corredores aún vagan de noche los sacrificadores del Santo Oficio".

"Se necesitarán siglos para ventilar los calabozos donde torturaban a los prisioneros acusados de herejía religiosa y luego de desviación ideológica." Max se acomodó las gafas. "El viento sopló las cenizas de los quemados y al pie de los edificios sólo quedó papel carbón y tinta roja. Los espectros de los adictos a los autos de fe no mueren, sólo cambian de nombre y de obsesiones."

"¿Veis esos fresnos? Cuando Jeanne y yo llegamos a la cerrada de Félix Cuevas había cuarenta y ahora sólo quedan cuatro, y los que quedan se irán secando o serán tumbados. Eran grandes. Tengo fotografías de ellos", Buñuel se puso la mano de visera y señaló a los árboles.

"¿Qué piensa de Octavio Paz?", preguntó Alex.

"¿De Octavio *Pez*?"

"¿Hace un juego de palabras, don Luis?"

"Hago un juicio crítico. Paz es frío como un pez."

"Y de Borges, ¿qué me dice?"

"Es un pícaro. Todos los ciegos son pícaros."

Dijo Max a Alex: "A Luis le encantan las contradicciones. Hace poco declaró que detestaba a la Unión Americana, pero que amaba Nueva York y nunca viviría en Moscú. Afirmó que es un revolucionario, pero la revolución lo aterroriza, y aunque es un anarquista detesta a los anarquistas".

Alex trató de impresionarlos: "Me contaron que la semana pasada se encontró el cadáver de una sirvienta flotando en el agua. Los vecinos dijeron que bailaba en el Dragón Verde y que había sido reina de los juegos florales de Xochimilco y que luego de un paseo en un carro alegórico en el templete donde la coronaron la violaron".

"Por la calle María, donde entra una línea de camiones foráneos, circula la leyenda de un asesino serial de diputados, que empezó desollando perros, gatos y vendedoras de pozole. Donde ahora es la colonia Álamo había un pozo, en el que Goyo Cárdenas venía a echar a las mujeres que mataba en el Centro Histórico, hasta que una anciana lo vio arrastrando a una por la calle de Carmen y avisó a la policía. El asesino dejó el cuerpo en el fango y salió huyendo."

"Hablando de cadáveres, quiero hacerles una recomendación", Buñuel se detuvo de pronto. "Si me voy primero y os presentáis en mi servicio fúnebre, no quiero funcionarios ni intelectuales que vengan a echar discursos sobre mi cadáver y digan: 'Buñuel era un buen viejo. Buñuel era muy inteligente. Buñuel tenía un gran sentido del humor. Buñuel por aquí, Buñuel por allá'. No es necesario hacer comentarios. Me desconectan el aparato de sordo y no perturben mi silencio, porque no puedo refutarlos. Y otra cosa, cuando me lleve la carroza al crematorio vengan sólo mi esposa y mis hijos. Ah, pero si antes estoy en un hospital, no acepto visitas: ya es bastante humillante estar enfermo para que todavía vengan los amigos a verlo a uno miserable."

"Al amanecer entraban a la ciudad embarcaciones cargadas de flores, verduras, pescados y aves para surtir los mercados." Max Aub se acomodó las gafas redondas (las prefería a las cuadradas, que hacían parecer su cara ajedrezada). "Todavía no puedo ver sin que me estremezca los arreglos de cempoalxóchitl, pensando que son por mí. Las antiguas ofrendas a los muertos me paran de punta los escasos pelos que me quedan en la cabeza."

Buñuel ignoró la interrupción, continuó: "Tengo preparado mi menú *post mortem*: martini seco, gotas de vermú, preferentemente Noilly Prat. El hielo, muy duro, que no suelte agua. Ginebra y Cinzano dulce. Más ginebra que otro ingrediente. Bebida de surrealistas: cerveza, Picon y granadina. Y los amigos presentes en la funeraria callada la boca".

"Tres deidades aztecas, Xochipilli, Xochiquetzal y Macuilxóchitl estaban relacionadas con las flores. Se dice que Quetzalcóatl reemplazó las ofrendas de carne humana por flores y mariposas", recordó Alex.

En compañía de estos dos viejos europeos, Alex trataba de ver el mundo mexicano a través de sus ojos, pero siempre, para ellos y para él, había algo nuevo por aprender, como si viviera en un planeta misterioso.

"La voz de la América Latina desde México presenta a la gran bolerista Matilde Tepito", el jefe de una banda musical de ciegos que llevaba gafas de oreja a oreja como si no tuviera ojos sino espejos fosforescentes, en la plaza parodió un anuncio de la radio xew. Un reflector casero alumbró a la niña con luces parpadeantes que parecían incendiarle la camisa.

Piensa en mí, cuando ames, cuando llores,
ya ves que idolatro tu párvula boca,
que siendo tan niña me enseñó a pecar.

La niña cantaba la canción pederasta de Agustín Lara. Max se echó hacia atrás el pelo como si se mesara un mechón de sombras pegajosas. Graciela Olmos, la Bandida, proveedora de becerras descarriadas a políticos y artistas, tenía en Durango 247 su burdel, amenizado de noche por Los Panchos, Los Tres Ases y por ella misma, compositora del corrido revolucionario "El siete leguas" y el bolero "La enramada". Un sedán rojo se paró en la esquina. El falso ciego tiró al piso sus gafas y se metió en el carro. La Bandida estaba al volante. Vestía camisa blanca y saco negro de hombre.

"Me quieren llevar a la fuerza, y no quiero", gritó Matilde Tepito.

"¿Dónde está el canalla?", Buñuel hizo la finta de sacar un cuchillo de su bastón.

Alex corrió hacia el vehículo. La niña con la cara pegada al vidrio lo miró.

El sedán rojo partió.

El último tranvía

Cada barrio tenía su misterio. Y cada cine su estilo de decrepitud. El cine, metáfora visual del barrio donde había sido construido, era también la imagen material de la decrepitud y la chochez de sus espectadores. En ese paisaje urbano venido a menos, Alex volvió a ver a Nahui Olin, pues durante meses había desaparecido.

Tres botones flojos bailaban en su blusa pasada de moda. El sol, esplendoroso a cualquier hora, se ponía sobre su cara como una yema de huevo estrellada. Sobre los edificios circundantes la luna plateada no era el símbolo del anochecer, sino de todo decaer. Aún no habían dado las siete, cuando ya las calles parecían desoladas. En ese entorno, Alex la vio venir por la avenida Juárez sola en la multitud. Por un efecto visual su cuerpo parecía deslizarse de espejo en espejo. Hasta que se topó con Alex, a quien no reconoció. Mas como la vejez y la desmemoria van juntas, al principio ella lo ignoró.

"Nahui", él la llamó.

Ella siguió caminando: fuera de onda, perdida entre los otros, veinticuatro horas antes o veinticuatro horas después ella siguió pisando la misma soledad, la calle multitudinaria vacía de vida. Ajena también a esa plaza de 1592, en la que hombres y mujeres habían sido quemados con el membrete de herejes por la Insanta Inquisición. No sólo eso, no veía a las jóvenes rurales convertidas en prostitutas, haciendo la calle arrastradas por proxenetas, policías y pobreza. El Palacio de Santo Domingo era una joya arquitectónica de la infamia. No lejos, un cine con luces de colores anunciaba el estreno de *Bella de día* de Luis

Buñuel. En su pórtico, la desgarbada Nahui Olin, parada junto a la compuesta Catherine Deneuve, en su lascivia segura de sí misma, parecía una facha social.

Poco después, seguida por el sonido del caracol de los concheros, entre los falsos aztecas que danzaban en el cruce peatonal de Madero y San Juan de Letrán, ella, sahumada por el copal, se puso a toser. Esa resina que los bailarines usaban para aromar la calle populosa le causaba alergia. Mas como su cuerpo era ignorado, no por transparente, sino por su mal aspecto, ella, como si nada, vendía cartulinas de su persona desnuda, los pelos del pubis retocados con bilé en forma de corazoncito. Nadie le compraba nada, ella transitaba horas enteras con las mismas cartas sin estampillas y sin destinatario en el buzón de sus manos. Nadie recogía su correo.

José María le había contado a Alex que enfrente de su departamento en General Cano había un patio donde cada tarde se podía ver el paseo del tigre de Napoleón, hermano menor de Nahui Olin. Con los pies engarruñados hacía crujir las hojas. Con barba larga y pelo enmarañado, y una piel de tigre (más bien de gato montés) sobre el hombro, daba vueltas y vueltas hasta que se ponía frenético. Napoleón andaba hacia el poniente siguiendo el curso del sol, deteniéndose sólo para consultar la hora en el reloj sin manecillas que llevaba en la muñeca. De repente aparecía Nahui Olin, desnuda, arrastrando una carretilla con gatos ferales, licenciosos, que ella llamaba "los donjuanes del jardín" y "los mariachis de la cuadra".

"Cuando la vi por vez primera, todo estaba como petrificado en el patio de la casa, nada alteraba el ritmo de la tarde, sólo se movían los gatos", dijo José María.

Todo el tiempo en un presente fuera de lugar, Nahui, más semejante a una tránsfuga del sueño que a una persona viva, se encontró a la entrada del Palacio Chino. Ese cine cuya fachada altísima parecía mirar de perfil y cuyo decorado era más parecido a una tienda oriental barata, más a un cascarón que a un palacio.

Si como decía Heinrich Heine "nada nos espanta más que ver nuestra cara en un espejo a la luz de la luna", Nahui se asustó al verse a sí misma en el espejo de pared de la calle. Y no segura de lo que veía, mirándose de nuevo casi gritó al ver su imagen gesticular sin sonido. "¿Por qué debo asustarme de mi rostro si no es otra cosa que un reflejo arrojado a la nada?", se preguntó. Lo que la impresionó más fue que se tomó ella misma como la doble de esa mujer con vestido largo, peluca rubia y tacones altos recargada en un muro a un costado del Cine Bucareli. Objeto de deseo casual, era mirada por los hombres que salían del galerón con mobiliario de época. Pero lo que le agradó realmente fue que en la medianoche helada esa mujer desconocida en paños menores, pistola en mano, esperaba a su padrote para entregarle su cuota de balas.

Deambulando en el Centro Histórico con el pretexto de depositar sus cartas en el buzón de Correos, no se le ocurría poner estampillas ni nombre de receptor, como si los destinatarios fuesen anónimos. Y como si sus pies tuviesen alas lentas, por esas vías públicas, que habían cambiado de nombre y tenían números enredados, andaba ligera, confundiendo árboles y anuncios. El problema mayor es que cruzaba las calles sin fijarse en el tráfico y en Cinco de Mayo, con dos sobres amarillos en las manos, estuvo a punto de ser atropellada por un taxi.

Alex la vio delante del Tirol. Ella sólo deseaba mirarse en el espejo, pero Paola le cerró la puerta. Esa mujer mal vestida y maloliente, de pelo color paja y ojos tan grandes que se le salían de la cara daba mal aspecto y no consumía. Desagradaba a los clientes y en la calle los porteros de los clubes sociales la echaban. Con ese blusón de loca de la Castañeda y esa boca sobrepintada que no le cabía en la cara, parecía esperpento. Pero era todavía deseable. Se contaba que cuando Diego Rivera trabajaba en el Anfiteatro Bolívar, una voz de alerta gritó detrás de los pilares: "¡Atención, Diego, Nahui viene!", y en ese mismo momento como aventada por el viento, una joven semidesnuda apareció en el anfiteatro que servía para los conciertos y las representaciones de los alumnos. Su presencia fue seguida por otra voz de alarma: "¡Corre, Diego, Lupe [su esposa], viene!".

"Espere, Paola, no cierre, que esta mujer con el sol recobra su sombra", bromeó Alex. "Trátela bien, es maga y conjura a Tonatiuh."

"Demasiado tarde", Paola cerró la puerta de vidrio en sus narices. "A esa persona la he visto, parece marciana caída en la Tierra. Unas veces lleva sandalias doradas; otras, sus pies van besando el suelo."

"De un tiempo para acá le ha dado por arrastrar una jaula con un gato dentro", dijo Margarita.

Al amanecer Alex se topó de nuevo con ella. En la calle de Gante tocaba la orquesta de invidentes "Toda una vida". Y como Nahui era la única espectadora atenta, al término de la canción el cantante vino a preguntarle: "¿Puede decirme quién es usted señora?".

"Nahui Olin."

"¿Se acuerda de la noche en que nos besamos en la Alameda?"

"No me acuerdo", ella, arrastrando los pies, se dirigió a la Catedral. Ese edificio de basalto y piedra gris en forma de cruz se hundía al paso de los años. La fachada era una mezcla de estilos de siete generaciones, predominando el jónico, el dórico y el corintio. En el interior había dos pinturas de Murillo, la que colgaba sobre la silla del obispo en el coro y la íntima, la secreta, gema de la catedral, la Virgen de Belén, guardada en la pequeña capilla del Cabildo.

El Monte de Piedad estaba en Cinco de Mayo, pero Nahui no tenía nada que empeñar. Ignorando los comercios tapados con tablas, ella se dirigió a la plaza de los Mercaderes, ahora de los tenderos. El palacio barroco se encontraba en el lugar donde por primera vez Moctezuma había entretenido a Cortés y sería luego el sitio donde a Cuauhtémoc le quemarían los pies.

"¿Estoy soñando?", Alex vio un tranvía parado en la explanada, fuera de ruta. "Tal vez es el de ayer. Gracias a la impuntualidad llega a tiempo un día después."

La lluvia entraba por las ventanas. El cable aéreo era una culebra enrollada. El transporte delante de la Catedral era inexplicable. No era su paradero; en las calles de Tacuba, Donceles y Cinco de Mayo estaban las paradas. Ninguna señal marcaba allí una estación. Su inmovilidad causaba asombro. El tiempo fluía, la lluvia caía y los pichones en torno volaban, pero los pasajeros esperaban en vano que el tranvía interurbano comenzara su recorrido. El circuito programado partiría del Centro a la colonia Condesa.

Alex imaginó a los viajeros adentro con la cara pegada a las ventanas mirando los edificios históricos con sus muros de piedra tezontle. La distancia a recorrer era grande, la capital crecía, el caserío subía a los cerros, se tragaba bosques, arroyos y pueblos, atravesaba áreas rurales y sepultaba ríos. No había límites para su expansión, aunque faltaba el agua.

Alex no entendía por qué el tranvía eléctrico no avanzaba. Todo estaba en su sitio, la cabina del conductor, el indicador de velocidad, el tablero de las agujas eléctricas, la iluminación del cuadro de mando, la señal de cambio de vía, el cancelador de billetes, los asientos individuales y dobles, los espacios para viajar de pie. El silencio en su interior no era normal. Algo extraño pasaba. Tal vez el tranviario había fallecido, tal vez su funcionamiento estaba muerto.

El viejo de la tabaquería, el mozo de hotel, la secretaria camino de la oficina, la colegiala con su mochila y su pelo mojado esperaban bajo la llovizna. Pero el tranvía de la compañía John Stephenson, que producía carros y ómnibus "ligeros, elegantes y duraderos" de tracción eléctrica, permanecía inmóvil. Alex temió que no sólo estaba presenciando el fin de un servicio, sino el fin de una época.

Algo no marchaba. El colector de corriente pudo haberse había caído; la transmisión hidráulica y eléctrica, atrofiarse; la cabeza trasera y la cola delantera, abollarse. Faltaba la placa indicadora de la línea, el estribo estaba ausente y las puertas de entrada y de salida atoradas. A pesar de eso, el gusano articulado de seis ejes, repintado varias veces, era atractivo. Y Nahui Olin, la única pasajera, no tenía prisa.

Por eso no sorprendió a Alex que el conductor abandonara el transporte urbano, que fuera indiferente a la expectación de los pasajeros abajo y a la lluvia que formaba cortinas de ilusión en el aire. Por sus puertas abiertas nadie entraba ni salía.

"Perdone las molestias que esto le ocasiona, hay tráfico adelante", mintió una grabación por radio. No importaba que el aparato hablara solo, que el conductor anduviese en la explanada fumando, inspeccionando los rieles que se cruzaban, se descruzaban y desaparecían debajo de la Catedral.

El operador volvió a la cabina. Hizo unas maniobras. El tranvía avanzó sobre el pavimento gimiendo como un animal herido que lejos de los rieles parecía sofocarse. Nahui Olin, perdida en el pasado, ligera de equipaje, partía hacia el ayer.

"Por favor, tenga su pasaporte al sueño listo en las manos", pidió el conductor. "Los billetes han caducado, los pases están vencidos, sólo interesan los sueños."

"¿Y los que sufrimos de insomnio qué?", reclamó Alex.

"Tendrán que esperar el próximo tranvía", avisó el operador. "A partir de este momento las multitudes serán transportadas en vagonetas, no en vagones A y B. El transporte se dirigirá a destino desconocido, tomará rutas nuevas."

"Ey", Alex llamó a Nahui Olin desde la explanada, pero ella ya se alejaba en el último tranvía.

Café Tacuba

Toreando coches los dos amigos, Alex y Horacio, cruzaron Paseo de la Reforma. Bellezas mercenarias con cabellos fosforescentes paradas junto a postes y árboles los miraron pasar rumbo a San Juan de Letrán y Niño Perdido. Hetairas económicas, ajolotes más que sirenas, les hicieron señas. De edad temprana, pero más viejas que la Luna, se habían raspado el cutis con lejía para parecer menores. Algunas rechonchas y desaliñadas, descoloridas y panzonas, en pantaletas, pantaloncillos o pantalones, no dejaban de salirles al paso. Beldades devaluadas con el pelo teñido, las uñas pulidas y mucho bilé en los labios parecía que tenían la boca desfigurada.

Las chicas que se cruzaron en su camino llevaban pintura fresca en la cara como un rocío vespertino. Apenas alzaban los ojos. Caminaban lento pequeñas distancias. Los tacones gastados por andar calles desiguales con ventanas cerradas. Pegadas a las banquetas, las mesitas redondas de patas flacas daban la impresión de que los árboles vendían fritangas.

Alex y Horacio pronto se apersonaron en el Café Tacuba, que estaba a punto de cerrar.

En el interior, un tablero anunciaba los platos del día. El mesero al que llamaban Chef, servilleta en mano, los condujo a una mesa. Con alguna reluctancia, pues se acercaba la hora de terminar su turno y los otros meseros ya se habían marchado.

"Es lo que nos faltaba, mira", se iban a sentar cuando Alex divisó a Pita Amor. Ojerosa y pintada, la décima musa parecía más una calavera catrina que una beldad de otrora. Semejante a una quimera de *Las tandas del principal* estaba enfundada en un largo vestido rojo, con zapatos y gorro del mismo color. En una silla tenía una bolsa llena de piedras y canicas color agua para arrojar a discreción.

La mano anillada de la poetisa se aferraba al brazo izquierdo de un joven formal, por sus modales recién llegado de la provincia. El pelo envaselinado, vestido para la ocasión con un traje Robert's gris rata, camisa a rayas con mancuernillas plateadas, corbata italiana comprada en Sanborns y zapatos Canadá recién lustrados por un limpiabotas en la Alameda, tendría poco más de veinte años. La maleta de viaje junto a su silla contenía las décimas completas de la poetisa adquiridas en la Librería Zaplana de San Juan de Letrán. Acababa de llegar en taxi de la Terminal de Autobuses de Observatorio.

"Considero que desde la Décima Musa, Sor Juana Inés de la Cruz, la monja nacida en Nepantla, perteneciente a la Orden de San Jerónimo, muerta en 1695, no ha habido en castellano otra poeta como usted, señora."

"Quítame lo de señora." Ella, clavándole en un brazo las uñas largas pintadas de rojo, lo impelió a callarse. "Me siento mal, me agobia un dolor espantoso como de angina de pecho. Quiero marcharme."

El joven revisó la carta, que ofrecía especialidades de la cocina mexicana: mole poblano, enchiladas rojas, chiles en nogada, huachinango a la veracruzana, tamales oaxaqueños y arroz con leche. Cuando acabó de explorar la lista de antojitos, levantó la mano para llamar a Chef, quien parecía dormir de pie.

Pita, mirando al techo, al piso, a la pared y a la puerta, como si allí estuviera el mesero, declaró "No quiero nada".

El joven hacía preguntas. Ella, parca en respuestas, apenas movía los labios mientras sus ojos recorrían las mesas con manteles blancos. Hasta que sonó un bofetón seco propinado por Pita en su mejilla. Pero eso no fue todo, Alex y Horacio vieron los chilaquiles verdes arrojados a sus pantalones.

El joven abochornado no sabía dónde meterse. Si salir huyendo o desaparecer. Pita, con aspavientos de gallina culeca alternaba los insultos a su puta madre con patadas en las espinillas al pobre diablo. Hasta que llegó el postre y se lo aventó a la cara acompañado por una taza de café ardiente.

El Chef, con un plato de sopa de tortilla en la mano, no se decidía donde depositarlo, si devolverlo a la cocina o entregárselo a la poetisa como arma de fuego.

"Tu risa de imbécil me impresiona, tu cara de cretino me saca de quicio. Tus pretensiones de intelectual son cómicas; tus galanteos, una grosería; tu lirismo, un asco, y tus perfumes huelen a carroña", lo insultó ella.

"Si se siente mal, maestra, estoy a sus órdenes para llevarla a un hospital cercano", balbuceó el joven y, enseguida, llamando con la mano al mesero, se ofreció a comprarle una botella de champán en la vinatería del rumbo, abierta a esas horas. Se había percatado de ello al venir por la calle de Madero. "O si prefiere, me ofrezco a acompañarla a su distinguida alcoba. De otra manera, puedo pedirle a mi sirvienta Tomasa, buena para friccionar, que se venga de volada a darle un masaje."

"¿Qué insinúas, cretino?" Pita se pasó la mano por el muslo como si le doliera. "Me duele por haber montado a caballo en San José Purúa, pues adoro los manantiales."

"¿Puedo friccionarle la pierna con alcohol?"

Sonó el teléfono. Un turista quería reservar una mesa para la semana próxima.

"Llame mañana", el dueño colgó.

"Me siento un poco mal, debo ir a casa", balbuceó el joven.

El dueño, en mangas de camisa y corbata desanudada, jugaba dominó con su amigo Pepe en la mesa al fondo, cuando ella le aventó a su admirador la copa de cenizas a los ojos. Loca de ira, Pita no podía contenerse.

Otra loca andaba en la calle sacando y metiendo soles. Por eso, Alex, quien desde otra mesa observó la escena entera, se dijo que prefería el alucine poético de Nahui Olin que las violencias de la musa desaforada.

La casa de su infancia no tenía paredes

De la pavana nació la contradanza y años más tarde, según la historia, nacieron las danzas de salón y el rítmico danzón. Con la presencia del maestro fantasmal Paco Píldora, una banda de músicos ambulantes vestidos con uniformes deslavados tocaba en un prado con instrumentos mellados de latón una versión de "La mulata María Consuelo":

Cómo quebraba el danzón
la curva de tu cintura,
tu seno sin corsetón
como una güira madura.

De caderas trotadoras, ella hablaba de la forma en que "se pegó al danzón desde muy niña [...], en noctámbulos lugares bajo el asedio de mariposillas y bailadores de baja ralea", en sesiones alumbradas por el neón fosforescente.

Las hojas caídas relumbraban a la luz del sol. Esta escena callejera, que amenizaba la tarde dominical de la Alameda, hizo a Alex extrañar su pueblo y el Café Tirol, y todos los personajes que poblaban su existencia urbana se desvanecieron siendo reemplazados por un paisaje más distante, pero más interior; menos excitante, pero más personal, el del cerro Altamirano al pie de Contepec. Por lo cual Alex solía decir que su pueblo era más grande que Londres, París o Nueva York, porque empezaba y terminaba en el cielo.

Alex recordaba dónde estaba la ventana de su casa por la que entraba el sol a su cuarto. Y recordaba la recámara de sus padres donde se ponía el sol. En la oscuridad escuchaba el grito de su madre Josefina, cuando tenía pesadillas por cenar antes de dormir. Pero padre y madre se levantaban temprano y él dormía hasta la hora de la escuela, que estaba en la finca, en la punta de un cerro pequeño. Su padre ya estaba en la tienda bebiendo café con leche en una taza de peltre. Mas desde que él se trasladó a México para estudiar, las visitas de su padre eran tan breves que parecían estar condicionadas por una premura existencial marcada por la conciencia de que el tiempo pasa tan rápido que casi se juntan bienvenidas y despedidas.

Esa tarde, por un dolor de espalda, Alex la pasó acostado en el piso mirando al techo. O sea, consigo mismo. Su paseo más largo fue de una pared a otra, sin llegar a la puerta. El aguacero lo sorprendió mirando por la ventana los ríos de agua bajando por los vidrios. Hasta que las nubes aborregadas dejaron pasar un sol esplendoroso. "La verdadera tormenta sucede dentro de uno mismo, y a veces es seca", creía él.

Cuando su padre Nicias vino a visitarlo, con su indumentaria habitual (chamarra y pantalones caquis), no sólo su pasado, sino su niñez se le vino encima. Porque no sólo su padre se le presentó, sino también el niño aquel que en el mostrador de la tienda desplegaba piezas de ajedrez y soldados de plomo entre rollos de telas. Los kilos de azúcar se vendían en la sección de abarrotes y las clientas campesinas no perturbaban el curso de las batallas. Incluso, ya adolescente, jugaba ajedrez con el cura y el recaudador de impuestos del pueblo, peleando contra ellos una guerra de egos, en la que su estrategia salía ganando. El clérigo era un problema para la curia por su afición al juego, pues venían los parroquianos a pedirle que fuera a darle la extremaunción a su mujer o a su padre moribundos, pero, clavado en el juego, él contestaba: "Al rato voy". Mas ese rato llegaba demasiado tarde: el pariente había muerto.

Antes de que su padre tocara a la puerta, Alex lo había columbrado en la calle de Río Lerma delante de la

314

Farmacia Salud y Belleza, donde vendían piedras adivinatorias y hierbas medicinales. Arrastraba una maleta con ruedas comprada en La Abeja, una peletería que sobrevivió al temblor de 1957. El sol de la tarde volvía casi transparentes sus cabellos blancos. Algo curioso, su padre parecía más joven que la última vez que lo vio, como si el tiempo corriera al revés en su cuerpo.

Sus encuentros sucedían en el espacio, no en el tiempo. Los lugares eran más memorables que los momentos. Como cuando en Toluca él le trajo al hospital dos libros que cambiaron su vida. No por su contenido, sino porque despertaron su amor por la lectura. *El rey cuervo* de los hermanos Grimm y *Sandokán* de Emilio Salgari. Nunca podría agradecerle bastante ese regalo espléndido. Durante los diecinueve días que estuvo en el hospital los leía y los releía, mientras su padre, sentado en una silla durante las noches heladas de Toluca, se llevaba a la boca un pedazo de torta de chorizo comprada en los Portales.

Su saludo fue una sonrisa. Alex en su presencia se sentía otra vez ese niño sensible que veía todo en un estado de poesía. En su cuerpo vulnerado percibía el mundo distante y cercano, lo finito como infinito.

"¿Sigues jugando ajedrez?", preguntó él.

"Juego un poco."

"¿Escribes?"

"Algo."

"Tu madre anda en busca de tesoros, sigue haciendo agujeros en la casa, tiene corazonadas sobre el lugar donde están enterrados, pero siempre se los sacan otros."

"Supe que estuvo enferma."

"La dejé en el hospital, ya está muy mejorada, mañana volvemos al pueblo. ¿Quieres cenar conmigo?"

"Desde luego". Antes de salir a la calle, su padre echó un vistazo a la Virgen en la pared, una Theotokos de ojos almendrados.

Alex se puso el saco recordando a su padre un domingo en la tarde en el Cine Apolo, cuando los chamacos pobres del pueblo se arremolinaban en su tienda esperando que la función comenzara. Entonces decían: "¿Nos deja entrar, señor Nicias? No tenemos dinero, queremos ver *Las minas del rey Salomón*". "Pasen todos", él les abría las puertas del cine y en minutos la sala estaba llena.

"¿Qué le pasa a mamá?" Padre e hijo se fueron caminando por la calle de Río Atoyac, un organillero ciego tocaba "Dios nunca muere", una canción que había oído tal vez en otra vida.

"Un mal resfriado que casi se convirtió en pulmonía, pero ya estamos tranquilos, podemos volver al pueblo."

"Hace mucho no la veo."

"Puedes verla antes de que nos vayamos."

"¿Así de rápido vienes?"

"Dejé la tienda abandonada y cuando tu madre no está todos sus pájaros se mueren."

"¿Cuántos tiene ahora?"

"Como veinte. Jilgueros, cenzontles, canarios."

"Recuerdo que cuando ella salía de viaje recomendaba más a los pájaros que a los hijos."

"Todavía lo hace."

"Recuerdo aquel sábado de enero cuando se me disparó la escopeta en el vientre y con treinta y dos municiones en el intestino me llevaste en brazos a la cama."

"Todavía veo la pila de ladrillos donde tuviste el accidente. Te aventaste a mis brazos y casi me tumbas. Cuando te llevaba en brazos tu cuerpo no pesaba nada. Tuve miedo de que de repente pesaras mucho y no pudiera cargarte, pues la vida es ligera, pero la muerte pesa mucho."

"Un escritor dijo que empleó dos años en describir los primeros dos días de su vida. Yo he pasado décadas historiando el momento de mi accidente y todavía no he acabado."

Caminando llegaron a la Fonda Eréndira, la dueña-mesera-cajera los recibió con su delantal floreado. Tenía las piernas duras de mujer que anda los cerros.

"Hoy tenemos sopa de tortilla, pollo placero y enchiladas rojas. Para beber, agua de limón y café de olla. De postre, gelatina o flan."

"Cualquier cosa, sin moscas", bromeó su padre.

"Aquí todo está limpio, señor", rezongó ella.

Después de ordenar cualquier cosa, siguieron muchos silencios.

"¿Cómo te va con los libros?"

"La poesía sigue siendo para mí una segunda vida, pero el lado económico es un reto."

"Tu madre guardó tus manuscritos en una caja de cartón en el cuarto de triques. Todavía veo la cara de tu hermano Juan cuando descubrió en un cajón del comedor tus primeros escritos. Estaba tan excitado que salió a la calle a contarle a todo el mundo que su hermano era un poeta."

"¿Y tú? ¿Cómo vas?"

"Los negocios van mal. Poco dinero, muchos impuestos. Tal vez para fin de año la situación mejore."

"¿Cómo les fue de viaje?"

"Vinimos en tren. Después de veinte paradas en estaciones sin nadie llegamos contentos, porque cuando el maquinista y el garrotero se bajaban del tren ya no sabías cuánto tiempo ibas a quedarte parado en el llano."

A la fonda llegaron unos músicos invidentes. Se sentaron dando la espalda al espejo de pared. La mesera vino a atenderlos.

"Queremos enchiladas, de esas que hacen llorar", ordenó el ciego de la guitarra.

"El pollo está seco, vámonos." Su padre pareció melancólico, ajeno.

"¿Qué llevas en la maleta?"

"Unas cosas que te mandó tu madre. Me encargó dártelas." De la maleta él sacó una caja de cartón. "Aguacates de la huerta, miel del santuario de las mariposas, longaniza del pueblo. Ah, y unos higos que te escogí yo mismo."

Salieron a la calle.

"Allí me hospedo", su padre señaló un hotel en la calle de Lerma. "Es limpio."

Alex lo acompañó a la entrada.

"Pagará por adelantado", la recepcionista le dio la llave.

"¿Nos volveremos a ver?", preguntó Alex.

"Nos vamos temprano."

"¿Y mi madre?".

"La verás en Contepec."

Su padre se fue por un pasillo mal iluminado. Era un hotel de paso. La última imagen que tuvo del autor de sus días fueron sus pantalones caquis desapareciendo detrás de una puerta. De un tiempo para acá un abismo interior los separaba como una distancia existencial.

Movimientos de espera

Para curarse de la melancolía que le dejó su padre, Alex se dirigió al Tirol. Pero cuando llegó, en el café no había nadie. No porque no hubiese gente, sino porque nadie le importaba. Paola hacía una pizza en la cocina y el olor a pan quemado llegaba a la calle. En la percha colgaba el delantal tirolés, señal de que Margarita se había ido. Las sillas, patas arriba, indicaban que se había lavado el piso. Olía a detergente. Exhausto, como si hubiese atravesado kilómetros de nada, Alex calculó que si llamaba a José María, a su amigo le tomaría quince minutos llegar desde la calle Ámsterdam a la de Hamburgo.

Solo a una mesa estaba el doctor Moreno. Ocioso, miraba su cigarrillo consumirse entre sus dedos. Aburrido de sí mismo, estudiaba estrategias contra Alex. Pero, carente de imaginación, en el ajedrez perdía dentro de sí mismo antes de jugar. No porque no conociera la secuencia de las jugadas, sino porque dudaba al aplicarlas. Él era como una maleta vieja que sale de viaje dejando la imaginación en casa. En todo caso, en el café no había nadie.

"La soledad se pega por contagio, por eso cuando un viejo se junta con otro viejo es doble soledad", pensó Alex al observar al doctor colocar las piezas en un tablero en el que no iba a jugar.

A la puerta del Tirol se paró un hombre pata de palo que llevaba un parche en un ojo. Era un viejo republicano exiliado en México. Alex había visto su foto en un diario durante la protesta de un solo hombre por la muerte a garrotazos de un anarquista en España.

Una pareja que salía del Cine Roble llegó pidiendo una pizza.

"No hay servicio." Paola apagó el horno. "Los inspectores vigilan nuestro horario. Si no cerramos a la una, viene la multa."

La pareja se fue. Cerca de la ventana se sentó el hombre pata de palo. Con cara cadavérica y ojos estrellados miraba abismado su taza de café. Pero como él no era la persona que Alex había venido a buscar, en el café no había nadie.

Cuando Alex se fue por la calle de Génova, una niña en pantalones de mezclilla jugaba a aventar una pelota contra una pared cubierta por una enredadera que parecía una llama verde con sombras enroscadas. La aventaba alto, alto, como si quisiera alcanzar los largos tallos de la planta trepadora. O el balcón oculto en el muro. O la noche misma. Seguramente la planta existía desde antes de que ella naciera. Seguramente la pared de la casa también. Lo mismo la soledad de la niña jugando en la calle.

Al romper el vidrio de la ventana con la pelota ella se fue corriendo.

Juego de sombras

De regreso a la calle de Hamburgo para ver si había llegado José María, Alex se figuró la condición del café en su forma futura. Pensó que la memoria suya en unos años sería parte de los escombros. En el edificio de cuatro pisos del café, que amenazaba ser derrumbado por terremotos, pensó que el tiempo, un vaporizador y vulperizador de sueños, no dejaría huella de la clientela actual ni de él mismo. Su presencia no sería más que un vaho en el vidrio. La ventana por la que ahora se asomaba en unos años se integraría a las ruinas de la calle, entre las cuales tal vez sólo quedarían los árboles. A través de la vidriera, al ver las mesas con las patas arriba, y en la calle las sombras marchitas enjardinadas en el asfalto, pensó que un día serían sólo vestigios del *árbol de la vida*.

La decadencia unánime fomentaba en Alex la impresión de que estaba rodeado de fantasmas de gentes y de cosas. Y como el día en que llegó al café por primera vez, se sintió un extranjero entre las mesas y los clientes. Además de que, en la calle de Hamburgo, creyendo que una rata se movía entre los cascotes vio a Lubán pasar delante de una *sex shop* con su maletín negro. Su cuerpo camuflado con las paredes.

"Vaya, qué disgusto", se dijo Alex al sorprenderlo en su condición fantasmal. Sin querer acercarse a él por miedo a atravesarlo con la mano, dudó de su existencia real. "Tal vez el Espía ruso tiene más el don de la muerte ubicua que el de la ubicuidad física." Alex sintió que Lubán había pasado junto a él varias veces. La última vez con los ojos tapados por una bufanda, como si llevara una víbora en la espalda.

"¿De qué difunto será esa prenda, en esta ciudad donde los hombres llevan chamarra, gabán o andan en mangas de camisa?", Alex se preguntó en voz alta.

"De mi abuelo, era un maniático de las bufandas, los suéteres, las corbatas y los sombreros pasados de moda. Un día se topó con él y le dio lástima, le puso una soga al cuello." Alex oyó la voz espectral de Nacho saliendo de la puerta de su casa. "Quiúbole." Él se llevó los dedos a la cara como si las manos lo miraran.

"¿Dónde has estado?" Alex estaba contento de verlo. "Desapareciste del mapa."

"En mi infancia." La voz de Nacho resonó como si la emitiera otro hombre.

A media calle sus sombras se encontraron.

"¿Qué llevas en el saco?", preguntó Alex.

"Dos carnets de identidad. Uno del que aspiro a ser y otro del que nunca fui." Nacho le mostró dos retratos ovales. "La muerte de mi padre desquició a la familia, se hallaron hijos dondequiera. Su linaje sigue creciendo, un medio hermano reclama apellido y herencia."

"Por lo que dices, murió tu padre."

"Supongo. Sólo sé que soy rico en parientes de último momento. He conocido a dos Nancys, que se presentan con pasaportes británicos. La señora Becerra y el señor Del Toro alegan que son Vallartas. Dichos individuos, hambrientos de dinero, van de Insurgentes Norte a Insurgentes Sur con documentos en la mano adquiridos en el Registro Civil de Arcos de Belén. Qué flojera tanto hermano." En ese momento pasó su madre a unos metros de distancia, pretendiendo no verlo, sus ojos clavados en su reloj de pulsera.

"Voy a comprarte un camión cervecero para llenar tus patas de cerveza". Le aventó al pasar esas palabras.

"Mejor baña a tu amiga Oso Negro", replicó ella sin voltear a verlo. "Es una de esas mujeres que se tiñen el pelo de rubio, pero lo de abajo deja color zapote."

"¿Dónde has andado últimamente?", preguntó Alex.

"En mi sombra. Quiero dar a mi silueta un poco de brillo y más porte, porque está muy gris y anémica." Nacho parecía frágil y plumífero, como si no pesara en el suelo.

"Te veo mal dormido."

"Tomo somníferos, si no, no duermo."

"¿En qué parte de la casa duermes?"

"En el desván, bajo el tejado, entre objetos viejos y retratos desojados. Mi cuarto es una tumba de sombras. Mi memoria es un baúl de escombros. Amarro mis pantalones con agujetas que no aprietan. Llevo la camisa desabotonada como si fuese de un gordo."

"¿En qué te ocupas?"

"Cuento hormigas, las aplastadas y las que anidan en las revistas viejas."

"¿Sobre qué escribes?"

"Sobre mis vejeces, tengo varias. Cuento palabras que se atoran en la garganta. Lobo-tomía. Yo loco, yo mal del coco. Electrochoques, electro-choco. Yo cho-cho."

"¿Vives con alguien?"

"Con mosquitos de alas transparentes, patas largas y un aparato bucal de la chingada que ya lo quisiera Drácula para un día de fiesta. La vampira mayor, enamorada de mí, quiere chuparme los sesos." Nacho miró a Alex de arriba abajo, como si la chupasangre estuviera a su lado. "Vampira llama desde el otro lado de la noche a Nacho exangüe. Cuelga del techo como una sombra. Sombra-sin-nombre-me-espera-en-la-última-puerta. Hay una mesa vacía en el Tirol. ¿Quieres tomar un café?"

"Encantado, pero el café está cerrado."

"Comparemos sombras", sugirió Nacho parado delante de un espejo de calle.

Alex observó las dos sombras entre las sombras de las casas, los coches y los postes. La de Nacho era más alta, flaca y tenebrosa. La suya más pálida y sinuosa, más imagen oscura que proyecta sobre la superficie dura de la calle un cuerpo opaco, indeciso entre un foco de luz y el sol poniente. Viéndola bien, su sombra parecía más etérea.

"Las sombras del mediodía caen de filo en la cabeza y de allí bajan al suelo", dijo Nacho.

"Las sombras de la noche son más emocionales", observó Alex. "Las de la mañana son tiernas como sombras de niño. A veces quisiera recargarme en la pared como una sombra para descansar del mundo, pero no se puede."

Nacho dijo: "Se me hace noche, tengo que irme. Descanso en aquel sombrajo, ese resguardo hecho de ramas, triques, restos de construcción y revistas viejas, que llamaban en latín *umbraculum*. Antes de que te vayas, juguemos una partida de ajedrez".

"Yo también quisiera, pero no puedo por dos razones. Una, que el café está cerrado. Otra, que me encuentro en una situación semejante a aquella en que se halló el joven Filidor cuando le ofrecieron jugar con un músico viejo cuyo oponente estaba ausente... Así yo."

"Nos vemos otro día", Nacho se despidió.

"¿Adónde te diriges?"

"A la Solombra." Nacho se fue caminando por el lado sombreado de la calle, levantando con dificultad los pies. Pasó de largo por la puerta abierta de su casa. La sombra de la cabeza se hacía más pequeña a medida que alcanzaba la esquina. Extrajo una cámara y se retrató a sí mismo con el cuerpo alargado, distorsionado en la acera. En la niebla repentina se detuvo un momento como para observar su sombra desfallecida. Cuando se cruzó con Paola se quitó el tupé levantado con laca sobre la frente como para saludar a una dama.

Delante del café con las puertas encadenadas, Alex se dijo: "Un día el edificio del Tirol será una ruina. Los pisos superiores se juntarán con los cimientos; los fantasmas de los clientes se hablarán a través de los agujeros en las paredes. En vez de voces habrá cortinas grafiteadas, resonarán las voces de putas deslavadas. En vez de árbol habrá jardineras de condones y colillas. La trama de las hormigas, trazada hace mil años, se desarrollará en los resquicios de un tiempo que perteneció a nadie, se desvaneció en su propia nada. Ellas, sombras vivas del ayer perdido, ocuparán los caños, subirán por tus muslos, se meterán en tu boca y en tu ano. Ocupando tu cerebro, invadirán tus sueños. Obedecerán a un solo comando, como un cuerpo múltiple individualizado. Las hormigas habitarán tus ojos".

"¿Qué fue de Horacio?", lo abordó José María en la esquina de Génova y Hamburgo.

"Por lo que sé, cuando terminó su libro de diálogos, que en realidad eran soliloquios a renglón seguido, sin puntos aparte y a doble cara, se dio cuenta de que su hermano Catulo le sustrajo párrafos enteros por obscenos y blasfemos, y cuando fue a reclamarle los halló colgados en el tendedero de la ropa sucia. No sólo eso, su padre Ovidio lo metió a trabajar en una oficina del Seguro Social y, casándolo con su amante quinceañera, le dio de dote a sus hijos gemelos naturales. Un hombre y una hembra que un día encontré en Paseo de la Reforma de la mano de Horacio, quien, vestido de riguroso negro, muy orondo de ser padre, se perdió en la noche."

La Dama Roja

"William S. Burroughs tenía cara calavérica, labios de raya, dientes podridos, dedos amarillos por la nicotina y mirada de basilisco", la descripción que hacía Leonora Carrington del santo patrón de los *beats* le causaba a Alex asombro y zozobra, como si todavía se lo encontrara en la calle de Monterrey, donde él había matado a su mujer Joan Vollmer en 1951, jugando al Guillermo Tell. Mas cuando el Café Tirol y la calle de Hamburgo se quedaron a oscuras por un apagón, antes de que trajeran las velas, Alex pagó los cafés y salió al callejón de sombras, que supuestamente era una calle. En la glorieta de la Palma alcanzó a vislumbrar un anuncio de neón, como si el fulgor de la tarde fuera a amanecer en las ventanas de otra calle.

Un taxi amarillo, con las luces apagadas, se detuvo en la calle de Florencia, esquina con Londres. Una profunda oscuridad reinaba en un terreno baldío esperando construcción. Un zumbido de voces se quedaba atrapado en las puertas de un antro. En la esquina, una faja de neón cortaba las sombras abrazadas de una pareja.

El taxista era el guardaespaldas de la mujer vestida de rojo, cuyo cuerpo parecía una silueta recortada con tijeras. De su cinturón de plástico amarillo colgaba una funda negra con una daga. De su cuello caía una ristra de perlas cultivadas. Sus ojos desdeñaban a los maniquíes con trajes para caballero y zapatos Bally. El aparador estaba alumbrado por un candelabro imitación araña, la penumbra entraba en la vitrina como en un acuario.

A poca distancia, Alex divisó a la mujer de espaldas, mientras ella observaba en el escaparate ropa de moda.

Alex la imaginó tumbada en una playa bronceándose la piel. Inmóvil unos momentos, con su rostro de perfil, pareció captar su presencia y sacando de una bolsa un panqué de pasas comenzó a desmenuzarlo. Cayeron migas al suelo. La tela delgada, casi transparente de su vestido, la hacía parecer casi desnuda. Alex admiró la curva de su espina, sus pechos caídos otrora alzados, el talón del pie sacado del zapato. Su cabello teñido como bañado en ceniza. Como protegiéndola de enemigos invisibles, el taxista vigilaba sus pasos de un escaparate a otro. Hasta que ella, inopinadamente, descubrió los senos delante de la vitrina iluminada para goce de nadie. Sin saber él qué hacer, si correr a cubrirla o ignorar su movimiento.

Tras el cristal, los maniquíes femeninos adornados con joyas falsas parecían vivir en un mundo surreal y desalmado. Las piedras falsas refulgían sobre pechos sin respiración y sin sexualidad, perfectos en su forma exterior, vacíos por dentro. Las alhajas de las modelos ocultaban los precios, ilegibles, pegados a la ropa. A la mujer no le interesaban las ropas caras ni las joyas falsas. De belleza evidente, pero marchita, ella pretendía estar allí ausente. No por indiferencia, sino por un temor pretérito, que ella llevaba como una herida oculta. Detenida en la calle de Niza, pretendiendo indiferencia, para Alex su figura era atractiva. No sensual, muerto el deseo.

Única mujer en la calle, Alex tuvo la tentación de llamarla con un nombre. Pero se contuvo: lo último que ella querría era atraer la atención sobre su persona. Después de las fatigas de la jornada, el domingo en la noche prometía reposo. Hasta que Alex descubrió a la mujer en el taxi. Y cuando ella abajó la ventana, no fue para descender y hablarle, sino para tomar aire.

Indiferente estaba al costo de la espera, pues el taxímetro manipulado marcaba la dejada no por distancia, sino por tiempo; Alex pensó que ésta le iba a costar un ojo de la cara. La lucecita que alumbraba los números en ascenso había sido apagada. El coche tenía placas superpuestas del estado de Morelos. Pero podía haber venido de Tijuana o de Sonora. Del espejo colgaba una medalla con una figura mezcla de Virgen de Guadalupe y de Santa Muerte. En la pared estaba el aviso de la Secretaría de Salud.

No dé la mano al enfermo. Evite el contagio.

Serían las dos de la mañana cuando el taxi avanzó lentamente hacia la glorieta de la Palma. Por un minuto o dos la pasajera se mantuvo en la penumbra observando a Alex, cerciorándose de que no estaba acompañado por gente extraña y si no había policías merodeando.

Alex observó al chofer. Su cara de calavera cubierta con un sombrero de paja parecía un grabado de Posada. Haciéndose el disimulado, vigilaba todo movimiento por el espejo retrovisor.

"Buenas noches. O buenos días." Ella abrió la portezuela.

Él vio asomarse un zapato negro con un tacón tan alto que parecía útil para clavárselo a alguien en la panza. Mostró una pierna enfundada en una media. Una falda apretada. Una chaqueta abierta imitación leopardo. Alex vio sus pechos asomados al escote. Su palidez facial contrastaba con el rojo encendido de su lápiz labial y el rímel que sombreaba sus ojos. Esbelta y evasiva, ansiosa pero reprimida, tenía una belleza otoñal de hojas secas.

"Señora, no se baje, esta calle tiene mala reputación", el chofer, alto y flaco, en realidad era su guardaespaldas. Su brazo empistolado se movía con alucinante velocidad. Con la mano en la cacha de la pistola miró a Alex como a un blanco móvil.

"Entra", ella indicó a Alex el asiento a su lado.

"Lucille, qué sorpresa."

"De un tiempo para acá soy Denisse Ortega. Mi nombre anterior no existe. Me agrada que me reconozcas, la gente me dio la espalda cuando deportaron a Philip."

"Te reconocí por el perfume."

"La policía me huele, me sigue y extorsiona. Cuando tocan a mi puerta temo abrir. Alguien me contó que Philip ha vuelto y se está escondiendo en un departamento en la calle de Tokio. Tiene miedo de ser extorsionado por la policía. En el peor de los casos, que lo arresten. O lo maten. Si llegas a verlo dile que puede encontrarme en Río Hudson, que en un ropero guardo el poema que me escribió antes de que nos separaran."

"No sé si lo encuentre."

"Morí cuando Philip fue deportado. Morí cuando supe que estaba enfermo en San Francisco."

Alex vio como a una desconocida a esa mujer que se quitaba y se ponía las gafas.

"Philip volverá, no sé cuándo… Será la muerte, pero volverá. Es sólo cosa que él cruce una frontera que no existe en el mapa, la del miedo." La mujer indicó al chofer que partiera.

"¿Adónde vas?", Alex alcanzó a preguntarle.

"Adonde no me encuentren."

"Soy un guarura nocturno. Tengo mujer y cuatro hijos. La cuido hasta de su sombra", se jactó el seudotaxista.

"Yo doy las órdenes, no te confundas", precisó ella.

"Señora, le recuerdo que tiene cita mañana temprano en El Gato Rojo." El chofer arrancó.

Comenzó a granizar. El agua golpeaba las ventanas. La noche se cubría de gotas. Alex recordó la voz de Philip en una grabación, la cual escuchó como si saliera de los hielos quebrados del granizo:

Golden light at Tehuantepec
men in shadows
against shadows

and solitudes in green phospher
the yellow stones in the air
Fire

Alex sintió que el cielo se abatía sobre él como sobre una banqueta. Echó un vistazo al carro. Ya en la esquina, Lucille le pareció un pescado en un acuario disparado hacia la oscuridad.

Limón 7

Hay direcciones que no están en el mapa, que en sí mismas son una mancha en la conciencia, las letras que la designan no alcanzan a dimensionar su sordidez. No son necesarias instrucciones para llegar al barrio, su mala reputación converge a ellas, la sola mención de su nombre perturba: Limón 7 es una de ellas.

La imagen de Alma atrapada por barrotes, su persona sujeta por cuerdas y alambres, rostro enrejado, el cancerbero armado del otro lado de la puerta escudriñando al cliente que venía con la chica contratada en la plaza, ese ruedo de terneras humanas.

Entre ellas podía encontrarse Alma, secuestrada la víspera y cuyo rescate se habían propuesto Alex y Horacio. La guardiana de ojos mezquinos ya los había detectado. Calzada con huaraches de llanta de camión de carga, simulaba ocuparse en colgar de una cuerda las pantis estampadas, las tobilleras blancas, las blusas escotadas y los sostenes de copa para senos incipientes.

En los umbrales de Limón 7, Alex escuchó este diálogo entre el Azteka y el Nakoteka.

"¿Qué noticias, güey?" El Nakoteka se ató las agujetas de los tenis blancos.

"Güey, ¿con esa navaja vas a untar moscas en el pan?", rezongó el Azteka.

"Quisiera volarle las pelotas a esos mamones." El Nakoteka midió de arriba abajo a Alex y a Horacio.

"Esa camioneta ha de costar un chingo. Se dirige al Gran Canal con su carga de chamacas."

Horacio se deslizó por debajo de la reja para tomar fotos. Alex atravesó el patio para asomarse a la casa donde estaban las chicas de la trata y donde podría encontrarse Alma.

Seguramente ella lo vio, porque del otro lado de una ventana le indicó con la mano que se fuera, mientras en la calle Alex notó que un vigilante que hacía rondines se le quedó mirando.

"Güeyes, ¿ya vieron al ojete que anda tomando fotos? Denle una madriza." Apareció el comandante Cabrera envuelto en una gabardina negra.

"Lo agarré." La guardiana de ojos mezquinos cogió a Horacio del brazo.

"¿Qué hacemos con el pendejo?" El Azteka destapó con los dientes una Coca-Cola.

"Darle una calentada."

"Ey, cuate, ¿no has visto el letrero de 'Prohibido estacionarse'?", reclamó el Azteka.

"No tengo coche."

"¿No has notado que no se pueden tomar fotografías?"

"Castrados", la mujer de ojos mezquinos empujó a Alex a la calle, la cámara rota entre las manos.

Alma se perfiló en una ventana para ver cómo los echaban. De soslayo miró los vidrios colgando de mastiques secos, las puertas estrechas que llevaban a corredores que se bifurcaban en pasillos con puertas falsas y paredes ciegas que engañaban a las fugitivas.

En la puerta de metal del cuarto de vigilancia, Alex captó a un enano malvado que hacía de portero sentado en una silla de plástico.

Alma se fue por el corredor y se metió en un cuarto sin puerta. Tendida en el camastro miró al techo desde abajo. El sol que se filtraba a través de la cortina de gasa incendió sus párpados. Sintió urgencia de marcharse. Como si su vida entera estuviera envasada al vacío, se sintió paralizada.

A medianoche se levantó para beber agua. Pero más bien quería cerciorarse de quién era el cliente que se limpiaba la garganta en el cuarto vecino. ¿Era el Azteka? ¿El Nakoteka? ¿O el comandante Cabrera, que había dejado su coche último modelo en la acera de enfrente?

La casa dormía. Chanclas, blusas, pantaletas, condones estaban regados por el piso. Tapados los lavabos por cabellos, uñas y mugre. Los fajos de billetes ligados a sus piernas la raspaban. En las muñecas eran visibles las marcas de los cinturones que la inmovilizaban en los servicios especiales.

Los cancerberos nunca dormían. El loro en el patio se mantenía alerta. Con las plumas descoloridas y la cola caída parecía el fantasma de un pájaro. Traído de la selva, durante años no había visto un árbol. Alma lo había adoptado como mascota y lo llamaba Pancho. Le compraba semillas de girasol. "Nako, Narko, Nakoteka", parloteaba.

Alma titubeó cerca de la puerta de salida. El Nakoteka pasó al baño. Sentir odio por esa cosa abyecta a ella le parecía indigno, era como odiar en el cementerio a alguien muerto hace mil años.

Los aguaceros de mayo habían convertido las hierbas del patio en un fangal. Los agujeros en los muros parecían los ojos de las niñas descuartizadas en actos de sadismo. Alma llevaba las manos prontas para enfrentarse al Azteka y al Nakoteka, alacranes que siempre andaban en pareja.

"Pancho", ella, determinada a escapar de Limón 7, se despidió de su mascota.

"Vete, vete", replicó el loro como una voz interna.

Una vez en la calle, Alma, como deshaciendo caminos, atravesó La Merced. Pasó la calle de Manzanares y la Capilla del Señor de la Humildad, una catedral diminuta construida en el siglo XVI que ahora era como una joya en un muladar.

Alma dejó atrás la vecindad, una bodega de granos y a un anciano de mirada rota. Delante del espejo de un baño público, se detuvo. Como si reconociera su estado de ánimo, tocó en el vidrio las facciones de su soledad.

"No volveré a esa casa maldita", se dijo.

Alma

Era tan vasta esa soledad, esa sombra más larga que el cuerpo, que en momentos cuerpo y sombra parecían parte del paisaje. Tan todo y tan nada eran que a veces uno y otra daban la impresión de ser hojas caídas en la arena. Perturbado por el espectáculo de la mujer que entre fluidos y sólidos aparecía y desaparecía en el canal, el niño miraba una y otra vez el cadáver de la mujer tratando de disimular el impacto en su ánimo, pues sentía presenciar algo indebido.

A Alex, viajando en autobús, la vista del entubamiento, que algunos llamaban entumbamiento, de 20 kilómetros de la prolongación hacia el sur del Gran Canal que los ingenieros de la ciudad llamaron canal de Miramontes, le quitaba el aliento. Y, sobre todo, la vista del edificio blanco de las estudiantes uniformadas de blanco de la Escuela Secundaria Diurna 101 Ludwig van Beethoven le parecía una cacofonía mental. Llegado al rumbo en autobús en busca de Alma, Alex tuvo la sensación de lo ya visto: la cabeza de ella flotando en las aguas negras no lejos del arroyo de coches no era una novedad sino un recuerdo.

Tan impresionado estaba Alex, sin saber por qué (su trato con ella en el Tirol había sido parco y circunstancial), que temió estarse volviendo un hombre senil a temprana edad. Esa Alma sólo le era conocida por llegar sola al café y marcharse acompañada. Pero había algo misterioso en su desaparición y muerte que lo desazonaba.

Desde el puente peatonal, Alex se esforzaba más en precisar los rasgos de la occisa que en dilucidar las circunstancias de su deceso. Su impulso no era salvarla (ya estaba muerta), sino la certidumbre de que toda investigación sería inútil. Mujeres de su tipo eran económicas y prescindibles, entraban en el rubro de las Delias Delirantes de la Zona Rosa. ¡Alma!, pudo él haber gritado, queriendo ver su cara, su cuerpo, esa roca en la cabeza.

En el canal de Miramontes, Alex vio sus dedos aferrados a la sombra de una barandilla. Y, al fondo, el azul, el mar incandescente de las nubes. El viento sacudía su ropa mientras miraba pasar abajo del puente el arroyo del ruido. Estaba medio desnuda y sus pechos goteaban agua. No lejos estaba tirada una canasta con limones verdes de Tierra Caliente, de esos que a él le gustaba cortar cuando era niño. El árbol parecía sonoro por el viento. Toma un poco de verde esférico en tus manos, se dijo para animarse.

Un niño jugando en un campo de futbol la encontró. La mujer tendría unos veinte años. Su cuerpo delgado, bien formado pero endeble, estaba tendido a unos metros de una portería: un par de palos plantados en el fango. El niño, delantero del equipo de un solo jugador, pateó el balón lejos del cadáver y cuando fue a observarlo halló el charco de sangre. Un sombrero de fieltro barato estaba a sus pies.

Por el camino de terracería el niño siguió el rastro de las perlas falsas caídas de su cuello. Le sacó el anillo del dedo sin saber por qué. A unos pasos halló la piedra usada para quebrarle la cabeza.

Pasó un pepenador y el niño fue a decirle que en el campo deportivo estaba una mujer muerta. Juntos vieron su rostro desfigurado por los golpes que el agresor le había propinado. Presentaba rasguños en el pecho y la cara, su blusa blanca y su pantalón negro estaban rasgados. Desnuda de la cintura para abajo, se notaba que había sido agredida sexualmente. Tenía sólo un zapato. Los ojos acuosos, la mirada muerta. No podía apartar la vista de ellos, como hipnotizado.

El pepenador acompañó al niño hasta donde estaba el cuerpo. Observó los golpes en la cabeza. Tapó el vientre con un sarape.

"¿Notaste algo anormal?"

"Oí un ruido de carro y un golpe seco como de un costal con patatas que avientan contra las piedras, o como cuando a los cocos les pegan con un machete."

El niño y el pepenador siguieron hablando. Más bien, el niño siguió oyendo al hombre decir que lamentaba que hubieran matado a una muchacha tan bonita.

"¿Quién presenció el crimen?" Llegó un agente del Ministerio Público acompañado por un elemento de la Cruz Verde a inspeccionar y recoger el cadáver. Con ellos venían fotógrafos forenses que calificaron el suceso de misoginia. El cuerpo fue trasladado a un anfiteatro a la espera de que algún familiar viniera a reconocerlo.

El cronista de Miramontes habló de otra cosa. "Esto que fue un llano, ahora es un lago de aguas negras. Sus aguas son un tiradero de llantas viejas y mujeres muertas. Para pasar de este lado al otro hay un puente. Pero el puente está roto, no lleva a ningún lado. Para llegar a la calle de Cinco de Mayo hay un paso de madera con salitre, con tubos y varillas como lanzas; parece ser parte de un circo de viaje."

Dijo el agente del Ministerio Público: "Hay un puente en el que todo se cae. Tiene forma de embudo, como si estuviera volteado. Los años inflaron la madera. Si la gente pasa por él rechina. Desde una tabla que se columpia lanzan perros ferales sacrificados o se caen los borrachos".

Dijo el pepenador: "Lo que impresionó al niño fue la cabeza de la mujer quebrada con una piedra. No puede apartar la vista de esa cara. Le perturba y le fascina la saña".

Dijo el agente: "A esa ribera íbamos a cortar zanahorias y a robar lechugas y a ver muchachas bañarse desnudas. Pero ahora no hay zanahorias ni lechugas ni muchachas, sólo cadáveres y agua pútrida".

El niño y el pepenador se fueron cada quien por su lado.

SEXOSERVIDORA PAGA CON VIDA COMPASIÓN POR NIÑA

Alex leyó el encabezado del *Alarma*. Lo acompañaban dos fotos: una de Alma, la sexoservidora asesinada, y otra de una niña tzotzil violada. De esta última daban un nombre, Matilde Luna. El diario trastrocaba los hechos y culpaba a las víctimas de su desgracia.

Alex creía que Alma había sido asesinada por tratantes de mujeres por haber permitido la fuga de la niña tzotzil, levantada en la glorieta de Aconcagua mientras hacía malabarismos sobre los hombros de un hombre que no era su padre. Prostituida en Limón 7, estaba lista para su traslado a Tijuana. Pero si bien la niña huyó, un policía la capturó y la devolvió a sus captores.

Hubo un sepelio sin el cadáver de Alma en la pequeña capilla de Manzanares, en la zona de La Merced. En su interior, de estilo churrigueresco, entre las estatuas de los cuatro evangelistas y la efigie del Señor de Manzanares, se llevó a cabo el oficio fúnebre presidido por un cura travestido con sotana lila, al que le gustaba repetir la palabra *límite*: "Estar al límite de la tolerancia". "Los límites de una caja de muerto." "Los límites del libertinaje." "Alma no tenía límites para coger y beber." "Los límites del cementerio vecino." "La palabra límites no tiene límites." El Nakoteka guardaba la puerta, quizás quería empaquetar a Matilde Luna y enviarla a la frontera norte.

"Mi más sentido pésame", Magnolia Gómez, con un gato feral en una canasta de mimbre, dio sus condolencias a Alex.

"Discúlpeme, señora, pero no soy el deudo y no merezco sus condolencias."

"¿Quién da el discurso sobre la occisa? Yo." Un funcionario gordo de la delegación Venustiano Carranza empezó su alocución confundiendo los nombres, los lugares y las circunstancias del crimen.

"Miren quién llegó." Magnolia señaló al comandante Cabrera. Éste, descubriendo la presencia del Nakoteka, accionó una pistola con silenciador.

A la salida del sepelio, en la azotea de un edificio de vidrio Alex creyó ver a Alicia. Pero no era Alicia, desde la noche de la fiesta había desaparecido y alguien había dicho que había muerto de leucemia en Puerto Rico. No obstante, él vio a su fantasma paseando entre las tumbas del cementerio. Ante sus ojos todas las mujeres se hicieron una, las víctimas de abuso y las desesperadas. Cruces con flores de cemento adornaban la estatua de un ángel sin alas al borde de una fosa. El terreno, del tamaño de un estadio de futbol, daba a una gasolinera y a una escuela pública. Para llegar al salón de clases las colegialas tenían que atravesar las veredas de las sepulturas como quien va de día de campo.

"Bebe de mis labios, soy vaso desechable." Alicia le había mandado un mensaje escrito en una servilleta del Café Tirol.

"¿Cuándo moriste?", Alex le había preguntado en una servilleta que nunca envió.

"La fecha no importa, después de un rato fechas y sombras se confunden." Ella contestó (él se contestó), y desapareció.

Alex se dirigió a la azotea, pero no encontró huella de Alicia. Entre los tanques de gas se encontró sólo una bodega con refrigeradores, pues en el Semefo se guardaban los restos no reclamados de muertos con violencia. También cabezas, pies, piernas y brazos que habían perdido a sus propietarios. Alineados, numerados, esperando identificación, necropsia y horno crematorio varios cuerpos estaban en bolsas de plástico. Algunas negras, otras transparentes. Alex se dijo que a medida que se envejece uno siente más nostalgia por las muertes imaginarias de uno mismo que por las muertes físicas de otros.

"¿Se le ofrece algo?", una mujer policía con gafas negras le impidió el paso. Armada con un AK-47 custodiaba la entrada.

"Quiero ver el cuerpo de Alma Orozco."

"Venga mañana, el señor de los cadáveres no vino hoy."

"¿Cómo murió?"

"Se está investigando."

"¿Qué dice la autopsia?"

"No se ha realizado."

"¿Podría hablar con el médico a cargo?"

"Está de vacaciones."

"Podría ver el expediente?"

"Está reservado."

"¿Cómo fue el crimen?"

"Está en los periódicos."

"¿Me permite ver el cuerpo?"

"Venga mañana."

Alex consignó los datos pertinentes para presentarlos a la burocracia compuesta por funcionarios jubilados y chupasangres de todo tipo, los cuales, en México, para cualquier trámite exigen acta de nacimiento y hasta certificado de defunción.

"Deje sus pertenencias, las recoge cuando salga." La mujer policía señaló a la Unidad Departamental de Identificación del Servicio Médico Forense y lo acompañó hasta una puerta de metal. "Si siente pánico, toque el timbre."

"Alma Orozco. Cuarto 9, mesa 4." Un hombre en bata blanca abrió una puerta como de caja fuerte. Barrotes cubrían la ventana como en una celda. La Nada era la Nada. La Nada en movimiento, la Nada en pantalones y zapatos.

Cerrada la puerta con un chirrido, Alex se hincó delante del cadáver, más por rito personal y respeto por Alma que por otra cosa. No había silla donde sentarse. La muerta daba la impresión de dormir. Pero no estaba dormida, la habían vestido con ropas que no eran de su tamaño. A base de observarla, Alex imaginó que movía los párpados, alzaba un dedo, un aparente movimiento en la mano inerte. La postura entregada de su cuerpo, el gesto concupiscente en la cara, mezcla de Eros y Tánatos, le dieron la impresión de signos de vida, de la posibilidad de que abriera los ojos o tratara de abrazarlo. Y como la vista le quietaba el aliento, decidió salir del cuarto. Mas lo devolvió la sensación de que algo vivo seguía en ella.

"Supón que puede oírte, percibirte", se dijo. "Pensar que en el parto de la muerte su espíritu puede sentir tristeza. Pero otra vez nacida, ahora en ningún lado, ella, como una parturienta humana, podría conservar, como un recién nacido, recuerdo de su angustia."

"Alma", susurró alguien llorando detrás de él. Era el Azteka de rodillas.

"¿La mataste tú?", preguntó Alex.

"Fue Goyo Cárdenas."

"El estrangulador de Tacuba está preso."

"Lo dejaron salir." El Azteka sacó un revólver. Alex se sintió caminar sobre una delgada capa de hielo que se rompía debajo de sus pies. Si el Azteka estaba allí, el Nakoteka estaría cerca. Los sospechosos del crimen, agazapados, disimulados, aviesos, como los alacranes andaban en pareja.

Se fue la luz.

La imagen de la muerta flotó en la oscuridad.

Alex tuvo miedo de que ella se levantara para abrazarlo.

La sala en sombras.

Volvió la luz. El Azteka se había ido. El Nakoteka lo estaba vigilando desde la puerta, con las ropas de la muerta puestas. Como un travestido. El problema era que por los tamaños desiguales parecían evidentemente robadas. O una mofa por la impunidad de la que él gozaba. La atmósfera era claustrofóbica. Los cabellos de Alma, secos y desparramados, como púas. Sus brazos, otrora suaves, tentáculos de pulpo. En un bote de basura habían arrojado los tenis, la blusa, sus pantis. Ensangrentados. La posibilidad de que ella abriera los ojos lo espantó. En la calle, él vio la lluvia como una bendición.

"Mañana nadie la extrañará." Igual que si lo estuviera esperando, un desconocido salió a su encuentro en el Tirol.

"No sé por qué lo dice", replicó Alex. "Su perro pasó la noche buscándola. No comerá ni beberá, se dejará morir de hambre y tristeza."

Una camioneta repartidora de refrescos haría el traslado fúnebre al cementerio. Un músico callejero cantó:

Si la muerte te aparece,
dile que me quieres mucho,
que es mentira que me engañas,
pues en un corazón tan chico
no pueden caber tres sombras.

Las piezas caen fuera del tablero

Era sábado y el sol retenía algo de su fulgor a pesar de la llovizna. A ratos parecía una yema de huevo estrellada en los cerros. Cerca de la Casa del Lago pasaba un grupo de colegialas. Arreola, sentado frente a un tablero de ajedrez, las miraba con ojos desvelados como si explorara sus misterios personales. En su siesta vespertina había dormido poco, pero visionado estrategias de ajedrez. Más allá de las piezas, Alex veía los colores de la tarde desvanecerse detrás de una nube roja.

Bajo un crepúsculo que se hacía y se disolvía entre grises nubarrones, una banda de músicos desafinados con instrumentos de latón tocaba la sinfonía *Patética* de Tchaikovsky. Del otro lado del tablero Alex hubiera preferido ver el crepúsculo como un mar elevado, pero Arreola estaba terco en jugar. No obstante que su hija Claudia bostezaba tapándose el bostezo con la mano y su otra hija, Fuensanta, abría una revista de ajedrez topándose con la foto de José Raúl Capablanca menor de cinco años perturbado porque su padre hacía trampa en el juego.

Arreola bebió su café negro. Demasiado caliente. Abrió una revista con un diagrama sobre el jaque perpetuo. Derribó las piezas. Los ojos de Alex se perdieron en la observación de una mariposa monarca perdida en la ciudad, náufraga de la tarde. Atravesaba el lago artificial para deleite de dos niñas en una lancha. Cuando el lepidóptero se detuvo en un remo, para Alex el tiempo también se detuvo, como si fuera tiempo de hacer una pausa en el juego. Pero los músicos desafinados no se detuvieron, siguieron arrojando cacofonías al espacio. Cosa que molestaba a Claudia, que parecía seguir por el aire el vuelo de la mariposa.

"Le toca mover pieza, maestro." La voz de Arreola sacó a Alex de su ensimismamiento. No sólo porque había recomenzado la partida, sino porque lo había llamado maestro.

Alex movió su caballo salpicado de gotas. Y por un momento tuvo la ilusión de estar jugando chaturanga en la India, esa forma temprana del ajedrez que en sánscrito significaba cuadripartita y describía las cuatro divisiones del ejército indio, que consistía en elefantes, caballos, peones y carruajes.

"Por el ajedrez soy capaz de dejarlo todo. En el momento en que negras y blancas están colocadas y mi adversario juega peón cuatro rey, se detiene el mundo para mí y todo el espacio del universo se contrae hasta medir ocho casillas por ocho." Arreola estaba eufórico, aunque todavía maltratado por las maquinaciones de los universitarios que lo habían despedido de su puesto de director. Acerca de su sustituto pretendía ignorar su nombre. Con sólo vislumbrar su figura en la ventana de su oficina sentía náuseas.

"Brindo por el campeón de las partidas perdidas." Carlos Cabral reemplazó a Alex en la mesa moviendo el peón de rey. Y poniendo sobre la mesa una botella de coñac, ofreció la primera copa a un Arreola un poco ebrio, quien entusiastamente comenzó a perder.

"Ser derrotado con blancas por este histrión es una grosería." Una lámpara con pantalla de papel alumbró su espalda. Y por un momento Arreola pareció tener dos sombras, dos sombras ansiosas, réplicas encogidas de su cuerpo decrépito.

"No se mueva, Juan José." Salazar, con su camisa desabotonada en el cuello, le tomó una foto. "Quiero captar a su fantasma."

"Acabaré con la monarquía del juego. Mueran las reinas y los alfiles, viva el peón, el alma del juego. Al carajo las paranoias, las paradojas y los parabrisas."

346

Arreola se quedó suspenso. El sol que se ponía daba la impresión de vestir su cara de crepúsculo y tristeza. En el horizonte, se juntaban suelo y cielo.

"Jaque al rey." Arreola reinició la partida. Parecía un fauno asustado de sí mismo, un animal consciente de que por el hecho de existir sufría un constante sentimiento de culpa.

"¿Es Miércoles de Ceniza?", preguntó Cabral cuando la mesera con una cruz negra sobre la frente trajo un plato de ensalada verde.

"La fiesta de la muerte no importa, importa que, muertos los jugadores, el ajedrez quede", dijo Alex.

"Tengo que irme." Cabral consultó su reloj, y se levantó. Estaba vestido para la noche, con traje negro y corbata de moño, invitado a la función de clausura del nuevo espectáculo de Bárbara en el Club Neptuno.

"Cabral me recuerda al Negro Durazo, el jefe de policía que en sus fiestas acostumbraba mezclar los vinos tintos y blancos más caros de Francia para hacer su Rosado Durazo", reapareció José Antonio Camargo después de un año de ausencia por el caso Pita Amor.

"Camargo, no fastidies, que jugar ajedrez es una cosa seria", Arreola fijó la mirada en las piezas alineadas al margen del tablero.

"Organizar torneos de ajedrez con escritores jóvenes y talleres literarios con ajedrecistas mediocres le ha quitado materia gris a tus invenciones", se burló Camargo.

"La revancha", Arreola colocó las piezas.

En la distancia pasó una figura conocida y desconocida a la vez. Lubán, el Espía ruso, Alex localizó de inmediato a ese personaje que aparece en diferentes lugares a la vez sin estar invitado a ninguno. Pensó: "Se desdobla, se propaga, se dispersa, se concentra en un cuerpo, en una sola sombra, aparece y desaparece. A veces es la persona que sueña, otras el soñado, se diluye delante de ti".

"Buenas tardes", Lubán se acercó a la mesa donde estaban sentados. Pero después de examinarlos con mirada miope se siguió de largo.

Una hoguera se había hecho en un prado de la Casa del Lago. Arreola empezó a aventar piezas y retratos y tratados de ajedrez a las llamas. Arrojó un ejemplar color azul del *Manual del ajedrez* de Emanuel Lasker. Y no apartó la vista hasta que vio el fuego consumir el retrato del gran maestro que había perdido con Capablanca en 1921. Pensativo, con la cabeza apoyada sobre la palma de la mano como mirando consumirse las piezas desplegadas en el tablero. En duermevela, analizaba la próxima jugada. En la mano izquierda, un puro humeante.

"Anoche soñé que el mago Drosselmeyer regalaba a Claudia, mi hija, un ajedrez musical de madera, en el cual, cuando uno duerme las piezas cobran vida y empiezan a sonar, mejor dicho, a danzar." Arreola acomodó al rey invitando a Alex a aceptar el desafío. "¿Quién puso en el tocadiscos *El cascanueces*? No veo a nadie en los cuartos, las secretarias se marcharon. El ballet sin bailarina que retumba en el tablero va a tumbar las piezas." Arreola soltó el caballo sobre la mesa como si su mano no lo sintiera.

"La verdad es que te has vuelto un ajedrecista anciano que se espanta de sus propios pasos en la grava." Cabral se dirigió al coche que venía a recogerlo.

"Aquí está la nota de sus coñacs", el mesero vino a darle la cuenta a Arreola cuando se recostaba en el pasto.

"Pensé que Cabral invitaba", Arreola, abatido, dejó caer la cuenta.

"Pensó mal, señor, aquí el que pierde paga."

"Llegó su taxi, trae un baúl de ajedreces y retratos", avisó un portero.

"¿Quién lo pidió?"

"El chofer dice que usted mismo."

"Abomino de los libros de ajedrez", Arreola sin dudar un momento, rechazando ayudas, roció las piezas con gasolina y, a las puertas de la Casa del Lago, les prendió fuego.

A sus hijas, viendo a su padre con los ojos encendidos reflejando la quema, se les salieron las lágrimas. Era como verlo quemar su propio corazón.

"Mi rey, aunque jaqueado por escritores y burócratas viles, es invencible", Arreola, desafiante, abrió el puño con una pieza negra entre los dedos. Se dirigió a zancadas a la Casa del Lago, donde tropezó en la escalera sufriendo una genuflexión involuntaria. Con agilidad se levantó y volvió maltrecho con sus hijas, quienes lo subieron al coche. Y él, como propelido al espacio en el asiento de atrás, con gesto de desamparo miró a Alex. Alex lo miró a él, melancólico y escuálido.

"Licenciado, ¿por qué me persigue? ¿No entiende el significado de la palabra *no*? Lárguese, queda defenestrado de por vida. Aléjese de mí, pinche bodrio." Arreola confrontó a Molina, que se le acercaba como una amenaza física. Y, mirando con ojos deslumbrados la fogata, balbuceó: "Aperturas, finales y variantes váyanse al carajo".

El maestro, con el laberinto dentro, parecía ir en el coche arrojando sombras hacia atrás.

Alex, entre sus dos hijas, aferradas con ojos tenaces a su padre, las sentía como un solo cuerpo, pegadas una a otra, pisando la misma soledad. Él se dolía de ellas, privadas de oportunidades sociales, amenazadas por la soltería, los espejos de sus ilusiones quebrados, desde su adolescencia solitarias y desilusionadas. Faros de coches, luces, tragaluces, hogueras no bastaban para encenderlas: sus fuegos interiores débiles, sin que la hueste antigua con su ejército de demonios las tentara.

Las ventanas cerradas reflejaban siluetas de árboles envueltos en una oscuridad temprana. El automóvil avanzaba por otra noche, distinta a la exterior, la de una ciudad dividida en columnas y escaques, en casillas oscuras y reinas decapitadas.

"Cansado de estar cansado por el cansancio ajeno, cansado de perder partidas: las suyas y las mías, me doy a mí mismo jaque mate." Arreola, como si el maestro que había sido y el actual fuesen personas distintas, deseó desaparecer en otra dimensión.

Las piezas cayeron fuera del tablero.

Vuelo

Et erunt duo in carne una

De un día para otro los dramas y las comedias de los otros dejaron de importar. Sucedió el amor. Nunca habría en la vida de Alex una tarde como aquella del mes de agosto de 1963 cuando una joven de cara oval y rasgos finos apareció en el Café Tirol y le cambió la existencia. Ella traía lentes de concha de tortuga, anillo de ópalo de fuego y pelo negro recogido en chongo tipo enjambre. Llevaba vestido negro sin mangas, falda amplia con estampado de flores rojas y hojas verdes. Usaba perfume francés Fracas. Estaba de visita en México. Poco antes de su encuentro había ido con su amiga Irene Skolnick, también neoyorquina, a una exposición de pintores de San Miguel de Allende en el Mexican American Cultural Institute, en Hamburgo 115. Al salir, pasando por la calle y mirando hacia dentro reconoció a una maestra sentada con los habituales del café. No era su amiga, ni siquiera sabía su nombre. De hecho, apenas la conocía, pero entró a saludarla y ella las invitó a sentarse. Entre los asistentes estaba Alex.

No hay días previos, todos los días son presente, y Alex recordaría siempre ese día. Pero antes del 29 de agosto, el cumpleaños de ella, él tenía la premonición de un evento extraordinario: el arribo de alguien que alteraría su cotidianeidad. Por esta circunstancia, lo lejano le parecería cercano y las nubes peregrinas, estables. Un escritor había dicho que cuando un hombre está maduro para una mujer la mujer llega sola. Y para él era cierto.

"¿A quién perteneces?", siempre inoportuno, preguntó Carlos Acosta. (Alex había cometido el error de presentarlo una vez a Nahui Olin; y haciéndose amigos, se pelearon por la posesión del sol.)

"A mí misma." Sin dudarlo un momento precisó la extraña.

"¿Cómo te llamas?"

"Diana."

"Soy Alex", éste superó su timidez. Sentía familiaridad con ella. Tenía la impresión de que la conocía desde hace tiempo, tal vez en sueños, tal vez en otra vida, y ahora la reencontraba. Quizás se habían visto antes en cuerpos ajenos: en películas, novelas y poemas. Parecía amor a primera vista, pues desde ese momento sentía que ya no iba a ser el mismo. Premonición o destino. Deslumbrados por el encuentro mucho duró su mirar.

"¿Cuándo llegaron?", preguntó José María.

"Anoche."

"¿De dónde?"

"De Nueva York."

"¿Dónde se hospedan?"

"Aquí cerca, calle de *Guanaguato*."

"¿Por qué allí?"

"Cuando Irene y yo salimos del aeropuerto nos interrogó el taxista: '¿Adónde las llevo?', 'Hotel Emporio', 'Corriente. Pulgas, las llevaré a un albergue en colonia Roma.' Cambió la ruta y nos trajo a la calle de *Guanaguato*. En la madrugada oímos camiones de basura y vimos por la ventana a barrenderos esqueléticos en las calles, como calaveras de Posada'."

"Cuando nosotras llegar *the cat was sleeping at the window under the moon.*"

"Let sleeping dogs lie", dijo Alex.

"¿Sabes inglés?". Diana lo miró como escrutando la lógica detrás de su respuesta.

"In my beginning is my end."

"¿Es todo lo que sabes?"

"In succession. Houses rise and fall, crumble, are extended, are removed, destroyed, restored, or in their place is an open field." Alex citó los versos atropelladamente.

"Your accent es pésimo".

"Thank you."

Para evitar malentendidos, Alex no dijo más. Había orejas críticas alrededor. Miró a la calle, el ficus cautivo en la jardinera parecía levantar raíces en la banqueta. En su follaje brillaban gotas de lluvia.

Alguien le preguntó a Diana cuándo había llegado y cuál era su historia.

Después de guardar un silencio discreto, ella encendió un cigarrillo y contó: "Nací en Manhattan, viví en el Upper West Side y me gradué en Literatura Francesa en Bryn Mawr College de Pensilvania, cerca de Filadelfia. Me preparo para entrar en la Universidad de Columbia para hacer un doctorado en Literatura medieval y del Renacimiento." Dijo ella, pero Alex consideró que sus palabras estaban dirigidas a él, no a los otros, quienes se distrajeron en una plática común punteada por silencios.

Alex pasó al baño. En el espejo triple del muro en su imaginación vio su rostro junto al de ella.

Después de tomar el café, se despidieron las recién llegadas.

Diana y Alex con sólo la mirada prometieron verse de nuevo.

Cuando ellas se fueron, José María cogió del brazo a Alex y lo invitó a dar un paseo. "Tu primera lección de inglés. Repite conmigo: I am, you are… I love you."

Diana y Alex volvieron a encontrarse en el Tirol. Acompañados de otra gente se sentían solos. Detrás de sus lentes, los ojos de ella brillaban vivaces, rientes. Ella con la ropa de ayer y con aspecto intelectual, pues era gran lectora. Libro que Alex mencionaba Diana lo había leído. Mientras ella volteaba hacia otra parte, él observaba sus facciones y su pelo rizado. Comenzaron una conversación difícil en dos idiomas, pero salvada por una simpatía mutua. Diana llevaba un vestido anaranjado con flores negras. Sus sandalias asomadas debajo de la mesa. De noche sus rasgos parecían más definidos. Mirándola, Alex se decía a sí mismo que ya no podría separarse de ella, pues era la mujer que había estado esperando y había llegado como un sueño.

Paola los observaba de soslayo. Margarita se ofreció a traerles una pizza dorada, recién salida del horno. Unos capuchinos o lo que quisieran. Todo cortesía de la casa.

Desde ese momento Alex y Diana ya no se separaron. En su intimidad vista por todos no deseaban que una tercera persona se entrometiera en sus diálogos.

Se fueron andando hacia la calle de Guanajuato. Bajo la lluvia, entre coches y figuras humanas borrascosas. Camino de sí mismos, pisoteando el reflejo de la luna en los charcos, sus sombras se juntaban en la banqueta. Desde el momento en que la vio, él ya estaba en su intimidad. Desde antes de que la noche comenzara él ya estaba con ella en el día siguiente. Los barrenderos esqueléticos barrían la plaza de Río de Janeiro, pero no barrían basura, barrían instantes olvidados. A la puerta del albergue donde ella se hospedaba estaba un organillero. Bulto con ropa prestada que no era de su tamaño. Cabeza con sombrero ajeno, rostro mal rasurado. La pared amarillenta donde se recargaba con pedazos de restos de anuncios arrancados de otras paredes. Entre ventanas sin vidrios, una puerta como un hocico abierto, el organillero tocaba, pero como si no tuviera volumen parecía aplastado por los rayos de la luna. En el silencio extremo que despedía, el solitario manipulador de música callejera era un *pathos* urbano.

"Sube", Diana cogió su mano. Sigilosos entraron a una recámara al pie de la escalera y al prender la luz se miraron bajo la penumbra económica. Alex cerró la puerta. El neón de la calle traspasaba su rostro como el de alguien que estuviera reflejado en la ventana. La noche de ella se prendía y se apagaba en sus labios. Mirándolo a los ojos, Diana se quitó las gafas, descubriendo su hermoso rostro oval.

Alex se despojó del saco y los zapatos mojados. Quitada la ropa, sucedió el abrazo. Él se lanzó sobre ella como si se lanzara sobre sí mismo, como si abrazara su propio cuerpo, su vida presente y pasada.

Sucedió el amor.

El amor comienza en los umbrales

Diana abrió las persianas. Y aparecieron de golpe en las paredes de las construcciones los anuncios del gobierno de la ciudad, empotrados varios en los edificios de vidrio, en las torres metálicas y las terrazas musgosas.

CIUDAD SIN POBRES.
CIUDAD SIN PERROS.
CIUDAD SIN DÉBILES MENTALES.
CIUDAD SIN LADRONES.
Responsables: ORQUESTA NACIONAL DE INVIDENTES
Y MIEMBROS DE LA SOCIEDAD DISTÓPICA.

Por la ventana entró un colibrí de ojos tan pequeños que parecían invisibles. Parado en el aire movió las alas a gran velocidad como si su plumaje fuese un pedazo de verde girando en sí mismo. Semejante a un helicóptero, pareció suspendido en el instante vano. Alex sintió que el tiempo volaba hacia atrás o hacia delante. Lo mismo daba. Había días en que las calles de la ciudad tenían vínculos con las montañas: el cielo cercano, los azules momentáneos, las nubes aborregadas en el horizonte.

Diana, caminando por la calle de Orizaba, pisaba una acera que tenía la pátina de la herrumbre de las viejas armaduras de los conquistadores. Ésta, pegada a las rejas, daba la impresión de que la historia de la ciudad pervivía en las ventanas.

Alex y Diana andaban bajo dos cielos, uno azul cobalto y otro verde esmeralda. En la esquina de Génova y Hamburgo se sintieron caminando bajo un mar elevado.

Pasó Bárbara, actuándose a sí misma como en una película en blanco y negro de Juan Orol, el churrero del *film noir* mexicano. Se dirigía a la agencia de modelos de la calle de Amberes. Como la cita era arreglada, se escondía de todos. Debajo del rótulo caído de un hotel de paso se detuvo. Empujó la puerta giratoria que se atoró al moverse, atrapada en un vacío de cristal.

"Una de esas puertas giratorias es la nuestra", dijo Alex. "Puede ser la puerta que da a la recámara en la calle de Oslo. El truco es pretender no saber cúal es la buena."

Las voces de las recamareras se oían a través de las paredes. Un rebaño de hondureñas hacía las camas detrás de puertas cerradas. Una mucama de edad, que había pasado su vida haciendo camas sin acostarse en ellas, ofreció una bolsa con jabones. Cansada desde su nacimiento, haciendo los cuartos de arriba a sabiendas de que le quedaban por hacer los de abajo, esperaba la muerte en forma de sábana.

"¿Cuál es nuestro número de cuarto?", preguntó Alex.

"Tienen que esperar a que se desocupe el número 9. Pero no se descuiden, porque en una de ésas se la dan a otros", advirtió un portero panzón.

Puerta tras puerta Alex oía a las chicas de servicio qué harían con una caja de chocolates abandonada por una huésped. Puerta tras puerta se escuchaban voces revueltas. A veces la misma persona discutía con su rostro en el espejo. Mucamas invisibles negociaban la cantidad de camas que tenían que hacer. Una mujer, de nombre Arabella, atisbaba por una rendija para ver quién la espiaba. Era de Guatemala. Pero, desconfiada, no mencionaba su país de origen. Contaba a otra mucama: "No soy de esas que se venden en Garibaldi. No soy una machorra, soy una baja política. Vivo en manada, pero no soy gregaria".

Alex y Diana se fueron por el corredor entre hileras de botellas de vino descorchadas, oyendo crujir moscas secas en el ventilador. Alex vio en una vitrina una reina de ajedrez, con el rostro apoyado sobre una mano con ojos asombrados mirando al vacío.

"Cuando sea vieja, ¿me seguirás amando?", preguntó Diana.

"La vida está hecha de instantes, mientras esté vivo te seguiré amando." Alex se detuvo entre paso y paso. "El amor comienza en los umbrales, en el quicio de los ojos, en el tapete de la puerta, en el rasguido del cierre de una falda, en el pezón rosáceo que se asoma como un botón libre del sostén. El deseo es un anhelo."

Bajo el sol esquivo de la tarde del domingo, junto al abismo de vidrio de la torre Latinoamericana, Alex y Diana caminaron hacia la Alameda. Se adentraron en el bullicio y se echaron en un prado para asolearse. Hasta que pasó una banda de música en un desfile por el Hemiciclo a Juárez y se levantaron, y entre la muchedumbre que escuchaba el concierto vespertino miraron sus rostros relucientes deformados en una tuba. Diana, entusiasmada por sus brillos, se hizo un autorretrato con su Minox, cámara de bolsillo que llevaba a todas partes.

Alex y Diana ya no se separaron, frecuentaron mañana y tarde el Café Tirol, anduvieron abrazados por las calles lluviosas del mes de agosto, las que con gotas luminosas barrían sombras fangosas, las que se perdían en el horizonte urbano como espejismos breves.

Recorrieron barrios sin nombre, se metieron en librerías y joyerías sin comprar nada; pasearon por el bosque de Chapultepec; entre los desconocidos se conocieron más y más. Solos en la multitud, no se perdían de vista. Separados se reencontraban. Citados en una fonda, en un parque, en un pasaje comercial se convertían en un mito para sí mismos.

En su relación había algo de predestinado, de ya vivido, como si se hubieran conocido antes y ahora se recordaran. Eran como bioluminiscentes, como huérfanos de un amor que necesitaba nutrirse de algo que sólo ellos percibían. Su lenguaje estaba hecho de signos y silencios, de cosas sugeridas, expresadas o en clave, entendidas por ellos. Ajustaban su experiencia a su narrativa, a las historias ajenas de la literatura y del cine. Su música era de mármol, como ese *Nacimiento de Afrodita* de la escultura griega, de la diosa convertida en mito.

Al paso de los días, su amor creció naturalmente. Un sentimiento, una pasión, una percepción casi mística del amor que él no había sentido antes enraizó en su mente y en su cuerpo. Sus experiencias fueron compartidas, puntos de partida y de regreso, piedras angulares para construir el edificio de la pasión.

"¿Tienes novia?", preguntó Diana.

Él sopesó su respuesta: "Tú".

Por la calle de Sevilla pasaron por una librería católica, en el aparador estaba el *Libro de la vida* de Teresa de Ávila, donde la mística narraba sus levitaciones, sus arrobamientos de mística erótica. Otros libros de los padres de la Iglesia lo sofocaban como lápidas de papel.

Se dirigieron a Río de la Plata. Alex quería presentarle a Arreola. Pero el maestro, encerrado en su cuarto, se comía las uñas en una soledad que dañaba su estado de ánimo. Hambriento de juegos, al verlo entrar se sentó a una mesa, las piezas colocadas en el tablero previamente. Alex aceptó el desafío.

Fuensanta vino a sentarse junto a su padre para verlo perder.

"Te amo", Alex dijo a Diana en la calle.

"¿Qué ves en mí?", preguntó ella.

"A dos personas, a la que está enfrente de mí y a la que imagino. Pero, ¿cuál de todas las Dianas es la verdadera?"

"Soy la que ves."

"Soy consciente de la paradoja de Proust, de que sólo cuando una mujer es nueva y misteriosa puede un hombre saber algo de ella, porque una vez que la conoce y empieza a sentir algo por ella vuelve la complejidad y la mujer se vuelve de nuevo una desconocida." Con ese concepto en la cabeza, Alex hizo suya la letra del bolero que cantaba una banda callejera:

No me platiques más,
déjame imaginar que no existe el pasado
y que nacimos
el mismo instante en que nos conocimos.

Diana bajo la lluvia

Llegaron los aguaceros invadiendo aceras y cunetas. El recorrido de Diana y Alex hacia sí mismos estaba lleno de lluvia. Ella, con su abrigo de pana, su cabeza envuelta en una pañoleta, sola o rodeada de gente, era su centro.

Esfumadas las ventanas, los árboles en la bruma, las calles por las que caminaban parecían ya lejanas. Pero allí estaba Diana, andando a su lado. De sus mallas, de sus zapatos escurría agua. Bajaba por sus mejillas, su cuello y sus mangas como si fuese una lluvia propia. Su cabello plateaba. Su cara y su cuerpo parecían hechos de lluvia. Él miraba a la gente brincando charcos, charcos de días que daban la impresión de que nunca iban a secarse. De repente lo abrumó la certeza de que ella se marcharía. Lo que vivía ahora, lo que lo deslumbraba ahora, esa euforia, ese movimiento de manos, esos ojos, ese entorno animado pronto sería recuerdo, nostalgia.

La lluvia rebasaba las banquetas, los baches, los paisajes urbanos y la insólita variedad de los azules en la distancia. Las nubes eran como aves peregrinas sobre el Valle de México. Alex y Diana disfrutaban de la lluvia que corría por las avenidas, se contemplaban uno a otro como si el otro rostro fuese propio, tuviera algo de ancestral.

Aún no se secaban las calles ni se apagaban las luces del alumbrado público, cuando de mañana Alex fue a buscar a Diana a la calle de Guanajuato, pero no tuvo que esperar mucho, ella ya estaba a la puerta.

Por Alex, Diana se había apartado de las canadienses y las australianas con las que había venido a México; negligió una excursión a Teotihuacán. Sin importarle distancias, ella atravesaba con él la ciudad de norte a sur. Con él, todo estaba cerca: el Café Tirol, el bosque de Chapultepec, el Zócalo. Él la veía llegar a pie al frente de la multitud. La escasez de dinero de Alex no era problema, ella traía dólares y pesos para compartir.

El 29 de agosto, día de su cumpleaños, Alex vino a buscarla a su albergue. La quería llevar a pasear por la ciudad histórica, libres de itinerarios. La celebración no sería formal, comer y beber juntos en cualquier sitio era la celebración.

"Te amo", dijo ella al reflejo de Alex en el aparador de una zapatería.

"Yo a ti", contestó el reflejo en el vidrio.

"Me voy en unos días", avisó ella. "Volveré en unas semanas o meses, no sé, pero como prenda te dejaré este vestido que llevo puesto. Cuando vuelva lo recogeré, me lo pondré contigo."

"¿Cuándo será?", la voz de Alex sonó quebrada.

"Pronto."

"¿Cuándo es pronto?"

"El 16 de septiembre regreso a Nueva York. Les diré a mis padres que me he enamorado de un poeta que no tiene empleo ni casa propia, pero tiene talento. Trabajaré para juntar dinero y regresar a México."

"Todavía no te vas y ya te extraño", dijo Alex.

Diana, envuelta en su abrigo de pana, lo miró como si lo mirara por dentro. Ambos, deslumbrados por el descubrimiento mutuo, se abrazaron.

Gambito del Espía ruso

"Murió Lubán. Paren los relojes, cierren los salones de baile, apaguen los radios, que el perro no ladre ni el gato maúlle. Traigan las mortajas y las plañideras, callen los mariachis, cierren el Tirol, avisen a Gayosso, Lubán está muerto", Cabral expresó teatralmente su dolor.

Alex le había contado a Diana sobre los personajes que poblaban su vida, tanto los simpáticos como los antipáticos; los neuróticos, como Arreola y Rulfo, y los monologuistas, como Horacio. En el café había frecuentado a los transitorios y a los residentes y a los golondrinos de ocasión. Algunos seguirían siendo mitos, otros caerían en el olvido en el momento que dejaran de venir al café. Una de las figuras que más le intrigaba era el Espía ruso, omnipresente pero elusivo; al alcance de los ojos, pero un desconocido.

"Desde hace meses no veo a Lubán. No es porque le presté cien pesos y no me los pagó, sino porque, carajo, no sé dónde se metió", replicó Toni.

"No tienes noticias de él, porque la noticia es que se murió", dijo Alex.

"No lo creo", Toni sorbió su capuchino. ";Lo deportó la CIA o lo aplastó un tráiler de la KGB?"

";Tenía contactos con la KGB? No lo sé, la única pista que tenemos de él es que cuando el portero del edificio donde vivió y murió abrió la puerta de un clóset cerrado con llave se le vinieron encima cientos de cédulas de identidad usadas por el agente Deriabin Lubán, entonces funcionario del régimen moscovita. Diez años atrás, dicho Deriabin estuvo al servicio de la Policía de Seguridad, encargada de espionaje y terror, y de misiones secretas del Partido Comunista. Las cédulas con diferentes nombres y rostros estaban firmadas y selladas por ese Deriabin Lubán, así que no sabemos si Lubán era el Lubán que conocimos o un pariente cercano o un *alter ego* armenio", especuló José María. "Son cientos de cédulas selladas y firmadas por la Policía de Seguridad del Estado en América Latina, cada una con el retrato de Lubán."

"Recuerdo que el tal Deriabin Lubán se hallaba entre el público el día que se estrenó *El ángel exterminador* de Buñuel. No sé", dijo Toni.

"Creo que estamos hablando de dos Lubanes, el cotidiano y monótono consumidor de capuchinos en el Café Tirol y el que trabajó para la Guardia del Kremlin."

"Lo que recuerdo de él es que en las tardes aparecía en el Tirol comiéndose con los ojos a las chicas fresa. Pero que yo sepa no vino al Neptuno para ver a Bárbara bailar, sino a espiar al prójimo", Paola escrutó la calle como si en el asfalto estuviera planchada su sombra.

"Lo que se sabe de su trayectoria soviética es que su servicio en el Kremlin llegó a su fin cuando comenzó a sentir repugnancia por su participación personal en algunos crímenes políticos. Así que, en 1954, pidió su traslado a México, con el fin de infiltrarse en los movimientos estudiantiles en este país, hasta que se dirigió a la embajada de Estados Unidos en la capital azteca y solicitó asilo."

"La última vez que lo vi fue en el cine viendo *La dolce vita*. Le encantaba Anita Ekberg", dijo Ibáñez.

"Morboso era, cuando venía a mis ensayos de teatro se sentaba entre los encargados del vestuario para verme cambiar de ropa", dijo Pilar.

"Gente como él muere antes de morir, primero desaparece en vida y tiempo después llega la noticia de su muerte biológica, como si hubiese muerto antes de su muerte real", sentenció Alex. "Nadie sabe si falleció por accidente, enfermedad o suicidio, supe que estuvo postrado semanas, sin ánimo de levantarse de la cama y de venir al café. Se dejó morir."

"Lubán era terco como un mulo, cuando se le preguntaba quién era contestaba: 'No voy a responder a esa pregunta necia hasta que yo mismo sepa quién soy'", dijo Ibáñez.

"Tiempo antes, no sólo desapareció de la Zona Rosa sino de sí mismo. Me contaron que en los últimos meses se pasaba las tardes leyendo el libro de una profesora española titulado *Los verbos de la muerte*. La noticia de su fallecimiento nos cae como un cubetazo de aire, no de agua", dijo José María.

"A lo mejor da patadas al féretro y de noche se te aparece en la cama para jalarte los pies", bromeó Farah.

"Qué raro que se haya muerto Lubán", se extrañó Ivonne. "Pensé que era inmune a la muerte."

"A la muerte, tal vez, pero no a la soledad, no a la nada mexicana que es de granito, le pegas y le pegas y nunca se rompe", dijo Alex.

"En el Ministerio dijeron que el emigrado saltó de la azotea y cayó en la marquesina del hotel, y de allí besó la banqueta." Toni se rascó la cabeza.

"Vivía en Paseo de la Reforma, al saltar del edificio cayó en la banqueta. Con el cuerpo cuarteado tenía pocas posibilidades de vivir", dijo Farah.

"Nadie puede acabar la historia de lo que no sabe." Archi se dirigió cojeando a su Mercedes. Nadine se enchinaba las pestañas delante del espejo retrovisor. "Enterraremos al ruso en el Panteón de Dolores. Sin lápida, para no levantar sospechas. Yo cubro los gastos. Envolvemos su cuerpo en una tela huichol adornada con venados. Le gustaban las tablas azules. Podemos conseguirle una tumba vacía. Seguramente los agentes de la KGB llenarán su caja con rublos falsos."

"Vagará su fantasma por la Zona Rosa. Vendrá al Tirol a tomar su capuchino", Paola aseguró.

"Bárbara y yo visitamos su cuarto. Hallamos un camastro sin colchón, una bolsa con sus pertenencias. Levantamos un inventario de su soledad: un sombrero, un abrigo soviético, un estuche con una navaja Gillete para rasurarse, una lata de atún con fecha de caducidad pasada, un plato y un vaso de plástico, un paquete de pan de caja, unos calcetines, un lápiz sin punta, unos poemas en ruso de Pushkin. Ah, y una toalla blanca pendiendo de la pared por un hilo", contó José María.

"En un rincón de su estancia hallamos una mesa con periódicos viejos", Alex mostró un *Excélsior*. "Las noticias sobre ejecuciones, revoluciones y violaciones en Rusia ocurridas hace cien años para él eran vigentes."

"Hablando de su próxima existencia, Lubán comentó que quería reencarnar como un lobo para aullar toda la noche en las estepas", reveló Toni.

"¿Se puede?" Entró la mujer de limpieza con detergente, líquidos, jergas, cubeta, trapos y trapeador. Con los ojos buscó manchas en la pared, el piso, el techo y debajo de la cama. Comenzó con el baño, la recámara, el clóset. "El cadáver ya se lo llevaron. Se incinerarán sus pertenencias. Su ropa irá a una tienda de segunda mano. No dejaré huella de su existencia: enjuagaré, rasparé, frotaré, desinfectaré, lavaré cualquier rastro de su presencia. Aspiraré su polvo, sus babas y sus pedos. Luego de la visita de la policía vendrán los obreros a horadar paredes. No habrá más." Al oírla Alex sintió mareo cósmico, vacío existencial, banalidad del cuerpo humano.

A Lubán se le enterró en su viejo traje azul pálido. Sus ojos tapados con monedas de a peso 0.720, los labios exangües pegados con pegamento sabor chicle de menta. La ventana del cuarto, sin cortina, bloqueada por un tapete viejo. Sus libros rusos alineados en el estante democrático del suelo. Para él no había ángeles con las alas extendidas, sino mensajes dirigidos a Rutilio Zedillo, su vecino de cuarto y agente vendedor de una empresa de bienes y raíces.

Todos volvieron al Tirol. De repente alguien en la mesa mencionó a Francisco Franco y comenzó una acalorada discusión sobre si el dictador estaba vivo o muerto, si el que aparecía en las fotos y en los desfiles era un simulacro de sí mismo o un bufón que actuaba como él. Y en ese momento todos se olvidaron de Lubán.

"Se enterró a Lubán, pero sigue viniendo al Tirol. La otra noche lo saludé sentado solo a una mesa. No me reconoció. Me quedé muda", reveló Ivonne.

"Tal vez, cuando ante el horror se pierde la voz, los ojos gritan", dijo Alex.

La Sastrería Melchor

Alex vio a Diana venir por Río Mediterráneo como si fuese la única en la calle. Los demás que pasaban bajo los edificios eran sombras, sombras que la luz del sol distorsionaba. Sí, aparte de Diana no venía nadie por la calle, aunque la acera estuviese llena de gente.

Diana traía mallas azules, abrigo de tres cuartos y anillo de coral. Aunque para él la incógnita era por qué lo había citado en la Sastrería Melchor. Trajes sobre Medida.

Si bien al principio él se había sorprendido del lugar de la cita, al explorar su ropero en busca de pantalones y sacos, notó falta de botones y de zurcidos invisibles. Halló su ropa en diferentes estados de infortunio. Desde adolescente no se había cuidado de trajes y camisas, sólo de zapatos y calcetines. Para vestir el cuerpo le bastaba cualquier prenda con tal de que fuese de su tamaño. Si había dinero era para comprar libros y papel para la máquina de escribir. La ropa que le llegaba ya no tenía remedio o estaba pasada de moda. Heredada de sus hermanos mayores, de gustos deplorables, a veces era una autohumillación ponérsela.

"¿Para qué me citas en una sastrería?", le había preguntado a Diana.

"Te diré luego", fueron sus palabras y colgó el teléfono.

Alex no tenía ni traje de baño, el pueblo en las montañas donde había nacido y crecido estaba lejos del mar y sus orillas. Sus calles pedregosas no eran aptas para bicicletas. Para los habitantes había dos coches, y burros, mulos y caballos. Las mujeres no usaban zapatos de tacón alto, se atoraban en las piedras y podían torcerse los tobillos. Pero había un espléndido cielo azul y abundancia de nubes blancas.

"Estas ropas son como edades que ya no nos vienen, el tiempo me ha dejado cortos los pantalones como se dejan atrás los recuerdos de nuestras maestras. Y al final del día, las sombras acaban sustituyéndonos."

Alex, ya en la sastrería, echó un vistazo a los sacos y pantalones colgados en la sección de ropa para caballero. Todos tenían sombras. Y hasta los catálogos explayados sobre la mesa de pino tenían sus sombritas. "No sólo me duele ponerme esas camisas que no me cierran, sino también mirarlas, como mujeres que no son de mi tipo. Si me quedan cortas o estrechas, no es una desgracia", comentó Alex.

"Pruébatelas, de todos modos", dijo Diana.

Alex pensó: "Ponerme esos trajes exhibidos en el aparador que no son de mi tamaño es como tratar de meter una edad actual en un cuerpo de antes. Mis sacos y mis pantalones parecen de otro, porque soy otro a cada momento, ¿estás de acuerdo? El tiempo en que comencé a usar este saco es pretérito y me es ajeno. Como dice el poema de Jorge Manrique: '¿Qué se ficieron las damas, / sus tocados y vestidos, / sus olores? / ¿Qué se fizo aquel danzar, / aquellas ropas chapadas / que traían?' ¿Dónde están esos cuerpos que ya no nos vienen? ¿Y los viejos de las fotos? ¿Dónde están? Comparados con los nuevos parece que no son nuestros".

"Lo entiendo", dijo Diana, como en respuesta a lo que había pensado Alex.

"El ropero es un cementerio de egos y un almacén de sombras, considerando que cada edad tiene los suyos. El día en que llevé ciertas ropas pertenece a un ayer que ya no es mío. Ese ayer está más lejano del presente que el año 2200, porque el ayer está perdido para siempre y el año 2200 llegará un día."

"La Sastrería Melchor me fue recomendada por la señora de la casa de huéspedes, parece que ella es parienta de la dueña... o su hermana... o algo así", reveló Diana.

"¿Se puede prolongar la vida de este saco? Mentiría si le digo que sí", intervino el sastre. Su rostro, que Alex vio primero en la ventana, se había materializado. Ahora desaprobaba su forma de vestir. "El saco y los pantalones que lleva el caballero son una perfecta descombinación."

"¿Le parece?" Como a él no le importaban las ropas que llevaba puestas, se volvió hacia un abrigo azul marino de los años veinte salvado de la ruina gracias a los parches que cubrían zurcidos invisibles como a cicatrices en la memoria.

"Si el caballero quisiera despojarse de su aire intelectual y situarse en la realidad social en que vive, sería más exitoso", el sastre lo midió con cinta métrica y jaboncillo en las manos. Alex se miró a sí mismo en el espejo como a un doble de sí mismo viviendo en un presente remoto sin antes ni después.

"Decídete, hay otros clientes esperando, entre ellos está esa chica tratando de ser atendida por un dependiente que la aconseje sobre una crinolina para vestir sus XV años", dijo Diana.

"¿Es posible componerme el saco?", Alex paseó la mirada por las chaquetas exhibidas en maniquíes. "Veo que hacen composturas."

"Joven, la vida útil de su saco ya pasó. Era de ocho años. Los pantalones viven menos, sus piernas engordan o enflacan según su dieta." El sastre colocó a Alex delante de un espejo para tomarle medidas. "El saco que lleva el caballero es una desgracia, ha perdido los botones, los ojales son como ojos desgarrados." El sastre se sonrió satisfecho de sí mismo en el espejo.

Alex se volvió para ver en el espejo la cara oval de Diana, su pelo rizado y sus ojos almendrados que le gustaban tanto. Ella no disimulaba su ternura hacia él, la manifestaba al mirarlo. El nombre de Diana, a diferencia de otros nombres, representaba para él el espíritu de un lugar en la mitología y en el arte. Sus aretes de coral, su perfume Fracas, su signo Virgo, para él eran ella.

"Quiero que el saco esté listo para la boda de José María y Bárbara. Vendrán mis padres a conocerte."

"¿Para darme el visto bueno?"

"O el adiós definitivo."

"El joven perderá dinero si gasta en botones para ese saco viejo. Y si sigue poniéndose esos pantalones pasados de moda, que no combinan con su cara." El sastre le pasó el cepillo de ropa por la espalda para quitarle pelusa. La cinta métrica y el gis para marcar los metió en un cajón.

"Siento vértigo delante del espejo." Alex palideció.

"Un minuto más", el sastre se fue y regresó con una tela que le echó sobre los hombros como un manto. "Cien por ciento lana."

"Todavía no me voy y ya te extraño", Diana lo miró por encima de los rollos de telas.

"Yo también."

"Nuestros productos se acomodan a la personalidad del cliente. ¿No desea la señorita un traje sastre para acompañar el saco del joven? Puedo mostrarle telas, estilos."

"No", dijo Diana, mirando las telas enrolladas.

"El total a pagar es…" El sastre presentó la cuenta, los condujo a la caja registradora, pero viendo a Diana interesada en la transacción, señalando la sección de mujeres, profirió: "¿La dama no desearía ver la percha de los vestidos, los abrigos tres cuartos, el departamento de medias y guantes?"

"No, gracias."

"Tenemos novedades, ofertas, vestidos confeccionados."

"Me gusta que hagamos cosas juntos", Diana se dirigió a la puerta y el sastre los miró por el espejo marcharse de la tienda.

"Te amo como a mí mismo", Alex susurró a Diana en su oído, haciéndola sonrojar.

La boda

Faltaban pocos días antes de que Diana partiese. Pero ellos tenían un compromiso importante: la boda de José María y Bárbara. Así que el viernes en la tarde Alex y Diana salieron en coche hacia Cuernavaca. La ceremonia tendría lugar el sábado en el Centro Intercultural de Documentación, fundado por monseñor Iván Illich, un sacerdote católico nacido en Viena, hijo de padre croata y madre judía alemana.

Sentado junto a Diana, Alex siempre recordaría su rostro mirando por la ventana el paisaje agreste de Mil Cumbres. El conductor había tomado un atajo en círculo para echar un vistazo a los volcanes.

José María, en el asiento de adelante, hablaba de todo menos del motivo del viaje. Prendió el radio. En una curva de la carretera se oyó la voz engolada de un locutor de Radio Universidad. Daba la noticia de la muerte de Luis Cernuda. "El poeta de *Desolación de la quimera,* exiliado en México, será enterrado en la sección española del Panteón Jardín."

Como salida de la oscuridad, se escuchó la voz de Bárbara, sentada atrás con el estilista Alfonso, que venía haciéndole el pelo. "Tengo un secreto que he guardado durante años y creo que ahora es el momento de compartirlo con ustedes. Pasó antes de conocer a José María, antes de nuestra vida juntos." Ella, como esperando la reacción de José María, lo miró a la cara. El auto tomaba curvas, subía cerros, bajaba lomeríos. "Curé a un actor de Hollywood de sus inclinaciones hacia el mismo sexo. Ni las ninfetas podían excitarlo."

Todos los pasajeros guardaron silencio.

"Aclaro, esto sucedió antes de José María. Ni siquiera lo había visto en la calle. En 1960 yo tenía 23 años. Después de una gira artística por la provincia me invitaron a Acapulco. Al llegar al puerto, una brasileña que vino conmigo me dijo que Rock Hudson había estado en su avión y se hospedaba en el Hotel Presidente. Decidí ir a buscarlo para acostarme con él. Me puse un vestido provocador, que apretaba mi cintura, resaltaba mi trasero y levantaba mis senos. Era un atuendo que me ponía cuando salía a cantar."

Nadie dijo nada. Todos la miraron de soslayo. "Fui al Hotel Presidente, busqué a Rock Hudson en el restaurante, en la piscina, hasta que en la playa lo vi emerger de las olas. Me le acerqué y me presenté como actriz. Me invitó a comer. Después fuimos a su cuarto y nos acostamos. Él me invitó a regresar a Acapulco en una semana o dos para pasar un fin de semana juntos. Cuando regresé, en el Presidente de Acapulco estaba Rock con otro actor y nos encontramos en la recepción. El mánager nos llevó a nuestras habitaciones, nos mostró una doble, dijo que era para los señores, y una sencilla para la señora. Yo dije: 'No, la doble es para nosotros y la sencilla para el otro señor'. En la habitación había dos camas individuales, separadas por una mesita, le dije a Rock: 'Quita la mesa y junta las camas'. Días después, en la ciudad de México, Rock estaba en la suite presidencial del hotel. Nos acostamos juntos todas las noches. Salió en el número de diciembre de 1960 de la revista *TV Movie Screen* que habíamos estado saliendo juntos. El encabezado era *Rock Hudson's Secret Movie Romance in Mexico*. Había fotos de los dos en una corrida de toros y él me llevó a unos estudios cinematográficos que ya no existen. Otro día yo estaba en un restaurante en la Zona Rosa cuando se me acercó un gay muy enojado para decirme que no era cierto que yo estaba saliendo con Rock Hudson porque él tenía un amigo que lo estaba viendo. Sorprendida, pensé: 'Puede ser que él se haya acostado con RH una vez, pero no se están viendo'."

"¿Qué dijo Rock sobre los acostones?", preguntó José María irónicamente.

"Dijo que besar a una mujer era como besar a Pancho Villa."

"¿Qué más pasó entre tú y Rock?", la voz de su prometido sonó ahogada, como si le atragantara el nombre del actor.

"No mucho, otro día él me dijo que tenía que ir a Cuernavaca para ver a un alto directivo de la producción y fuimos a una casa que había rentado y comimos juntos. Siempre íbamos en pareja para cenar y bailar. En un restaurante, me dijo: 'Soy gran amigo de Doris Day, tú me la recuerdas: sabes lo que quieres, dices lo que quieres'." Bárbara continuó: "De adolescente adoraba a Rock Hudson, en parte porque era muy alto, medía casi dos metros. Mi fantasía era acostarme con él. No tenía foto suya en la pared de mi cuarto, pero pensaba en él. Normalmente no se realizan tus fantasías de adolescente. La mayor parte de la gente no vive sus fantasías. Yo viví las mías. Rock era *nice* y generoso. Yo no le pedía nada, nunca he sido afecta a pedir cosas a los demás. El último día que nos vimos le hicieron una cena en el hotel. Se retiró antes que los otros. Luego me mandó llamar a su habitación. Antes me había preguntado si podía recomendarle a un buen joyero y le recomendé la joyería Kimberley en la Zona Rosa. En su cuarto me dio un regalo, un collar de oro con perlas".

José María se quedó abismado.

Por la plática de Bárbara el viaje se hizo corto. Ya estaban en las afueras de Cuernavaca.

En busca de cigarrillos, José María se dirigió al Casino de la Selva, un complejo hotelero distribuido en *bungalows*, albercas, boliches y bares, propiedad del magnate Manuel Suárez, que había hecho su fortuna vendiendo a los mexicanos tanques de agua de concreto. Desde la terraza del hotel se dominaba la vasta noche y el caserío alumbrado.

El bar estaba cerrado. Alex miró con melancolía los arreboles del cielo sanguinolento. José María tomó una cerveza en la terraza. No había clientes. Solamente una fregona de rodillas echaba agua enjabonada a las losetas. Las sillas patas arriba sobre las mesas en combinación con las vidrieras rotas. La fregona, por tener labios pintados, mejillas polveadas y listones de colores en las trenzas, daba la impresión de que al terminar su jornada tenía una cita de amor. Antes de volver al auto, Alex dirigió la mirada al bar sintiendo que había sombras delante del refrigerador peleándose por una cerveza. ¿El fantasma de Malcolm Lowry andaba suelto? Oculta en la penumbra, Bárbara se prendió una rosa robada del jardín y se metió en el coche.

A las puertas del Centro Intercultural los viajeros fueron recibidos por la francesa Valentina Borremans y la búlgara Fyodora, custodias del ego de monseñor Illich. Después de comer, los condujeron a sus cuartos habitados profusamente por arácnidos. En ese convento, que servía de oficinas y residencia a Illich, Diana sintió que entraba al reino de las arañas. En su recámara, lo primero que Alex y Diana vieron fue una araña peluda en la pared. Lo peor, tenían que pasar la noche con ellas viéndolas ir y venir por las vigas del techo. Con resignación Diana aceptó, aunque no las perdía de vista.

Iván Illich, sacerdote jesuita establecido en Cuernavaca desde comienzos de los años sesenta, seguía una regla de silencio en sus actividades, no sólo por discreción, sino porque los monjes de otras órdenes religiosas lo hostilizaban por sus conceptos revolucionarios sobre escolaridad y salud. Austero en sus hábitos, dormía en una celda monástica. Un crucifijo en la cabecera.

Diana seguía los movimientos de las arañas en las vigas pintadas de blanco de la vasta recámara que le habían dado. No le reconfortaban las explicaciones de Valentina y Fyodora de que "las arañas viven allí". Cada vez que localizaba una en el techo, descubría otra sobre la puerta. Temía que le saltaran encima al apagar la luz. Los pisos olían a madera encerada. Las arañas eran masas con ojos. El patio exterior estaba tan oscuro que la noche parecía entrar desde el espacio. La calle se perdía en unas tinieblas que se bifurcaban en otras tinieblas y en la oscuridad total. Las ventanas del convento estaban bloqueadas, pero las arañas pasaban a través de ellas.

"Aquí dormirán", Valentina ofreció a Alex una toalla. "Para que no pises arañas."

"Inútil matarlas. Habrá más en la noche." La búlgara Fyodora se divertía con su miedo.

"Al padre Illich le hace gracia que los visitantes se asusten al verlas al borde de las cobijas, a la altura de los ojos, cuando llevan dentro sus propias arañas", Valentina exploró la reacción de los recién llegados.

"Monseñor espera que no sucumban al miedo y empiecen a acostumbrarse al inframundo prehispánico, que debe estar aquí abajo."

Diana descubrió una tarántula de rodillas rojas entre las vigas. De repente avanzó como una corona con patas. Alex observó a ese arácnido al que no se le veían los ojos, aunque desde el techo la tarántula parecía mirarlo.

Hacia las nueve de la mañana, Alex y Diana salieron al jardín a desayunar. Fruta, jugo y café estaban sobre la mesa blanca. Las botellas de mezcal eran marca Lowry. Bárbara, en la piscina, se sentó en el pasto entre gafas de plástico. Se quitó el sostén.

"Las arañas me dan ñáñaras." Pilar clavó la vista en el azul caliente.

"No quiero hablar de ellas", Alex encendió un cigarrillo.

Más tarde, Alex y Diana se fueron en coche a explorar los jardines construidos por José de la Borda, un hispanofrancés, católico ferviente, que había sacado de cuarenta a cincuenta millones de pesos en plata de sus minas en Tlalpujahua, Taxco y Zacatecas. Se despidieron del chofer y pasearon entre los árboles y las flores, por las terrazas, las cascadas y las fuentes. Se tiraron en un prado besándose. José María estaba en el Centro Intercultural fumando debajo de un árbol. Se durmió con el cigarrillo en la boca. Padecía de acidia, enfermedad de eremitas medievales, aunque su malestar tenía un rostro actual, Bárbara.

Entre los árboles había jaulas con las puertas abiertas no para atrapar pájaros sino para cazar arañas, a las cuales estaba prohibido matar. Alex descubrió a un quetzal en una rama. Supo que era hembra por el plumaje verde arriba y pardo debajo, el vientre rojo y la cola corta. Se la había traído a Illich una monja de Chiapas, pero el jesuita la dejó libre. Lejos de su hábitat era como un ave desterrada. Casi sin plumas, daba la impresión de haber dejado de ser quetzal. Diana sacó su cámara Minox. El ave voló. Ella fotografió su vacío.

Desde el sendero apareció Bárbara. En lugar de sostén, un pañuelo rojo.

"Aquí no hay otra selva que el casino abandonado." José María miró con desagrado sus pechos sueltos.

Bárbara quiso abrazarlo, pero él evadió el contacto.

"Lo compré en el centro", ella le aventó un periódico.

"¿Fuiste al centro?"

"A buscar artesanías."

"Gracias, pero no vale el papel en que está impreso. Es una publicación vendida en que las noticias parecen obsoletas, incluso las que saldrán mañana."

"Nunca estás satisfecho con algo que te traigo."

"Me gusta que me regales algo, pero no esta basura."

"Volvamos con los otros, apenas hay tiempo para disimular."

"No nos casaremos por la Iglesia, Illich sólo vendrá a bendecirnos", aclaró José María.

A medianoche llovizno. Cuando Alex salió a dar un paseo estaban los senderos lodosos. Renunciando a la intemperie, él retornó al convento y encontró a Bárbara en el corredor. Maquillada, a medianoche se recargaba en una pared junto a un teatro sin público y en desuso, pero con las puertas abiertas y las sillas patas arriba, era parte de una obra sin título. Con vestido transparente, el cinturón desabrochado, mostraba sus medidas aprobadas por la agencia de Amberes y su perfil de vikinga, sus largas piernas, sus zapatos de tacón alto. Inmersa en sus pensamientos, quizás dudaba de sí misma o de su boda. Al principio ella no notó a Alex, hasta que tosió. Se saludaron y él regresó a su cuarto.

La boda se celebraría en el convento. La comida sería preparada en una fonda. Los padres de Bárbara y los padres de él se mostraban contentos por ver a sus hijos crecidos casados. La ceremonia tendría el mismo formato que otras que se llevaban a cabo en el Cidoc. Por instrucciones de Illich, como en la boda de Caná, se serviría primero vino aguado y luego, un importado. Junto a los aperitivos se daría coñac y vino verde portugués. Para fastidiar al prójimo serviría primero uno bueno y luego otro malo. El Sauternes junto a Coca-Cola y rompope. No daba gran importancia a la comida, juntaba el pescado con el mole y los chicharrones con el salmón ahumado. Para hacer más especial el festín, después de los flanes, cocadas y arroces con leche, se invitaría a los perros ferales a compartir las sobras de los postres. Servidas en platos de barro por una Adelita de grandes ojos negros, sus movimientos y sus silencios serían amenizados por la orquesta de uno: un pianista ciego tocando bajo árboles deshojados.

Como hacía rato los invitados habían acabado de comer, pero seguían sentados, Fyodora ordenó que tocaran música de fiesta y en la mesa de Alex misteriosamente apareció un tablero de ajedrez.

"¿Quieres que juguemos una partida?", preguntó Farah. Había venido a Cuernavaca en su camioneta.

"Bueno", Alex comenzó a acomodar las piezas, pero en ese momento la puerta de la casa rentada se abrió y en el umbral apareció la pareja. José María, alto, vestido de negro, representando menos de veinticinco años. Bárbara vestida de negro, alta y pelirroja. Su sonrisa era franca, como si le pareciera divertido casarse con un hombre de apariencia adolescente. Cuando la jueza le preguntó que si aceptaba por marido a José María, ella dudó un momento, y luego sonrió plenamente.

El artista del vidrio Alan Glass bebió champán en un zapato de tacón alto de Bárbara. En ese momento, los amigos de José María lo echaron vestido en la piscina como una inmersión ritual en el agua. Lanzaron también a Toni y a Linda, hermana de Bárbara. Tostados por el sol, desnudos en la alberca. Los tres rockeros que vinieron a Cuernavaca empezaron a tocar y bailar. Los borrachos locales hicieron lo mismo.

Nadie condujo a Bárbara al altar, porque no había altar. Su madre, una mujer de gran busto, no estaba interesada en rituales religiosos. Los prados, con el pasto recién cortado, sirvieron de lecho a parejas que se acostaron desnudos para recibir los rayos de luna. Los hombres, con cara de lunáticos. Ellas, con gestos procaces.

"Nos queda claro que los novios pasaron los exámenes médicos y presentaron los papeles al Registro Civil; los documentos faltantes los presentarán el lunes. No hay prisa, el juez y el señor obispo han sido invitados a la boda." A las cinco de la mañana apareció Fyodora sonando una campanilla. La acompañaban dos monjas con los pechos descubiertos. En las manos tenían velas aromáticas para sahumar la noche.

"Se apagaron las luces, compañeros, empieza a amanecer, cada quien a su cuarto, a su coche, a su colchón o a su silencio. Si hay alguna amiga de la novia que sea voluntaria para acompañarla a su alcoba y ayudarla a desvestirse, que dé un paso hacia delante, la noche es breve. Diviértanse en la oscuridad. Nos vemos para almorzar alrededor de la piscina."

"Ese pájaro tirado en el pasto me inquieta. ¿Qué hace entre los pies de los invitados?", preguntó Diana.

"Es un pequeño corazón que late", dijo Alex.

Gambito de nubes

Alex había crecido en un pueblo de una sola calle, entre cerros, cielos azules y nubes blancas. En su infancia se creía rico, pero cuando se fue del pueblo sintió que había perdido la poesía de la vida. Entre los monumentos y las multitudes era un miserable. Si bien las nubes no valían nada, para él valían mucho, porque tenían la forma de sus sueños.

Alex llevaba con él *Los más grandes juegos de ajedrez del mundo*, un poco como lectura, otro como bastón contra la soledad. Abría cualquier página y leía frases ajenas al juego que no estaban en el libro: "De repente la mujer se vuelve hacia su sombra y digiere su nada. La mujer no digirió su miedo y toda la tarde tuvo agruras de nostalgia". Abandonado el juego, pensó en el *Libro de la invención liberal y arte del axedrez* por Ruy López de Segura.

Alex, solo ante sí mismo, de nuevo en el Tirol, se entretuvo viendo la luz solar que entraba por la ventana. Margarita no estaba en el café, declarándose enferma de la garganta se había quedado en Ciudad Netzahualcóyotl a descansar.

El Tirol fue de Alex. Hasta que alguien dijo que se había producido una balacera en un antro de la calle de Tokio y por la calle de Génova pasó una caravana de motos y de carros blindados. Unas horas después, la radio dio la noticia: "Los disturbios se están volviendo más violentos y hay bloqueos de calles. Las fuerzas del orden han clausurado una clínica en la colonia Roma donde se practicaban abortos. Los granaderos irrumpieron en sus instalaciones y se llevaron a pacientes, fetos y enfermeras".

Los días pasaban y la fecha de partida de Diana se aproximaba, una desesperación silenciosa comenzaba a metérsele dentro. Cuando pasaba un día sin verla, tomaba un taxi, aunque fuera por unas cuadras, para ir a buscarla. Cuando en la calle de Londres vislumbraba a una turista daba órdenes al taxista para que parara el carro. Mas dándose cuenta de que no era ella, sin razón y sin motivo, sentía celos. No por pensar que ella anduviera con otro, sino porque se encontraba en otra parte lejos de él.

Esa tarde del martes, Diana había ido a la Fonda del Refugio a comer con su amiga Irene. Pero como el servicio fue malo y los platos llegaban lentamente la tarde se nubló. Y al nublarse la tarde los ojos de ella se nublaron también.

"Este clima me recuerda los aguaceros de mi infancia, tanto los pasionales como los religiosos, y los que vendrán en mi vejez", dijo Alex. Entretanto, como en un juego, las ramas cargadas de agua parecieron animarse y soltar vientos torrenciales. La ciudad bailaba al ritmo de la borrasca y las campanas de la colonia Roma repicaban agua. El espectáculo era efímero, porque luego salía un sol radiante. Sólo por unos minutos, porque el cielo se volvía un mar azul cobalto.

Las nubes regresaron. Como olas blancas arrastradas por el aire. Sin raíces y sin memoria, como una nostalgia sin motivo. Algunas tenían forma de frutas, de figuras mitológicas, de montañas y hasta de monstruos marinos. Soportaban todo, duraban poco. Se iban con una forma y regresaban con otra. Como sueños, como aves, como jirones de algo, como cabezas cortadas se camuflaban con el azul, con la transparencia, con la nada, como si la nada tuviera forma, no fuera solamente nada.

Cargadas de lluvia, las nubes parecían encintas. Como esos cerros mexicanos a los que algunas veces se les llamaba montaña, colina, loma, desfiladero, altiplanicie, las nubes cambiaban de nombre y de forma. Inconsistentes, sin lugar fijo, sin duración precisa, las nubes eran la forma visible de lo transitorio, de la impermanencia del mundo.

A derecha e izquierda aparecían y desaparecían las nubes, inadvertidas, terrestres y etéreas, estando sin estar. Todo el tiempo, todo nada, las nubes. Alex se deleitaba con el canto visual de ese celaje tan cambiante como imaginario, tan real como los cerros pedregosos de su infancia que ya no alcanzaba ninguna mano. Aislada o aborregada, una nube roja, como un ave marina que atraviesa sola ese mar no de aguas, sino de azules inasibles, entonaba su color-canto. Todo el día sentida, toda la noche oída en el allá cercano y en el aquí lejano iba la nube por el cielo.

Habituado a sus giros efímeros, él se quedaba pasmado ante sus formas variables parecidas a un animal, a una fruta, una roca, una oreja o a ellas mismas. Acostumbrado a su condición inasible, él seguía sus transformaciones, sus movimientos y su fugacidad, como partes de él mismo. No se cansaba de verlas.

Algunas nubes tenían perfil de lobo, de niña con flecos, de halo dorado, de azul tirando a gris a carmesí a amarillo, en formación y deformación perpetua. En ese azul de nadie, en ese mar elevado, las nubes parecían las barcas doradas de un sol egipcio.

El 16 de septiembre se acercaba como una amenaza de ruido y de baile masivo. La fecha estaba a la vuelta de la esquina. Las fiestas patrias no se limitaban a un día, ocupaban un periodo vacacional en el que se mezclaban patriotismo y sentimentalismo, fervor y grito. Fachadas iluminadas y edificios abanderados lo proclamaban con cohetones. La multitud celebraba la noche del 15 bajo una lluvia pertinaz, entre fuegos de artificio, danzas típicas y discursos de funcionarios. El clímax, el tañido, el repiqueteo de la vieja campana de la Independencia era un Viva México desafiante, colérico, violento. La gente disparaba gritos tricolores hacia los cuatro vientos. Y un ocasional tiro de pistola impresionaba a turistas y mujeres con su violencia seca.

Días antes había comenzado el éxodo hacia el campo, la radio anunciaba festejos escolares, pero también escasez de agua, y entre la lluvia había conatos de violencia. Aunque solía llover el quince en la noche y aguarse el Grito, habría desfile oficial con aviones y tanques y discursos de políticos dándose golpes de pecho por la patria saqueada.

"Todavía no cruzas el umbral de lo lejos y ya anticipo tu regreso", una voz interna en Alex remachaba la nostalgia por Diana.

Reloj, no marques las horas
porque voy a enloquecer,
ella se irá para siempre
cuando amanezca otra vez.
Haz esta noche perpetua…

Alex oyó por radio el bolero "El reloj".

Una vez en su cuarto, los ojos abiertos en la oscuridad, tardó horas en conciliar el sueño. Pensaba en la separación inminente, en los coches que partían, en el rostro de Diana. Cada respiración, cada minuto lo acercaba al tiempo de las maletas. Respecto a las ropas mezcladas, las de él tiradas en el piso y las de ella en una silla, temió separarlas.

Al vislumbrar el alba, tanteó la luz en la frialdad del vidrio. En el baño, escuchó ruidos de gatos en celo corriendo por los tejados. Los gatos, con sus maullidos dolientes, entregados a la furia del amor, continuaron persiguiéndose por las calles dormidas de la colonia Roma.

Gambito de despedida

Un perro viejo estaba echado a la puerta con sus orejas y sus ojos al ras del suelo. Baboso y nostálgico miraba a la calle. El coche descapotado que llevaría a Diana a Nueva York ya estaba estacionado en la calle de Guanajuato. Sus amigos fachosos, con los que había venido a México, aguardaban recargados en el auto fumando Delicados. En cuanto ella saliera partirían directo a la frontera, sólo parando en la carretera para comer, dormir o pasar al baño. Querían alcanzar la próxima ciudad antes del anochecer. Alex había prometido venir a despedirla y allí estaba diciéndole adiós con los ojos antes de abrir la boca.

Desde el umbral de la puerta una mujer estaba mirando. Ya no reconocía la casa que nunca fue suya y pronto dejaría. La ventana, la cama, la escalera que le eran ajenas le serían más ajenas. Sin proponérselo, empezaba a olvidar la casa que pronto dejaría. Como si huyera de sí misma, ella, antes de irse ya se había ido. Sin cerrar la puerta había entregado a la dueña la llave y Diana le había dado a él en prenda su vestido anaranjado, rehén de su regreso. En sus ojos había huellas del ayer no consumado. En cada habitación resonaban los pasos de una ausencia programada. Por más que se esforzara, él, dominado por sus propios anhelos, no podía ocultar los embates de la nostalgia que se acercaba.

Desde que se despertó, Alex escuchó los motores. ¿Había soñado que se iba o solamente temía sus temores, porque ya murmuraban en sus oídos el aire de las curvas y el chirriar de los frenos? Los llanos y los cerros parecían más lejanos que el mar y sus orillas. Cuando el polvo en la ventana permitiera de nuevo mirar el cielo, ella no estaría allí para mirarlo. Él la amaba tanto y la querría aún más cuando se acrecentara la distancia. No importa que acariciara dentro la vaga promesa de volver a verla. Como se pierden las briznas en la mano, así se perdería el rastro de sus pasos. Su figura y su gesto transmontarían los días, sorteando los peligros de la separación, pero desde el fondo del deseo él desde ahora se aferraba a la esperanza del retorno.

La distancia que existe entre anhelo y anhelo ya la sentía dentro como un nudo en la garganta. Desde que se despertó en la madrugada él escuchaba el ruido de los motores en los cerros, y en sus oídos, el murmullo del aire del desierto. ¿Por qué los llanos próximos parecían más lejanos que el mar y sus silencios? ¿Por qué había soñado él que ella se iba y temía más que a otra cosa sus propios temores? Cuando el polvo que estaba en la ventana dejara mirar el cielo, la vista sería límpida pero ella ya no estaría. La amaba tanto y la querría aún más sabiendo que conservaba cada detalle de la promesa de verla de nuevo hasta siempre jamás. Pero como la urna que guarda en su reloj el tiempo que gotea grano a grano, así sería su corazón de arena; así sería el rastro de su rostro y las olas que se fueron y el de aquellas que nunca volverían.

En el hoy inmediato se realizaba la partida, su mirada iba y venía tocando cosas vanas para agarrarse de algo. Y él mismo se rehusaba a soltar el presente. La palabra adiós se resistía en su boca y no querría ni asomarse fuera de la puerta del albergue. Él se había propuesto soportar callado los movimientos de fuga que se acercaban al adiós, aunque un botón de su suéter caído de la tela le recordaba todo el tiempo que la partida de ella era inminente. Entonces, como por descuido, pasándose la mano por la cara, se limpió una lágrima.

"Quisiera irme contigo, pero no hay lugar para dos en el carro y no tengo pasaporte ni visa ni dinero", enunció él con los ojos. Y subió al cuarto para ayudarla a bajar el equipaje. Sobre la cama estaba su maleta como un hocico abierto a las ausencias y distancias: libros, faldas, camisones, zapatos y tarjetas postales con frases de despedida. Dentro de poco, el futuro se haría presente.

La casera entró para supervisar que las toallas, las fundas, las almohadas no viajaran con ella, que el tapete raído no huyera con los ganchos del ropero colgados de un tubo. Afanosa, Irene se puso a doblar la colcha, las cobijas, las sábanas.

"Para abrirla después", Diana metió en el saco de Alex una carta.

Sin leerla, él corrió la cortina que daba a la pared del edificio de enfrente. El mismo vacío adentro y afuera.

En la calle, tocó el claxon el chofer del coche. Un joven gordo subió a buscar el equipaje. Alex y Diana bajaron juntos. Viéndose sin verse, ella dirigía los ojos hacia la distancia de un viaje inminente que pronto se materializaría. Con los ojos dijo: "No te preocupes, volveré en su momento. Si bien una nunca se baña dos veces en la misma tarde". En realidad, él se sentía como el paciente que va a ser operado sin anestesia y sin analgésicos y teme que al abrir los ojos no vuelva a verla nunca.

Como una respuesta a una pregunta que nadie le hizo, Diana balbuceó algo incomprensible. En el coche se acomodó en el asiento de atrás junto a una muchacha con pantalones de mezclilla y playera azul, que iba a un país frío, pero se vestía como si fuera a Acapulco. No fumaba, no, pero llevaba cajetillas de Delicados para dar de regalo, y unos billetes de lotería pasados.

"Lee la carta. Regreso en ocho semanas", prometió Diana.

"Ocho semanas son una eternidad", replicó Alex. "Todo puede pasar en ocho semanas, hasta el olvido. Sólo veo días vacíos, tardes sin nadie, horas que deseo pasar dormido. Espero tu regreso."

"Te dejo como prenda este vestido, me lo das cuando regrese. No te preocupes, todo saldrá bien." Diana lo abrazó de nuevo. Él besó sus mejillas húmedas.

El coche lento se internó en el tráfico. Con ella arriba, se echó en reversa. Pisando sombras, arrancó. Diana miró a Alex. El auto dio vuelta en avenida Chapultepec. Se detuvo en un semáforo. Se perdió entre los edificios. Los atrapó el desfile del 16 de septiembre.

Alex se quedó parado delante de la calle vacía. Una mezcla de tristeza, cansancio y sueño lo invadía. Al aire libre, se sentía cautivo en una jaula de concreto. Hipnotizado miraba la nada de cemento y vidrio que se le echaba encima. Pensó que lo mejor que podía hacer ahora era ir a su cuarto y tomar una siesta de meses. Tenía delante una sarta de días sin aire y sin amor, y deseaba pasarlos dormido. Sólo serían dos meses de separación. No más. No debía tener celos de los hombres que viajaban con ella, ni siquiera recordaba sus rasgos. Sólo temía a su soledad y a esa ansia irreprimible que empujaba sus pasos hacia ninguna parte. Las multitudes que desfilaban eran imágenes de una nada en pantalones y vestidos.

Alex, evitando pisar las orejas del perro viejo echado a la puerta, caminó hacia la calle de Hamburgo. Pasó por el Café Tirol. Estaba cerrado, pero vio a Margarita arrodillada ante un altero de tazas sucias y moliendo granos de café. Tenía las piernas separadas tanto como se lo permitía su uniforme de tirolesa. Tarareaba la canción "La Adelita". Él atravesó como pudo la glorieta de la Palma. Siguió por Río Rhin. En un parque, se sentó mirando al cielo vacío.

Por calles sin nombre anduvo para no ir a su cuarto, para seguir andando, para no quedarse quieto, para evitar nostalgias. Se topó con una adolescente con la cara lavada por la lluvia. Su gesto rebosaba euforia. Apreció su sonrisa franca a través de los cabellos húmedos. La muchedumbre, cercana y lejana a la vez, era un colectivo vacío, una amalgama de hermosura y fealdad, de riqueza e indigencia, de vulgaridad y torpeza condenada a la muerte.

Se paró en la esquina como tambaleándose sobre el instante fugitivo. Observó las calles vacantes hasta allá donde podían llegar sus ojos. La vida promiscua se desvanecía con su red de calles y paisajes varios. Alex no podía imaginar un mundo sin ella. El monótono laberinto de calles, carreteras y poblaciones le pareció insoportable.

"Aquí la esperaré", Alex se sentó en el pasto. "En este valle poluto rodeado de ríos secos y montañas taladas, la esperaré", pensó él en Diana como un náufrago que se resiste a hundirse en el mar abstracto del olvido. Leyó el encabezado de un periódico: "Muere chica a manos de tratantes: un gángster sospechoso".

Por Reforma venía el desfile por todos los carriles del ruido. Un ciego ofreció a Alex un periódico pasado como si las noticias que traía hubiesen sucedido hace mil años.

En el bullicio del desfile, en el fragor de la nostalgia, Alex se encontró con el muro de espaldas de veinte colegialas estorbando el paso hacia otra calle. En ese momento, él pensó en el coche lleno de maletas que se llevaba a Diana lejos, cada vez más lejos, hasta desvanecerse en la carretera solitaria.

En el Kiko's, la cafetería con piso de mosaicos blancos y negros como un tablero de ajedrez, Alex halló mesa junto a la pared con espejos. Ocioso, clavó la vista en la azucarera en forma de reina, como una tumba de vidrio. Imaginó al rey entrampado por el juego posicional de un contrincante imaginario, encerrado por sus propias piezas. Reconoció la combinación de jugadas que conducían a la tumba de Filidor.

"Jaque mate", Alex movió el caballo de un escaque a otro y acabó el juego.

Vuelo

Bajo el sol otoñal Alex se quedó dormido y se despertó al amanecer con un rostro en la mente pintado por Tiziano, Da Vinci y Vermeer, quienes habían pasado su vida configurando la cara humana, el cuerpo humano. Pero los labios, los ojos y los sueños seguían siendo irrepresentables, así pasaba con la mariposa monarca, viéndola atravesar el bosque, seguía siendo irrepresentable.

Alex recientemente se había cambiado a un pequeño departamento en la calle de Oslo. Haría dos meses desde que Diana se había ido. Contra el sol que se ponía vio a una oropéndola, su sombra dorada como recién desprendida del crepúsculo. No lejos un zopilote desagarraba a una carroña emitiendo un chasquido como de bisagras rozando una puerta. En la Óptica Moderna un pájaro se paraba sobre el ojo, la insignia emblemática fotografiada por Manuel Álvarez Bravo. Alex, dando una vuelta por el rumbo, desde la calle de Niza columbró la ventana de su cuarto. Estaba iluminada. Subió la escalera hasta el tercer piso. Al abrir la puerta halló a una persona dentro. Una maleta en el suelo tenía una etiqueta de aerolínea. Diana estaba esperándolo.

"Toqué el timbre, pero como nadie contestó decidí subir." Ella corrió a abrazarlo. "Dejé mi trabajo en Nueva York para venir a verte. *Where you are is home.*" Ella exploró con los ojos el mobilario económico. Preparando su llegada, Alex había ido esa tarde a comprar en un mercado de muebles una cama y una mesa con dos sillas pintadas de negro. Sobre la mesa estaba su máquina de escribir Olympia. Para pagar la renta, Enrique Rocha le había pedido a su esposa Marlene, hermana de Alicia, que le prestara dinero para que su amigo poeta pudiera alquilar un departamento. El cabello negro de Diana brillaba como en una pintura del Greco. Sus mejillas estaban pálidas a pesar del colorete. Vestida para pasar una larga estancia a su lado, estaba fresca a pesar del viaje en avión.

"No vayas a romper los platos", Diana vio la precipitación con que Alex los lavaba.

"Llegaste a tiempo para visitar los santuarios de la monarca", dijo él.

"¿Cuándo partimos?"

"Mañana temprano".

Al día siguiente salieron. Como en un sueño, Diana y él desde el coche vislumbraron a través de la neblina el Nevado de Toluca. Llegaron a Contepec al anochecer, alcanzando a ver la silueta azulina del cerro Altamirano, con sabor a memoria de la infancia de Alex.

La entrada al pueblo era semejante a la salida. Nopales, magueyes, encinos y cercas de piedra. La puerta del mercado allí, una fonda allá, la tienda de abarrotes más allá, todas cerradas.

A la puerta de la casa natal apareció mamá Josefina, ya sana. Se envolvía en un chal bordado por ella misma. Siempre bordaba sus chales. Sentó a Diana a su lado para cenar. Fidel, el mozo, aguardaba en la calle con dos bolsas de dormir, por si querían pernoctar en el santuario para ver al amanecer las mariposas.

"Se quedarán en casa", dijo Josefina.

Alex no dejaba de ver por la ventana de su cuarto su edén natal. Pero en su mente reclamaba: "¿Por qué tiraron ese fresno? ¿No sabían que era más hermoso que la iglesia?". El Cine Apolo era un cascarón. Oscuro día y noche. Sus butacas se quebraron, los aparatos de 35 milímetros se descompusieron. El cura ya no prohibía desde el púlpito las películas de rumberas.

En la plaza principal estaba la tienda de ropa de su padre. Los gatos que dormían sobre el mostrador habían muerto. Los perros, hijos bastardos del pastor alemán el Moro que Nicias compró a un español que se iba de México, yacían en el corral. La puerta del zaguán estaba abierta. No había nadie detrás. Su madre todavía escuchaba en el corredor los pasos del fantasma parado sobre un tesoro que no entregaba a nadie. Diana se quedó con Josefina frente a la estufa preparando quesadillas de flor de calabaza. Entre el calor de los braseros y el gorjeo de los canarios Alex comprendió por qué sus sueños, dondequiera que él se encontrara, tenían lugar en Contepec. Su ego estaba atado a un cordón umbilical onírico. Aún le divertía saber que la película favorita de su madre, una mujer a la que nunca había visto bailar, era *Las zapatillas rojas*.

Al fondo estaba su cuarto, abierto de par en par. El colchón de la cama, después de una tan larga ausencia, era un témpano de hielo. Y aunque la voz de su padre sonaba en el ayer con ecos de ahora, el presente le pesaba como una lápida. La cara de su madre, más ajada, aún guardaba el candor infantil, aunque sus ojos estaban quebrados por la nostalgia. Además, desde que él se había ido del pueblo, toda visita era una despedida: la maleta se quedaba a la entrada.

Junto a la cocina estaba el cuarto de Dominga, la muchacha de servicio. Con las manos enjabonadas delante del fregadero, hoy como ayer, se enfrentaba a una torre de cacerolas, platos y vasos. Era la encargada de las tortas. Cortaba los bolillos, untaba las mitades con frijoles refritos, los rellenaba con chorizo o queso fresco, les echaba chiles jalapeños y las envolvía con servilletas de papel. Trenzas negras caían sobre su espalda de campesina acostumbrada a romper terrones y lavar ropa. Su cutis seco no necesitaba cremas, estaba más allá de toda redención. Su boca era una fresa de labios partidos. Sus ojos negros no requerían anteojos; aunque fatigados, aún brillaban. Dominga llevaba zapatos sin calcetas como cuando llegó del campo. Le encantaban las tunas y los chapulines crujientes. Su padre trabajaba en el panteón haciendo ángeles con alas como de abejas, pues en su milpa tenía enjambres. Dominga, después de echar una ojeada crítica a Diana, se puso a enjuagar trastos. Alex, escrutando el cielo, divisó una extraña sombra blanca como de luna derramada.

Al romper el día, en el jardín, Fidel los esperaba con una yegua vieja y un burro flaco para llevarlos al cerro Altamirano. "Aquí cerquita." En el bolsillo del pantalón asomaba su tranchete. "Pa' los alicantes", unas víboras que nadie había visto. Mamá Josefina les dio una bolsa de hilo con el itacate: tortas de queso fresco, más botellas de agua. A través del chal ella sintió un piquete como si una aguja estuviera en la tela. El dorso de su mano brillaba por la piel seca. Alex miró a su propia sombra como a una desconocida. Diana, con su abrigo de pana, los esperaba junto a una banca del jardín. Dijo que el cerro tenía forma de pájaro. Su peineta parecía un prisma refractando la luz.

La calle principal iba directo al cerro. El camino por el que su madre encinta lo había llevado al santuario estaba delante de él. Ella había querido que su hijo en gestación llenara su espíritu de vuelo. La senda ancestral al cerro iba vadeando recuerdos, barrancas y olvidos. Con los ojos clavados en el Altamirano, Alex subía a la cima como si se ascendiera a sí mismo. No perdía de vista esa cumbre. No sabía por qué siendo el bosque verde en la distancia se veía azul. Quizá porque el paisaje que veía era interior y el azul lo llevaba dentro desde niño, y ese azul se había vuelto profundo, parte de él. Así como los que viven cerca del mar con sólo escuchar el vaivén de las olas ven el mar, no importa si están lejos o es de noche. Él, con sólo oír la brisa, veía los árboles, y con sólo ver llover, escuchaba sus rayos.

En yegua y en burro, Alex y Diana pasaron por el mercado, el edificio del molino de harina, las casas de las orillas. A partir de la cañada del Pintor todo fue cuesta arriba. Musgo y colibrí, girasol y cenzontle, mirlo y nopal se quedaron atrás. En los pedregales resbalaron los animales. Hormigas negras y rojas salieron de troncos y raíces, de agujeros y cámaras de larvas para devorar a una babosa. Medidores y escarabajos escapaban de las pezuñas subiendo. Alex y Diana se sujetaban de las cabalgaduras que afirmaban sus patas en terrones y piedras. Nada los desanimaba, echaban el corazón por la boca.

Alex escuchó el sonido y la voz de la campana de la torre de la iglesia como si su infancia misma repicara. Eran golpes metálicos y secos, ecos producidos por los badajos de la memoria. El recuerdo retumbaba y se extendía hasta que la reverberación se iba apagando. O sea, resonaba en el ahora lejano, y en ese repicar se oía a sí mismo en la tienda de su padre, en aquellos días de noviembre cuando las mariposas recorrían las calles del pueblo como ríos aéreos. Él sentía en sus ojos que el cerro se movía. Efecto de la luz y del vuelo. Alex sujetó las riendas de la yegua que montaba Diana, acostumbrada al peso de la carga y al paso del ascenso.

Una niña campesina cruzó un puente de piedra y plantas. Vestida con enaguas de colores y adornada con chaquiras, daba la impresión de llevar sólo ropa interior por la delgadez de la tela. Del otro lado había un estanque de aguas límpidas. La yegua, resbalando por piedras sueltas, afirmó su paso.

"Adiós, hermana", Alex extendió la mano con unos pesos para dar a la niña. Pero ella, al verlo amenazante de bondad se echó a correr. Y sólo al llegar al cruce de dos caminos se paró. Volvió la cara hacia Alex como si ya lo conociera.

De un vistazo él vio su vestido terroso, el fulgor de sus ojos negros, su sonrisa de carita sonriente. Hasta que partió detrás de una mariposa para cogerla. Pero el lepidóptero alzó el vuelo. Cerro abajo y cerro arriba el pueblo desaparecía con sus mogotes y sus llanos verdes, como si hubiesen pasado siglos de olvido por ellos.

"Ya no corras", la mujer detuvo a la hija.

"Ésa es la niña a la que le devolvieron la vista las mariposas", dijo Fidel a Alex. "Un rayo cayó cerca de ella y perdió la *fantasía*. Durante meses sus ojos fueron extraños en su cabeza. En su cara aparecían dos luceros mojados con agua negra. Por los cerros iba como enjaulada, hasta que oyó que habían llegado las mariposas y su aleteo despertó su mirada."

"Cierto", dijo la madre. "Voz y ojos fueron su libertad."

"Buenas tardes", saludó la niña. Y bajo el sol, madre e hija se fueron como dos sombras. Dos sombras que pasaron junto a Alex ligeras, igual que si estuviesen a punto de levantar el vuelo.

Catarinas, mariquitas rojas de siete puntos buscaban en los matorrales pulgones, parásitos de las plantas, con los que se alimentaban. Tanto ellas como sus larvas eran voraces depredadores de los depredadores. Diana se maravilló ante este insecto de cuerpo semiesférico, color rojo brillante, alas duras, rayas longitudinales y manchas negras. Andaba en las plantas, cuyas ramas abiertas dejaban ver su gracia. Diana cogió puñados de catarinas y las soltó cuando subían y bajaban por sus manos haciéndola reír. En un cruce de caminos pasó el primer río de mariposas revoloteando entre los oyameles. El santuario no estaba lejos.

En el estanque había crecido un árbol. Un oyamel de las tierras altas y frías había arraigado en el fango. Ramillas en cruz y hojas lineales en forma de conos se juntaban a los árboles caídos. Un verdor celeste se mecía en el agua. Cifra del otoño, desbordaba amarillos y ocres bordeados de trementina y color negro. Su follaje replicaba los colores de un ala de mariposa. Las ramas más altas daban a un torrente; las bajas se sumergían en la tierra. A la derecha, un pequeño rectángulo de hojas replicaba un cielo dorado similar al cielo de la *Anunciación* de Simone Martini. Por los reflejos en la superficie del agua, Alex tuvo la sensación de que había dos árboles. O dos troncos anudando el más allá cercano con el más aquí lejano.

El camino se perdía entre piedras rodantes. Las plantas rastreras y los troncos de los encinos se fundían con el oyamel. A través de sus brazos se podía tener una buena vista del llano de la Mula. El abeto de madera blanca bajo el azul abochornado del mediodía parecía la obra austera de un pintor antiguo. Existía una estrecha correspondencia entre arbustos y pájaros y hasta entre cañadas, grutas y serpientes. El bosque circundante, como beneficiado por los golpes de pincel de un artista de la naturaleza, estaba bañado de trementina, pigmentos rojizos y azul cobalto. A lo largo de la floresta, un perfume de origen desconocido impregnaba el monte con su aroma. Nadie conocía su nombre.

Arraigado en el centro del agua crecía el oyamel. Como saltando de un lugar a otro cambiaba de lugar en sus ojos, mientras ellos se dirigían a la cima. Un poco más lejos estaba otro estanque. Rodeado de sauces llorones. Abrazados por sombras verdes, su cintura se ahogaba en el agua.

Desde un peñasco musgoso se podía tener una vista precaria de Contepec. Las agujas de los oyameles apuntaban al cielo o al suelo y aún las ramas quebradas formaban un paisaje. Desde un montículo se tenía una vista panorámica. Todos esos elementos daban la sensación a los visitantes de adentrarse en un ambiente fuera del tiempo. Y como si el esquema cromático se debiera a la mano de un artista anónimo, los colores cálidos animaban ese cuadro viviente y se percibía una extraña correspondencia entre árboles y agua, entre aire y sol.

Sudorosos y sedientos, Alex y Diana llegaron al cráter de las mariposas. La depresión circular del antiguo volcán era un templo abierto. Millares, millones de mariposas volaban entre los oyameles. Se oían como una brisa en el silencio profundo. Era Día de Muertos y los espíritus de los seres queridos iban y venían de árbol en árbol sacudiendo las alas del rocío de la tumba de una muerte humana. Algunas buscaban hilos de agua, otras se asoleaban sobre las hierbas. La fiesta de la mariposa había comenzado al alba y seguiría hasta la puesta de sol. Los racimos emperchados en las ramas y en los troncos colgaban abiertos. Los cuerpos voladores se desgajaban y caían hacia arriba o hacia abajo según su peso. Ese bosque, que contenía todas las variantes del verde, producía una música de movimiento continuo.

Ahora salía el sol. En el día tibio los lepidópteros se desprendían de los oyameles como tocados por la vara mágica de la luz. Cada árbol, cada follaje, cada polvo volaba, tenía su música. Las plantas pobladas de abdómenes, antenas, patas y alas se abrían y cerraban al ritmo de la luz.

"La mariposa monarca fue mi primer amor", dijo Alex.

La canción del vuelo había comenzado al alba. Como en las *Variaciones Goldberg*, el vuelo de la monarca fue fugaz, una repetición visible de un estribillo astral. Si Alex cerraba los ojos, el tema se quedaba dentro. Si los abría, escapaba al espacio. Esa composición Diana la escuchaba con los ojos abiertos, o en un estado de duermevela. La mariposa, alejándose y retornando como un *leitmotiv* del cuerpo en movimiento, en sus variantes se aludía a sí misma, convergía en un verso que era un universo, un soplo alado. En la mano ciega quedaba la imagen de un revoloteo de mariposas. Las *Variaciones* continuaban en una estrofa musical que se propagaba en el aire.

Alex, rodeado por miríadas de cuerpecillos ocultos en el follaje de los árboles, de repente se sintió solo, terriblemente solo, aunque Diana estaba a su lado. Percibió su propia soledad como un pálpito perdido en el infinito pavoroso. Entonces se percató de que el ojo infinito-infinitesimal de una mariposa lo miraba. No sólo en el tiempo, sino en el espacio. En un firmamento interno sin distancias existenciales ni barreras materiales. En un ayer sin mañana, como en el presente perpetuo del primer día de la creación, cuando los seres gracias a la luz se miraron a sí mismos bajo el sol.

Sinfonía de sombras

De repente, el cielo se llenó de sombras de mariposas, como si hubiera habido una eclosión de oscuridades debajo de las nubes blancas.

Las sombras de las mariposas, largas, sigilosas, empezaron a volar. Alex y Diana no podían creer lo que veían sus ojos: un firmamento de sombras proyectadas en el azul profundo.

Sombras. Como instantes fugitivos, como manchas móviles se marchaban a los montes vecinos y se ahogaban en las aguas. Igual que si se hubiera desprendido de su propio cuerpo, hasta la rama caída tenía una sombra trémula.

Sedientas, las sombras se arremolinaban en torno de un estanque. Ménades del aire, frenéticas, delirantes se metían en masa a la celebración del misterio de la puesta de sol. Era tal cantidad de imágenes oscuras que volaban bajo el cielo que hacían parecer que la tierra misma oscurecía. Mecidas en las ramas, las sombras de alas abiertas parecían racimos de alas columpiadas, conformando por momentos la mitología del vuelo.

"En este cielo siempre hay tráfico de alas. El tráfico de sombras aumenta en la temporada de llegada de las mariposas a los santuarios y en su retorno hacia el norte", pensó Alex, mientras Diana hubiera podido decir: "Me senté a la sombra de una mariposa en vuelo", en vez de: "Me senté a la sombra de un árbol o de una nube". El caso es que arriba y en torno suyo, las sombras de las mariposas se pegaban a las sombras acostadas de los troncos de los oyameles. O con ojos escondidos, las sombras de las mariposas eran un florilegio de alas amarillas-anaranjadas bordeadas por puntos blancos y abdómenes alargados. O eran una nada colgando de una flor de la que chupaban el néctar.

"Con aleteos, revoloteos, deslizamientos y desplazamientos, ascensos y descensos, planeos y sobrevuelos como de hojas leves que apenas se notan avanzar, me quieren seducir", profirió Alex.

Entretanto, la tarde avanzaba y las sombras superpuestas se mezclaban a las sombras quietas de las ramas derramadas sobre el suelo. Y sobre las sombras de otras mariposas se destacó una silueta contra el cielo violeta. Y a una de ellas, campeona del vuelo de larga distancia, Alex la llamó Sibila, a sabiendas de que una vez desprendida del suelo sería indistinguible de las otras, sólo una sombra más en el espacio. Y las tres sílabas que en la escritura silábica representan tres silbos del viento y la soledad de la noche.

Él la miró y fue mirado, hasta que ella levantó el vuelo como una Psique alada.

Sibila había mirado a Alex desde el anonimato de hallarse entre muchas mariposas semejantes a ella. Y Alex percibió la palpitación de su pequeño cuerpo, y en sus ojos escondidos vislumbró una luz ínfima latiendo en la oscuridad naciente, como emergiendo de una dimensión desconocida dentro de sí mismo. Y avizoró el infinito en su mirada.

El ojo de la mariposa y los ojos de Alex habían tendido un puente visual, estableciendo un contacto interespecies más allá de las criaturas invisibles al ojo. Y hallándose solos en la inmensidad del espacio, Alex sintió que a través de los eones y los exoplanetas que habían desaparecido sin nombre, ellos se sabían. Y él se encontraba en el umbral del misterio.

Entonces, lleno de alegría, sintiendo la revelación de su propia existencia, atravesó el semicírculo de piedras y árboles en busca de Diana. Y los dos juntos iniciaron el descenso del cerro. Sin temor, sin dolor, sin deseo: sólo con un anhelo, el de ser todo en la nada presente.

FIN

Cinco movimientos

Los peones son el alma del juego de Homero Aridjis
se terminó de imprimir en febrero de 2021
en los talleres de
Litográfica Ingramex S.A. de C.V.,
Centeno 162-1, Col. Granjas Esmeralda, C.P. 09810,
Ciudad de México.